EX
LIBRIS

Zig et zig et zig, la mort en cadence
Frappant une tombe avec son talon,
La mort à minuit joue un air de danse,
Zig et zig et zag, sur son violon.

Le vent d'hiver souffle, et la nuit est sombre,
Des gémissements sortent des tilleuls ;
Les squelettes blancs vont à travers l'ombre
Courant et sautant sous leurs grands linceuls,

Zig et zig et zag, chacun se trémousse,
On entend claquer les os des danseurs,
Un couple lascif s'assoit sur la mousse
Comme pour goûter d'anciennes douceurs.

Zig et zig et zag, la mort continue
De racler sans fin son aigre instrument.
Un voile est tombé ! La danseuse est nue!
Son danseur la serre amoureusement.

La dame est, dit-on, marquise ou baronne.
Et le vert galant un pauvre charron —
Horreur! Et voilà qu'elle s'abandonne
Comme si le rustre était un baron !

Zig et zig et zig, quelle sarabande!
Quels cercles de morts se donnant la main!
Zig et zig et zag, on voit dans la bande
Le roi gambader auprès du vilain!

Mais psit! tout à coup on quitte la ronde,
On se pousse, on fuit, le coq a chanté
Oh! La belle nuit pour le pauvre monde!
Et vive la mort et l'égalité!

Danse macabre, by Henri Cazalis ©Wikipedia，〈骷髏之舞〉

咕咕，咕咕，咕咕，這是死亡的旋律，
死神用腳跟敲打著墓碑，
在深夜裡演奏著舞曲，
咕咕，咕咕，咕咕，拉著祂的小提琴。

寒風呼嘯，天已黑掉，
菩提樹也發出蕭蕭聲，
白色的骷髏骨穿過幽暗處，
披著裹屍布東奔西跳。

咕咕，咕咕，咕咕，每具骷髏都歡欣蹦跳，
死人骨頭發出撞擊聲，
一對淫蕩的情侶坐在青苔地上，
彷彿品嚐著久久失去的歡愉。

咕咕，咕咕，咕咕，死神繼續祂的演奏，
刺耳的音樂聲從未停斷過。
面紗已掉落了！骷髏舞者全身裸露！
她的舞伴情意綿綿地將她緊抱著。

聽這位女士好像是侯爵夫人，還是男爵夫人，
而那位對她大獻殷勤的求愛者，其實只是個粗人。
真恐怖！她竟將自己送到他的面前，
把粗人當成男爵一樣！

咕咕，咕咕，咕咕，好一首薩拉邦德舞曲！
他們全都手牽著手，繞著圓圈跳舞！
咕咕，咕咕，咕咕，看看這群骷髏，
國王也混在農夫之中起舞！

啼！突然之間，大家都離開了這個舞圈，
他們爭先恐後地走開，原來是雞啼了。
啊！在可憐的世界上度過了美好的一晚，
死亡萬歲，平等長存！

Danse macabre, by Henri Cazalis ©Wikipedia，〈骷髏之舞〉

The Dance of Death, 16th century ©Wikimedia Commons

遊戲師

The BETRAYALS

BRIDGET
COLLINS

《裝幀師》作者瑰麗奇想
♦絕美新作♦

布莉琪·柯林斯——著　吳品儒——譯

故事盒子 67

遊戲師｜《裝幀師》作者瑰麗奇想 絕美新作
The betrayals

作　　者　布莉琪・柯林斯 Bridget Collins
譯　　者　吳品儒

野人文化股份有限公司
社　　長　張瑩瑩
總 編 輯　蔡麗真
副 主 編　陳瑾璇
責任編輯　李怡庭
專業校對　魏秋綢
行銷企劃經理　林麗紅
行銷企劃　蔡逸萱、李映柔
封面設計　萬勝安
內頁排版　洪素貞

出　　版　野人文化股份有限公司
發　　行　遠足文化事業股份有限公司（讀書共和國出版集團）
地址：231 新北市新店區民權路 108-2 號 9 樓
電話：（02）2218-1417　傳真：（02）8667-1065
電子信箱：service@bookrep.com.tw
網址：www.bookrep.com.tw
郵撥帳號：19504465 遠足文化事業股份有限公司
客服專線：0800-221-029
法律顧問　華洋法律事務所　蘇文生律師
印　　製　呈靖彩印股份有限公司
初版首刷　2022 年 2 月
初版 6 刷　2024 年 3 月

【圖片來源】
扉頁底圖｜ Willow Bough by William Morris (1834-1896). Original from The MET Museum. Digitally enhanced by rawpixel.
p.5 ｜ The dance of death: the old woman. Etching by Wenceslaus Hollar (1607–1677) after Hans Holbein(1497–1543). ©Look and Learn
p.165 ｜ Frontispiece of the opening scene of *The Tempest* scanned from Rowe's 1709 edition. ©Wikimedia Commons

遊戲師

野人文化
官方網頁

野人文化
讀者回函

線上讀者回函專用 QR CODE，你的寶貴意見，將是我們進步的最大動力。

國家圖書館出版品預行編目（CIP）資料

遊戲師：《裝幀師》作者瑰麗奇想 絕美新作 / 布莉琪．柯林斯 (Bridget Collins) 著 ; 吳品儒譯 . -- 初版 . -- 新北市 : 野人文化股份有限公司出版 : 遠足文化事業股份有限公司發行 , 2022.02
　面；　公分 . -- (故事盒子 ; 67)
譯自 : The betrayals

873.57　　110019091

ISBN 978-986-384-624-6 (一般版)
ISBN 978-986-384-675-8 (誠品版)
ISBN 978-986-384-676-5 (博客來版)
ISBN 978-986-384-625-3 (一般版 PDF)
ISBN 978-986-384-626-0 (一般版 EPUB)
ISBN 978-986-384-678-9 (博客來版 EPUB)

獻給莎拉·巴萊

「但是現有的秩序不應視為理所當然。秩序的前提在於文化守護者與俗世之間能產生某種和諧，而和諧總會遭到破壞。從整體來看，世界歷史從不讓人類生活中持久、理性且美麗的事物持續發展，充其量只把那些事物當作例外容忍——關於這一切，他們並不明白。」

——赫曼．赫塞《玻璃珠遊戲》（*The Glass Bead Game*）

第一部
夏季學期

她裹著只有自己才懂的黑暗，
聽著堆疊在牆與牆之間的寂靜，徹夜未眠。

1
老鼠

今晚的月光將大禮堂的地面變成了棋盤。從高窗投進的一格格光源，劃分出白與黑的界線，也切分出方形的面積與邊緣的線條。長椅沿著棋盤的三邊排列，面對彼此，而木椅之間的石板地面上什麼也沒有，只是被形狀筆直的黑暗覆蓋著，像是以筆墨繪製的抽象畫。禮堂裡氣氛凝滯宛如受壓抑的呼吸，甚至沒有一陣風吹起使得窗戶振動，讓大壁爐響起共鳴。地面上唯有一道道的黑影，看不到灰塵揚起。空蕩蕩的木椅等待著，如果大禮堂正在等待聖之嬉展開第一步，現在正是時候：午夜、靜默、光影幾何。總會有人知道該如何開始，如何遊樂其中。

可是今晚這裡只有老鼠一人。她穿著破爛的衣衫，微微發抖，雙臂緊緊環抱著自己。她抬起削瘦的腳探進月光，讓那隻腳一進一出，心裡想著黑、白、黑、白。她瞇細了眼睛端詳腳趾甲上的反光，同時也留意著有沒有腳步聲傳來。不過，她其實一直都在留意腳步聲。老鼠現在餓了，不過，她其實一直都是飢餓的。她忘記自己總是留意著那些事情。她蜷起腳趾。石地是冰的，總是冰涼涼的。這裡空氣稀薄，晚上又冷，到了夏天也不例外，而白天的熱度也來不及從牆壁石材滲入——直到今晚她才發現這件事，因爲她白天都躲在屋簷下方的房間裡，趴在熱熱的地板上，熱到呼吸困難；她看著太陽漸漸下沉，陽光的金線一束束悄聲滑過她汗濕的膝蓋。她放下提起的腳跟，安穩地踩在地面上享受冰涼感。冷冷的石頭，冷冷的骨頭。她想敲一塊石材起來私藏，靠著吸吮石頭度過漫長的白日躲藏時光。不過現在這樣也熱不久了，夏天已經進入尾聲。昨天灰衣人把四處的門窗都打開，把壁爐裡的砂礫和落葉掃掉。今天他們拖著有輪子的籃子忙著鋪床，拍打著散發刺鼻肥皀味和薰衣草味的床單。明天灰衣人會去打掃中庭的另一邊，刷洗地板，把水桶撞得鏗鏘作響。他們會互相抱怨，身上還會發出汗味，年輕人則溜到一旁探出窗外抽菸。老鼠總是過著躲藏的日子，不過很快地她會更需要躲藏。之後還會有男性黑衣人出現，他們講話很吵，也很貪心。他們來了之後學校會有更多食物，也會變得更危險。接下來這幾週她會減少使用走廊的頻率，多利用爬行煙囪來移動。等白天變短，這裡會生起爐火，她會利用壁架、屋頂、牆與牆之間的空隙來掩蓋行蹤，不然就是等到晚上才移動到廚房。至於下雪的漫長日子，她會用瑟縮的睡眠度過。這就是老鼠的紀年法。

現在她貿然走進了禮堂裡，月光潑灑在她的腳踝上。她不會走進被三邊長椅包圍起來的空地，只會站在邊緣。一條銀線把空地畫成四方形，看來像是水銀的涓涓細流淌過石板地。她抬起一隻腳，只是想要比劃看看。她就是知道不能跨過這條線。然而其他人會跨過，他們會帶著準備好的開局，對空無一人的長椅鞠躬。但她只是老鼠，她看不懂牆壁上如獸爪般的開局記譜。她只知道這個地方不屬於她。對她來說這條銀線像是一條繩子，繩後的空間則是陷阱，她一踏進就會猛然闔上抓住她。這裡眞的好奇怪，讓她的頭皮發麻。沉默彷彿無止無盡。

外面沒有風吹進來，煙囪卻突然掀起一陣氣流和低低的呼嘯，她聽到非常短暫的模糊聲響，像是撕開布料的聲音。她猛轉過頭準備要跑，卻瞥見一團東西掉到壁爐裡，那東西還又撲又抓的。那是一團糾結的乾燥羽毛，還會動呢。鳥爪攀住了壁爐底石，微弱的聲響發出回音，在室內的沉靜襯托下顯得更響亮。她聽見不屬於人類的聲音呼喚著她，悲鳴淒厲。她愣在原地一會兒才舉步走向壁爐邊，腳步放得極慢，腳掌貼地時可以感受到關節壓在地面的觸感。

落在爐石上的是一隻小鵰鴞，已經是長毛離巢的雛鳥了。掉下來的撞擊力道讓小鳥搞不清楚方向，但牠依然定定看著老鼠，眼睛眨也不眨。牠晃動頭部再度發出叫聲，聲調漸高且絕望，像是發出疑問。牠張開雙翅，但那只能說是形狀怪異、斜向一邊的一團羽毛而已。小鵰鴞跳了一下然後收起翅膀，一線月光落在牠的背上，亮得足以讓老鼠看到牠身上夾雜著棕色與奶白色的毛羽，還有牠閃動的眼神。牠想要再飛起來，於是再度痛苦地揮動翅膀，再度感受到強烈的挫敗。老鼠待在一旁看著。

小鵰鴞試了一次又一次，發出長長的呼嘯聲，這次比之前更響亮。回音在禮堂中迴盪著，再大聲一點就會被其他人聽見。老鼠想著鶇鴉的鳥窩應該是搭在塔頂裸露的石頭上，或蓋在高高的拱壁上，人手摸不到的地方，而窩裡會有一隻母鳥。在此之前小鶇鴉一直很安全，有得吃，有人照顧。小鶇鴉一直叫，好像一直叫就會有人來幫牠。每當小鶇鴉掙扎著展翅，她就覺得一陣心痛。

中庭的另一頭傳來鐘聲，一個純粹的單音。

老鼠走到壁爐邊，小鶇鴉見狀急急忙忙振翅要飛。她暫停腳步等小鳥冷靜下來，看著牠強而有力的腳爪往爐石抓呀抓的。等到自己做好心理準備後，她低下身子伸出手，在一眨眼間兩隻手捧住那團滑溜溜的軟毛球，發覺鳥骨頭好輕。老鼠調整手勢，發力扭轉。

啪嚓一聲，這裡又只剩下老鼠一人了。

她站起身扔下小鳥。出於某種比思考還隱微的直覺，她原本以為把鳥扭死時會發出玻璃碎裂聲，然而不管剛才小鳥落地時發出什麼聲音，都被她耳裡的脈搏聲蓋住了。她並不是經常殺害生命。剛才她的脈搏跳得和鼓聲一樣快，腦袋裡一直有個慢不下來的嗡嗡聲。她伸直了手，不知道為什麼手上也有血，指關節被抓傷的地方開始痛了。傷口最深處滲出一顆黑色的大血珠流過手腕。她將手湊到嘴裡吸吮傷口，嚐到鐵的味道。心跳的顫動傳入骨髓，彷彿她的骨頭也變得中空了。

走廊上傳來腳步聲，老鼠在一瞬間還把那腳步聲聽成自己的心跳，以為心跳突然快了二或三倍。但是老鼠總是在注意周圍的聲音，她聽了半秒鐘就聽出這不是厚實發熱的心跳聲，而是鞋跟敲擊石板地面的聲音。她踏上壁爐邊的高起處把自己往上盪，整個人塞進煙囪裡，用背部和兩隻腳抵住自己。她躲在最黑的地方，全身肌肉緊繃。門邊傳來動靜，穿著白袍的人影一閃而過。老鼠閉上眼睛以免被月光照得反光。已經來不及再爬高了，任何動作都會發出聲響。

那道人影走進禮堂，腳步聲停下。老鼠保持呼吸短淺，肋骨因屏息而發痛，鼻腔中充滿了爐灰的味道。過了好久（可能是一秒鐘或一分鐘），她忍不住把眼睛張開一條縫，盯著面前被睫毛遮住的景像，認出那道白色人影是個女人。所有的白衣人都是男的，只有這個人例外。她是「女男人」，她是異類。她站在老鼠剛才站的棋盤邊緣，在銀線後面止步。她也在看月光。可是不管她眼裡看見什麼，都和老鼠看見的不同。老鼠咬牙忍耐，肌肉發痛。

白衣人做了一個奇怪的手勢，看起來像是略去了動作中段一樣，只有開始與結束，全都發生在同一瞬間。她的手腕好像被一條絲線牽引著。她把手垂下來，再度靜止不動。

白衣人環顧四周，就好像老鼠發出了聲響似的，四下的沉默變得緊繃。老鼠僵在原地，把自己埋進更深的黑影中。她呼吸急促，手臂內側傳來搔癢感，一股濕意從手腕傳到手肘，在蒼白膚色的映襯下血色顯得深沉，血珠隨時都可能滴到地上。

白衣人皺著眉側頭，好像打算從不同角度觀察光影變化。她的臉在月光照耀下成了只有半張側臉的面具，白衣人張口——

血滴下去了。老鼠在瞬間感受到那滴血離開身體，感覺自己失去了極微小的重量。她看著血珠滴在地上。

「誰在那裡？」

老鼠沒移動半分。要是白衣人靠近，她會瘋狂往上爬，爬進煙囪比較窄的部分，她可以在那裡穩住自己喘口氣。不過要是她真的爬了，她的每個動作都會讓下方的壁爐降下一陣煤渣和磚縫填泥所形成的雨，隨即暴露她的存在。他們會到處搜查，到處窺看，然後把她從藏身處拖出來。她會遇到伸出十指、瞪大雙眼的男人，那些男人想要讓她變成人類，如果他們做不到，就會開始恨她。她對這個世界的了解，足以讓她預料到自己的下場。

「有人在那邊嗎？」

有時候老鼠也會被灰衣人看到，他們看到她一閃而過，或看到她在堆積的灰塵中留下半個腳印。灰衣人說牆壁裡躲著一個女孩，說學校鬧鬼，不過沒有人相信。要是她被抓到，那些人就會信了。

白衣人往這裡走近一步，身後的陰影隨之移動。她看見扔在爐邊身軀凹折的鵰鴞，停下腳步。

現在老鼠全身發抖，肩膀發熱，她的襯衫被汗水浸透，腋下和頭皮散發出熱氣，手上的傷口刺痛不已。老鼠的頭部附近有一塊鬆動的石頭，大約是高大的成年男性搆得到的高度。如果老鼠伸手去拿那塊石頭她就會摔下去，以手裡握著石頭的姿態摔下去。那塊石頭夠重夠大，要敲碎頭蓋骨大概沒有問題。老鼠的心跳加快且怦怦作響，她很篤定白衣人一定聽見了她的心跳聲，要是被她聽見的話……

老鼠五指緊緊抓住那塊石頭，碎礫陷進她的指腹。

白衣人轉身離開了。前一刻她還在這裡皺眉盯著老鼠藏身的暗處，這一刻她人已從門口離開，在身後留下月白色的氣流走入黑暗。她的腳步聲逐漸遠去。

老鼠持續在原地等待，過了很久以後才爬下來，赤裸的雙腳踏上地面。她緩緩舒展手臂，知道自己還不能放鬆。就算度過了眼前這個危機，也總有下一個。但現在至少她可以自由呼吸了。她暗自慶幸不用動手殺掉白衣人，這個想法宛如剛掉下來的牙齒值得她細細研究。或許老鼠不是眞的慶幸，或許她是失望。

老鼠甩了甩頭。什麼慶幸呀，失望呀。她可是一隻老鼠，生活單純的老鼠。該做什麼就做什麼，其他的她都不計較。人類才會計較，這間禮堂、這塊空地會計較大小，白衣人不算手勢的手勢也是一種計較。老鼠才不想管這些，不管發生什麼事，她都不想成爲人類，今晚進來禮堂只是受到月光誘惑而已。

老鼠的腳輕輕擦過死去的鵰鴞。如果是眞的老鼠只會聞一聞那死物然後離開，因爲鳥身上都是骨頭，沒什麼肉，而且也不好吃。要塡飽肚子，從廚房偷食物還比較容易。雖然一堆羽毛和鳥骨對她而言沒有用處，她還是把死去的小鳥撿起來，拎在手上穿過了禮堂。她蹲下來的時候把手上乾掉的凝血撥掉，結果感覺到血又流了出來，流到手裡。剛才的抓傷仍在抽痛，等一下她要去廚房偷酒和蜂蜜來清潔傷口，然後用破布包起來。就算是老鼠也知道要保護好自己的爪子。

月亮的位置改變了，光的四方牢籠往上移動，剛好對齊牆壁和地面的直角。現在地面中間那塊空地黑掉了，銀線也失去蹤影。再過不久月亮會整個遭山脈吞沒，禮堂將陷入黑暗，地上的棋盤也會消失。今晚就沒有聖之嬉了。

老鼠不給自己時間思考，或許是因爲剛才握石頭打人的意圖在她腦中鑿出裂隙，並且毫不猶豫地將她推向看不見的邊界。她蹲下把死鳥放到空地正中央，將鳥的翅膀拉開，變成歪向一邊的羽扇。黑暗如灰塵般蓋在屍身上，血從她的手滴到腳邊的地面上。她抬頭但是看不到月亮，只看到刷白的黑藍色天空，以及起伏的山脈。

老鼠站起來望進黑暗中，彷彿要迎上誰的目光。一滴血又落下，但是她好像沒有注意到，因爲她在聆聽，她在聽取她不了解的訊息。隨後她退出那方空間，張開雙臂，似乎在邀請著什麼。

2
李奧

李奧醒來時，腦中還殘留著一段主旋律，有那麼一會兒他試圖想起是否在哪裡聽過，或許是在夢中聽到的吧：那難以捉摸的旋律，延展變成無以名之的形狀，也像帶著扎人記憶碎片的片段詩句。他翻身緊閉雙眼，彷彿這麼做就能重新回到夢中，效果卻不如他所願。旋律在他腦中迴盪，彷彿意圖激怒他、嘲笑他。突然之間他想起來了，是該死的《柯尼斯堡之橋》[1]。夢中的旋律還混雜著樓下廚房的門扉開關聲和碗碟碰撞聲，一定就是這些噪音把他吵醒。否則他平時起得可晚了，總是整晚幾乎無法成眠，醒來也是昏沉得難過。

他將被褥往上拉，把頸項裹得更密實，但現在既然他醒了，便覺得渾身發冷。毛毯蓋起來扎人又單薄，枕頭躺起來也濕濕的。昨天晚上這裡的老闆露出得意的笑容說：「先生，這可是阿諾德套房，您得知道住在這裡真了不得。」女傭領他進房時用眼角餘光打量他，彷彿等著聽他讚嘆房裡的帷幔窗簾，以及鑲嵌在鍍金粗畫框中的聖之嬉遊戲高手肖像。然而床頭飾板布滿一塊塊的黑色汙漬，床蟲還在飾板的縫隙裡做窩。床墊中央下垂，鬆得跟吊床一樣。夜裡他每次翻身，床墊就吱嘎作響，現在還有根彈簧抵住他的肋骨。這個時候，想必克麗賽絲還蓋著埃及棉被單，伸展四肢成 X 字型，一個人躺滿他們的雙人床吧。她一定還在睡，金髮糾結成一團，額側染上一抹沒卸乾淨的煙燻殘妝，身旁的窗簾在敞開的法式窗台邊飄動，房內暖熱的塵埃氣味混合了路上車輛的廢氣，還夾雜著壁爐架上的玫瑰花香。之前他不時覺得夏天待在城裡會被悶死，然而現在置身於發霉的房中，他願意一年都不領薪水，只求回到原來的生活。他以手掩面，想要抹去睡不好帶來的黏膩感受，然後坐了起來。《柯尼斯堡之橋》在他腦中重申主權，像跳針的唱片般從主旋律放起，進到尤拉路徑[2]的第一發展部，接著又回到那令人惱火的旋律……有那麼多遊戲可以進到他腦海中，偏偏就是他最不能忍受的那一部。他起身套上襯衫和長褲，搖鈴要女傭送上刮鬍水。「還要咖啡。」他補了一句。女傭打完招呼轉身要走，聞言急忙轉回，差點跌倒。他不經意地發現他們把長得最好看的女傭派給他。「先給我咖啡，要燙的。」

「是的，那是當然。還有什麼要吩咐的嗎？」

「沒有了，謝謝。」他在窗邊坐下，背對著她。好失禮呀，他心想，但無所謂吧？他已經不是政治人物了。

女傭送來的咖啡嚐起來非常要命，帶有燒焦味和草味，但至少接近他想要的溫度，可以讓他捧著暖手。他慢慢啜飲著，看著對面房屋上的天色逐漸改變。雖然都快要八點鐘了，但太陽還沒從山後升起，街道依然昏暗。這時他應該待在家裡的書房，正在喝第二壺咖啡，專心閱讀達特勒的報告。現在坐在這裡閒著沒事做，讓他渾身發慌。他才不要在黎明時分翻過那座山，想想就累，他又不是學生，所以昨天才刻意預訂車子在午餐過後來接他。現在他不知所措，坐在散發霉味的椅子上挪動身體，看看自己是否餓了，是否需要搖鈴叫人送早餐過來。這段時間該怎麼度過？他皺起臉，同樣的問題讓他想起克麗賽絲，她站在陽台上盯著他，那時已經是夜晚時分，而他剛和長官開完會。她問：「那我該

1 Königsberg，俄羅斯加里寧格勒（Kaliningrad）舊名，此地曾是普魯士公國首都。柯尼斯堡七橋問題（Seven Bridges of Königsberg）是數學上著名的一筆畫問題，也是圖論的起源，數學家尤拉（Leonhard Euler）於一七三五年證明此題無解。

2 Eulerian path，一筆畫問題中走遍每條線且各僅走過一遍所形成的解題路徑，起點與終點不必為同一處。

怎麼辦呢？」她這麼好猜，讓他差點笑出來。

他說：「再喝一杯馬丁尼吧。」

她幾乎眼也不眨。「你不在的時候，」她將塗著紅色蔻丹的手指伸進酒杯攪拌，勾起螺旋狀的橙皮，往身後一扔丟到街上，接著說道：「你有想過我要做什麼嗎？」

「我還是會付公寓的房租。」

「那我就一個人待在這裡嗎？」

「待到你找到下一個對象爲止。」如果說下一個**住處**的話聽起來比較客氣，但現在他沒心情裝客氣。「反正你會沒事的。」「是喔，謝謝你替我考量周全。」她偏頭盯著他，不過他卻想不到該怎麼回話，只覺得自己好累。「耶穌基督啊！李奧，我沒辦法——」

「我跟你說過不要那樣喊。」

「少給我來這套，我連《玫瑰經》[3]都很少念了。我就是說了耶穌基督啊，你要怎樣？去跟管理局打小報告？」她把他推開，還對他來個肘擊，她剛燙過的頭髮飄散出一陣藥水味，竄上他的喉頭。「你怎麼會搞砸？難以置信！政府不是看好你嗎？老爺子不是說你——」

「顯然他們看走眼了。」

「你好蠢啊，怎麼搞成這樣？沒膽識，我說中了吧，現在黨上來了，你承受不了壓力——到底是個**沒骨氣的傢伙**。」她惡狠狠地往貴妃椅的椅腳踢去，馬丁尼灑出來濺到她的洋裝上。「可惡，這可是新買的——」

「我再給你買一件。」他走到房裡，到酒櫃前給自己倒了一杯威士忌。雖然冰塊用完了，但他沒有搖鈴要人送來。

「你最好說到做到，趁你還在，該付的都付掉。」她岔了嗓子，倒坐在一張椅子上。「看看我這副德性，盛裝打扮……還以爲他會給你升職，我想說，繼文化部部長之後，總算盼到個大官了。我都準備好要**慶祝**了。」

「那你就慶祝啊。」兩人互瞪。如果他說對話，或許她的態度還會軟化。但如果她眞的軟化，他又覺得不堪。

她起身喝乾最後一口馬丁尼，抓起披肩。「李奧，祝你假期愉快。」說完她就走了。

他聳聳肩，想要把回憶拋在腦後。所有讓他煩心的事情中，克麗賽絲最不需要他擔心。同樣是少了對方，她會過得比他更好，她會打個呵欠，起身坐在床上，整整衣服，搖鈴要人送上熱巧克力。她會沒事的。就算她有事，他會替她操那麼多心嗎？他不讓自己再往下想。一個月之前，他還打算向她求婚：社會版上會出現令人屏息的報導，她的左手將戴上閃亮亮的豪奢鑽戒，老爺子會來道賀。然而現在……

一陣敲門聲傳來，讓他嚇得驚跳。門打開的時候他站了起來，看見女傭瑟縮了一下。「抱歉，我以爲聽見你喊進來。」

「沒事的，謝謝。」等到女傭退出房間後，他走到洗臉台前潑水洗臉，大口呼氣直到心跳平靜下來爲止。他的領口被水浸濕。不怕，沒什麼好怕的。可是有些時刻他卻心頭一凜，例如敲門聲突然響起的時候，車輛疾駛經過他身邊的時候，以及醉漢搖搖晃晃朝他走來、懶洋洋往懷中掏摸，一道金屬反光閃現，發現原來是扁酒壺的時候。那都發生在長官與他會談之後，長官用那種表情打量他，估算他還剩下多少價值，現在想來依然讓他心底發寒，就好像和好友一起去打獵，打著打著，朋友竟然隨興地拿起獵槍抵住他的臉。他旋即感到羞愧，自己竟然如此愚蠢，沒有看出事情的端倪，以爲這是一場有教養而友善的遊戲……想當初他走進了辦公室，心裡雖然有點緊張（這是難免，就像被帶到校長

3 Rosary，讚頌、致敬聖母瑪利亞的祈禱文。

面前時一樣），卻十分篤定老爺子會出現在那裡。當他看到出現的是長官時，不免略感意外。長官坐在桌前，桌面上放了李奧的信。「李奧呀，謝謝你跑這一趟，我沒有耽誤你什麼吧？」

「想必達特勒沒有我，也可以撐個一小時。」

「但願如此。」他拿起電話。「上茶，對的，兩杯。謝謝。坐吧，李奧。」

他照做了。長官雙手交疊低下頭來，彷彿要禱告似的。「李奧，」他幽幽開口：「謝謝你寫這封信，你的熱情和熱忱我們都很佩服，這點你是知道的。年輕人總是藏不住話，謝謝你如此坦白。」

「身為文化部部長，在下認為草案付諸表決前，要求和總理一談，並不為過。」

「你想得有理，不過總理今天不能出席，他也感到遺憾，我知道他對你的想法很有興趣。他要我轉達，你膽子很大，讓他佩服。」

或許就在那一刻，終於有一絲不安冷冷掠過李奧的心頭。「長官，提案相當極端，我只不過建議重新檢視——」

「老爺子還說他很……訝異。」長官望向李奧背後的門。「進來。喔，餅乾呀，好姑娘，就放那咖啡桌上。」祕書將托盤上的茶點放下，長官往沙發比了一比。「李奧，那邊請。」

李奧起身走到沙發那兒又坐了下來，長官則在遲疑了一會兒後走向窗邊，背著手望向窗外。「剛才說到哪裡？」

「你說我的案子讓老——總理感到有興趣。」

「說他被『震懾』，可能更貼切。」他對著閃閃發亮的瓷製茶具擺擺手。「別拘束，給自己倒茶吧。」

李奧倒了茶，添了檸檬，攪拌後將茶杯湊到嘴邊，而當他把杯碟放下時，能清楚感受到自己的手腕有多麼緊繃。告密的茶具，從前他和老爺子在這裡的時候，不知道聽過多少次杯碟發出碰撞聲，喝茶的人雙手止不住顫抖。不過這次不一樣，他和那些人是不一樣的。長官只是在招待他，一定是，這不是考驗也不是過招。他抬頭望向長官，對方正衝著他笑。

「李奧呀，可愛的小朋友。喔，你已經不小了，抱歉，上了年紀……不妨再告訴我一次你的年紀吧，二十八、二十九嗎？」

「三十二歲。」

「是嗎？當我沒說。」長官轉身望向窗外，漫不經心地拉拉窗簾繩。「李奧，重點就是，」長官再度開口：「你的信來得很不是時候。」

李奧沒回話。那一刻他頭暈目眩，不知自己身在何方，他以爲長官會把窗簾放下，彷彿這裡有誰死了。

「我們就把話說開吧……李奧，你太讓人失望了。你原本有大好前程，辦事能力讓人放心。我們想，好一個年輕人，可以領導國家走向嶄新、繁榮、解放的時代。這年輕人看得見黨的願景，我們都老了，擔不起帶領下一代的重責大任，可以交棒給這年輕人……李奧，我原以爲我們做的是同一個夢啊。」

長官話中的「原以爲」、「原本」像針刺般愈扎愈深。「長官，我沒變，我的理念和黨相同。」

「你的信上可不是這樣說。」

「只有這次不同，草案的這一部分……」

「你認爲這些措施——你用了哪些形容？『失去理智，道德淪喪』，就是這樣。」

「我有嗎？我不記得有說淪——」

「來，如果你想複習的話，儘管去。」長官將手往書桌一擺，李奧的信就擺在桌上，底下墊著吸墨紙，他的簽名在信尾糊成一團。兩人暫時沒有說話。

李奧喉頭一哽，感覺口中變得非常乾燥。他搖頭說道：「長官，或許是我的措辭有點太強硬了，抱歉我——」

「年輕人，別說了。」長官說完話彈彈手指，李奧好像可以看到那幾個字如同死蒼蠅般掉在地毯上。「太遲了，看你這麼莽撞，我的遺憾不比其他人少，不過繼續拘泥在這一點也無濟於事。」長官轉過身來，眼神對上李奧，那模樣就像他父親看著廢車場上的殘缺器具，盤算它們是否還有留著的價值。長官說：「現在的問題是，該拿你怎麼辦呢？」

「什麼？什麼意思？」

「閣員對政策反應模稜兩可，這可不行。」長官皺眉。「李奧，你腦筋動得很快，我說什麼你應該懂。」

「我的反應算不上**模稜兩可**。」

「別再說了。」長官舉手制止。「相信我，我的遺憾不比別人少半分。老爺子也有同樣的心情。但如果我們信不過你……」

「求求你，長官，我堅決否——」

「安靜。」遠遠地，一輛救護車響著警笛聲駛過了。李奧口中感到苦澀，但他覺得自己要是舉杯喝茶，鐵定會灑出茶水。長官大步走向桌邊，拿起一張紙，放在李奧面前的矮桌上。那是一封信，信上寫著：敬啟者……「這是一封辭職信。」長官將鋼筆放在信紙旁。「識相點，李奧，你看了就會明白，我們幫你把事情處理妥當了。畢竟你對黨有功勞，老爺子也很喜歡你。我想你會同意，這回我們解套解得漂亮。」

李奧用力瞇眼才能把信中內容看個仔細。有幸擔當……致力打造總理願景……光榮前程，精誠團結……旁人更能勝任部長大位……本人內心向來深切盼望……李奧抬起頭來。「我看不懂。」

「寫得不是挺明白的嗎？」

「你是說，你希望我說——」他頓了頓，再看看那封信。「『本人有幸在文化部部長任內鞠躬盡瘁，但我身為聖之嬉的學徒，其實早就萌生退意。』這是什麼說法？」

長官在李奧對面坐下，給自己倒了一杯茶，他用茶匙敲了金質杯緣，發出清脆的「叮」一聲。

「蒙特維爾學院中，只有你在二年級就贏得金獎吧？」

「這是明知故問，況且當年我得獎和現在有什麼關係？」他原本沒打算用這麼衝的口氣提問。

「李奧，這次政府選舉，你的貢獻重大，但你從來不是搞政治的料。就這麼說吧，你爲了幫助政府贏得本世紀最大的政治勝利，長久以來壓抑個人的想望，但你始終惦記著夢想，那就是回到蒙特維爾，研究我們的國粹聖之嬉。現下局勢已定，你終於等到機會……這故事聽起來多麼感人：藝術家返璞歸眞，完成志業。說不定等你到了蒙特維爾，還能給我們派上用場。」

「但我不——」

長官放下茶杯，他的動作平順而隨意，李奧看了卻不禁打寒顫。「你要不是裝笨，」長官說：「就是眞的犯傻。要是你在昨天之前問我，我還能發誓你並不笨。」他嘆氣：「我不知道要怎樣才能把話說得更明白。」

李奧說：「可能要一個字一個字慢慢說吧。」

長官挑眉。「你要做的選擇很容易，簽個名，把同樣的說法告訴媒體，照我們的吩咐引退，然後前往蒙特維爾待到我們滿意爲止。可別跟總理硬碰硬……否則他只會對你更強硬。」

「你是說，之後會有人在水溝發現我的屍體，喉嚨還被劃開嗎？」他原本是想說笑，但一片沉默取代了回答。巨大而駭人的沉默，讓他知道這並不是在說笑。他抖著手推開筆蓋，沒讀完信件內容就簽名，筆跡潦草到難以辨識。沒想到這封信底下還有另一張紙。他沒抬頭但停下手問：「有兩份？」

「另一份你留著，方便以後查閱。之後再看看蒙特維爾那裡怎麼安排，需要好幾週的時間吧，到那時候你的離職也辦妥了。這段時間，你的職務交由達特勒承接。」長官喝了一口茶。「當然，你也不能插手草案的審議。」

「我明白。」他遲疑了一會兒才將筆蓋蓋回。他盯著自己的手指，好像沒親眼看見十指動作，就不知道自己在做什麼。「長官，請你相信我絕對沒有——」

長官站起身來。「我們就談到這裡了。」

李奧將信件副本摺起，放進位置靠近心臟的那格外套口袋。隨後他跟著站起身，同時聽見不知道從哪裡傳來的電話鈴聲和祕書的打字聲。沒有他，國家機器照常運轉。彷彿他雙手離開琴鍵，音樂卻持續放送。李奧整整領帶。「好吧，感謝長官。我可得趁現在敬祝政府繼續順利執政，如果這是我們最後一次見面的話。」

「**謝謝你**，李奧。我們總是會再見面的。」長官走向桌邊坐下，伸手要拿通訊錄。「祝你下午一切順心。還有，如果我是你，我會從現在開始非常、非常小心。」

李奧關上身後的門，祕書莎拉抬頭瞄了他一眼，隨即低下頭去。李奧對她回以一笑，但她還是低著頭，不知道在筆記本上寫什麼。他走過莎拉身邊回頭看，發現她的本子上全都是些胡亂畫的線條，連速記符號都不是。

李奧走到樓梯平台上，看見兩名同僚一邊聊天一邊登上階梯。「……政策就是反應時事。」說這話的人暫時打住不說，向李奧點頭致意。他反射性點頭回禮，赫然發現不遠處的另外一位同僚是艾米爾．法隆。李奧眼看來不及躲開他了，便開口打招呼：「艾米爾，好久不見了，你好嗎？我現在大概不能多聊。」他一口氣說完所有客套話。

「喔，是部長呀，」艾米爾說：「確實是好久不見了，改天再聊。」李奧和艾米爾錯身而過時，對方正舉步要登上階梯，他原來的笑容稍縱即逝，接著展露在那張臉上的，是比直截了當的惡意更為討人厭的表情——艾米爾是在嘲諷他，還是同情他？天啊，沒什麼比同情更糟的了。顯然李奧辭職的消息已經傳遍了情報部門。李奧站在原地等待兩位同事的身影消失在對面的門後，依然頂著笑臉，彷彿他正在參加微笑比賽。

現在只剩他一人了。牆上掛著死氣沉沉的政治人物肖像，他們全都面無表情地盯著李奧。色澤深沉的地毯吸收了所有的聲響，或許他現在聾了也說不定。他背靠著牆，整個人往下滑，蹲坐在地。耳中傳來脈搏跳動的聲音。他好想吐，反胃感將汗水從所有毛孔裡逼出來。他的胸口發痛，氣流隨著每次呼吸進出肺部，發出微弱聲響。他閉上眼睛。

不適感慢慢褪去了，他使勁讓自己站起身。他單手扶牆，勉強維持平衡。這副模樣要是被人看見，要是長官出現或是艾米爾折返……李奧挺直身體，先用袖子抹了抹臉，再用手梳攏頭髮。現在只有濕透的領口會暴露剛才的心慌，不過這天氣溫夠暖，流點汗不算什麼。待會兒李奧將會經過樓下大廳的女孩身旁，她不會看他第二眼，而他則會假裝什麼也沒有發生過，假裝他來這裡是爲了遞辭呈、爲了向長官解釋離職動機，假裝他從此自由。他差點連自己也騙過去了。

可是當他走到樓梯轉角時，有個東西引起了他的注意。他回頭看，黑底綠花紋的壁紙上有個深色的印痕，那是他剛才努力克制嘔吐、伸手扶牆所留下的汗涔涔掌印。

他刮了鬍子，接著穿上外套、打好領帶，叫人再送第二杯咖啡過來。女傭剛才送上早餐，但他提不起精神進食。等他喝完咖啡，外頭已是陽光普照，陽光灑落在房屋上，照亮了街道。室內的地板開始散發熱度，浮起的熱氣往他身上竄。他總不能整個早上都呆坐在房間裡。李奧走向火車站，跟書報攤買了一本平裝小說，看見車站那裡有一群校工在等第一班火車駛進。二、三年級的學生一定上個星期就上山了，接著沒過幾天就輪到新生在今天湧進這座小鎮，他們會在鎮上度過一晚。火車進站的時候，書報小販正在替李奧找零錢。李奧將零錢捏在手裡，暫時停下動作，看著那些年輕男孩興高采烈踏上月台，推擠在一起。月台上還有送行的家人，例如穿著藍襪的姐妹、一臉驕傲的媽媽，以及一臉尷尬樣的小弟。他們之所以會出現在這裡，都是爲了替聰明的兒子餞行，此外順便來山上透透氣。畢竟學生親屬不得進入校園，而當新生在黎明時分吃力地爬坡上山時，他們的家人都還在睡夢中呢，自然無法清醒道別。「哇，景致眞好。」一名女子向她的兒子這麼說著，一面從山谷一路望向蒙特維爾溫泉。她指著遠方的羅馬浴場。「一定就是**那裡**……」

李奧將零錢放進口袋，低頭走進從售票口湧出的人群。他擔心有人認出他是誰，不過這些人只忙著替自己打點事情，他們叫計程車、裝行李、趕在陽光變得過度猛烈之前入住氣派飯店，沒有人會看他第二眼。李奧躲進陰暗的小咖啡店，看著站前廣場上的人群逐漸散去。廣場沉浸在靜謐的日光中，等待下一班火車到站。咖啡店的吧台上放了一份報紙，李奧瞥見頭條寫著「文化部部長閃電請辭」，但他沒有拿起來看。幾天以前，達特勒才將新聞稿拿給李奧過目。「部長，請問還有哪裡需要更動嗎？」達特勒拿出一枝藍色鉛筆，態度謹慎如禮儀社領班。「星期一見報，這樣才能大事化小——分散焦點，不讓您受到打擾。」李奧揮揮手，要他把鉛筆拿開。以前他毫不在乎其他人怎麼說他，現在他也不在乎。他將視線從報上移開，選了窗邊的桌子坐下，開始閱讀剛才買來的廉價小說。那是從英文翻譯過來的偵探小說，從前克麗賽絲都會一口氣讀完這種小說，她還會斜躺在貴妃椅上，邊看書邊吃巧克力。李奧不知道自己幹麼要買這本書，可能是因爲他一時找不到其他方法消磨時間吧。不過在他把第一頁重新看了三次以後，他便把書放下了。等到《國家遺產草案》通過之後，就可以針對小說盡可能地課稅，外國小說的售價將會成爲天價，連他這種人也買不起。老爺子之前是怎麼說的？一定要想辦法珍藏、保護我們的國粹，李奧你要知道，『遊戲』並不只是遊戲而已……那時李奧認爲老爺子說得沒錯，或者該說，至少稱不上是需要指正的離譜大錯。李奧從來沒跟老爺子起過衝突，所以他升職才會升得那麼高、那麼快，但在《文化完整性草案》提出之後……

他站起身。原本窩在陰涼處玩填字遊戲的服務生站起來問：「先生，需要什麼服務嗎？」但李奧已經溜出門外。車站的鐘聲響起，示意現在十點。才十點！還是早點把車子叫來好了。他往皇宮飯店走去，登上小山坡來到飯店門口，赫然發現門廳擠滿旅客。頭戴羽毛帽的壯碩女子對著飯店經理比手畫腳，甚是激動。「三十年前他的父親住過阿諾德套房，我特別要求……沒錯，但為什麼女傭沒辦法……」後續也不用費心聽下去了。李奧轉身離開，在街道上走著，一直走到路的盡頭。那裡有一間荒廢的小教會、幾戶傾頹的房舍，還有一條愈靠近森林坡度就愈陡的小徑，一旁沒有路標。或許小徑是通往學校的捷徑、是一條牧羊人小路，通往比較高的放牧地或蒙特維爾溫泉。這不是他從前走過的路，以前每逢開學，他都會走過崎嶇山路徒步前往校園。待會兒司機也會循原路載他上山，坡度會一路爬升，讓他的背部緊貼座車靠背；每當車子經過路面上的坑洞，司機就會皺起臉來。在那之前，李奧可以在小徑旁暫時逗留，可以靠在倒塌的牆邊，什麼也不要想起。

他閉上眼睛，但陽光依然穿透了眼皮。不知道飯店提供的午餐是否可口，還是就跟昨天的晚餐一樣難以下嚥、只是起司和高熱量澱粉的混合物呢？達特勒的新祕書前天將他的車票和行程表交給他，沒敢對上他的眼神。當時她說：「您將入住蒙特維爾最好的飯店。」「我的確想住一間有頭有臉的飯店。」他如此回應。現在他想要寫一封措辭嚴厲的信寄給祕書，讓她知道，要是安排黨內高層入住床蝨孳生的飯店，喝下會導致胃食道逆流的咖啡，可無法討他們歡心。但李奧已經不是黨內高層了，寫信也是白費力氣。當官的日子太好過，想當初他來蒙特維爾的第一年，連飯店也住不起，他睡在一棟臭烘烘的小屋裡，想來那裡在平日只是洗碗間。接待他的家庭對他冷眼相待，連用肥皂也要收錢。現在他想起來了，當時是他父親的員工負責替他訂那床位，員工一定被父親交代過，能省則省。學生時期的李奧並不介意，就算他得在破曉前頂著寒意走路走十分鐘才能看到路標，他也不介意。那是他在蒙特維爾的第一年。他還記得自己盯著拉丁文路標——「遊戲學院，9公里」，心頭宛如被雷電劈過。終於來到這裡了。開學日他下定決心要成爲第一個進校門的學生，特地提早好幾個小時起床。李奧起得早，天上的星星都還看得見，夜空中銀河傾倒、星辰流瀉，散發他畢生未見的璀璨晶透。他站直了身子深呼吸，心想眼前景致只有一人獨享眞是太好了。李奧心中充滿了抱負，充滿了對聖之嬉遊戲的想望。前一天他把行李留在鎭上的行政中心，讓校工搬進學校，因此他只帶了個背包就上路。他敲敲路標想給自己一個好兆頭，接著像是要在日出前完成大縱走那般，深呼吸、出發。

他的速度很快就慢了下來，並感覺到小腿肌的痠痛往上蔓延。過了一會兒，他忘了注意查看自己的狀況，走著走著竟開始做夢，頭也垂了下來。突然間，一股下意識的衝動促使他抬起頭，力道之猛差點讓自己摔倒。前方出現了一個人，跟他穿著同樣的深色制服。李奧最先感受到的情緒是震怒：第一個進入校門的人得是**他**，而不是這個呆站在路中央、盯著空氣的瘦青年。剛才出發時所看見的暗藍天空，此時已露出曙光，陰暗處的物體輪廓漸次顯現，重獲新生般變得立體。這幅景色本來是很美麗的，但他想要成為第一個看見的人……

「你在做什麼？」

那青年向四周張望。他的臉上帶有一種異樣的氣質，但李奧難以找到確切的形容。他說：「我在看。」他的聲線柔和，彷彿在嘲笑李奧是個粗人。

「看什麼？」

青年沒有回答，只是舉起手臂，攤開手掌，優雅的姿態讓李奧想起聖之嬉的開場，彷彿在向觀眾宣示：「這是我的創作，你沒有其他選擇，只能佩服。」

李奧瞇細了眼睛。「什麼都沒看到啊。」接著，他看到了。

那是一面蜘蛛網，延展的面積不小，網面宛如飄動的銀色船帆，隨著微風來回擺盪的同時閃耀著細緻的光芒。蛛網在道路正中央開展，在絲線交錯處凝結的細小晨露不住晃蕩。受日光照耀的小水滴泛出澄澈天藍，暗處的露珠則像是濃縮的黑夜星空。李奧驚呆了，他心中充滿難言的狂喜和沉鬱，彷彿造訪新地點，卻被鄉愁籠罩心頭。同樣的感受也發生在他欣賞完美的聖之嬉時。眼前這面蛛網就和遊戲一樣，結構對稱精細，是完美的古典範例。真希望發現蛛網的只有他一人，如果那個青年不在這裡的話……

李奧往前邁出一步，感覺纖細的蛛絲沾黏在臉上。他穿過蜘蛛網，被扯破的蛛網像繃帶般黏在衣袖上。

「你沒看到嗎？你把它弄破了，那裡有蜘蛛網。」

「喔。」他撥掉外套上的灰線。「我看到啦，那種東西你也能看到出神嗎？」

「那面蜘蛛網很美。」青年的口氣彷彿在責怪李奧。

李奧聳肩。「我得趕路嘛。」他朝著前方的上坡路努努下巴。「之後再見。」

李奧轉過身去，還可以感覺那個青年在背後瞪他。但他還能怎麼辦呢，這面蜘蛛網擋在路中間，遲早都會遭人穿破的。他才不要為此煩心，他要向上走、他要去上學，他要第一個進校門。

走過校門、跨過這道高高在上的門檻，讓他興奮莫名，差點忘了早上的事情。晚些他打算前往樓下食堂時，在走廊迎面碰上了菲力。蹦蹦跳跳的菲力伸出雙手，急吼吼地打招呼：「你也是新生嗎？我是菲力・韋伯。我迷路了，這裡真是一座迷宮，一起走這條路試試看吧。」他們轉進一條之前沒走過的通道，看到一扇沒關上的門。門前站著一位睡眼惺忪、頭髮凌亂的同學，也就是李奧在當日早晨遇到的那個人。李奧反射性望向門上的名牌：愛姆・卡費克・德庫西。「是你呀。」李奧笨拙地說：「你好。」

「我是菲力・韋伯。」菲力也打了招呼。「我們要去吃點東西，你也是新生嗎？」

那位同學看了李奧一眼，點點頭。「我叫卡費克。」

「卡費克・德庫西？」李奧指著名牌上乾淨整齊的白色字體。「跟倫敦圖書館狂人『德庫西』同姓嗎？」

「艾德蒙・鄧代爾・德庫西是我的祖父。」

李奧咬著牙吹了聲口哨，強烈的忌妒感從心頭浮起流竄全身。他能夠付出什麼代價，好讓自己靠著家世背景而非僅是考試成績來入學呢？他用一臉笑意掩飾妒火。「這樣啊，希望守門人有替你搜身找火柴。」

卡費克盯著李奧，臉上不帶一絲笑意，他不發一語推開兩人，身影消失在轉角後。

李奧問：「他怎麼啦？」他只不過是想搞笑，都幾十年前的事了，誰還會那麼在意呢？「我只是開玩笑。」

菲力說：「一定是繼承了瘋癲的血液吧。」他迎上李奧的眼神，兩人同時爆出笑聲。菲力的咯咯笑聲高亢而激動，在牆面之間彈跳形成回音。

李奧現在回想起來，覺得菲力當時說得沒錯。可不是嗎？從那時候就能看出端倪了。

他張開眼睛。突如其來的熾烈陽光令人目眩，他不由得眨了眨眼，擦去不請自來的淚水。過了一會兒，在他眼前晃動、過曝發白的線條，都恢復成房舍和樹木的模樣。

他從眼角瞥見附近有個人影，是一名男子倒退走回陰影中。片刻過後，男子單膝跪下來綁鞋帶。他明明低著頭，眼神卻不斷來回打量李奧。男子維持著蹲姿，時間長到不可思議，之後他站起來點了一根菸，整條路都飄散著煙霧，在陽光照射下顯得灰濛濛的。

那鐵定是盯梢者，李奧一點也不意外，但他其實也有點意外。他肚裡燃起一把怒火，覺得震駭、噁心。李奧想要大喊，想要丟石頭過去打他，彷彿對方是能用這種手法嚇走的禿鷹。他咬緊牙關。幼稚、愚蠢。他們當然會派人來監視他，他們當然想確認李奧的確去了蒙特維爾。或許他們覺得該讓李奧知道他身邊有人看著，這樣才有禮貌，才有警示效果。按照我們的吩咐去做。蒙特維爾的懸崖陡得很，小路也不好找呀……他隱忍著怒火，因爲他明白自己在內心深處是害怕的。他回過身沿小路走回小鎮，經過男子身邊時還刻意逼近，差點把對方手上的菸撞掉。看見那人後退了幾步，李奧不禁暗自得意。

李奧吩咐座車提早一小時來接他。晚餐他在飯店餐廳裡吃，一面看著沿山坡而立的小鎮房舍，看著煙霧隨下一班蒸汽火車進站而上升、消散，看著火車來了又走。在他啜飲難喝的咖啡和白蘭地時，更多新生湧進了小鎮的街道。最後鐘聲總算響起，他結了帳單，往座車的方向前進。司機已經將他的行李放妥，他只須坐上車，閉上眼睛，感受如同記憶中顛簸、陡峭的山路。一段旋律在他腦中不斷播放，節拍近乎扣合著山路上坑洞出現的頻率。又是《柯尼斯堡之橋》。他睜眼望向窗外，想要分散注意力，但是那段旋律占領了他的腦海不願撤退。該死的旋律，什麼尤拉路徑、數學證明、普魯士帝國橫掃千軍的歷史……盡是些難以入目而笨拙的東西，他從來沒有眞的喜歡過它。《柯尼斯堡之橋》是史上最過譽的遊戲。隨著座車繞過最後一個彎道，校門出現在視野範圍之內，李奧腦海中的旋律也變得愈來愈響亮。司機從車內走出，敲敲門房的門，請守門人打開校門。李奧也下車，一時之間只覺得呼吸不到新鮮空氣。這時他耳裡還聽得見音樂聲，他轉身望向來時路，往下走將會通往村鎮、森林、散落在四處的瀑布，最後消失在視野之外。山上的空氣比較稀薄，呼吸也較爲困難。

校門打開了。司機說：「先生，我先走一步。」然後回到駕駛座上。

旋律暫時停止了，然後又帶著惡意從頭開始播放。李奧靜靜待在原地。再過一會兒，他會轉身對守門人露出笑臉，讓這裡的侍者領他進入房間，他會讓人看見他的魅力、他謙遜的態度，還有他對聖之嬉遊戲極其熱切的追求。然而此刻這最後的自由，他希望可以持續到永久。

這時他突然明白，世界上有那麼多遊戲，爲什麼偏偏就是《柯尼斯堡之橋》盤據他的腦海。並不是潛意識明知他向來痛恨此作，卻帶著惡意送他禮物。而是因爲這部遊戲的主題是永遠無解的謎，你會一再回到同一座橋上，把永遠逃離不了的行路，走過一遍又一遍。

3

遊戲師

她站在走廊中段的窗邊，俯瞰著大禮堂旁邊的中庭，讓微風冷卻她汗濕的額頭和脖頸。她伸出一根手指在帽帶處翻弄，想把帽子脫下來，頭髮又熱又重讓她心煩，襯衣也都黏在皮膚上。此前她一直在後面的教室裡工作，享受開學前最後一天沒有學生嬉鬧的寧靜與平穩。但是日光熾熱，她在教室裡坐不住，終於走了出來。她把遊戲記譜放在窗台上深呼吸，感受耳邊拂過的風帶來令人愉快的一絲涼意。在這一個位置、這一側陰影，可以聞到秋天即將來臨的氣味。

鐘樓的大鐘敲了兩響，鐘聲殘響裡夾雜著緩緩增強的引擎聲。一開始她還以爲一定是巴士滿載新生的行李，一路哮喘著開上山來。但是那聲音的律動太柔和，低頻像大提琴那樣嗡嗡作響。她轉過頭去細聽，聽見了風聲和屋瓦的對位合唱。她手托著腮，靠在窗台上往外看。

校門開啓的聲音驚起石板路上的鳥兒展翅而去。兩個三年級生站在食堂門口湊熱鬧，從走路的樣子看來是科林斯，他的姿勢總是那麼跩，這樣說來旁邊那個就是穆勒了。接著一輛車駛進眾人視野，進場速度如原油滴落般緩慢。車子在教師樓入口處順暢地停了下來，一個戴帽子的男人下車打開後車廂，搬出一件用皮帶綁好的行李提到大門邊，隨後又走回來，從後車廂再搬兩件行李出來。

她咬著牙吐出長長的一口氣。校工上哪去了？校門口的守門人呢？總該要有人趕快過去，說明學生最多只能攜帶一個中型尺寸的行李箱。還要警告對方絕對不可以把私人轎車直接開進校園中，闖入校區等於立刻退學，而且教師樓入口僅限——

守門人從門房裡走出來。他一定有看到司機，也有看到那堆公然擋住教師樓入口的行李，但守門人什麼也沒說，反而停下腳步等另一個人下車。守門人匆忙擺出歡迎的姿態，帶那人穿過中庭。「……沒什麼改變。」她聽見守門人這樣說，其他話語則被風吹散。那人從守門人背後走出來，朝四周張望著。他身穿褐色西裝，頭戴寬沿紳士帽，一身行頭看起來不合時宜，甚至可以說是荒謬。從她這個角度都能看得出對方的翻領有多寬，西裝口袋還露出一截尼羅河綠的手帕。「就像回到過去……這個老地方……」現在她可以聽清楚了，那人歪著頭打量大禮堂的高度，接著他緩緩轉身，彷彿沉浸在現場的輝煌之中。有那麼一會兒，他抬頭直視她所站之處，讓她得以瞥見他的面貌。

在那瞬間，她以爲自己搞錯了什麼。她緊抓著窗台，手勁過猛，差點呼吸不過來。

他的眼神從她身上滑開。守門人不知道說了什麼讓他笑出來，然後他把雙手插進口袋，兩人踱步走回入口。司機輕觸帽沿向兩人致意後回到車上，駛出一道寬闊的半圓軌跡從校門離開，沒有人替他關上門。科林斯和穆勒走到中庭正中央，看著已經開遠的車子，眼神充滿讚嘆。伴隨著愈來愈模糊的引擎聲，科林斯說：「這種出場方式**太厲害了**。」

她退離窗台邊，低頭看看自己。袖口髒兮兮的，拇指還沾到墨水漬。她的心跳又急又重，身體其餘部分失去知覺，整個人彷彿飄了起來，變成一縷有著跳動脈搏的鬼魂。

她不知道自己在原地站了多久，不過等到她又往窗外看的時候，中庭已經沒有人了。總算有人去把校門關上，教師樓入口處的行李堆也消失了。

她拿起遊戲記譜。她依稀記得這些記號都是自己寫的，如今卻想不通背後的含意了，像隔著一層灰閱讀記譜似的。她只好大口呼吸新鮮空氣，試著找回頭緒。現在她的心跳緩下來了，手指與腳趾的知覺也已經恢復，但呼吸還是不順暢。她又屏息往窗外看，不甘心地咬著下唇，接著轉身往走廊移動，腳步迅速，像是沒時間思考是否該行動。

她開門的時候，坐在桌前的校長抬起頭來，一臉吃驚，好像剛才叫她進來的不是他。「哎呀，」他開口：「是卓萊登教授啊，請……」他指著椅子，但她早就已經坐下了。「教授有什麼事嗎？」

「我看到——」她發現校長挑眉，不由得深呼吸、雙手交疊放在腿上，然後才再度開口：「是這樣的，校長，剛才我從頂樓走廊的窗戶往外看，有一輛轎車開到學校裡，我在想我是不是看到李奧納德．馬丁從車裡走出來？他帶了很多行李。」她努力壓抑語調，講話講得像機械人偶一樣。

「啊，對了。」校長說道。「是這樣沒錯，我才在想要找你來談談。」他看了一眼自己面前的紙張，遲疑了一下才將鋼筆蓋蓋上。「你沒看錯，那個人就是馬丁先生，他要在這裡做客一陣子。他是來研究聖之嬉的，不知道你能否——」

「做客？來這裡做客？」

「沒錯。」校長露出笑臉，伸出手阻止她繼續講下去。「我知道這樣眞的不太尋常。」

「校長！」她清了清喉嚨。「這裡從不收客人的，哪一種客人都不收。更別說是——」

「如果你多留意，就能找到先例。阿諾德就曾經在這裡客座教授兩年，後來還獲選爲遊戲師。之前我們也招待過一些想要拓寬知識疆界的客人，招待過外國學者、展演人……」

「李奧納德．馬丁根本就不是**展演人**。」她努力控制自己不要失去分寸。「他是文化部部長。」

「就我所知，他已經不是了。」

「什麼？」

校長嘆口氣往椅背一靠，模樣像是骨頭在痛似的。「今天的報紙應該刊出來了，他發布請辭宣告，還說要把餘生都獻給聖之嬉。長官也親自寫信給我，詢問校方是否可以協助相關事務——據說馬丁先生自從畢業之後，一直盼望有機會回學校。」

「胡說八道。」她緊握著雙拳俯身向前，以免自己伸手亂抓亂砸。「校長，恕我直言，他在胡說八道。李奧納德．馬丁擺明了是個偏激的功利主義政客。讓他待在學校裡，接觸聖之嬉的核心——」

「我依稀記得他曾經贏得金獎。」

「我知道，但從那之後……」她氣得發抖。

「還有一件事我很確定，那就是他的政治生涯已經玩完了，接下來他在蒙特維爾的時光都會奉獻給學術研究。告訴我，難道你們之間有私人……」

「並沒有！」

他眨了眨眼。「這樣說來，你究竟是**為什麼**反對呢？抱歉，我真的不懂。」

「這是一種褻瀆。」

校長整個人冷了下來。他和她看著彼此，在某一刻，她感受到自己擔負著聖之嬉的重量，擔負著學校的傳統，擔負著身後的牆上每一個磚塊的重量。她喉頭一哽。

「好吧，照你這樣說——」他起身走向窗邊，喀一聲關上窗戶。「教授你倒是告訴我，你還有什麼高見呢？」他的語氣已經沒有一開始那麼和煦了。

她沉默了一會兒。「還是請他走吧。」

「那麼請你來幫我打草稿，寫信給長官解釋吧。」

「這裡沒有他那種人的位置。」

「所謂的『那種人』，是指有權力的人嗎？」

她張口，很快又閉上。

「我們惹不起有朋友在政府裡的人，馬丁的人脈足以安插黨的傀儡成為校長，或者是取代你的位置。那些人隨時都可以撤銷學校的特權，也能夠關閉學校。」

「誰也不能把學校關掉。」

「你現在拒絕他就是賭上了學校的未來，賭上了聖之嬉，一點後路也不留，而你這樣做也只是因爲個人因素，你討厭可能不會站在我們這邊的人。」她才準備發言，校長便提高音量。「不錯，我承認他不是教師也不是學生，或許他也會認爲自己是局外人。但是招待他會對我們造成什麼損失嗎？無論如何他都是博學、聰穎且有魅力的男人。本校會好好招待他，直到他覺得這裡無聊爲止。可能很快就會感到無聊了，到時候他就會帶著快樂的回憶和煥然一新的情緒，自動離開學校。這樣的結果，你當眞以爲比較糟嗎？糟到得拒絕長官的……請求？容我補充一句，他的請求可不只是請求。」校長雙手握拳，隨後緩緩將手放下，靠在窗台上。

她緊咬著舌頭，直至口中充滿鹹味。「他們想要利用聖之嬉達到自己的目的。」她說：「他們把聖之嬉稱爲『國粹』。」

「聖之嬉**的確是**我們的國粹呀。」

「他們別有他想。」

「教授！」校長中斷爭執，回過頭來看她。「你謹愼行事固然沒錯，但沒有人可以躲開政治，在學校也躲不過。」

「我們有義務——」

「我們只能憑本分，做該做的事。」校長敞開雙手，手掌垂下的手勢看來有幾分絕望。「好呀，教授，不然你來教我怎麼做。如果我把他攆走，將來極可能要承擔更爲險峻的後果，不只會害到我、害到你，還會連累其他教師和學生。我還記得黨內人士要加入招生委員會的時候，你有多反感。我們招收基督徒學生已經先惹出麻煩了……我敢大膽斷言，本校已經享有別人沒有的特權，不僅校內資金有一部分來自國家贊助，我們校方還享有高於公務局與法務機關的自治權，而我們甚至還僥倖擁有豁免權，不必遵守《文化完整性法案》。現在黨安插人手進校園僅止於提出校務建議，我已經很感激，畢竟情況還有可能更糟。你又有什麼妙計？我應該堅守原則嗎？請你告訴我呀。」

沒有人說話。她垂下臉，雙手緊緊交疊，手腕處的青筋暴突。接著她開口，音量小到幾乎聽不見。「學生會因為他無法專心。」

「你得想辦法幫他們克服困擾。」

她點頭，僅僅點了一下。

「很高興你終於想通了。」校長坐回原來的姿勢，手裡把玩著鋼筆。「我建議你盡快和馬丁先生聊聊。他的房間在大鐘下方，現在他人應該在房裡……他見到你想必會很高興。他在這裡的時候，你要不時協助他進行聖之嬉的研究。你自己放聰明點。」

「我知道了。」她體內傳來一陣冷冷的絞扭，但她不予理會。

「多謝。」校長嘆一口氣，伸手摸了摸額頭，連帶將帽沿推起，露出了一邊眉毛。翹起的帽子形成俏皮但不自然的角度，讓一撮白髮從側邊溜了出來。「我就知道你可以為了學校放下個人情感。」

她站了起來。「謝謝。」

校長對她笑了笑，不過心思顯然已經回到工作上。往門邊走的時候，她心想校長的笑容中至少還有點微薄的善意，結果校長又突然叫住她。「教授啊。」

「怎麼了？」

「你可能不喜歡他，不喜歡派他來的那些人，但你要記住局外人總是會成為旁人八卦的話題。拿你來說，就有很多人說你不是呢。」

蒙特維爾學院裡沒有鏡子，但這只是不成文的規定。對三年級生而言，只有沒膽打破規定的天真一年級新生臉上才會布滿結痂的傷口。文學教授打從進校報到的那一天起，雙頰就始終都很光滑，要不是臉上仍有微小的擦傷疤痕，大家會以為他從小到大都只要用手摸摸就能把鬍子刮掉。學校應該只有這條規定沒讓卓萊登教授在純男性的校園中感到困擾。還記得第一天上任時，她說：「看在老天的份上，幸好我是個女人，我不需要鏡子。」總務長聽到她這樣說，表情從同情變成訝異，差點讓她笑出來。現在情況卻改變了，她看著臉盆裡的水，突然間急於窺見自己的面貌。但是室內光線昏暗，她只看得見陰暗的雙眼和唇角，水面全被肥皂泡泡遮住了。她彎腰想看個仔細，想知道別人眼中的她看起來是什麼樣子，結果只有一陣挫敗感浮上心頭。她端起臉盆走到窗邊，把水潑到下方的草地上。轉頭回去時手腕撞上窗台，臉盆於是鏗一聲掉了下去。臉盆轉啊轉的，最後在牆邊停下來。這間房裡的東西少得可憐：床、椅子、衣櫃、洗臉台。她的眼神停留在落難的洗臉盆上，感覺到一絲不苟的生活已經被摧毀了。她閉上眼，想要召喚沉靜前來，那份沉靜專屬於聖之嬉，是沒有目標的等待，可以把一切都抹去，只剩當下。但她召喚失敗了。

大鐘敲了三下，讓她想起了文化部部長，或者該說**前任**文化部部長。一想到和他距離這麼近，兩人都聽到一樣的鐘聲，她不由得起了雞皮疙瘩。他會在這裡待上很長一段時間，她還是趕快習慣吧。她輕咬下唇，心知自己沒別條路可走，遲早都會跟對方搭上話，最好現在先調整好心態，不然以後閒著沒事胡思亂想的人就會變成她了。

她撿起臉盆放回洗臉台上，然後沿著窄小的木製階梯下樓，走進她的研究室裡。她和葛拉皮同學約了三點半指導，所以先來這裡拿會用到的書，還有那副布滿灰塵的眼鏡。只有教導阿忒門表記法的時候她才會戴上這副眼鏡，戴上後彷彿整個世界跳到她的面前，總把她嚇得往後一跳。無所謂，她可以現在去跟馬丁快速打個招呼。反正去頂樓教室找葛拉皮時會順道經過馬丁的房間，這樣她便能以此為由、不失禮貌地快速脫身。她拉低帽沿遮住額頭，髮夾都刺進了頭皮。她眨了眨眼，看著過度放大的世界，同時隱忍著開始發作的頭痛，快步走過走廊左轉，往鐘樓走去。

李奧的房門開著。他站在窗邊，手插口袋吹著口哨。口哨的曲調聽來熟悉，她卻想不起曲名，讓她覺得自己彷彿遭到嘲弄。她停下腳步，猶豫著是否要走進房裡。這裡算是他的領域，還是她的？最後她身上殘存的良好教養還是占了上風。她輕敲門框，他於是轉過頭來，嘴唇仍嚅著。「進來。」

突然間她感到難以呼吸。沒有事先想好要說什麼眞是太可笑了，更可笑的是她還因此嚇傻了。她人往前站，話卻沒能說出來。

「眞不明白這房間到底能不能住人。」他回過頭來。「那座該死的鐘整晚都會敲個不停吧？」

「我……」她傻眼地看著他，沒想到他是用這種態度說話，就算他對她的樣貌不屑一顧，也總該溫文儒雅、面帶笑意，表現得像她想像中的政客那樣吧。「對，每個小時都會敲鐘報時。」

「好吧，那就……」他打住話頭，整個人頓住。「抱歉，我以為你是……」

起先她還沒搞懂，後來就明白了，他把她當作侍者了。他先看到的是她隱約的身體曲線，才注意到她身上的白袍，這才意會過來她是教授。他沒那麼用心觀察，就算她今天戴上眼鏡，他也不會發現眼前的人既是遊戲師也是女人。「我是卓萊登教授。」她開口。「歡迎來到蒙特維爾。」

「卓萊登教授，請原諒我。」李奧話語中的尷尬稍縱即逝，取而代之的是一股冷意。「眞是，我早該認出你的。」

她內心一驚。「什麼？」

「你獲選的時候，我應該有在報上看到你的照片。你眞有本事，無名女流也能主掌聖之嬉。」

她徐徐吐出一口氣，沒想到他曾經看過自己那張姿勢笨拙的模糊照片，配上頭條文字寫的「小女子憑智力逆轉勝」、「男學生走運了！」。她才不會流露情緒，讓他嚐到任何一絲勝利的得意。她只說道：「謝謝，我很幸運。」

「幸運！」他說：「你當然幸運啦。」他脖子一扭望向窗外，歪著頭好像在看鐘樓基座。她該慶幸這人對她一點興趣都沒有，她才能把他打量個夠，不用擔心他會回頭。然而自她體內竄出一股深沉而猛烈的怒氣，讓她眞想大吼發洩。她強迫自己仔細檢視他的外貌，把他當作一件物品般好好評分。

他長得好看，這點不在話下，但他能好看的時間也不長了。他的外貌就像一本書，書頁遭摺起作為標記，因眾人翻閱而顯得軟爛，彷彿是過於頻繁賣弄的結果。一頭金髮的色澤暗沉，雖然沒有白髮，但髮色也開始褪了。他的雙頰泛紅，最終大概會紅得像酒鬼的漲紅雙頰一樣。太好了。

「嗯，我想，」她開口：「如果沒其他的事……」

她不該說話的，他不可能讓她想走就走。他猛然轉身，這一次是全身都轉過來。突然間他堆出那張眾人熟悉的笑臉，彷彿要請她投他一票。「卓萊登教授，」他說：「請原諒我，恐怕我之前下榻的飯店有點陽春，我沒睡好……很高興見到你。」

她什麼也沒說。

「我是李奧・馬丁。」他伸出手。「文——前任文化部部長。」

她不為所動。「我知道。」

「你知道？」他隨意地揮揮手，好像在表示自己已經習慣遭人冷落了，不過她心想他會記住這件小事，等著以後拿出來說。「我不知道這裡的教授獲准讀報。」

「可以的，如果教授想看的話。」

「那你的選擇是……我知道了，好吧，那我可要對你說聲恭喜，畢竟很多人都以為蒙特維爾是一座象牙塔，很高興這裡並不是那樣的地方。但我想把這裡當成一個退休的好地方，一處避世所。」

「你要逃避什麼？」她真不該開口問的。她低下頭，迴避對方的目光。

「喔，你知道的。」從他的口氣聽來，他大概覺得她根本不懂。「逃避政治啊。」他的微笑轉變為燦笑，她想那是他試圖刻意討好。「逃避現實啊。」

她保持面無表情，那是她的拿手絕活。她點點頭，眼神往他面上掃去。他施展魅力，她卻不吃這一套，似乎讓他感到悵然若失，相對地她卻因此暗自感到微小的滿足。她想，他可能以為聖之嬉遊戲是解救人生的藥方，不過這樣想就錯了，真要說起來，實情可能與他心中所想完全相反。但她還有其他要事要做，沒空解釋給他聽。「希望你研究順利。」她說：「校長要我轉達，如果你需要協助，我會想辦法撥空來幫忙。如果我幫得上忙的話。」

他眼神一變，但他開口時僅僅說道：「謝謝。」

「想必你知道圖書館在哪裡，如果你還有其他事情，請吩咐侍者。」

「我知道了，謝謝。」

她動身準備離開。

「那個……我們之前有沒有見過？你的聲音聽起來有點耳熟。」

她轉過身，眼鏡的鏡片折射光線，讓鏡片上的一塊汙漬顯得格外顯眼。她忍下舉起袖子擦拭的衝動。「沒有吧，應該沒有見過。」

「好吧。」他說：「跟你談話很愉快，期待你之後能提供什麼協助。」在一陣微小的停頓後，她換口氣正要回話，卻看見他對她揮了揮手。「別在我這裡耽擱了，聖之嬉在呼喚你呢。」

他打發別人的態度是如此隨意。再繼續停留的話，會讓她顯得對他有興趣，但她**並不想要**他的關注。她用上所有的意志力才讓自己的眼神往下移，並轉身離開。

就在那時，他吹起口哨，是他剛才哼到一半的曲調。一瞬間她聽出來了，是《柯尼斯堡之橋》。她扭過頭側眼瞪著他，不過對方又走回窗前眺望了。

「再會。」她說完後便感到自己卸下了防備，但在她正準備要關門時，他的口哨聲戛然而止。

「我突然想到，」他笑盈盈地問道：「教授的拉丁文陰性格『*Magistra*』有兩個意思，女教授和情婦。身爲本校第一位女教授的你，對此有何看法？」

她的腳步蹣跚，像是走在夢中。她往下看著雙腳，發現地面突然間化爲黑白兩色，不禁抬起頭、眨了眨眼，才發現自己已經從教師樓入口走到中庭。眼前的黑白地磚在午後天色下染上一層藍色，讓白磚成了稀釋過的牛奶白，黑磚則是木炭的黑，完全不像幾天前她在大禮堂看見的景象，那時月光也將禮堂的石板地轉爲黑白。話雖如此，眼前鮮明的黑白對比依然讓人聯想到棋盤，宛如等著誰先出手落子。自從那晚開始，一種無法甩開的感覺就潛伏在她體內，使她指頭發癢，彷彿天氣預報指出風暴將至。她告訴自己，並且是反覆地告訴自己，她會焦慮只不過是因爲仲夏遊戲展演而已。這麼早就開始焦慮也是有原因的，這是她第一次發表仲夏遊戲，然而她到現在都還沒開始著手。她還告訴自己，想像力到了夜裡就會變得過度奔放，尤其是當她在走廊散步、看見月亮從這一扇窗移動到下一扇窗的時候，最後她總會走到大禮堂，彷彿被誰也聽不見的鐘聲召喚到那裡去。她告訴自己，任何人盯著石磚上的光影幾何，看久了都會覺得有人在看自己，而如果察覺到憤恨的目光從黑暗中投射過來，那也只不過是山間夜晚慣有的冷寂罷了。這些感受或許都是預兆，預言了李奧．馬丁的到來，他還跟她待在同一個屋簷下，哼著《柯尼斯堡之橋》的主旋律。

她穿過中庭，走過長廊，圖書館四季不分的溶溶寂靜將她吸了進去。裡面到處坐著二、三年級的學生，他們正低頭看書，皺起眉頭一臉專注。她經過這些學生身邊時，其中一人不自覺伸出手前後比劃，他在安排遊戲的走法，想知道這麼做會產生什麼效果。她差點停下腳步，從後方偷看擺放在他面前的書，但今天她沒有教學的興致。她直行穿過高聳的書架，接著登上階梯。圖書館在白天是她的領域、她的獵場，任何她可能需要的資料都藏在索引和註腳裡。午夜鐘聲響起時，她樂得和留到最後的學生一起離開圖書館，好讓眼神疲憊的管理員將燈火熄滅。自從倫敦圖書館遭到破壞之後，所有人未經允許都不可以單獨留在圖書館中，但就算她可以獨自留下，她也不想。狀況不好的時候，實在太容易掉進幻想裡，想像自己失去控制，點燃火柴丟到地上，而灰泥天花板將會見證火焰與陰影起舞……現在她人經過管理員桌邊，她對他點了個頭，便走到一旁翻找鑰匙，然後她打開一扇窄門，門後是遊戲典藏室，專屬於她的個人圖書室。

遊戲典藏室聞起來有灰塵的氣味，她鎖上門往窗邊走去，越過許多紙箱和一堆堆的書。她盡可能把窗戶推到最開。窗外可以俯瞰外面的道路和山谷，不在視線範圍之內的某處是蒙特維爾鎮，更遠處還有山麓和肥沃的沖積平原，再過去更遠、更遠的地方，是她的家。但那裡已經不是她的家了。她轉過頭來不去看眼前的風景，好像有人從那景致中注視著她似的。她深呼吸，皺起眉看著塞滿的書架、散落著物品的地面，還有天花板角落垂著的厚厚蜘蛛網。要是沒仔細看，可能還會以爲蜘蛛網是天花板的裝飾花紋。

從前這裡或許是學校的祕密中心，收藏著無價的聖之嬉文獻，區區學生還沒辦法看上一眼，因爲它們太珍貴了。這裡有些藏書很特別，閃耀著琉璃與黃金的光芒，上了鎖鏈固定在靠牆的書架上；有些是遊戲大師的手寫本，或是僅存的古卷手抄本，還有一些經典遊戲的現代見證註記。距離上次編寫書目之後，已經過了好幾年、好幾世代，現在架上堆著的大部頭黑皮精裝書，上頭簡潔標註的人名她聽都沒聽過。架上還有寫滿了阿忒門表記法記號的八開筆記本，以及寫得密密麻麻、難以辨識的手寫筆記文件夾，沒有標示出使用的表記法爲何。上一世紀不知道哪位教師把自己的遊戲作品連同研究資料都擺在這裡，使得地上堆著一箱箱的音樂、數學、科學期刊，還有一本本的哲學與韻文著作。她的高祖父曾經從中挑出一批價值尚待確認的藏書，其中有些物件她相信應該是不小心拿進來的，比如說笛子、拉丁文字典、學生作業。她上次還在這堆物品中找到三十年前的褪色《險中求勝》雜誌，隔壁擺著菲利多爾[1]的初版作品。想來是之前霍特教授找東西時隨手擺在那裡吧，她想像著霍特因風濕而

1 François-André Danican Philidor，十八世紀法國作曲家、西洋棋大師，著有《西洋棋分析》（*Analyse du jeu des Échecs*）一書，並創作多首膾炙人口的喜歌劇（Opéra comique）音樂作品。

變形的手指輕輕拂過書脊的樣子。當初她獲得任命後，曾經花了相當久的時間瀏覽典藏室裡的物品，像個掌管聖殿的女祭司，但她還沒看完一半就已經覺得這裡非常乏味。現在她沒有整理這裡的欲望和企圖，只把這裡當作一處藏身地，把這裡當作古墓。

她走到離窗邊最遠的角落，彎下腰伸手探進書架後方，拉出一個金屬小箱。她跪坐下來，用手腕內側擦去黏在額頭上的蜘蛛網，掏出口袋中的鑰匙打開箱子拿出包裹。拆開包裹時老舊的油布窸窣作響。油布裡面包著一本日記，封面與封底的灰藍色流沙箋上有大理石花紋，看起來像水底的小圓石。日記的四角和書脊皮革都已經磨損了，封面則有一滴墨水漬。墨水剛滴上去時一定就像硬幣反光一樣閃亮，在墨色最深處泛著藍銅色光澤，但隨著時間過去墨水乾涸，現在看過去只是漆黑一片。然而摸到墨水漬時，她的手指還是沾上墨汁了。她反射性含住指頭將墨水吸乾，抬眼望向窗外看了一陣子，視線停留在山谷後方的天空，接著低下頭打開日記。

4

二年級，夏季學期開學第一天

我原本打算在破曉時分起床，結果睡過頭，爬上山坡的時候天氣已經熱了起來，走到校門口時流汗流得全身濕透。這段路只能用走的，眞是太煩了，我不是嫌運動麻煩，而是因爲明明就有巴士可以坐，我們可以跟行李一起坐上山啊。我個人認爲這是學校故意的：他們想給學生下馬威，要新生入學時千辛萬苦**跋涉**，這樣一來首度進入校區時就會氣喘吁吁，腳步搖晃，然後我們站在原地，看著大禮堂、圖書館、塔樓之類的建築，內心就會相當震撼，感受到自己的存在如此渺小。山上空氣稀薄，一路走來呼吸艱困，但看看校園的規模、建築物的氣派……學校看起來的確像是劇場。（當然我不能大聲說出**劇場**二字。要是我把聖之嬉和戲劇相提並論，天知道會有什麼下場！還記得我在第一個學期不小心提到自己曾經在女皇劇場看過《騎士照將》，結果所有人轉過來盯著我看，還愣了一會兒。當時艾米爾懶懶地揮揮手說：「各位好同學，可先別忙著罵他呀。看看我，收集了一大堆煽情的明信片，菲力還是個放屁行家……」所有人大笑，從此我再也不提劇院的事。）總有人喜歡假裝聖之嬉和娛樂無關，但是蒙特維爾學院就是不折不扣的劇場，大家都在演戲，就是這樣。

或許我剛才那段不夠眞誠。事實上，今天早上走到最後一段路、看見塔樓出現在眼前的時候，我對於能夠重回此地感到十分高興。穿過校門時我覺得自己的動作大搖大擺的。想想我竟然還是這裡的學生就很意外，而且我還是班上的第二名，去年這個時候，我沒想到我能有**這樣**的表現。去年這個時候，我還在擔心學校會發現其實是行政出錯才會讓我入學。不過現在已經沒事了吧，我回到學校繼續念書，還要再念兩年呢。

同日稍晚

剛才暫停是因爲菲力敲門找我，我們一起去吃午餐。他很擔心在班上排名墊底，顯然他家的人讓他的暑假不太好過，他們還叫菲力明年的成績至少要提升到二等一級，不然他就得去找工作了。我安慰他說，現在就擔心這種事還嫌早吧，但我實在很難同情他。菲力眞以爲去外面工作再悲慘不過，只要是**工作**都很慘，他可能覺得只有中產階級才會爲了生計而工作吧。我倒想看到菲力來我爸的廢車場賣命工作，就像我每年夏天那樣。老天啊，我所有同學的夢想，就是待在天知道哪裡的鄉村小屋研究聖之嬉，放任國家被狗黨把持……我並不是在說自己想要成爲遊戲師有好到哪裡去，但至少我的抱負很踏實，我不是爲了逃避做苦工才想當教授。面對菲力，我閉緊嘴巴刻意不提到廢車場的事，至於我在夏天做的其他事情，我也不會說的。另外一個我（做苦工，身邊充滿只讀過《升旗》雜誌的同事，偶爾在瓦礫堆的後方大汗淋漓待個十五分鐘）將會老老實實藏匿在另一個角落裡。我時不時希望自己**能夠**把這些事情告訴菲力，只爲了看他會露出什麼表情，但我可沒笨到這個地步。

午餐淨是些清淡健康的食物，適合給明天的聖之嬉展演人食用。這是照規矩來，雖然平淡，不過起碼餐點份量很足。大部分的同學都已經到食堂去吃飯了，席間不免聊些長假特有的趣事。艾米爾大部分時間都待在法國（這是當然的吧！），陪伴表親在巴黎晃蕩、四處征戰，他拿自己的經歷說笑，逗樂大夥兒。馬修想搶鋒頭，誇耀**他本人**在阿爾卑斯山遇見了一位動人的擠奶女工（還是牧羊女呢？我忘了），而且他的雙手確實握住了最爲扎實的一對……大家講著差不多內容的廢話，雅各（他從沒把聖之嬉的術語學好）則吹噓自己受邀前往牛津進行研究。他跟菲力提到古算盤蒐藏——雅各的伯父是牛津的策展人，雅各得以和全英國最傑出的聖之嬉展演人共同參加晚宴。他吹噓個不停，直到聽見我說：「雅各，古算盤蒐藏存放在劍橋喔。」才稍微嗆了下，變得安靜下來。有時候我真懷疑同學之中有誰會說眞話。

我拿了課程表，發現今年課比較少，好讓我們有空進行遊戲創作。接著我回到樓上，一轉過轉角就看到菲力，他正在卡費克的房門上釘東西。我停下腳步從他背後探頭看，他則轉身對我一笑。「不錯吧？」

那是一張滅火器的宣導廣告，上頭的圖畫有間燃燒中的屋舍，還有兩個瞪大眼的孩童手牽著手，在草皮上晃蕩。廣告上寫著：何必冒險？

「這兩個是逃出火場還是縱火的人呀？」

「他們看起來有夠『德庫西』的，對吧？」菲力為海報釘上最後一根大頭針，退後幾步欣賞自己的傑作。「有點瘋瘋的……歉疚的表情……沾滿灰燼的雙手……」他環顧四周，忽地一把抓住我的手臂，不過已經來不及跑了。卡費克從走廊另一頭朝我們走來，他之前一定是去洗澡了，看他頭髮濕濕的，手上還拿著一條濕毛巾。卡費克在我們面前停下來看著那張廣告，表情緊繃。我一度認為他會一聲不吭直接進房間，菲力卻在這時笑出聲來。

「眞是好笑。」卡費克說：「你是不是整個暑假都在弄這個？」

「沒有啊。」菲力說：「我只是看到這張廣告就想到你。」

「少管我，多想想你的聖之嬉遊戲吧，省得成績掉到三等。」

菲力的笑意退散。「你眞的開不起玩笑耶。」

卡費克突然轉過來，我以為他要揍人。「拜託你們大發慈悲，**少來煩我**。」

「你還能怎麼樣？把我們燒死在床上嗎？」

「我還眞的滿想的。」卡費克的眼神略過菲力，看著我說話。

「**我**又做了什麼？」我不由得開口。「不過就是剛好經過……」

「馬丁，眞希望哪天你會發現自己混帳到不行，我說完了。」他推開門，突然停下腳步，彷彿想到了什麼。「順帶一提，恭喜你得第二名，你們全家一定樂得要命。」

門砰然關上，菲力哼哼唧唧的把廣告撕下來。「故作清高的混帳。」菲力對上我的眼神。「要不要趁他不注意，痛毆他一頓？」

我搖頭反對。對菲力而言他眞的只是在開玩笑。他喜歡作弄卡費克，因爲卡費克總有反應。菲力不明白，我恨卡費克恨得有多深，也不知道我多想看那位貴公子受到傷害。這樣說也不太對，我不想看到他受重傷，但我要看到他遭人狠狠羞辱。這件事沒有人知道，或許只有卡費克意識到我的意圖。在某些層面上，只有我們倆能把彼此看透，我自己是這樣覺得。

菲力問：「你今年可以把他打下寶座嗎？」

我深吸一口氣，想讓自己聽起來不以爲意。「如果雙人遊戲找對夥伴的話就可以吧。我想跟保羅同組。」

「這樣一定能贏得很容易，雖然卡費克是最頂尖的，但沒人想跟他一組，他會跟成績墊底的人湊合，結果害死自己。」他頓了一下又說：「希望他不要找我。」

「趕快去找其他人，他就不會找你了。」

「對耶，好。」

菲力說卡費克是**最頂尖的**，我原本不想想太多，畢竟以現況來說他**的確**最優秀，但這個事實，我連用寫的都覺得很惱怒。該死的傢伙，今年我要成爲全班第一，我發誓我絕對要，而且不惜代價。

還有，我發誓總有一天要讓卡費克哭出來。

夏季學期第三天

今天第一次上聖之嬉，但沒什麼進度。霍特教授跟我們說，學期結束前要交出雙人遊戲的作品。霍特在講解的時候，我對上保羅的視線，他用眼神問我要不要跟他同組，我豎起大拇指表示同意，希望事情就這麼敲定了。

之後在我把練習簿從地上撿起來時（菲力急著衝下樓吃午餐時把書撞飛了），霍特教授對我說：「馬丁先生，方便的話，我有話跟你說。」其他人都急急忙忙離開教室，教授等到人都走光了才關上門，示意我坐下。我還以爲他要站在講台上對我說教，但他只是站在原地看著牆上的表記法圖表，不發一語。

過了一會兒，我只好開口：「教授，有什麼事嗎？」

「你表現得不錯。」他說：「班上排名第二，你一定很開心。」

我說：「對啊，我當然開心。」接著是很長一段沉默，讓我不禁納悶，如果他要稱讚同學的學業表現，爲什麼不把卡費克留下來恭喜他呢？不過話說回來，德庫西家的人要是**沒有**表現出色，才會讓人大驚小怪。

「馬丁先生，你覺得一切還順利嗎？」

「我不懂你的意思。」

「我是想問你在學校還好嗎？你應該是你家第一個就讀本校的學生。」

我原本想故作幽默地說自己是從垃圾堆爬上來的，但最後還是沒那樣說。「教授說得沒錯。」我原打算把話說到這裡就好，但他向我投來遊戲師的標準眼神，那種眼神會看得你心底發毛，看得你不得不吐出一個讓他更滿意的答覆。「我想我過得還好吧，一切順利，我還滿開心的。」

「你覺得這裡跟家裡一樣舒適嗎？」

「誰會這樣覺得？」

這番話惹得他發笑，不過笑容很快就消散。他說：「馬丁先生，請你別這樣，我不是故意要讓你覺得不舒服，但我……」他嘆口氣，轉頭回去看表記法圖表。我將雙手夾在腋下，穩住自己。「上學期末，所有教授聚在一起替遊戲作品打成績時——我必須要說，你進步的程度讓我印象深刻。」

我說：「謝謝。」但他話還沒說完。

「你的語彙擴充得很豐富，對聖之嬉的理解層次細膩，術語的使用也很適當。」他看了我一眼，知道我想插話。「但是，要不是其他教授堅持，我不會給你那麼高分。」

「哦？」

「也不是說你的遊戲有任何欠缺之處，事實上一點也沒有。不過那裡面有一種……該怎麼說？裡面有種不眞誠的感覺，我很擔心。我擔心你認爲聖之嬉有某種特定的樣式，並依此將成品製造出來，但那並不是眞正的遊戲。我這樣說你懂嗎？」

我想我回答的是：「沒有完全理解。」

「你思考敏捷，相當敏捷……」他停頓了下，但這次我沒有跟他道謝，我想他也不期望我道謝。「你很融入本校的文化，融入了聖之嬉……這麼說吧，你扮演著一位蒙特維爾的學生，扮演得沒有破綻，你所扮演的學生毫無瑕疵，他的遊戲也技巧老練，無可挑剔。但就是有一種……」他拉拉耳朵。「我還眞不想這麼說——有一種『冷』，或許該說是不老實吧。總覺得該有的東西不在那裡。」

我清清喉嚨。「那麼該有的是什麼？」

他露出遺憾的微笑，彷彿我提出的這個問題需要我們師生倆絞盡腦汁才能解決。「我也不太清楚還要再添什麼，不過我看到就會知道了。要是沒有那樣東西，你永遠也只是一個精練的展演人而已。非常精練，但**僅止於此**。」

空氣凝滯，我努力不讓自己顯露出任何表情。我說：「教授的意思是，我把遊戲當成把戲嗎？」

我以為他會說我無禮，但他卻說：「不是的，馬丁先生。我是說你玩遊戲是為了取勝。」

我站起身，一把抄起書本夾在腋下，差點沒把整疊書都摔在地上。我狼狽地整理了下手上的書。

「好吧，謝謝教授提醒。」我說：「下次我會盡力落敗。」

他抬起手來。「馬丁先生，請你不要生氣，我會跟你說這些話，是因為我覺得你很有潛力。」

我費了一番功夫才不讓自己回嘴。我死死盯著表記法圖表，開始計算在上次遊戲中各把每個符號用了幾遍。

「馬丁先生，我還想知道……我在想你的求學態度如此令人欽佩，是因為你和德庫西同學在互相競爭吧。」

他等著我回答，但既然這不是問句，我就不打算回答。

「據我觀察，你們之間的競爭關係有一點……敵意，對吧？」

「我沒有特別喜歡他。」

「我大概知道原因。」

「教授，我不知道你是什麼意思。」還好我手上捧著書，不然我真想拿起他桌上那本《麥卡托－洪第烏斯地圖集》[1]往他頭上砸。我想教授大概還會繼續說點什麼，便堵了他一句：「老實說，應該沒人喜歡他吧。」

「眞可惜，你們兩個從彼此身上會學到很多。」

我沒理他。

---

1 洪第烏斯（Jodocus Hondius）為文藝復興時期雕刻家、製圖家，他買下地理學家麥卡托（Gerardus Mercator）所繪製的一〇七幅地圖雕版，並加上部分為自己繪製的三十六幅新圖，於一六〇六年出版了地圖集（*Atlas*），獲得廣大迴響。

「抱歉，看得出來你現在很不高興。」

「我才沒有。」

「你一定是想吃午餐了。」他後退一步，指向門邊。「總而言之……歡迎回到蒙特維爾，馬丁先生。」

今天下午我把整件事都寫下來之後去做了冥想，但我還是很氣。他哪來的立場批評我？我的人生並不是一部讓他高高在上打分數的遊戲。他要是想要傳授高大上的智慧，就儘管去研究該死的聖之嬉大合輯啊。

好，我現在要回圖書館了。教授說要真誠，我就給他真誠。我才不信這會難到哪裡去。我已經想好了一個巧妙的計畫：我要找到最真誠的遊戲，想盡辦法模仿再製。

同日稍晚

該死，真不敢相信竟然會發生這種事。

5

遊戲師

她走進教室，為新生的第一堂聖之嬉課程拉開序幕。所有一年級生立刻安靜下來。她遲到了，這是刻意的，刻意讓學生坐在位子上，全身緊綳地等待，誰也不能放下心來。遲到是一門藝術，需要找到最準確的那一刻，遲到太久，學生會從坐立不安變得過於緊張，然後就會開始聊天、相互吹噓。但是帶領她通過聖之嬉考驗的直覺讓她懂得掌握時機。她一走進教室、站上講台，就知道自己抓對時機了。她先頓一頓才抬起頭來，眼神掃過所有學生，留心注意有誰對上她的眼神之後又閃躲，有誰在座位上扭動，有誰雙手盤胸。還有哪些人痛恨自己被女人教導。

窗邊傳來些微動靜。那是一位頭髮凌亂的青年，臉孔削瘦，看起來性格樂觀。他動手拉著領子。她記得這人是誰。賽門．夏彭提對吧？他口試時她在場。他那時候的展演很吸引人，雖然講話結結巴巴、斷斷續續，但充滿熱忱。他把《四季》講得像是誰也沒聽過的作品，現在一想到那場景就讓她想笑。「這作品的表現方式並不是……呈現出音樂和數學……全然不同但也並非如此……這部作品依然是遊戲，而遊戲是……」他結結巴巴地說著，最後說不下去，停了下來。她俯身向前，開口說道：「夏彭提先生，我想你要說的，應該是『美』吧？」是啊，他是那麼地年輕，但一開始所有人都是那麼年輕。

那名學生突然意識到自己拉扯領子的舉動，趕緊將手放下，頭垂了下來。他是要遮住衣服上的汙漬嗎？不是。破洞嗎？也不是。她的心跳漏了一拍。在他衣服上有一枚十字架刺繡，他是基督徒。雖然她先前一時忘記，不過現在想起來了。他口試時有一位黨派來的官員也在場。官員發言的語氣帶著幾分惋惜。「不管你自認多有熱情，恐怕總有一天還是會發現，基督徒就是不適合『玩遊戲』。我這麼說可不是在貶低基督教，你們當然有自己的文化，宗教歷史久遠，儘管有點過分激情。說實在話，你們沒辦法全心投入聖之嬉，當然也沒辦法融入蒙特維爾……」那時她咬緊牙關，怒火中燒。後來她在夏彭提的錄取通知書上簽名時特別高興。

他抬起頭，看見教授的眼神在自己的衣服上打轉。他坐在座位上縮著身子，拱起肩膀，讓十字架陷進衣服的皺褶中。從他的動作看來，他已經習慣這麼做了。她感到胸口發疼，疼痛感隨即轉爲深深的擔憂。十字架禁令相關執法才剛開始幾週而已，這也是她第一次在禁令下達後看到十字架，他卻反射性地立刻縮減自己的存在感。她想走到他身邊，對著他一掌拍下去，叫他坐正。要是敢在學校示弱，你就沒戲唱了。

她深吸一口氣。這堂課她已經教過無數遍了，不知爲何現在卻猶豫著該如何起頭。她想要對夏彭提喊話，但她該說些什麼？先簡介聖之嬉的歷史，解釋它起源自基督教的彌撒嗎？還是要離題講到西班牙科爾多瓦和耶路撒冷的遊戲，或者提及某篇討論有經典的宗教和新形式的膜拜之間可有相容性的短文？

那會讓她惹上麻煩的，但她難以抗拒這些念頭。她可以這樣開頭：我們四處尋找神性，它在聖之嬉之中，也在聖餐禮儀中。聖索菲亞大教堂曾經展演過無數聖之嬉遊戲，阿克薩清真寺、哭牆邊也不例外。要是你認為，我們透過聖之嬉接觸到的神性優於其他宗教的神祇，或者你以為不同媒介所啟發的神性會有所不同，那就是現代的傲慢了。近代的儀式未必更先進，也未必是唯一的方式。要是有人將聖之嬉及其神學基礎當做歧視的依據，她便能以此稍加抨擊，因爲聖之嬉的精神在於謙卑、凝神、沉靜。她還要將砲火指向某些人（她並不莽撞，不會直接說出來是文學教授），這些人似乎不想承認聖之嬉是一種宗教儀式，畢竟他們只要聽到「神」這個字就會臉孔扭曲，彷彿神令人尷尬。還是說她可以酸政府幾句，說他們害得本國經濟長年疲軟，還找好了代罪羔羊呢？

無論如何，她都無法保護夏彭提免於遭受其他學生的欺負，他們現在就已經開始跟他保持距離，拒絕和他眼神交會，而她要是採取行動，只會讓情況更加惡化。她心裡也有點恨他這副德行，讓她想起自己在蒙特維爾也算是局外人。她太明白蒙特維爾可以多麼殘酷。

沉默已經延續了太久。她往桌面一拍拉回思緒，準備發表第一堂課的致詞，照慣例丟出大哉問：「各位同學，聖之嬉是什麼？」這時她必會停頓一陣子，裝作等誰回答的模樣……「眞是奇怪，竟然沒有人回答我。同學都考得很好呀，你們都通過了口試不是嗎？有沒有人要回答？」接下來她又不說話了，這段空檔會讓學生在座位上不安地扭動身體。

「很好。」她說：「很高興沒有人以為自己可以定義、甚至是解釋聖之嬉。就從這裡說起吧。同時我們也來討論，究竟有哪些東西不能稱為聖之嬉。音樂不是聖之嬉。」她扳起手指數數。「數學、科學、詩藝都不是聖之嬉，藝術、小說、表演也不是聖之嬉，嚴格說起來，聖之嬉也並非是遊戲的一種。」她恢復語速流暢，這些話都說過太多次了，不費精神也說得出口。「你們進入蒙特維爾之後要學習以上內容以及其他科目，但它們都只是聖之嬉的一種切入點，一個元素。你可以用以上內容做出一部不算是聖之嬉的作品，也可以做出一部聖之嬉遊戲，卻不包含以上內容。要回答何謂聖之嬉這問題，只有一個方法，那就是放手讓自己玩耍。你們要在這間教室裡，跟我學習這門課。」她往前傾，身體抵住桌緣。「這學期，各位同學每兩週就要提出一份遊戲草稿，試玩彼此的遊戲、提出意見。等春季學期結束之後，每位同學必須交出一部完整的遊戲，並且接受初試。記住，這裡所有課程、所有內容都是為了聖之嬉服務。你最關心的事情將會是、而且肯定是聖之嬉。還有——」

毛玻璃窗後方傳來騷動，走廊上晃動的光線照進教室裡。外面出現人影，那個人只要伸出手就能碰到教室的門，泛著褐色的剪影顯示出對方沒有穿著學生袍而是西裝。那是李奧·馬丁，他站在那裡聽講。

她往門口走了一步，打算猛然將門拉開，跟馬丁來個正面對決，但她還沒走到門口對方就已經溜走了。走廊上的腳步聲逐漸遠去。

剛才說到哪裡了？她一時想不起來，全然追不上剛才的思路。她轉頭面向黑板，態度謹慎，非常在意學生的視線落在她身上的重量。再不開口、再過五秒就會被他們發現她失態了。她的脅下冒汗，嘴唇乾燥。她好害怕，突然之間這份覺察又讓她開始發怒。

「各位同學，」她想也不想就開口：「如果你們來這裡上課是為了成為聖之嬉的頂尖高手，現在就可以離開了。」

好幾個學生互看了一眼，有一人皺起眉頭，還有一人雙手抱胸。

「如果你來這裡是為了贏得金獎，是為了登上《險中求勝》的封面——」她停頓了下，伸手摸了摸帽帶。「如果你是為了站在我現在這個位子，成為遊戲師……那麼最好現在就走出那扇門，為了成功趁早改行吧。」她搖搖頭，這些話從來沒從她嘴裡冒出來過，卻好像一直等在那裡似的，像一部不用看記譜就可以展開的遊戲。「或許你們沒有那麼遠大的抱負，只想當個公務員，或者來這裡只是因為父親在這裡念過書；或許你們想和別人誇口自己是本校校友，或者想在往後談生意時，能跟上高深的話題配酒小酌。或許你們以為聖之嬉是我們的『國粹』，所以它只是一個值得獲取的成就，這樣當自己離開學院、重回社會的時候，就培養出一個眾人讚許的嗜好。你們以為在蒙特維爾贏得一席之地就會獲得獎賞，還以為那份獎賞就是學習聖之嬉。」她停下來換氣。「但是你們都想錯了，聖之嬉和榮耀毫無關聯。各位同學，聖之嬉是一份志業，遠比你們所想像的更寂寞、更艱困，你的成就愈高，愈是知道高處不勝寒的滋味。」她接著說下去，彷彿說給自己聽。「聖之嬉不是遊戲，而是遊戲的相反。凡人藉由聖之嬉，將注意力轉向自己以外的目標上，舉凡任何外於我們自身的真實存在，都是神性的展露。為了投身其中，我們要重新打造世界；而我們在過程中所遇到的，就是真理。」

後排有學生扭動身子，用鞋尖摩擦地面。

她露出微笑。「現在你們自然是什麼也不懂，之後也會愈來愈糊塗……開始創作很容易，後來可得小心，你終究會見到神的。」

6
李奧

鐘聲敲了兩響，李奧將頭埋進枕頭裡，咬著牙吐氣。他緊閉雙眼，想藉此讓自己陷入昏迷。接著他翻身將雙腿伸到床架外，終於放棄繼續嘗試入睡，站起身來。或許總有一天他會習慣睡在鐘樓底下的房間裡，但現在每小時鐘聲響起他都會被驚醒，失眠的他成天迷迷糊糊地過日子。好幾天前他問總務長可不可以讓他換房間，但對方只是搖搖頭說：「馬丁先生，我很抱歉。」

「你不明白我的處境。」李奧說：「那房間我待不下去，根本睡不著。」

總務長笑了，十年前的學生李奧所認識的總務長已經換人了，現在這位比較年輕，他身材圓胖，表情冷靜，李奧看了只想揪住他的衣領大力搖晃。總務長說：「你不明白，我們這裡恐怕沒有其他客房了。」

「我可以睡在隨便一個小房間裡，哪裡都可以。」

「抱歉，我們只能讓你住在那裡。」

李奧瞪著總務長，從前在部長辦公室裡，要是有誰敢平白無故拒絕他，尤其是用笑臉拒絕他的請求，一定會被李奧部長喝斥驅離。現在他在校內覺得自己什麼也做不到，那感覺就像是沒辦法用自己的手扣釦子。「是錢的問題嗎……？」

「不是這樣的，能招待客人是我們的榮幸。」總務長說：「幫不上忙我很遺憾。」他點點頭，刻意顯得彬彬有禮。「不好意思，我現在不能再耽擱了，那座鐘每天早上都要上發條，兩百年來它從未誤點過。」

李奧看著對方離開，心中相當不是滋味，氣得想殺人。他經常與人為敵，所以一點敵意也不會漏看。但他沒料到在學校裡也有敵人，難道他們不該感激自己大駕光臨嗎？他整整領帶，好像有誰在注視著他的儀表似的，然後沿著走廊走回房裡，雙手插進口袋中，用口哨哼著煽情露骨的民謠。

回房後他走到洗臉台邊把臉潑濕，洗去眼角乾黏的分泌物。他穿上襯衫和長褲，摸出一根火柴點燃。他瞇眼看了火柴一會兒才點亮燈火。要是看點書一定能睡著，但是從車站買來的那本偵探小說他早就看完了。他拿起提燈往走廊移動，這才想起晚上圖書館應該沒開，然而又提不起勁走回房裡，於是他拾級而下，從連結鐘樓的小迴廊前往教師樓。夏天已經走遠了，外頭的夜晚空氣冷冽，清澈的秋天氣息直往鼻腔竄，尾韻帶著一抹冬意。他推開厚重的門，往右轉經過教師樓入口，經過了音樂室和辦公室，最後走上螺旋梯，走進學士樓，這裡的走廊比較寬闊。方塔是學生宿舍，他轉往另一個方向往教室走去。自從他回來蒙特維爾之後，只有來過這裡一次而已。那天早上他經過教室，停下來聽裡面的聖之嬉講習。現在他往教室門口走去，手搭上門把，猶疑了半晌沒有推開。他有點害怕，會不會他以為這裡是沉靜的空教室，推開門之後卻有雙空洞的眼睛盯著他看呢？一想到那景象就讓人背脊發涼。他疑神疑鬼應該是因為失眠，再加上燈火讓走廊角落的陰影晃動吧。但如果就此轉身離開，就是自己膽怯，就是他的歇斯底里發作。他一鼓作氣將門推開，教室裡當然沒人，靜悄悄的。月光從窗外潑灑進來，非常明亮，所有物體的輪廓和桌椅他都看得一清二楚，完全沒必要點燈。他把提燈放在走廊窗台上，就這樣走進教室。

教室的布置和從前不同，從前遊戲師還是霍特的時候，牆上掛著表記法圖表和聖之嬉評分表，然而現在李奧往牆上望去，除了冷峻的月光以外別無所有。表記法圖表不見了，黑板也擦得乾乾淨淨。他伸手摸向粉筆溝槽，指尖傳來厚厚一堆粉筆灰的柔膩觸感。

接著他走到窗邊那張桌前坐下，不過為什麼要這樣做他也不知道。那還是同樣的一張桌子，他的桌子。墨水瓶旁邊的缺口沒變，桌上的刻痕和汙漬沒變，上面刻著的L也沒變。他像盲人辨識點字般摸摸那個字母，心頭一震，想起把舊筆尖插進桌裡的那堂課。那是一年級春季學期剛開學的時候，他已經預料到接下來的兩個小時都會很無聊，因爲所有同學要互相評論聖之嬉草稿。他低著頭，心不在焉地聽著卡費克爲自己的序曲做摘要。卡費克的遊戲都很高明、很炫技，但是李奧下定決心不讓自己流露出半點興趣。前幾天李奧報告草稿的時候，卡費克顯得非常無禮，刻意以過度客氣的態度提出一項又一項的建議，直到霍特教授嘆了口氣說：「那個……還有其他人要發言嗎？」李奧知道他沒辦法用同樣的方式反擊，因爲卡費克是班上的第一名，他每週都穩坐寶座，但至少李奧還能假裝自己完全不在意他的遊戲。反正之後大家一起吃晚餐的時候，一定會有人取笑卡費克，提出一些惡劣的批評，這樣就把場面扳回來了。李奧把鋼筆筆尖刻進木頭裡，把L下面那一橫刻得更深。卡費克站在講台上清喉嚨，說道：「所以說，我把重點放在音樂主題的第一發展部，以及轉換到歌詞的過程……」

李奧沒停下動作，隨著刻痕愈深木屑就愈多。他刻了一陣子，刻痕深到會留在桌上好幾年。他還可以再刻個E。

「在這樣的前提下，我們就可以進入第一個主題：馬鈴薯。」

李奧抬起頭來，菲力對上他的視線，微微聳肩以示困惑。其他的同學努力忍住不笑。從卡費克掃過全場的眼神就能判斷，他一定注意到了所有同學的反應，但他的神色依然沉著。他拿起遊戲記譜比劃著動作，漫不經心地流露出權威感，讓李奧氣得牙癢癢。「一開始要先來探索音符的用途，音符除了記錄音樂之外，也幾乎可以當作圖像符碼，也就是說，音樂之中的全音符是一種雙關語，它除了能夠顯示拍長，外型還像個馬鈴薯，所以——」他演示出主旋律，讓一個單音發出四拍的長音，反覆發聲，聽起來就像重物掉進水桶裡。所有人傻愣在座位上聽了好幾小節，他們說不出話來，直盯著卡費克看。接著後排的杜彭笑出聲，聲音卡在鼻腔裡，這下大夥兒隱忍的笑意便逐漸蔓延開來。卡費克微微點頭，彷彿在向眾人致意。

那時候李奧才知道，原來卡費克是故意的。李奧往前坐，鋼筆從指尖滑落。

「我用這段旋律……」卡費克停下來，等艾米爾錯愕的輕笑聲結束後才繼續說下去，好像早料到對方會那樣笑。「這段旋律拿來當定旋律，然後做了巴洛克式的變奏曲以增加精緻度。」他看看遊戲記譜，轉身在黑板上畫出結構。「在保持主旋律固定低音的同時，我增加了許多音樂上的誇飾。」他暫時不說話，在畫出的結構上增添附加符號，接著後退看看自己寫了些什麼，好像暫時忘記全班都在他背後似的。李奧不由得皺眉。卡費克的遊戲荒謬又詭異，完全不是他平常的風格，但他卻這麼認眞研究，彷彿這是畢生傑作似的。

「然後延續古典結構，我再加入數學命題，這結合了歌詞的詩意，以及讓人聯想到整數和無限之間有何關係的哲學張力。」

卡費克在說什麼，李奧沒辦法專心聽下去。他盯著黑板上的音樂主題，發覺不知爲何看來有點眼熟。應該不是因爲他曾經在哪裡看過，那樣的話他會記得，可是這個作品的風格和形式……他自己的遊戲作品是叫做《新世界》，作品裡有提到馬鈴薯嗎？還是他在做功課的時候看過類似的文獻？雖然覺得難以置信，但他還是無法否認體內浮現出一種怪異的熟悉感。

「一顆馬鈴薯，」卡費克說：「兩顆馬鈴薯，三顆馬鈴薯，四顆、五顆馬鈴薯，六顆馬鈴薯，七顆馬鈴薯，還有……」

說到這裡大家都笑了。霍特教授坐在原位開口：「同學……」

李奧瞇起眼睛，不理會剛才那個玩笑。那裡面有一種……他看出眼前的作品有一個慣用結構，是他才會用的轉化，但那又是……？他彎腰向前，努力想解讀複雜交錯的表記法，突然發現艾米爾往他這裡看了一眼，臉上的表情他無法解讀。李奧用嘴形問他：「怎樣？」

艾米爾搖頭，轉回去看教室前方。過了一會兒，他又回過頭投來好奇的眼神，菲力和約伯則互相推打對方，幾乎所有人都在竊笑。卡費克說：「如同我在這裡所展示的，這個轉換過程……」教室裡又是一陣哄笑。李奧翻了個白眼，整個人癱坐在椅子上，雙手交疊。他絕對不會笑，而且他覺得這部遊戲一點都不高明。他半閉著眼睛，刻意擺出面無表情的樣子盯著卡費克，對方迎上他的目光，露出笑臉。李奧挑眉，眼神飄過卡費克回到黑板上，決意要讓心中的輕蔑完全表露在臉上。

李奧的表情忽然整個垮下來。他終於發現了。

那是他自己的遊戲。

不，這麼說也不準確，但很接近了。黑板上的遊戲中包含了李奧的設計習慣、結構、風格，雖然全都以扭曲而嘲諷的形式出現，依然看得出是他的作品，這完全是在惡意諧擬他的作品《新世界》。耳中響起高頻尖音，他閉上眼睛，再度睜開眼的時候遊戲還在黑板上，還在張牙舞爪，依然熟悉得令人作嘔。難道是他想太多嗎？不是，眼前這部遊戲的結構眞的和《新世界》一模一樣。老天啊，也和他的每部遊戲結構一模一樣，模仿的每一個細節精準到猶如針尖刺人。他縮起身子，忍住衝動不要向四周張望，看看有誰盯著他瞧。如果眞的有人在看他，他絕不能讓那些人看見自己的表情……他咬緊牙關，耳鳴聲愈來愈響亮，讓他聽不見卡費克的聲音。

他坐得直挺挺的。他什麼也不能做，只求自己不要引人注目。說不定根本沒人發現吧。拜託，誰也別發現……艾米爾那樣看他是在可憐他嗎？他身上傳來一陣陣的熱浪，頭皮滲出的汗珠滑落，浸濕了他的衣領。拇指下方傳來一股刺痛感，他低頭一看，發現自己把骯髒的筆尖刺進肉裡，傷口深到流出血來。他將手平放在桌上，看著攤在桌面上的掌心湧出一顆血泡。他聽見卡費克說話，周遭的同學竊竊私語又偷笑。他告訴自己，大家什麼也沒發現，他們不是在笑他。然而不論他們是否知情，他們**的確就是**在笑他。

教室安靜了下來。雖然他不想，還是抬起了頭。卡費克說完了，他對上李奧的視線，深遠的目光中帶著勝利。沒有人做出任何動作，沒有人說話，教室裡彷彿就只剩他們倆。雖然卡費克並不是在展演整部遊戲，他卻在最後深深鞠躬，優雅告退。

教室裡掌聲響起，掌聲只維持了一兩秒，一下子就沒了，還伴隨著笑聲。霍特舉起手制止他們，但從笑聲中聽得出來眾人的激賞，杜彭還吹了聲口哨。李奧聽著掌聲，只覺全身像是遭雷電劈中。大家竟然在鼓掌？在蒙特維爾，就連最傑出的遊戲結束時都只有一片沉默。卡費克將手放在心窩處，像個演員似的。「謝謝各位同學。」

霍特教授站起身。「謝謝德庫西先生。」他說：「我會在下課後單獨跟你討論這部遊戲，回座位吧。」他站上講台，看看自己手上的名單，不理會低聲表示疑惑的眾人。「馬修先生，我相信……」

卡費克低下頭整理遊戲記譜，接著回到座位上。他臉頰泛紅，露出一抹他得勝後的招牌微笑。剛才整場報告他的儀態都很穩健，但他回到座位、拉開椅子坐下時，李奧卻看見他的手在發抖。有人靠過去說：「很高明喔。」不過卡費克好像沒聽到的樣子。

接下來的課堂上李奧一直維持同樣的姿勢，完全沒有動過，慘遭羞辱的恚恨燒灼著他的身體，使他變得毫無反應。他沒有對馬修的遊戲發表評語。雖然他明明看出其中的問題，但說不說都無所謂，一想到自己的遊戲就感到一陣噁心。他現在倒希望卡費克沒能**理解**他的遊戲……經過很長一段時間，他抬頭發現菲力站在旁邊盯著他，教室裡一半的人都走光了。「走啦，我快餓死了。可憐的馬修，作品完全沒人懂。沒想到卡費克竟然還有點幽默感呢，笑死我了。但霍特教授好像不太喜歡他的作品，對吧？」菲力看了看李奧的表情。「你還好嗎？一臉快吐的樣子耶。」

「還好。」李奧回應道：「我沒事。」這麼多人之中，至少還有菲力沒發現到哪裡不對，但話說回來，他的觀察力也從來算不上敏銳。

「為什麼教授不讓我們討論卡費克的遊戲啊，我從來沒看過搞笑的遊戲，真的很有趣，我們可以就此認真討論呀，討論『歡笑』在宗教儀式中的地位，是誰說過人類與野獸的差別在於是否會笑？蘇格拉底嗎？」

「是亞里斯多德啦。」李奧起身。「他說我們會嘲笑地位比自己低下的人。」他推開菲力走出教室，穿過走廊上的人潮，然而爬到階梯最上面的狹窄處時通道完全堵塞，他不得不緩下自己的腳步，忍耐著推開人群的衝動。在他面前的人又在笑了，菲力在他身後說話，但他沒有回過頭搭理。

「馬丁，你要去哪？」

他閃到一旁躲進了廁所的隔間裡，一關門上鎖他就吐了。

李奧抬起頭，眨了眨眼驅趕回憶。那都是好久以前的事情了，奇怪的是他到現在都還記得口中的膽汁苦味和冷水潑在臉上冰透透的感覺，也記得他在午餐時段即將結束前大步踏進食堂，看見火爐中的悶火便說：「嘿，德庫西，你要不要丟幾本書進去生火啊？」想到這裡他就皺起臉來，而皺臉又莫名轉變成發顫的長嘆，聽起來不像笑聲。嘆息迴響在月光照亮的教室裡，讓他終於回過神來。他用拇指摩擦著桌面上的L，不知道該繼續刻下去還是把它磨掉。現在想這些都沒有意義了，因為不管是哪一個選項都行不通。

在那次事件之後，他做夢都會夢見自己殺了卡費克。他的殺意一次又一次地浮現。下毒吧，低調地毒死他，不，還是用枕頭悶死他好了。李奧會聽到卡費克哀求，他會感到恐懼，接著全身抽搐，最後倒抽一口氣。如果枕頭厚得讓他無法吸氣，或許他會伸出雙手亂舞。然後李奧會走出房間，輕輕帶上門，在走廊撣去衣袖上不存在的灰塵，對自己微笑。但這樣想像真是太輕鬆、太幼稚了，簡直就像連續劇裡的壞人，讓人看著覺得過癮。劇中的壞人不會遭到報應，心裡也沒有罪惡感，施展權力的時候陶醉其中，接著一走了之。現在想起當初的殺人念頭還是如此鮮明，李奧背後一涼，好像他真的殺過人。他突然站起身，跌跌撞撞地走到講台上，回頭來看空蕩蕩的書桌。卡費克的桌子靠近走道，在教室的另一邊。他看著卡費克的座位，或許該說，他看著卡費克不會再回來的座位。從前他站在講台上時，有多少次對上了卡費克的視線？有多少次他痛恨對方到希望那人去死？

他用一隻手的拇指指甲去刺另一手的拇指下方，那裡有一道小疤痕至今仍未消失。話說回來，晚上不睡覺跑來教室講台上眞是愚蠢，他得振作才行，再這樣下去遲早會精神崩潰的。卡費克是多久以前的人了，再想他又能怎樣？

他回到走廊上，笨手笨腳地拿起提燈，差點沒拿好摔在地上。他慌忙把燈扶正，小心翼翼放回窗台，旋即壓低身子，全身顫抖不已，大口喘息。剛才他是怎麼了，想要自焚嗎？

「誰在哪裡？」

他嚇得站直身子，看見走廊盡頭出現一抹纖細的人影。「我是李奧．馬丁。」

「馬丁？你爲什麼會出現在這裡？」

他定定看著來人，那人身穿白袍，沒戴帽子，束起的黑髮披在單邊肩膀。不會錯的，那是卓萊登教授。看看她那平庸的方臉、窄小的肩臂……整間學校的人之中，他最不想讓這女人看見自己這副德性。她現在沒有戴鏡片厚重的瓶底眼鏡，看起來和上次完全不同，在鬼魅的燈火跳動下，他還以爲她是——

他聳聳肩。「我睡不著。」

卓萊登沒有回話，李奧則感覺到體內湧現沉重的疲憊感。他眞想現在就回家，和克麗賽絲躺在床上，寂寞了就將她拉抱入懷，把臉埋在她的後頸，而她會發發牢騷然後繼續睡。然而他現在卻站在冷颼颼的石板長廊上，盯著眼前這位手長腳長的平淡女子，她大概以爲整個蒙特維爾都歸她管理。「對不起。」李奧累得無法替自己辯解。「我這就回房間。」他用雙手提起燈。

「你跟誰約好在這裡碰面嗎？」

「什麼？」過了一秒之後他才明白她在問什麼，覺得對方問話的意圖簡直莫名其妙。「當然沒有啊，這裡是教室，我還能做什麼嗎？」

她雙手抱胸。「是嗎？那你到底在這裡做什麼？」

「我在……我離開學校很久了，想看看……」他搖頭。「我說你，我這樣到底哪裡犯法了嗎？我什麼也沒有碰。」

「你就是不能自由走動。」

「爲什麼？」

她張口，卻沒有馬上說出話來，只是用手梳理髮辮，讓髮絲貼在耳際。最後她終於開口：「變了嗎？」

「什麼？」

「你離開這麼久，覺得學校變了嗎？」

「我……」李奧看著她，她隨即移開視線。在他回到這裡之前，他絕對沒見過她，但現在……不對呀，李奧認識的人之中，沒有人姓卓萊登。但他現在累了，腦子也不靈光，記憶不太可靠。他抓緊提燈底座，回答道：「變了一些吧，學校教授幾乎都換了一輪。」

「這裡發生過一場大流感，就在我獲選之前幾年。」

「對，我聽說過，眞是悲慘。」他立刻切換成政客的沉重口吻，然而這不代表事發當時他有多關心。畢竟那時蒙特維爾距離他實在太遙遠，死亡人數在他看來不過是個數據而已。

她鬆開髮辮將頭髮全部往前撥，現在髮絲貼在她的雙頰邊。其實在這樣的燈光下，說她長得像誰都可以。尤其她現在眼神望向其他地方，往窗外眺望，好像除了他們兩人的倒影以外還有什麼能看似的。「以前，」她開口道：「你在這裡讀書的時候，學校又是什麼樣子？」

「學校……」他打住話頭。他的思路糾結，喉嚨緊縮，今天晚上已經想起太多往事。他聳聳肩說道：「大概就跟你以前讀這裡的時候一樣吧。」

時間彷彿暫時凍結。她問：「我讀這裡？」

「抱歉。」他轉過身，牙齒打顫。

「抱歉？爲了什麼抱歉？」她的語氣裡帶著異樣的警戒。

「我忘記正在跟我說話的是……我忘記你不是這裡的學生，忘記你是一個……」他是**怎麼了**？竟然道歉道個沒完。

「因爲我是女人，所以你要道歉？」她的笑容一閃而過。

他張開口，差點要說：是呀，你身為女人，我很抱歉。她說得沒錯，她根本不應該出現在蒙特維爾，更不該當上遊戲師。他還記得得知她獲選的消息那天，助手拿來《明燈報》放在他桌上，整張臉皺成一團。「眞氣人，看來不能放手讓蒙特維爾自辦學務了。」當李奧放下筆，拉近報紙看看頭條時，助手又說：「還好，至少不是基督徒或共產黨人當選。部長做的一些布局還是有用，不過我們早該在決選名單出爐前就插手了。盲評是什麼鬼呀，饒了我吧，誰都知道盲評**意味著什麼**。下次……」李奧盯著報上模糊的照片，怒火中燒。他們怎麼可以讓這種事發生？就因爲沒什麼好人選，所以沒讀過蒙特維爾的人也能去那裡教書嗎？他眞是氣得想扔東西了。

這些話他過去沒說，現在也沒說出口。那時候是因爲文化部部長下台，一下子就換他升上去了，現在呢，則是因爲他太累了。李奧深吸口氣，說道：「在聖之嬉的領域，女人眞的很少見。你是怎麼學會的？」

「家人教的，我在英國和表親住過一陣子，他們都很傑出。」

「想必如此。」他報以微笑。「你有沒有想過，如果你是男人，你的遊戲會有什麼不同風貌？」

「沒有。」

他等她繼續說下去，但她什麼也沒說。「沒有啊。」他重複對方的話給自己台階下。「好吧，反正那樣的猜想也只是浪費時間。」他隱約想起了什麼，看了看教室的門和毛玻璃窗台，只見對面的窗外是一片白茫茫的月光。「不過我也敢說，你不適合讀蒙特維爾，這裡競爭激烈，學生都急著出人頭地，總是各別苗頭，女人不會喜歡的。不過你來當教授表現會很好。」

「晚安了，馬丁先生。」她轉身離開。「麻煩你回去的路上不要驚醒任何人，好嗎？」

李奧看著她離開。她沒有提燈卻也知道該往哪走，往樓梯走去時她經過轉角，便伸出手指拂過牆壁。他覺得她很可能是故意的，想讓他知道現在誰才是學校的老大，一想到這裡他就氣得咬牙切齒，但他不該因此惱怒。區區一個女人，就算她討厭他那又如何？然而她完全不像他接觸過的任何女人，彷彿她已經忘了自己該扮演什麼樣的角色，而他不受控地陷進她的世界裡，如今反倒他才是外來者，才是弱勢的那一方。這麼說來，或許她很適合來讀蒙特維爾也說不定。

他在原地等了許久，才跟她一樣走下樓梯到教師樓，那裡已經看不見她的蹤影。很好。確認了這點以後他便一路不停歇地往房間走去。在他沿著走廊移動時，鐘聲敲了三響，而等到終於回到房裡，他已經冷得不想再換衣服，就這麼穿著襯衫和長褲鑽進毯子裡，不出幾秒便睡著了。

7

夏季學期第五天

昨天氣到日記寫不下去，但應該還是要解釋一下，以便爲我作傳的後人參考（傳記書名：《李奧納德．馬丁：史上最年輕遊戲師的傳奇人生》）。

好吧，來說說昨天的事。冥想時段結束後我往圖書館走去，因爲我最近一直在看《牛津全集》，之前保羅說過那套書充滿了基督教儀式的陳腐做作氣息，但我覺得無所謂。我在圖書館看書看到晚餐時段，正要穿過中庭往食堂走時，遇到了艾米爾和杜彭從教室區那裡走來。艾米爾喊了我的名字，揮手叫我過去。「你看到了嗎？」他問：「你有沒有嚇到？」

我問：「看到什麼？」

他們交換了一個眼神、一抹賊笑。杜彭豎起大拇指往身後一比。「公布欄上貼著的東西呀。」

「什麼？」第一週的成績應該還沒出來才對。「是不是我被——有誰被退學了嗎？」我突然一陣驚恐，是不是學校發現我在暑假做了那件事？我還沒聽說過誰因爲在校外的放蕩行爲而遭到退學，不過嚴格說起來只要搬出有損校譽的說法，誰都可以被退學。

「小乖乖，不要那麼擔心。」艾米爾說：「事情不是你想的那樣。」他和杜彭再度交換眼神，兩人笑得一臉卑鄙。

我沒有時間停下來鄙視他們，只是加快腳步、保持風度往學士樓走去，不過一離開他們的視線，我馬上跑了起來。一群人聚在公布欄前，我走上前的時候菲力轉過頭來，他原本面帶笑容，卻在看到我的瞬間表情一變。那模樣彷彿他是獸醫，即將出於無奈給我的狗安樂死。我問：「怎樣啦，出什麼事了嗎？」那時候我以爲是政府垮台之類的大事，但看起來好像跟我的私人恩怨有關，因爲菲力露出同情的表情。

「過來這邊看。」他將其他人推開，讓我靠近看公告。

二年級雙人遊戲配對。這標題乍看莫名其妙，我愣了下才看懂那代表什麼意思。我一邊看名單一邊心臟狂跳，找到自己的名字後才冷靜下來。話雖如此，從看到標題的那一刹那我就知道了。整齊的大寫字體、紅墨水畫的底線，這是霍特的作風。

李奥納德．馬丁&愛姆．卡費克．德庫西

不知道誰在說：「可是之前分組都是自己找人呀！我原本要和米拉布同組……」

我說不出話來，只是盯著名單看。大多數的同學都和實力差不多的人同組，菲力和保羅同組，艾米爾和約伯同組。這麼說起來我和卡費克同組，表示我和他能力竟然差不多？這樣感覺更糟了。

菲力說：「至少你們兩個都會得到前面的名次，你會撐過去的。」

我根本不想回應他。我可以降低標準、墮落到跟誰同組都可以，眞的，就連菲力和約伯也可以，就是不要卡費克。而且我必須說，雖然這樣講未免太抬舉自己，但顯然整件事情就是針對我（好吧，針對我們）。霍特教授看到我們兩個互鬥就是不痛快，他以爲自己祭出這招就能迫使我們合作，該死的傢伙。我也不奢望校長會幫忙這種小事，想必他聽了會說：「同學來這裡就是要學習，要相信遊戲師，放下個人恩怨吧，遊戲就是一種儀式……」之類的廢話。

吃晚餐的時候所有人都在講分組的事情，每個人都很同情我。我該爲此感到寬慰，因爲這樣看來沒人喜歡卡費克，但我的心情並沒有好轉，那傢伙也不見人影。

雙人遊戲已經很難創作了，竟然還要跟完全處不來的傢伙……

同日稍晚

眞會挑時間。

我寫到上篇最後一句的時候有人來敲門，一打開就是卡費克站在門外。他看到我的時候似乎很想後退，好像以爲我要揍他似的，顯然把我當成神經病兼白痴。

他問：「你看到公布欄上的名單了嗎？」

我說：「看到了。」

「好喔。」

我正要關門的時候，他又說：「我們可以像成熟大人那樣好好討論嗎？」

「討論什麼？」

「討論要做哪一種遊戲，要怎麼合作。」他把門推得更開，逼得我往後退。「聽好，我們盡可能把這件事輕鬆解決掉吧，拜託你了，好嗎？一起合作，做完就算了吧。」

眞不想理他，但事實上他說得又沒錯。

「好吧。」

「沒必要把彼此當朋友。」

「我也是這麼想的。」我說：「而且你才沒有朋友，你身邊只有敵人，和低你一等的人。」

「我沒有把你當敵人，這樣聽了有沒有好點？」從他眼神看來，他彷彿已經看穿了我的想法，並且爲此竊喜。

「你還眞是該死的幽默喔。」我砰一聲把門關上，這次他沒來得及阻止我，不過一秒之後他又敲門，我沒開門。「走開啦！」

「明天歷史課之後有空堂，來我房間整理想法吧。」

「整理『你的』想法？」

「誰的想法都可以。」我聽見他一說完就低聲咒罵。「不然你有其他合作的辦法嗎？」

「有啊。」我還是沒開門。「寫信就好，你寫下來丟到我信箱裡，我也會這麼做，這樣就不用講到話了。」

他說：「很好。」不知道他是認眞的還是在嘲諷我，但他後來沒再說什麼，等我打開門時他已經走了。

所以這大概就是之後合作的方式吧，顯然是滿費工的（我原本是想說白費工），不過坦白說只要不用看見他那張臉，再累也是値得。

他最讓人討厭的地方在於，他總是會讓我變成另一個人。

夏季學期第七天

我剛才把雙人遊戲的草稿丟到他信箱裡。我在想這次要以超現實主義和夢境爲題，加入各種支離破碎的古怪元素，呈現出醜怪中的美麗，還要用上莎士比亞、普賽爾[1]，還有拜倫的那句詩文「我夢境裡的幻象改變了」[2]，反覆出現的主題將會變成另一種東西……不知道，總之現在都只是些模糊的想法。這與我平常的作風不同，我向來絞盡腦汁將細節安排精準，讓一切顯得高明又和諧……我得承認，現在我想嘗試的是「眞誠」，這學期我眞的很想大顯身手。其實一想到要用作品討好霍特我就覺得很生氣，尤其他現在又來這套，但我想還是得這麼做才合乎人情（霍特去死吧），總之我覺得自己的想法行得通。只要卡費克不故意搞破壞或堅持做些無聊玩意兒就好，他一定會用上複雜冷僻的音樂和數學知識，令人冷汗直流，炫技時不忘流露出專屬於德庫西的經典傲慢，想必還會搭配完美無缺的技巧（他也去死一死吧）。

走回房間的路上我經過約伯的房間，看見他在房門口徘徊踱步，臉上表情十分無助，好像站在繁忙的街口不知道怎麼過馬路。他一看到我就喊：「馬丁！你過來一下。」隨即把我拉進房間裡（我很想開玩笑說，人家都會先請我喝酒再邀我進房耶，不過我還是沒這麼說）。「你聽！」我問他要聽什麼，他立刻示意我噤聲，我們就這樣站在原地好一會兒。「你聽到了嗎？」

「聽到什麼？」

「有人在哭啊！」

我再仔細聽一次。「呃，沒聽到。」

「搞什麼。」他說：「停下來了，上次也是這樣。」

「好吧。」約伯的帽子不知爲何是翻起來的，看起來像朵蘑菇，臉上還沾到墨水。「你剛才是不是昏倒了？要我去叫總務長來嗎？」

「少來了。」他往床上重重一躺。「你以爲我在開什麼狗屁玩笑對吧。告訴你，每次刮東風的時候，都會把嬰兒的哭聲往這裡帶，那孩子哭得撕心裂肺喔。」

「約伯……」我本來想要笑他，但他看起來眞的很可憐。「應該只是誰在練習拉小提琴吧，然後

---

1 Henry Purcell，巴洛克時期英國作曲家，其創作的巴洛克樂曲獨樹一格，是英國最重要的古典音樂家之一。

2 a change came o'er the spirit of my dream。出自英國浪漫主義詩人拜倫（George Gordon Byron）詩作〈夢境〉（*The Dream*）。

透過水管之類的傳過來。」

「可以不用理我。」他揮手叫我走。「反正你覺得我腦袋怪怪的，學校也不准我換房間，當初眞該亂說房間有水溝味的。」

「是這樣嗎？水溝味比鬧鬼嚴重？眞不錯的後見之明啊。」

「出去啦你。」他眞是不知感激，也不想想當初是他要我進來的。臨走之前我看他猛搖頭，左搖右晃，像是關在籠子裡的鳥。

坦白說，走出房門以後，我開始在想自己可能**真的**聽到了什麼。

第九天

今天早上起床後，我發現自己竟然還沒吃早餐就跑去信箱撈信。他回信了，但那不過是一張紙，上面寫滿了細小的符號和許多線條。我乍看以爲是阿忒門表記法，但是這些表意文字我一個都看不懂，而且沒有一個轉換符號看起來是一樣的。整片文字看起來像蜘蛛網，而且還是喝醉酒的蜘蛛拚命往四面八方用遊戲記號織網，根本看不懂在寫什麼。吃過早餐後，我直接去卡費克的房間大力敲門，房中先是傳出整理東西的聲響，接著他才叫我進去。我覺得他看起來像是剛換好衣服，頭髮都沒有梳好披在臉上，衣服也內外穿反。

「眞是謝謝你的回饋喔。」我說：「這是你寫的吧。」

他往書桌坐下，臉轉向我。「你覺得怎麼樣？」

「我覺得我看不懂。」他沒說話。我把信從口袋拿出來，攤平放在他桌上。

「你寫這樣到底是什麼意思？」

他伸出手把紙張轉了九十度。「這是阿忒門表記法變體。」

「**變體**？什麼樣的變體？」

「我覺得它很適合拿來打草稿。意象學家結合了阿忒門表記法和西方的表意符號，還有漢字與波斯文字，發明了這套變體。我祖父用它來寫遊戲作品《火種》……」講到這裡他頓了一下，但我還沒來得及說什麼，他就繼續往下說了。「或許我個人比較偏重某些面向，但……」

我說：「你打草稿會用上**祖傳阿忒門變體**？」

空氣彷彿凍結，我忍下揪住他衣領的衝動。「好，要是你想用你們家族的胡言亂語來浪費我的時間，那你可就搞錯對象了。你現在就轉寫成古典法。」

「什麼？」他好像沒料到我會這麼說，我還是第一次看到他這個樣子。「轉寫要用掉多少張紙，你知道嗎？」

我不知道，因爲我連那上面寫了什麼都不知道，但我說的是：「誰管你啊。」

「要學寫這種變體並不困難……」

「我也沒說學起來很難啊。」

「聽好。」他站起來。「很抱歉，我做事就是這樣，我沒辦法用一般人的寫法寫出來，那樣要寫一輩子。這不過是張草稿，再解釋給你聽就好……」

「卡費克，轉寫。」

他抓抓頭髮。「你在開玩笑吧，就因爲你做事幼稚，我就得要花那麼多時間？馬丁，我們明明就不用寫信，可以面對面**說話**討論，如果你哪裡不懂……」

「如果你不要用象形文字來寫，我就都看得懂好嗎？」我和他恨恨地互瞪，但我的身體在發顫。他就是會讓我覺得很奇怪，打從我在上山路上遇到他的那一天，我們第一次相遇的早晨，我就感受到了。「你不要以爲我很笨。」

「我才沒有，誰以爲你很笨啊，老天。」他將臉轉開，眼神往下飄到一堆書上，接著開始動手整理。「馬丁，我是眞的不喜歡你。」他說：「你態度很跩、做人很差，眼裡只有自己，但我從來不覺得你笨。」

走下樓的時候（完全就是字面上的「樓梯上的智慧」，該死的事後機智）[3]，我在想如果我眞的不笨，爲什麼每個人都要再三向我保證我不笨？但是他們這樣告訴我的時候，我也只會回「謝謝」而已。

他整理完那堆書時，我還以爲他已經忘記我人在他房裡了，不過他總算抬起頭來看我。「當然我們也可以什麼都不要寫。」

「什麼？」

「不要寫遊戲了，學期末就這麼辦吧，如果你眞的沒辦法跟我合作的話。」

「放棄？你的意思是說我們交白卷嗎？」

他微微點頭，好像我提出了很厲害的見解。「你這樣說眞的很妙，教授總是強調沉默的重要性，交白卷就是我們所能想出的、最沉默的遊戲。」

「你是認眞的嗎？」

「我想表達的是，沒人可以強迫我們合作，所以我們要不交出一篇劣作，要不就乾脆什麼也不要做。」

「我們會被當掉。」

「當掉一次而已，你怕什麼？」

他彷彿將我當成五歲小孩，眞想伸手把他桌上那疊排列整齊的書推到地上。「你瘋了嗎？還是你以爲你家世顯赫，學校不敢讓你退學？」

「我們兩個都不會被退學。」

「你又知道了？」我岔了嗓子，喉頭哽動。如果我被退學，想想看我爸會作何反應，他一定會嚇得不能動彈，而我從此也不用想要離開廢車場了。「卡費克，讀書對你來說可能只是一種貴族式的興趣，但我非常想要留在學校裡，如果你拒絕跟我合作……」

「我完全不是那個意思，我只是想讓你明白，如果你會怕，那我們兩個就要合作。」

「用你的方式合作。」

「是用文明的方式合作。」他瞥了我一眼。「要適應文明得花一點時間，我知道。」

我走到壁爐邊再走到窗邊，心懷一種可笑的念頭，以爲像這樣四處張望，看到適當的東西就能讓我想到怎麼回嘴，怎麼下對這一手扳回一城。我看著灰塵的排列組合、看著光線、看著山，但我就是看不出什麼新意來，最後我知道這一局是我輸了。「好吧，你想要從什麼時候開始？」

「我們早就已經開始了，不是嗎？」

「就從明天開始吧。你就可以解釋那個……」我甩了甩他的草稿，但他只是挑眉，好像不懂我在說什麼。「你的那個東西。」

「不用解釋啊，那只是草稿而已。」他往後靠在桌上，雙腳上下交疊。「馬丁，你不要以爲我跟你一樣認眞。」

我終於信了他。我快步從他身邊衝過，距離與他非常近，把他嚇得往後縮。我在門邊暫時停步、回頭看他，而他已經回到書堆旁拿起一本書翻看，但書頁翻動得太快了，他一定沒讀進去。

「你給我小心一點，卡費克。」我說：「你那套文字、那套瘋狂的玩意兒，最好只在你家出現就好。別拿出來害人。」

---

3 l'esprit de l'escalier。法文諺語「樓梯上的智慧」，意指「事後機智」。

8
遊戲師

她醒來的時候床單已經沾上血漬。誰知道她怎麼睡的，不但枕頭上有血，散發出鐵鏽的氣味，連睡袍領口也浸出一大塊深紅色斑點。她坐起身，前晚的夢使她腦袋發脹。她恍神好一會兒，困惑與記憶重疊，緊接著一陣驚恐襲來：地上的血水、白瓷上的血手印、她犯下的過錯。她將眼睛緊緊閉上再睜開，然後伸手用力摟住雙肩，讓關節發出喀喀聲響。她的心跳逐漸慢了下來，身體傳來的疼痛減緩，呼吸開始變得順暢。她在這裡，在學校裡，不要緊，只是自己的血而已，只是見證了身爲女性的奧妙之一而已。這副身體彷彿在說：看哪，身上沒有傷口也會流血，我可以一次次地排除自己卻依然存活。她站起身，睡袍黏在大腿後方，房間飄散著像是金屬與紅肉的氣味。她來到洗臉盆前彎腰洗手，水面泛出一抹淺紅色。

鐘聲響起。原來她已經睡過頭，錯過冥想和早餐時段。平常這個時候她早就換上正式服裝，快步通過走廊前往參事堂，現在她卻一邊咒罵，一邊脫下沾血的睡衣。她用最快的速度沖澡，動作粗魯，水噴得到處都是，地面和雙腿都濕淋淋的。她翻出法蘭西斯阿姨從英國寄來的橡膠杯。阿姨在便籤上寫道：親愛的克萊兒，沒問過你，阿姨就自己寄禮物來了，在你覺得不舒服的時候，這小東西可以讓你好過一點。阿姨的口氣聽起來扭扭捏捏的，好像她寄來的是絲質睡衣、絲襪、薰衣草水之類精美又嫵媚的女性用品，但她寄來的事實上是用高溫處理過的橡膠杯，看起來像上下顛倒的鈴鐺。阿姨寄來這麼實用的物品，卻不敢直接說明它的用途。

她將橡膠杯塞進體內，洗手之後開始著裝。她將亂七八糟的髮辮塞進帽子裡，沒空梳理頭髮整理造型了，當然上廁所或刷牙也是免談。她匆匆洗了把臉往外衝去，等到穿過中庭、走上通往參事堂的樓梯後，她發現還剩下一些時間，夠她用來痛恨自己。通常她的身體很聽話，會在一開始用熟悉的痠痛感提醒她，因此她來得及去洗手間接住第一波出血，那時候量還不多。沒想到今天身體竟然背叛了她。

夏季學期的第一次校務會議已經開始了，她挺直雙肩經過突然沉默下來的眾人，往自己的座位走去。她就坐在校長旁邊，等到她就定位後，校長才揮手示意要文學教授繼續說下去。

文學教授刻意發出誇張的咳嗽聲，咳了好幾聲才開口。「親愛的遊戲師，早安啊。你是因爲靈感來了而忘記時間嗎？眞抱歉你的天才靈光被這無聊透頂的官僚主義會議給擾亂了。」

「抱歉，各位男士，我因爲不可抗力因素而遲到。」不知道男性是否經常爲自己的身體道歉。

文學教授擺擺手。「我剛才說到……」他低頭看著筆記，好像思緒完全被打亂了。「昨天文化部部長來函向各位問好，並感謝本校款待馬丁先生，不過部長的重點就是……」文學教授將筆記紙湊近一看。「『本部希望盡快得知蒙特維爾學院將會如何做出貢獻。貴校不僅是照亮學海的明燈，更是啓迪蒙昧學子的心靈指引。貴校校友將優良傳統帶進了公務體制乃至於政府高層，然而如何確保貴校學子畢業後都能對國家做出重要貢獻，這一直是我本人高度關切的重要事宜。』」

沒有人說話。體育學教授搔搔耳朵。「那個……」他皺起臉。「這話我聽得不是很明白。」

文學教授嘆氣，摸了摸上唇。她心想，或許文學教授在來到蒙特維爾之前曾經留過小鬍子，而他現在依然習慣觸摸鬍鬚的鬼魂。「我想，或許部長是要我們謹守職責，讓所有的遊戲和展演人都保持……單純。」

「**單純**是什麼意思？」她說話前應該要先深呼吸冷靜一下的。

「抱歉你前面沒聽到。」文學教授側過頭，繼續說道：「當你因爲不可抗力因素而遲到時，我們在討論這一週的《新先驅報》，大家都很擔心基督徒的滲透報告……」

「《新先驅報》只是宣傳刊物！毫無參考價值可言。」校長似乎想說點什麼，但她還是繼續說下去。「接下來你就要說《血十字遊戲》不是僞書，不然就是把基督徒抹黑成食人魔。」

「我們不能忽視這個事實：政府極度擔心舊信仰與民智已開的現代……」

「喔，又來這套！」所有人都看著她。「說實在話，基督教、猶太教和伊斯蘭教可從來沒有和聖之嬉產生對立過，它們的內涵從來不衝突。」她頓了頓又趕快說下去，免得有誰提起文藝復興時期的教宗來說嘴。「根本沒有理由不讓基督徒入學，就因爲黨內人士心裡有鬼……」

「事關本校存廢，你竟然不當一回事。」

遲了幾秒，她才意識到原來這句看似離題的謬言並非是謬言，然而意會過來時她早已錯過答話的時機。

「教授……」宗教學教授往她這裡靠了過來，伸出滿是皺紋的手輕撫著空氣，像是那裡有隻小動物似的。「教授的想法我們都懂，這些都是很令人欣賞的觀點。」文學教授哼了一聲，但宗教學教授置若罔聞。「學校當然不想**迫害**基督徒，但是本校也有該扮演的政治角色，來自四面八方的要求愈來愈多，要我們承擔責任，要我們不再獨善其身，不讓害蟲寄生，如果某些學生永遠無法回饋社會，就不該浪費資源在他們身上……」

「是政府禁止他們擔任公務員！」

宗教學教授微笑，彷彿沒聽見她的發言。「親愛的教授，我想**你**最清楚不過了，就算從來沒有讀過蒙特維爾，也一定有辦法成爲傑出的聖之嬉展演人。有天賦，能夠呼應才華召喚的人，一定會找到辦法研究聖之嬉。」

她聽了咬緊下唇，覺得內臟像絞緊的濕布，後頸發黏。她說：「要找到辦法並不容易。」

「教授你就是完美的示範。」宗教學教授說：「你證明了聖之嬉對每個人而言都是公平而開放的，它不在乎性別、種族、宗教。既然沒受過教育的年輕女性都能夠成為遊戲師……」

「夠了，我懂了。」有太多地方她都可以反駁：例如她才不是**沒受過教育**，還有她體內流著聖之嬉的血。她還要說，當初評選委員發現是女人獲選時還吵著要重選。不過現在回嘴的時機已經過了，她的喉嚨也緊得說不出話來。

校長嘆了口氣。「大家都得實際點，姑且聽話，遵守一部分的政策吧，這只是暫時的。」語畢，他望向不遠處，讓她不禁想像他的眼裡看到了什麼：數百名年輕學子辛辛苦苦寫論文，準備入學考，交出遊戲作品，都是爲了申請隔年進入蒙特維爾讀書。這些人之中有多少人是基督徒？這些人之中有多少人就跟那位基督徒新生一樣，雖然還不能說是特別傑出，卻很有潛力？他叫什麼名字，史提芬嗎？不，是賽門。

「結論就是不收基督徒。」體育學教授發話：「是這個意思，對吧？」他掃視每一位與會者，眼神像是大膽回答問題卻後悔這麼做的學生。沒有人回應他。

她應該要據理力爭，但她感覺到在場所有人已經做出決定，像磚牆那樣欠缺變化而堅硬的決定。不管她對那堵牆丟出什麼，都不會留下一絲痕跡。她問：「現在的基督徒學生怎麼處理？」

校長對上了她的視線，他的眼神流露出一絲釋然，感謝她不再堅持，令她略微感到苦澀。「當然，我們絕對不會只因爲出身背景，就要求已入學的學生離校。」

「好吧。」文學教授說：「事情就是這樣了，我來寫份備忘錄。」

她靠上椅背，一陣反胃感襲來，從腹部更深處傳來的痙攣則一路往身體內部陷入。她的耳中轟隆作響。有人說起下一項議案，她只任憑話語化作輕風消散，反正沒有一句是重要的。她能做的只有留在原位，而身體的不適感來了又走。

感覺像是過了一世紀那麼久，才終於聽見鐘聲響起。參事堂內傳來一陣陣活動關節的劈啪聲響與木椅的嘎吱聲，除了她以外的人都坐著伸展身體。校長說：「散會吧，感謝各位男士。」

文學教授第一個聞聲起立，他向校長點點頭，把文件疊成一疊，往門邊緩緩走去，其他人也跟著起身，三三兩兩低聲交談。她緩緩站起來，覺得頭輕腳重，而且彷彿聞到空氣中有黏滯的肺泡、氣管和舌頭的味道。

「抱歉。」她越過眾人奪門而出，拾級而下時還聽見後面有人嘀咕。她猛往右轉，經過一道道樣式完全相同的門扉，朝鐘塔底下的小拱廊前進。那裡有圍牆，學生不得進入，極爲適合獨處，而且在這個季節還有難得的陽光會照進拱廊幾小時，帶來可貴的溫暖。她推開拱廊入口的門，穿過黝黑的通道。白色拱窗和綠意盎然的樹籬迷宮交織成如畫美景，如此耀眼，彷彿不該爲人間所有。一陣涼風吹來，將她的長袍吹得緊貼雙腿，一縷髮絲輕搔著臉頰。眼前的鐘塔後方是一片澄澈秋藍的天空。

然而這片風景還有另一人也在欣賞。李奧·馬丁正坐在一張長椅上，一手夾著菸，另一手把玩著火柴盒。他把火柴盒翻弄得沙沙作響，將此處的幽靜破壞殆盡，看完的報紙則丟在身旁，任由微風吹得翻飛。她看到報上的頭條寫著：教會遭焚毀聖經的篝火吞滅 。這篇報導還配上一張模糊的照片，發黑的背景襯托著灰白色的大火，上頭還有遭到火焰包圍的十字架，下方的副標題則寫道：打造純淨社會，擋不住的熱忱。

他轉過頭看到是她，露出禮貌性的微笑，像是在歡迎她，彷彿她才是闖入這空間的不速之客。她愣在原地好一會兒，不敢相信他竟然出現在這裡，手裡還拿著菸，身旁放了一份可惡的報紙。

「熄掉！」

他眨眨眼。「什麼？」

她指著他的菸，手臂緊繃得像條纜線。「這裡禁止抽菸，快熄掉。」

「我……」他猶豫了一會兒。「爲什麼要熄掉？」

「這違反規定。」

「是違反規定，但爲什麼有這條規矩呢？這裡是室外，抽根菸會怎麼樣？而且這裡也沒有學生會看見我。」他朝著晴朗的藍天呼出一口煙，彷彿在邀請她共同欣賞煙霧消散的姿態。「還是你擔心我會帶壞**你**。」他自顧自笑了起來。他當然覺得好笑了。

「這裡的藏書是無價之寶。」她說。她的聲音聽起來有些刮耳，好像磨損了似的。「這裡有圖書館，萬一有誰不小心讓明火或是火花……」

「圖書館在另一頭，不在這條拱廊上。」

她深吸一口氣，心中浮現一幅畫面：點點火光搖曳，數千根火柴散落在石製的地面上。「難道你就不像正常人一樣，會擔心自己抽菸抽到睡著、燒死在床上？就只有你……」她想用他開過的無數惡劣玩笑來回敬他，但如果那麼做，他就會發現她看過他的日記。

他瞇細了眼睛。「你說什麼？」

「沒事。總之請你現在就熄掉。」

他對上她的凌厲視線，臉上的表情僵硬了幾分。他說：「如果你**拜託**我，或許我會照做。」

她一把揪住他的手臂。他還來不及反應，她就伸手搶走他手中的菸，扔在地上用鞋尖踩熄。兩人瞪視著對方。她氣得幾乎無法呼吸。雖然她早已鬆開手，卻還能感受到他的體溫，還有他手臂上結實的肌肉與骨骼。這份觸感過於強烈，讓她不由得在長袍上揩手。她在發抖。

他說：「你到底……？」

他看著她，彷彿她變得歇斯底里。她真的變成那樣的人了嗎？她想要把臉遮住，但已經來不及了，於是她假裝整理袖口，把頭低了下去。她藉此穩住顫抖的雙手，讓發燙的臉頰降溫，之後才緩緩開口道：「馬丁先生，只要你人在學校就要遵守校規，這裡可不是夏令營。」

「這還用你說。」他側過臉，一道光線照在他臉上，她這才看到他的黑眼圈與突出的顴骨。他剛來這裡時的好氣色已經消失了，現在他嘴唇發白，看起來一點也不健康。他也沒刮鬍子，下顎彷彿覆著一層泛著銀光的粗粒。

「馬丁先生，當初是你自己選擇要來蒙特維爾的。如果住不慣，爲什麼不走？」

他把玩著火柴盒，把內層的盒子推進推出。

「你來這裡不是爲了學習聖之嬉，對吧？」看他沒回話，她搖了搖頭。「學校是追求神性之處，如果你只是要來這裡坐一坐、看看報紙，請去別處吧。」

他抬起頭來問她：「那麼你推薦我去哪裡？」

「回政府，回到黨的身邊呀，你可以起草其他的《純淨法案》，放逐更多基督徒。」她往報紙一比。「那就是你在做的事對吧？燒聖經、燒教堂，你可以回去**繼續燒**啊。」

他拿出一根火柴點燃，火焰嘶一聲點燃又熄滅。「我回不去了。」

「是喔，怎麼會呢？」接著誰也沒有說話。他把燒完的火柴往花床丟，讓她不由得想把火柴撿起來，把火柴頭按在他身上。「你以爲我不知道你爲什麼來這裡嗎？」她努力保持語調平穩。「黨打算要接管蒙特維爾，或者關閉學校，所以他們安插你來負責傳話，把黨的命令傳遞給校長。好，我沒辦法阻止你，但可別以爲你有多受歡迎，你根本不屬於這裡，永遠不屬於這裡。」

他暫時沒有回話，只是低下頭，拿出一根全新的火柴準備要劃。

「今天在校務會議上通過了，明年新生不招收基督徒，想必你聽了很高興吧。」

「我並不高興。」他的聲音突然多了一點溫度，好像他終於願意說出心聲了。

「喔？但想必你會認爲至少走對一步了吧？」

「老天！」他站起來面對她，盒裡的火柴全都灑了出來，掉在長椅下的泥土上。「我已經不屬於黨了，他們不要我了，我只能困在這個落魄的地方。」他皺起臉來，彷彿剛才說了太多，但過了一會兒又繼續說道：「你眞的想知道我爲什麼來這裡？我當初是想要削弱法案的效力，但我做得太過火，他們才放逐我。我是被貶官貶到這裡來的。」「太過火？」她想重複他說過的話，好讓自己在爭論中占上風，但她聽起來既單薄又窮酸。

他看了她一眼。「倒是你，學校停招基督徒，你怎麼沒有收拾行李走人，以表不滿？」

「什麼話？我已經盡力了……」

「我也是啊。」他踩住火柴猛往地下蹭，把它們埋進泥土裡。「眞是不巧，所謂的盡力根本不夠力，對吧？」

兩人一時陷入沉默。她抬頭望向天空，感覺周圍在旋轉。搞不好他沒有說實話，但她也不知道他有什麼必要說謊，反正他也不在乎她怎麼看。他有必要在乎嗎？

他坐了下來，一會兒後撿起火柴盒和一根火柴，又點了一根菸來抽。

「你還是研究聖之嬉吧。」她說：「既然都來這裡了。」

他抬起一邊肩膀，沒往她這裡看。

「你是一個很有潛力的展演人，曾經是。」聽到這話，他抬起頭來看著她。她彎下腰輕撫樹籬頂端，草葉的香氣隨著輕撫散發出來。「我聽說你贏得金獎的遊戲寫得不差。」

「謝謝。」她聽不出來他是不是故意反諷。

「如果你認眞寫，或許能寫出點好東西。」她很難對他說出「好」這個字，但這又是事實。

「你人眞好。」

「這裡可是蒙特維爾，人都來了還不做研究就可惜了……」

「是啊，的確可惜。你以爲我不知道這裡其實是監獄嗎？」

她雙臂抱胸。「那麼你就好好享受獄中時光吧。」

他眨了眨眼，嘴角勾起不情願的半個微笑。

「麻煩你，」她說：「盡力想辦法離開學校，愈快愈好。與此同時，你就寫部遊戲，做點研究吧。你可以跟圖書館管理員說我讓你進檔案室。」

一片沉默。「你是要約束我，不讓我作怪吧？」

「不作怪的話最好。」那一刻，兩人之間似乎流入一股暖意，像一陣風颳過那樣迅疾而隱密。他們並非成爲能夠微笑以對的朋友，反而更像是……一起密謀的共犯。她轉過身，隨即厭惡起自己。他身上的菸味雖然讓她作嘔，但也撩動了她。她上次抽菸是什麼時候的事了？一段回憶突然闖入，擾亂了她的思緒——遼闊的夜空、無盡的星，傳進她耳裡的笑聲。她搖搖頭驅趕回憶。那樣的日子已經遠去，現在的她身處秋日陽光的照耀下，身旁還有個莫名其妙的陌生男人。「我要走了。」話一說完她又痛恨起自己來。根本犯不著向他解釋什麼。

他沒有回話。

她在拱廊上停下腳步。「還有，」她說：「請不要再來這裡了，這裡只有教授能來。」

她心神不定，什麼也沒做好。替三年級上課時她像是上了發條的機械，不僅感受不到絲毫樂趣，還一直分心，下課鐘還沒響就讓學生走了。課後她直奔大禮堂，一來是因爲不想面對空教室的寂靜，二來是因爲她還足夠清醒，知道該怎麼做對自己比較好。一旦對自律的生活放手，放掉聖之嬉，放掉神，就會變得危險，現在她比任何時刻都還需要規律所帶來的安定。她頹然坐在長椅上，低下頭來想調整呼吸，結果卻反而因爲坐下而讓心跳更重更響。

她發現自己靜不下來，便將注意力集中在聆聽之上。除了耳中的脈搏聲隆隆作響以外，她也聽見了其他的聲音。風帶來了一整套的交響樂，外頭的樹林則沙沙低喃，沒關好的窗戶咿呀作響，石製的煙囪因風吹而嗚咽，但她依然無法專心。她往袍子上摩擦手心，像是手心沾上了什麼黏膩的東西，但即使這麼做還是無法擦去李奧手臂的觸感。想到自己無法控制脾氣，便讓她羞愧得咬牙切齒，要是被其他教授看到，他們會怎麼想？她體內有一種深沉的騷動，一股奇妙的感受在她體內遊走。上次有人觸碰她，或是她觸碰別人，那是多久以前的事了？她想不起來。學校教授碰面只會鞠躬而不握手，而她剪髮也不假他人。說起來上次與人肢體接觸，是不是她離開英國，阿姨跟她道別的時候？當然不是，那已經是好幾年前的事情了。在那之後她一直待在學校，雖然放假時得以旅行，但她一直監禁自己——不對，是保護自己，保護得好好的。她**不想要**有人碰到她。當初當選遊戲師的時候她鬆了一口氣，因為這樣一來她就可以一輩子獨身了。阿姨很擔心她，經常委婉地詢問她對於婚姻、孩子，以及「那個」的看法。阿姨會說：「親愛的，就是，**你知道的**……」她聽了差點笑出來。或許其他教授會有祕密情婦也說不定，不過就算她受到差別待遇，就算她是最有可能因緋聞而被逐出校園的那個人，她也不會放在心上，因為她自己最厭惡的就是那種傳聞。一想到要觸碰別人的身體，她就全身起雞皮疙瘩。

然而現在……她想要回想起擁抱是什麼感覺、嘴唇輕擦過臉頰是什麼感覺，召來的感受卻只像是幾行曾經讀過的記述。完全不像回想起剛才，她還記得手指抓住馬丁外套的感受，他堅韌的手臂……還有他身上傳來的菸味和報紙油墨味，種種感受都讓她嚇了一跳。現在身旁沒人，她可以對自己的感受坦白了，當然這說起來有點傻，馬丁那時就是在抽菸看報，身上自然會有菸味和油墨味。不然呢？難道他要散發出毛呢衣料和廉價肥皂的味道嗎？還是要像學生那樣，身上有床單太久沒洗的味道？還是說馬丁聞起來應該要更……有魅力？

她睜開眼才發現自己竟然一直閉著眼睛。她怎麼可以坐在這個神聖的地方想著馬丁呢？或許她該反過來想：他怎麼敢擅自闖進她的腦海中？她可是耗費苦心才能當上遊戲師、成為自己的主宰，並且獨享這個地方……她為什麼要同意他進入檔案室？她明明希望他可以盡快離開，回去繼續玩著他的幼稚遊戲，例如政治、例如壓迫他人。

突然之間她站起身，一回過神來已經站上了屬於聖之嬉的銀邊空間。她做出開場動作，低調地深深一鞠躬，表演藝術教授看了一定會點頭讚許。不過這一次她的動作太像登台表演，技巧成分遠多過於靈感。

她低下頭。有的時候聖之嬉就是不會造訪。沒有理由讓她認爲今天特別不對勁，她只是分神了。地上某處異樣吸引了她的目光。一道深色汙漬卡在石縫間，可能是鐵鏽、土壤，或是顏料吧。

是血。

她蹲下來。一瞬間，她感到心慌又混亂，愚蠢地以爲這是自己不對，是她的血，彷彿血眞能在她毫無知覺的情況下流出來。但是血跡已乾，而且石板地有刷洗的痕跡，所謂的血跡只是卡在縫隙裡的汙漬，只要光線稍微變換就完全無法察覺。不知道多久以前就有這道痕跡了，如果這不是她的血，又會是誰的？

她看著發黑的筆直縫隙，思考開始運轉。或許是她想錯了，這裡怎麼可能會有血？或許是之前有學生在這裡打架。眞的有可能，他們會在晚上溜進體育館打架。如果他們要打，最好就由著他們去，教授們往往假裝不知情。不過在這裡就不同了，如果學生溜進這裡，被逮到就只有退學一途，因爲他們褻瀆了聖之嬉的基石——沒錯，這是不可饒恕的罪行。

可是，眞的有人褻瀆了這裡。

在一陣慌亂間，一段影像不知怎地冒了出來——大概是那段影像一直跟蹤著她，順著她的血紅腳印緊跟在後，打從她起床離開血跡斑斑的床鋪時，就窩在她的後頸呼著熱氣吧。現在那段影像對她一頓重擊，讓她猛然想起白瓷上的紅手印，鮮明得令她再也看不見其他的一切。瞬間、幾秒以內、瞬時化爲的永恆中，她警醒得不能自已，一切都明白過來了。她回到家中，一把行李箱扔在大廳就爬上樓梯。她皺眉看著階梯又出現新的裂痕、牆上多處灰泥剝落，一邊往上走一邊喊著哥哥的名字，但是這一部分她已經忘了。浴室的門沒關上，她推開門看到了什麼，但是這部分她也忘記了，好像她的人生就從忘記之後的此刻重新開始。此刻，她踩在瓷磚地上的血泊中，血泊邊緣擴張，默默吞吃著彩繪小鳥和鳶尾花飾。她伸出手比對洗臉台上的血手印，浴缸上也有但比較模糊。她推測他的動作順序：他抓住這裡保持平衡，接著滑倒跪了下去，失去知覺，還有……她不由自主望向地面，看見那個她一直不願看到的東西、不願看到的人……她的思緒在人與物的措辭選用間來回跳動，似乎選對用詞就能重回安全之地。是人還是物，是物還是人還是**物**……

是她的哥哥。他就像另一個她自己，只差在他並不是。他們倆非常相像，就像孿生子一般相像，像照鏡子般相像，但他永遠令人摸不著頭緒。

他將體內所有色彩傾倒在浴室地面上，喪失了所有的顏色、所有的空氣、所有的光。他空了。他**選擇**——

死亡。他屬於死。

這都是她的錯，如果她及時趕回這裡，如果她一收到他的電報就直接回家，如果當初她有……如果當初她沒有……

她將自己猛然拉回當下，或者該說她試圖這麼做，但眼前的大禮堂搖曳且模糊不清，彷彿蒙特維爾和她分處水面上下。她奮力站起身，卻甩不開這一切。

有人在看她。她猛然回頭，整張臉汗濕。她差點穩不住身子，但走廊上沒有人。

鐘響，她聞聲驚跳。某種聲音逐漸浮現，一開始還隱隱約約、幾不可聞，後來漸漸形成漣漪，擴散成一片嘈雜。那是年輕男孩的嬉鬧聲，他們沿著走廊胡說八道，嘻嘻哈哈鬥嘴，彷彿從未聽聞過神性、聖之嬉與死亡。

9
李奧

山裡的雨是怎麼下的，原先他早已忘記，直到今天早上才想起。雨勢受到重力牽引，也像重力一樣不帶任何感情，不為任何人改變，只有無窮無盡的雨滴從空中下墜復下墜。雨下了一個小時，他掙扎著努力回想沒有下雨的世界長什麼模樣；雨下了兩小時後他放棄掙扎。用過早餐後他為了躲雨，特意繞遠路走去門房那兒拿報紙，但最後一段路他衝刺穿過中庭，全身淋得濕透，鞋襪也濕了。他不以為意，在走廊上像狗兒那樣甩乾身上的水滴。守門人對他點頭致意，將信件遞給他。「下雨總讓人一身狼狽，先生你說是吧？」

李奧接過捆好的書報信件，一一查看。他注意到報紙標題寫著「新國安法上路」，晚些他會看完整篇報導，不是因為好奇內容，而是自認還有義務。這些日子以來，報紙的每一個版面讀來都沒什麼差別，上報的總是一樣的新聞、一樣的人。新任文化部部長達特勒宣布藝術祭即將開跑，書價加稅的政策他會堅持到底。老爺子重申維安軍隊的重要性，言語乏味，誰也不相信他。暴力事件。報上沒提到李奧……母親寫了封信，他假裝沒發現這星期她的字跡又變得更潦草了。另一封信的寄件地址筆跡看來陌生，有郵戳沒郵票，還蓋著情報部門的封蠟，原來是黨內通訊，想必是誰寄來嘲弄他的吧。還有……喔，他愣了一秒，一股不請自來的暖流襲上心頭。克麗賽絲來信了，她之前從來沒有寫過任何東西給他，不過從e和r的寫法看來，是她的筆跡沒有錯。信件摸起來也滿厚的，有兩頁那麼多吧。他們當初分手鬧得並不愉快，或許她寫信來道歉，或者來聊聊政府單位傳出什麼八卦，又或是最近流行什麼……現在他像是餓壞了，想要囫圇吞下所有訊息。他轉過身背對守門人，撕開信封。

信裡是裁縫的請款單，從之前的住所轉寄過來的。她沒有在信裡多補充什麼。李奧將整捆信件塞進外套口袋裡，將視線轉向中庭。他看到雨，看到陰沉的天色，看到陰沉的石板，還看到被雨水泡得鼓脹的天空，看得頭都痛了。

就這樣，他輸了。並不是因為透過判斷才發現自己全盤皆輸，而是領悟到了什麼，驚覺自己在不知不覺中吞下了驕傲，像把爛到底的蛀牙吞下肚，徒留痠痲的空洞。他也總算死心了，今天他要到圖書館，開始研究聖之嬉。他沒能撐過三個星期，也從沒料到自己這麼快就被無聊擊潰。不過話也不能這麼說，除了無聊以外他還有後悔，還有不得不睡在鐘樓裡，每小時都聽見報時的鐘聲，還有母親寫來的悲傷信件，還有克麗賽絲，還有這個世界沒了他依舊持續運轉的事實。他痛恨聖之嬉，寫遊戲根本浪費時間，然而此刻他最想做的卻是揮霍時間，希望時間如流水般從指縫間流逝。

他把報紙扔進垃圾桶，趁自己尚未改變心意前大步穿過中庭。雨水從衣領流進來，最後一小段路他衝刺跳上圖書館走廊，猛然將門推開。雨水啪嗒啪嗒滴落在地面上，離他最近的學生皺起眉頭，將目光從作業移動到他身上。

李奧將手插進口袋裡。老天，這股味道……灰塵、書籍、潮濕的羊毛衣料、衣料包覆的男體，這些氣味之下還襯著濃烈的木頭甜香。他猛然止步，感覺胃中一陣翻攪，只能勉強忍下轉身離開的衝動。大門發出喀的一聲關上了，他只好走向通往遊戲典藏室和檔案室的階梯。管理員正在做記錄，寫完以後才抬頭問他：「有事嗎？」

「我是李奧．馬丁，卓萊登教授准許我在檔案室裡做研究。」

管理員沒說什麼，只是翻出正確的那本記事簿，翻開正確的那一頁找到李奧的名字，才點頭起身幫他開門。卓萊登的確說到做到，他並未感到特別意外，但也不為此心存感激。在他過去的生活中，像卓萊登那種女人他連看都不屑看。她既不美麗，也不具魅力，態度更說不上和藹可親。他不喜歡她最主要還是因爲他不喜歡欠人情。她以爲學校在自己的掌握之中，但她可從來沒在蒙特維爾讀過書。**他**才是這間學校的金獎得主，他才是該當上遊戲師的人，如果當初——算了，如果當初他想要的話。他都已經當過文化部部長了，可惡，爲什麼他會淪落到——

「先生？」

「是的。」他希望剛才自己沒把任性又幼稚的自言自語說出口。他重新堆起笑容，那模樣看了就讓人心安，足以證明他並沒有發瘋。

管理員向他打了個手勢，領他走上蜿蜒如螺旋鑽的樓梯，接著又走過一扇門。他從來不知道原來檔案室這麼深。檔案室位於中央圖書室正上方，面積就和樓下一樣大，收納了一櫃又一櫃的書籍和檔案。管理員說：「有需要再來找我。」但他的口氣言不由衷，說完就急忙跑開了。

書架之間擺設著書桌，每張桌子之間的距離都很寬，有些桌面擺了文件和書籍，不過大部分的桌面都是空的。他選了張鑲著燙金綠皮革的桃花心木桌，桌旁的牆面上開了一扇靠近地板的圓窗。雨點劈里啪啦敲擊著窗面，潮濕的風從牆面中央的窗戶邊緣如刀鋒般削了進來。他彎腰用袖子揩拭窗戶，窗外只見低垂的天空，而如果他把腰彎得再低一點，低到姿勢難看的地步，就能勉強看見樹冠。

沒有其他地點比這裡更好了。李奧坐了下來，書桌的一邊抽屜擺了紙，另一邊擺了筆和墨水。他用衣袖將桌面的皮革部分擦到發亮，將白紙從抽屜裡拿出來擺好，筆也整齊地放在一旁。他托腮，目光低垂盯著紙張，紙面上全然空白。

《柯尼斯堡之橋》的主旋律斷斷續續傳進耳裡，音量之大讓他忍不住朝周圍張望、準備開口抱怨，後來才發現只有他自己聽得見音樂。樂曲發出尖細哀怨的顫動，讓他聽了下顎也開始發痛。

他再度起身，翻弄著口袋裡的零錢。這點錢夠他買火車票去別的地方，去哪裡都可以。

不過，要是黨發現他擅自離開……或許現在還有人在監視他。這裡的任何一個侍者都有可能是奸細，檔案室管理員、學生、教授都有嫌疑。他背後的寒毛豎立起來。出過太多次意外了，從前有個經濟部部長和情婦出過車禍，還有一個據說即將投奔敵營的部長掉進結冰的河裡；另有一個記者被人發現死在水溝裡，頭蓋骨慘遭砸碎。李奧還記得來到山下小鎮那天，在通往學校的路上有人在監視他。他閉上眼，想不起那個人的外套是否有可疑的鼓起，意味著對方有帶武器。有嗎？沒有嗎？或許一切都是他的想像，然而光是想像他就感到口乾舌燥。《柯尼斯堡之橋》的主旋律以7/4拍的節奏嘲笑著他。他是離不開這個地方了。

既然如此，還是來做點事吧。他可以閱讀遊戲、寫遊戲記譜，做什麼都可以。他漫無目的地踱步走向索引架，隨便打開其中一格，盯著裡頭塞滿的索引卡，卡片邊角都磨損了。他隨意抽起一張，強迫自己專注閱讀。這張索引卡上的文字是手寫的，字體細瘦花俏，墨跡已然褪色，幾乎快看不見了。「克尼爾，高提爾。教授，體育學，蒙特維爾（1816）。學生，蒙特維爾。（mat.1801）……」他沒有再讀下去，換了另外一張卡片。這裡一定存放了好幾世紀的人名，多數的姓名都無人知曉，但是都有屬於他們的檔案櫃。他從不知道檔案室可以存放這麼多資料。他抬起頭，想像著天花板的橫梁被資料的重量往下壓，壓得都彎了的畫面。這裡頭有多少資料曾經有人閱讀過？在他還不願承認自己在尋找什麼的時候，他已經往標示著MAB-MAS的那一櫃走過去了。

「馬丁，李奧納德。學生，蒙特維爾。（mat.1926）金獎得主。著名遊戲：《回映》（金獎，1.1927.2.17.1）。其他遊戲：2.1926.17.1.1（《骷髏之舞》，與德庫西協作），2.1926.17.1.2（《前奏曲》，F.G.2.I）。相關文獻參考：2.1926.17.2、2.1926.17.3。」

閱讀索引，彷彿閱讀自己的墓誌銘。

他將卡片翻到背面，看看有沒有沾到指紋，或是被粗心的傢伙塞回抽屜時凹摺了一角。但是，這張索引卡宛如全新般潔白平整，四邊都還很銳利。除了建檔人員之外，沒有任何人動過他的作品索引卡，十年來，誰也沒看過這張卡片一眼……他故意凹摺索引卡，讓摺痕像植物根系般貫穿了謄打在卡片上的數字。他將索引卡塞進「馬丁，拉札瑞」與「馬許，菲利浦」之間，大力關上抽屜。

他全身僵直，站在原地深呼吸。他來這裡當然不是爲了緬懷舊作，那樣簡直就像老太太在閱讀年代久遠的情書沉思……不過看看索引卡可以轉移他的注意力。這裡是索引卡的第一區，玻璃櫃裡裝滿了仲夏遊戲作品、萊曼獎作品、金獎作品，第二區則遠在檔案室另一頭，書架上擺滿了沒裝訂的檔案夾，因爲塞得太緊，連標籤都沒辦法閱讀。李奧左轉走進一處沒有窗戶的凹室。他回溯年份，抽出一份資料夾看看數字，但上面寫的是「2.1926.11.1.3（法隆，艾米爾。《面具的悲劇》。）」，下一份則是「2.1926.16.3.3（蘭茲，佛德烈茲。期末考。）」。他突然有股衝動想知道佛萊迪[1]到底寫了什麼才在那次期末考得到了三等的成績（是三等還是二等一級？），然而他卻一邊這麼想，一邊繼續往下翻找。接著他心頭一驚，彷彿不敢相信檔案眞的就在那裡，李奧看見了自己的名字：「馬丁，李奧納德，與德庫西，愛姆．卡費克。《骷髏之舞》。」

《骷髏之舞》。他的喉嚨一陣緊縮。自從完成作品後他就再也沒有看過了。一考完試，他就把所有的遊戲作品燒掉，連同遊戲記譜、課本和其他東西一起。世界上只剩下這麼一份《骷髏之舞》。不對，應該有兩份，卡費克的檔案夾也會有一份。遊戲中的一些布局他都還記得：鐘聲、轟隆作響的旋律，演算機制逐漸停擺，但節奏緊湊的音樂持續……但是這麼多年過去，時間已經扯斷了作品的經緯，他只記得片段：例如骷髏舞動時發出的喀噠聲、花朵、屍僵[2]、蠕蟲；一場地下墓穴的盛宴；詩人包裹在裹屍布中，有人在爲他彩繪。

想到這裡，一陣恥辱突然湧上心頭，同時他還隱約感到不安，然而一旦想要確認那究竟是什麼樣的感受，那份不安便一閃而過。他還記得作品很高明，充滿想法，如巴洛克藝術般繁複，宛如身上多處潰爛的屍體。他們用上了英式復仇悲劇、死亡的藝術[3]、搖籃曲、迷信。卡費克爲作品譜曲，是高明又花俏的快板，讓人聯想到人體腔室的空洞和回音。卡費克還用了一些數學理論，雖然他和李奧討論過，但李奧從來不承認自己沒有完全搞懂那些數學。文字、圖像和抽象概念交織成陰暗的作品。是了，這部遊戲的確很高明，但這一切組合起來究竟和死亡有什麼關係呢？甚至連鐮刀和頭顱骨也未曾出現，卻說主題是**死亡**？

李奧抬起頭來，看見的不是檔案室的書架，而是卡費克在桌前咬筆的模樣，絲毫沒有意識到自己的下唇沾到了黑色墨漬。他任由思緒迷失在一道難題之中，盯著眼前的一片虛無嘀咕道：「你這個變化很不錯，但不太適合……」有時卡費克只顧著振筆疾書，整個人沉浸其中，連鐘聲都沒有聽見；有時則猛往李奧的草稿上添寫附加符號，讓每個記號看起來都像是撥動的琴弦。這就是卡費克，李奧原本樂於親手勒死的傢伙。

六個月後，卡費克自殺了。

李奧整個人無力地往下沉，他蹲下來低垂著頭，閉上眼睛。現在他人在檔案室裡，而非在走廊上狂奔然後猛然停步，看見卡費克的房門半掩，他的桌面空無一物，床上的寢具都被抽掉。他人在這裡，而不是坐在大禮堂的長椅上發愣，聽見校長清清喉嚨說道：「抱歉，各位同學，校長必須要宣布一件壞消息。」他人在這裡，不在他的第一間政務官辦公室裡，那時候他的祕書心有不甘地嘀咕著部門間的關係如何如何，而他則用笨拙的雙手攤開警方的調查報告。死者為二十二歲的年輕男性……死因不具他殺嫌疑……那都是許久以前的事了，那些事情都結束了。

要是當初……算了，他不會讓自己說完這句話，這不是他的錯，不可能會是，其實沒有誰說過是他的錯。就算他們知道，就算真的有誰、有任何一個人知道……

他打了自己一個耳光，重重的一個耳光。這麼一打反而讓自己嚇了一跳。這是瘋子的標準舉動，

---

1 佛德烈茲的小名。

2 rigor mortis，指動物死亡數小時後全身肌肉逐漸僵硬、收縮的現象。

3 Ars moriendi，十五世紀末宗教文學的一種文類，伴隨著黑死病大流行對社會的影響而生，以善終的藝術為主旨。

被黨囚禁的政治犯孤獨太久也會這樣。他可是個成年人了，他這樣是在做什麼？怎會如此失去控制，像個孩子一樣在地上爬？他站起身，調整領帶和袖口，好像在表演給誰看似的，接著又用袖子抹了抹臉。

卡費克自殺了，是他心志軟弱，才會選擇自我了結。調查報告說他「思緒受到干擾而失衡」。他的死和誰也沒有關係，和李奧、學校甚至聖之嬉都沒有關係。畢竟他姓德庫西，這足以解釋一切了吧？卡費克的父親酗酒，英年早逝，祖父犯下倫敦圖書館縱火案……卡費克注定會下場不堪，只是時間早晚的問題而已。他沒有趁其他學生睡著時將他們全都殺掉已是萬幸。李奧把這種說法說給自己聽，覺得自己像是受到輿論攻擊的政客，像盜用公款被抓到的部長，只能搬出一套尖細滑溜的說詞開脫。放下吧，卡費克已經死了，很久以前就死了，不論做什麼都無法挽救。

鐘聲響了，傳到此處時聲音已因距離遙遠而變得模糊。隱約能聽見人聲越過中庭而來，其中包含喊叫聲和笑聲，應該是學生冒雨衝向方塔的走廊。

他抽出架上的《骷髏之舞》檔案夾來閱讀，等著看見卡費克的筆跡和他的筆跡並列。他還記得當初他將完成一半的作品抄本放在桌上，往卡費克的方向推，然後指著上頭數學和音樂的節點說：「阿忒門表記法都留給你寫吧，反正你很會。」而卡費克只是微微側頭，什麼也沒說就接了下來，彷彿在表示李奧就是需要他的幫忙。不過現在手中這份檔案夾比李奧預想的還要薄，封面也不是作品的第一頁，而是教授的評語「此作稍嫌過度賣弄，卻能夠掌握……矛盾但貼切的豐富意象……建議未來試著節制……」他翻過這頁，下一頁是他凌亂的遊戲草稿。是了，現在他想起來了，在必須繳交遊戲的前一晚他發瘋似地重新謄寫遊戲記譜，字跡潦草，因為他在原來那一份草稿上寫滿了低級玩笑和無聊的哏，還記得那天手臂痠到不行……他直接翻到檔案最後面，發現空無一物。遊戲本身消失了。

他又翻了一遍，真的不見了。這裡明明存放著這麼多檔案，偏偏是這份不見。他抽出隔壁的檔案夾（馬丁，李奧納德，《前奏曲》；馬丁，李奧納德，期末考。）看看是不是誤放到那裡去，但那份檔案裡也沒有。他思索了一會兒，回想起當初會燒掉遊戲記譜，就是因爲再也不想要看見聖之嬉、想起聖之嬉和參與聖之嬉。不管哪一種聖之嬉遊戲他都不想看到，尤其是他自己的。他還記得將帆布書包丟進父親的焚化爐，看著書包被火焰吞噬的快感。那是他畢業的那年夏天，焚燒時天色已經很晚了，只見火星不停往上竄，就像旗幟和煙火，躍進了炙熱的黑暗中。他身後的廢棄雕像全都一起低下頭來，彷彿趁他不注意改變了姿勢。對面那堆拆下來的窗戶則像是失去視力的眼睛，反映著火光。他嘴裡嚐到煤灰和汗水的味道，而且的確還有點鹹味，或許他哭了。因爲他帶了一瓶白蘭地坐上計程車，把自己搞的亂七八糟的，對著支離破碎的回音大吼大叫。碎磚塊組成的瓦礫堆和毀壞的噴泉池將他的聲音彈了回來。這才是眞實的世界，在這裡即使是房屋也有保存期限，即使是房屋也能肢解，而聖之嬉不過是個巨大而空洞的啞謎。他的期末遊戲草草了事，交出一份無聊但是技巧到位的展演，每個人都很失望，只有他自己不這麼想，反正他自由了。三週之後，公司的主管問他是否曾和老爺子見過面；一個月後，他入了黨，接著……不過現在的重點、眞正的重點**在於**，當初那些遊戲記譜都燒掉了，將那些文件丟入火中時他毫不猶豫。不只是自己的遊戲，就連書堆最底下那份《暴風雨》他也燒掉了，儘管上頭卡費克留下的筆跡他早已讀熟，簡直就和熟知自己的汗味一樣熟悉。當時他完全不在乎這些作品到底是不是僅存的最後一份，如果眞如他所預料的，他反而覺得高興。荒謬的是他現在卻爲此感到困擾，不斷前後翻動著檔案夾，好像這麼做就能把作品召喚出來似的。他爲什麼突然急著想讀那部作品呢？他讀了還能怎樣，檢查附加符號嗎？

片刻後他猛然想起來了，彷彿寫報告出了可笑錯誤，或是喝醉踢到人行道邊緣那樣心中一驚——這是雙人遊戲，卡費克的檔案裡一定也有收錄這部遊戲。那份檔案裡會有教授的評語和卡費克潦草的遊戲記譜。他實在沒必要這麼大驚小怪，一定是哪個笨蛋把兩部遊戲歸檔到同一個資料夾裡了。他的指尖輕拂著書架，往回尋找。2.1926.4、2.1926.5……有了。德庫西，愛姆・卡費克，與馬丁，李奧納德，《骷髏之舞》。他感到胃部輕微痙攣，舌根泌出咖啡似的苦味。

不過這份檔案夾裡也沒有遊戲，空蕩蕩的只有兩張評語，除此之外什麼也沒有，連草稿都沒有。卡費克的草稿具備他獨有的美感，既強韌又纖細，他的想法似乎寫出來後便無須修改。他還記得兩人一起把謄好的遊戲拿去霍特的辦公室繳交，離開時卡費克說：「骰子已經擲下……[4]」口氣極為諷刺。現在他看著評語，字跡模糊得幾乎看不清。「新型態的自由……作品脫離古典簡潔結構……活力，這是一種嚴肅的諧擬……」但是遊戲到底在哪裡？他不由得拿起一旁的檔案夾：「楊森，皮耶，《圓圈與三角形》。」接著又翻找前後的檔案，依然一無所獲。

他走回索引卡的櫃子旁。德庫西家族的人幾乎自己占了一整格抽屜，有些人用到五、六張卡片，但是其中並沒有卡費克的紀錄。

他用力關上抽屜，站在原地盯著半空，皺起眉頭。

他來檔案室不是為了回顧自己的遊戲，也不是來研究卡費克的遊戲，然而為什麼……他應該要再檢查一遍，不然就是請教建檔人員，但可以想見的是問了也於事無補。將卡費克從檔案櫃中除名就像是……突然間他想起黨內收存的照片。早期的照片裡站著一排又一排微笑的年輕人，他們和老爺子聚在啤酒館外面，還有一些照片是在第一次大選後拍攝，地點位於國會大廈的階梯上。老爺子的辦公室也掛著同樣的照片，上頭的面孔依然是同一批人，但是人數變少了。難道卡費克也是這樣嗎？這不但說不通，狀況也全然不同。拿掉他的遊戲，並不等於抹滅他這個人，他的名字還在檔案室裡，只是資料夾空了……而且到底是誰會想刪除檔案室裡的遊戲？只有教師才能進來檔案室，哪個教授會在乎這種事？

他開始啃指甲，嚐到一絲肥皂味。雨水一道道從玻璃窗上滑落，路徑分歧又合併，看起來像是神祕的文字。李奧感到無力卻不想承認，但他還能怎麼辦？他現在就像是瞪著空白的牆壁，卻希望牆上憑空出現一扇門。當然牆上不會有門，而且找回卡費克的遊戲不能讓他起死回生，反而只會讓自己心情更糟。他閉上眼睛，想像自己要是讀到卡費克的遊戲記譜，一定會感到痛苦，像是肋骨骨折還大口吸氣那樣痛苦，像眼球破裂那樣痛苦。而他竟然還想把它找回來，眞是愚蠢。

李奧變換站姿，聽見口袋裡的東西發出細碎的摩擦聲。他拿出信件，將克麗賽絲的帳單攤開，摺成整齊的四摺，丟進身邊的廢紙簍中。他也打開母親的信快速掃過一遍，內容跟平常一樣，他扔進廢紙簍之後馬上就把內容忘了。最後他看著窗戶上的雨水痕跡打開黨內通訊，一邊作勢要丟，一邊隨意看了幾眼。

然而信封裡裝的不是通訊刊物，而是一封手寫信，筆跡看來有點眼熟，散發著似曾相識的氣息。可能是因爲他正想著卡費克的事吧，十年前——不，不是這樣，他眞的認得這筆跡。親愛的李奧……他翻過信紙，看見信末的署名是：老同學艾米爾．法隆。他已經好久、好幾年沒看到艾米爾寫東西給他了，現在看了只讓他口中泛酸。爲什麼艾米爾要這麼做？

……我其實有點羨慕你，部門裡面怎麼可以這麼無聊？我想做點改變，可能會進入文化部，但你不要擔心，我沒有覬覦你之前的位子，要到達你的地位太困難了，想必達特勒很快就會意識到這點。他一定是看到你的辦公室、看到漂亮的祕書就瞎了眼（她真的是個大美人），但是他不知道自己擔負的責任有多麼重大。我想他一定會下台的，時間問題而已。

聊天時，你的名字還是會被提起，真是奇怪。我也盡可能把握機會提起你，不然大家一下就忘記了，就像俗話說的那樣：眼不見，心不念。你在蒙特維爾過得如何？我真想聽你描述現在的學校，聽說那裡氛圍變了很多。做事一定要謹慎，我想你也明白的吧？藝文預算被砍，學校之後大概不行了。要是你在走樓梯時跌倒，那可就得不償失了。

4 Alea iacta est。凱撒（Gaius Julius Caesar）名言，意指做出無法收回的重大決定、破釜沉舟的決心，亦可用於懸而未決之事塵埃落定時。

還有，想要什麼記得跟我說，書、唱片、雜誌之類的，我都可以幫忙。等你出來以後再還我這個大人情……

李奧咬著牙將信件摺起，雙手蓋在信上，幾乎能感覺到信紙上的字像螞蟻那樣在掌心鑽動。艾米爾看似只是想聊天，但是這封來信當然別有用意。

他腦中再度浮現出老爺子辦公室裡那張遭到修改的照片，只是這次消失的人影更為鮮明耀眼。站在前排的他也會消失嗎？是不是已經消失了？一開始他會從照片上消失，再來是從紀錄上消失，接下來他的身體也會消失……他垂下視線，發現自己撐開五指，緊緊抓著桌沿。他整個人愈來愈不對勁了，因為他一直獨處，因為他太無聊，因為這個地方該死……因為《柯尼斯堡之橋》的樂曲像耳鳴般無法消去。

他拿起筆打開筆蓋，壓抑自己不去思考，不去想自己現在有多窩囊。他拿出一張紙。

親愛的艾米爾，

真的很謝謝你寫信給我。

10

夏季學期第四週（不知道第幾天了）

我知道自己很久沒寫日記了。今天下午我蹺掉實作課來補眠，現在才有力氣寫日記。我不應該蹺課的，眞的，我明天還得要寫一份考古題（西元前六世紀的畢達哥拉斯[1]學派替現代的聖之嬉研究奠定多深遠的基礎？），一想到就好想撞牆，而且拖得愈晚就愈不想動手。我現在顯然也只是在拖延時間而已。

雙人遊戲慢慢有進展了，至少我是這麼覺得。可別誤會，我還是覺得卡費克是個高傲的討厭鬼，上週我們就爲了要定什麼主題吵了一整個晚上。他想要一套可以用來探討各種概念的數學理論（也就是採取古典結構、無聊又靜態的東西，聽起來像是百科全書和算盤生了個孩子），而我想做的東西則格局宏大、充滿野心，他聽了卻整張臉垮下來，好像我提議的是從方塔屋頂上跳下來似的。我向他力推我的想法，結合夢境與暴風雨的元素，不過他斷然拒絕。他一直說：「作品的出發點一定要眞誠、

1 Pythagoras，古希臘哲學家、數學家與天文學家，其所成立的學派是宗教、政治與學術合一團體，以數學作為探索宇宙、解釋萬物的根本，對柏拉圖、亞里斯多德等哲學家影響深遠。

真實。」我也一直說：「卡費克，你不要這麼難搞，我說的這些哪裡不眞實了，**現實**就是眞實。」我們的討論就卡在這裡一萬年。講到一半，氣氛不知怎地忽然一變，他竟然抬起手示意我不要說話，讓我差點發飆。他在紙上胡亂寫了些什麼往我這裡推。他要是寫他家那套表記法給我看，我一定會出手扁他，就算可能會被退學也照扁不誤。但他寫的是數學算式。

「你聽過棣美弗[2]嗎？」

「他是不是發明了什麼複雜公式？」

「他提出一個假說模型『棣美弗法則[3]』，可以用來推算壽命，應用在年金保險方面。據說他還推算出自己的死期。」

「數學和魔法的連結，帥喔。」

他笑了。這絕對是他第一次對我笑，好像表示他同意我的看法，而不是嘲笑我耍笨。我一看見他笑，就差點忘了要討厭他，眞是奇怪。「沒錯。」他說：「你想要探討難以理解的困難主題，就來談談死亡。」

「死亡？」我像白痴似的重複他說過的話。

「死亡有很多面向可以談，這個題目很大，幾乎無邊無際，我們一定是瘋了……」他發現自己說錯話，眼神立即飄開，神情戒備，等著我拿他的家族來開玩笑。他頓了一下，接著才又匆忙說下去：「一定是瘋了才會談論死亡。不過同樣的主題在音樂上有先例，像是《骷髏之舞》，聖桑和李斯特的交響詩[4]。」

「還有莎士比亞、但丁，我不知道死亡難倒了這麼多創作者……」

他露齒一笑。「還可以討論安魂曲的結構，個體和無限之間的拉扯，或者漸進線……」

「沒錯！還有死亡的儀式、腐爛的肉體、相信精神永恆存在的信仰。」

「無法參透的死亡意義，我們太微不足道。」他說微不足道應該是在嘲弄我吧？但他自己也說得很興奮。

「死者的國度從未被發現，死亡是存在本身最難解的謎題！」我興奮過頭，笑得像小孩子一樣。突然之間他也跟著我笑，爆出一陣高頻的笑聲，肩膀還隨著笑聲抖動。之前從來沒聽過他笑成這樣，我不知道原來他**也會**笑，還以爲他應該只會發出瞧不起人的哼聲。「好。」過了一會兒，我總算有辦法好好說話：「就這麼定了。」

「要是我們失手……」

「失手？[5]」我裝成馬克白夫人的口氣說道。話一出口我就覺得他一定會眉毛一挑，開始批評劇場，令人意外的是他竟然又開始笑，然後我們再次笑得亂七八糟。我到現在才發現他好像從來沒有笑過，他不知道笑完之後該怎麼辦。他的笑法很像是一直忍住，然後突然崩潰失控……最奇怪的是笑完之後平靜下來的模樣，他可以在一瞬間之內從爆笑狀態冷靜下來，彷彿把笑聲全部呑了下去。前一秒他還跟我一樣在笑，而且我發誓他是眞心覺得好笑，下一秒他卻突然站起身、臉色一沉，好像在生氣的樣子。也許當時我不小心碰到他的袖子還是什麼，想不起來了，總之不是什麼大事，但我根本沒做什麼事能冒犯到他。我嚇得一面往後退，一面問他：「怎麼了嗎？」

「說定了，就先這樣吧。」他避開我的眼神。「我們的主題就是死亡。」

2 Abraham de Moivre，法國數學家，一七三四年提出常態分布曲線，對統計學與機率論有重要貢獻。著有《人壽保險》（*Annuities upon Lives*）、《機會論》（*The Doctrine of Chances*）等書。

3 de Moivre's law，存活分析模型，首見於《人壽保險》一書中。

4 *Danse Macabre*，又稱《死之舞》，為法國作曲家聖桑（Charles Camille Saint-Saëns）根據卡薩利斯（Henri Cazalis）的同名詩所作的交響詩。匈牙利作曲家李斯特（Franz Liszt）亦曾以此為題創作同名樂曲 *Totentanz*。

5 出自英國劇作家莎士比亞（William Shakespeare）的悲劇《馬克白》（*Macbeth*），原文為：We fail?

「凡人總有一死，諸如此類的東西。」我說：「沒錯。」

他還是不看我，一定是因爲他很氣，氣自己怎麼可以放鬆戒備，跟地位低下的人一起胡鬧。他無法接受我窺見了他一部分的眞實自我……一直以來對他的厭惡當下全湧上心頭。我還以爲只要一起笑過，就能讓他變成正常人。

「你趕快走吧，我還有事情要做。」

「我這不就是跟你一起在做事嗎？我又不是來這裡玩的。」

他瞪我一眼，我也瞪回去，想看他敢不敢拿我剛才模仿馬克白夫人的模樣開惡劣玩笑。但他沒有這麼做，可能只是沒說出口吧。

我一把抓起自己的遊戲記譜。「你說得沒錯，還有其他事情比這更重要。」最上面有一張是他的記譜，於是我把那張紙往地上扔。「明天再來做棣美弗，我去看看文字部分怎麼處理。」

他眨眨眼。算他識相，知道這時候沒資格說我口氣太囂張，特別是考慮到他平常是怎麼跟我說話的。

「行啊。」他說。

「那好。」我說。

我們同時陷入沉默，仔細思考到底是誰占下風（鄭重聲明，是他輸了）。然後我甩門離開。

晚餐時間到了，不寫了。

夏季學期第五週剛開始

之前寫到哪裡了？喔對，寫到我們昨天有進展，事實上目前的進展也不錯。

昨晚我們一起寫遊戲，從冥想時段一路寫到晚上十二點之後。晚餐吃到一半，我發現菲力用奇怪的眼神打量我，原來是因為我和卡費克並肩坐在一起，為了音樂對位的幾個音符在傷腦筋。雖然在正常情況下我才不會主動和他一起坐，但菲力也沒必要來打斷我們的對話吧。那個時候我們兩個腦中的想法像是飲料正在發酵，必須不斷抽出來，否則只會流得到處都是，最後什麼也不剩。之前我都不知道原來寫雙人遊戲會是這樣，雖然是跟卡費克一起寫，但過程還是滿刺激的（可能因為他而變得更刺激了），如果是自己寫聖之嬉遊戲，滋味就會略減幾分，有人一起比較不寂寞。偶爾也會出現不可思議的時刻，一種無以名狀的什麼會在那一刻滲進我們之間的空隙，並且留下令人驚豔的一步奇招，是我們任何一人都絕對想不到的。我也很喜歡遊戲被音樂統整起來的效果——其實是被卡費克的音樂統整，坦白說他的音感比我好太多了，而且他的音樂能讓我們更加揮灑自如，而非受到框限。他負責主結構，我則據此添加和諧音和其他想法……奇怪的是，明明他的風格古典又簡潔，我卻反而在他的影響之下變得更有熱情、更加大膽。為了挑戰他，我會在他覺得已經夠好的部分再添一筆，然後遞回去給他看，一邊得意洋洋地想著：**這招厲害吧**。看見他讀完之後作勢要用頭撞桌子，或是用鄙視的眼神看我，真是人生一大樂事。

以死亡作為主題真的很難寫，卡費克說得沒錯，我們一定是瘋了才會選這個題目。我時常在半夜驚醒，反覆猜想教授會給我們什麼評語：*才二年級就選這個題目，實在魯莽且令人感覺欲振乏力，說好聽點是大膽嘗試，但其實就是最噁心、最自以為是的傲慢態度……*如果我們要繼續做這個題目，是不是該把基督教元素拿掉？雖然霍特教授不會因此扣我們分數，但或許其他人會略感不快……唉，我已經不知道該怎麼辦了，現在唯一的安慰就是，如果這部遊戲慘遭痛批，至少卡費克會跟我同分。

菲力一直問我們到底在做什麼。今天早上他逼問個不停，我便跟他說不關他的事，沒想到說完竟然產生一種莫名的滿足感。可能是因為吃早餐時他砰一聲坐在我旁邊，一副他是我最好的朋友的模樣吧（最好的朋友，天啊，以為是小學女生嗎？）。然而沒過多久我就站起身，因為我還得去圖書館查

《韋氏字典》。菲力看我的眼神很不尋常。「你和卡費克，」他說：「你們……」

「怎樣？」

「你應該還是痛恨著他吧？」

他的聲音傳得很遠，艾米爾聽見便轉過頭來，皮耶也是。

「當然痛恨啊。」我可能太低估了自己的音量，突然之間食堂的嘈雜聲沉了下去，而卡費克出現在餐桌的另一頭，正在看書。他抬起頭來，眼神和我交會了一瞬間。

同日稍晚

眞是悽慘，我竟然睡不著。我躺在床上乾瞪眼，想著自己說的那句話，它一直在我腦海中揮之不去。最後我站起身，在睡衣外披上罩袍，走去他房間敲門。

他來應門的時候什麼也沒有說，只是站在原地，挑高了眉毛，等著我開口。

我說：「聽我解釋，卡費克。傍晚的時候……」

「你在說什麼？」

「我跟菲力說，我還，呃，痛恨著你。」

「所以呢？」

我沒說話，希望他會自動明白我的意思，但他似乎下定決心不幫我這個忙。我只能勉強開口：

「我說的話很蠢，我不應該那樣說。」

「爲什麼不呢？」

「因爲……」我的聲音愈來愈小。

「你怎麼會覺得，我在意你恨不恨我？」

我累得無法思考該怎麼回答。「我不恨你。」我說：「我是說，偶爾我還是滿恨你的，但大多時候並不是這樣。」

「是喔，你人眞好。」

「不說了。」我轉過身。眞不知道自己跑來這裡有什麼意義，反正他也不承認自己心裡有疙瘩。我起步要走。

突然間，他開口說道：「馬丁，不要擔這種心，那根本沒什麼。」我回過頭，看見他眼神中閃爍著一種不太有溫度的光芒。也許我們兩個都不喜歡對方，但有時候我們似乎比世界上的任何人都還要更了解彼此。他移開扶著門框的手，玩笑似地打了個手勢，最後把手放在心窩上。這個手勢的意思是「相像」。「我也是想到才會恨你一下。」

他沒有說他會原諒我，但這樣就夠了。

夏季學期第四十二天（我回頭重新算過了）

今天是星期日，謝天謝地，而且文學教授忘記出作業給我們（可能是老人癡呆發作的前兆，但我對此沒有意見），所以我有大把大把的空閒時間。沒錯，大把大把的時間，棒呆了。

應該要寫信給老媽的，現在書桌上擺了五封她寄來的信，我一封都沒有回，而最新的一封我甚至都還沒拆開。如果我沒有及時回信，學期結束回家就會聽見她很溫和地說：「親愛的，我好擔心你會不會生病了。」如果我試圖解釋，她就會故作堅強露出困惑的笑臉，擺擺手打發我走（說眞的，如果我出事她會收到通知啊，我是來上學，又不是來坐牢）。話說回來，如果我不趕快寫五封信寄回去，回溯一下寫在信末的日期，她一定會變成像我說的那樣。

有人在敲門，希望是卡費克，我在等他來跟我討論《骷髏之舞》中章的安排。這麼慢才過來簡直氣死人，他明明知道我急著想把主題弄清楚。雖然遊戲還有四週才要交，聽起來還很久，但事實上完全不是這樣。他浪費的每一秒鐘，我都覺得像永恆那麼漫長。

同日稍晚

他喜歡！或許他其實也沒那麼討人厭。

我在說什麼呢？他當然還是很討人厭。他說：「這個地方絕對有發展的可能性。」說完不到五秒就開始解釋他爲什麼要訂正我那段記譜（而且當然是用阿忒門表記法訂正）。他坐在桌前，低頭看著面前的白紙，然後開始在邊緣寫著難以辨認的文字，字還愈寫愈小。他話說得很快，快到我跟不上，只能看著他的手在紙上移動，還有他指關節上浮起的青筋。他抬起頭。「嘿，馬丁。」他說：「你有沒有在聽啊？」

「當然有啊。」

他瞇起眼瞪我。「那我剛才說了什麼？」

我本來想要裝個樣子胡扯一通，結果卻完全說不出話來。不是因爲我心裡覺得煩躁，而是受到當時的光線影響。黃昏時分的光線轉爲金黃，讓他的側臉、頸部的線條和領子下的陰影看起來就像是出自繪畫。一股令人發狂的衝動讓我想要把手放上他的脊椎末節，感受那一處的皮膚溫度。這樣一來至少可以讓他閉嘴，就算只有幾秒鐘不說話也好……

我說：「我……很驚訝你會喜歡。」

他的嘴角抽動了一下。「老實說，我也很驚訝。」

我受不了了，必須走到窗邊看看外面的景色。我只能背對著他，不敢放任自己有所行動。天啊，他眞是令人煩躁。

簡直莫名其妙。我現在這麼高興，只是因爲這個天生的自大狂覺得我的創作有**可能性**。馬丁，你給我冷靜點。

同日更晚

我下樓到小禮堂跟艾米爾和約伯玩了幾輪，但我心不在焉所以輸了。擊劍眞蠢，還不如給我們沙包打。之後我坐在長椅上看其他人玩，但即使是如此簡單的事我都無法專心。我看著窗外的天空漸漸暗下來，覺得頭暈目眩，呼吸不過來。我從來沒有因爲海拔高度吃過苦頭，此時卻能夠眞切體會到自己的腳踩在多麼高的地方，我們呼吸的空氣有多麼稀薄。我的心跳好像比平常大聲，不是說這樣不健康，只是有點奇怪。大概是因爲我最近都沒睡好吧，不然就是快生病了。

夏季學期第四十七天

今天下午只有數學課和冥想，於是卡費克和我決定下半天都泡在圖書館裡。中章快要完成了，看起來可以先跳過，之後再回來處理，所以現在我們忙著把演算機制和旋律合在一起。我們默默坐了半小時，兩個人都在寫遊戲記譜，但我沒什麼進展，卡費克應該也沒有。我盯著半空看了很久，才發現自己是在盯著卡費克。其實他看起來滿疲倦的，臉色蒼白，眼睛布滿血絲，嘴唇也乾到脫皮。我放下筆問他：「你還好嗎？」

「你說什麼？」

「沒事。」我不想看見他生病。如果他現在病倒，不知道雙人遊戲會變得怎麼樣。一想到要自己完成作品，我就冒出一身冷汗。

片刻後他才說道：「我沒事。」

「你的氣色很差。」

他聳聳肩，模樣看起來很焦慮。「我收到消息，我的……家裡有點事。」

我張口想問他是不是哪個親戚逃出了精神病院，隨即又把嘴閉上。然而他已經注意到了。看見他收拾東西站起身，我問道：「你要去哪裡？」

「關你什麼事？」

我忍不住翻白眼。「怎樣，我什麼話都**還沒說**，你就要生氣？」

「我知道你要說什麼，少裝蒜了。」

「是嗎？那我要說什麼？」

他遲疑片刻，最後還是閉上嘴走掉了。我追上去卻發現忘了拿遊戲記譜，如果弄丟那本筆記就完蛋了，所以我又折回圖書館。等我追出圖書館外，他的身影已經消失在方塔裡了。我喊了他的名字，他要不是沒聽見，就是假裝沒聽到。我衝過中庭，不慎在瓷磚上滑了一下，正好和剛從門邊走來的菲力撞個正著。他笑著對我說了什麼，但我把他推到一旁，一次踩過兩格階梯往上爬。

卡費克站在自己的房門口，往房內看去。這時我才意會過來菲力剛才說了什麼，他說，我錯過了一件很好玩的事情。

卡費克回過頭，兩手攤開往旁邊一站，要我也瞧瞧。

我真是想不透菲力從哪裡弄來那麼多火柴，他一定是叫人一盒又一盒的寄過來吧。房間裡到處都是火柴，像是玩挑竹籤遊戲[6]玩瘋了。床上、書桌上、窗台上、洗臉台上、地板上，滿滿都是火柴。我聞到淡淡的火藥味，忍不住發出一陣不像是笑聲的怪聲。

「棒透了。」卡費克聲音緊綳。

「不是我……」

「讓人印象深刻，娛樂滿點。」

「不是我做的！我跟你一起待在圖書館裡。」

「喔，這我知道。」他說：「我既是受害者，又是你的不在場證明。」他對我展露微笑，笑容不含溫度。「那你爲什麼要跟過來？想捕捉我開門的瞬間？」

「**才不是**。」我還來不及阻止自己，話就已經出口。「一定是菲力弄的，剛才我看到他從這裡走下來，難道你沒看到嗎？」

「我有，不過……」他將頭側向一邊，眼神凌厲。「惡魔手下從魔法師手中獲得自由了，是這樣嗎？」

「不是這樣！」我惡狠狠地打斷他。該死的菲力。「他做什麼都跟我無關。」卡費克用腳尖把地上的火柴撥開，清出一小塊空地。他斜靠在牆邊，肩膀垂了下來。他說話的聲音變了。「馬丁，你知道嗎……當初要來蒙特維爾讀書，我也很期待。我想了好多年。這裡有那麼多人研究聖之嬉、祈禱、做音樂、研究數學……我以爲來到這裡就可以遠離俗世，專心鑽研。當然生活會很辛苦，畢竟聖之嬉遊戲並不輕鬆，但沒想到實際上學校卻是這樣。」

我什麼也沒說，不知道該說什麼。那些該死的火柴根本與我無關。

「聖之嬉就是一種祭禮，對吧？凡人透過聖之嬉追求神性，聖之嬉讓眞與美變得具體，聖之嬉可以證明，人性之中也能找到神的恩典。」

6 spillikins，一種傳統遊戲，玩家須在不影響其他竹籤的情況下，從一束隨意堆疊的竹籤中抽出一支。

「那是菲利多爾說的嗎？」
他彷彿全然沒聽見我說的話。「難道人不會因爲聖之嬉而變得更好嗎？」
「你這是在考我申論……」
「我沒有！」他說：「這不是考試題目。而且我告訴你，答案是會的。」他搖了搖頭，臉微微皺起。
「話雖如此，爲什麼你們都是些混蛋呢？」
「卡費克……那眞的只是個玩笑而已，沒必要……」
他猛然轉身瞪著我，雙眼緊蹙。「馬丁，你寫的遊戲都是糞作。你知道爲什麼嗎？」
「什麼？」遲了幾秒，我才聽懂他在說什麼。「那些才不是**糞作**，我去年得了第二名。」
「對，我知道，全年級第二名。那可不是因爲你的遊戲有多好，而是因爲技術上沒出錯，沒有哪裡可以扣分。你的遊戲非常空洞，裡面什麼也沒有，你的遊戲沒有展露情緒，沒有展示眞相。」
「原來你跟霍特談過了。」我說：「我一點都不意外，誰都知道你是教授的最愛。」
「教授也這樣想吧？他說得沒錯，你是個糟糕的展演人。你知道爲什麼嗎？因爲你是個不折不扣的惡霸，你在瞧不起別人的時候最眞誠。去年我諧擬了你的作品——」他突然頓了一下，好像他是不小心說溜了嘴，但我也來不及對他的話做出反應。「大家看了都在笑，是因爲他們看得出來作品中有你，有**你這個人**。他們不是在笑作品中出現你慣用的並置、小五度音程和做作的二次轉調，他們在笑隱藏在這些元素之下的東西。你很仰賴技巧，因爲你從來不敢把眞正的自己放進遊戲裡。這一點誰都看得出來。你這個人又壞又沒種，而且你永遠都沒辦法寫出眞正的聖之嬉，因爲你根本不配當個人。」
我強迫自己對上他的眼神，緊盯著他，最後他眨眨眼，別開了視線。
「他們才不討厭我。」我很高興聽到自己的聲音保持平穩。「他們的確取笑過我，笑過一次而已，那又怎樣？沒人覺得我是輸家，他們反而覺得我很聰明、很搞笑。他們討厭的是**你**。」

「對啊，我知道。」他停頓了一會兒，又聲音乾癟地補了一句：「他們恨我，而且不只是偶爾而已。」突然之間，我再也無法繼續生氣了。

他轉身回到房間裡，邊走邊踢開火柴清出一條通道。他抖了抖毛毯把火柴甩到地上，然後坐在床腳低下頭。

我清清喉嚨。「你覺得《骷髏之舞》也是糞作嗎？」

又是一陣沉默。我覺得心臟好像在嘴裡跳動似的。「不。」他終於開口：「不是，這個作品不一樣。」

「是因爲有你加入，你是我的救星，是這樣嗎？」

「不知道，我也不知道爲什麼。」

「當然也是因爲，」我說：「**你的**遊戲就是自我揭露的典範之作。」

他肩膀抖動，發出一聲咳嗽般的卡費克式諷刺笑聲，好像我剛才說了一個爛笑話。隨後，他起身將床頭櫃上的火柴掃到地上。其中一根落在枕頭上，於是他用兩指捏起那根火柴，然後極爲刻意地將火柴頭劃過牆面，點燃火焰。

我立刻搶走他手上的火柴。雖然不記得是怎麼走過去的，但我在轉眼間就來到他面前。吹熄火苗好像用盡了我全身的力氣。「天啊，卡費克！」

「怎樣？」

「什麼叫做**怎樣**？你還問我？要是有一簇明火碰到地板上的火柴，這裡就會燒得像是……」

「倫敦圖書館。」

仔細檢查過那根火柴，確定火苗徹底熄滅後，我把它扔進床頭櫃上的水壺裡。我轉過身，看見卡費克臉上露出怪異的淺笑，只覺得背脊發涼。我抓住他，迫使他整個人站直。「好了！」我一陣亂推將他推到門邊。

「放開我，你想幹麼……」

我把他拖到走廊上。「不要再做蠢事了。」

他甩開我的手，皺起眉頭瞪我，接著大翻一個白眼。「你這樣我眞感動。」他說：「但說眞的，馬丁，你是眞心覺得我會來自殺明志這一套嗎？我才不會自焚，這樣最高興的人是你。」

「那你幹麼這樣？」

他坐在窗台上，雙臂抱胸。

「我再叫侍者來掃。」我說：「回圖書館吧。」

他將頭微微後仰，盯著天花板看。我等著他回應，但他的表情絲毫不像是聽見我說的話。

「你聽好……」其實我大可直接賞他兩巴掌，先打左邊再打右邊。我完全可以想像自己在他臉上留下兩個鮮紅掌印。「你不要太抬舉自己了，卡費克。如果你自焚而死，我完全不會在乎。」聽到我這樣說，他才看著我。「要死，至少等到寫完雙人遊戲再去死。」

一片沉默。我覺得一陣反胃，身體失去平衡，彷彿心臟掉進了胃裡。說完我就走了，反正他也不會理我。沒想到他竟然悄聲說道：「謝謝。」我眞的嚇了一跳。

「是你叫我誠實點的，不是嗎？」我頭也不回，誰管他有沒有聽見我說什麼。

我不壞，也不是惡霸，對吧？他哪有資格這樣說我呢？

明明不是我做的，不是**我**。

同日稍晚

我去找菲力，但他人不在房間，最後我終於發現他是待在音樂室裡，雙手大力敲擊著鋼琴鍵盤練習音階。他沒發現我人來了，所以我把鋼琴蓋拉上時，他差點來不及抽手。「欸，你幹麼……」

「你不要去招惹卡費克。」

「什麼？我用了**好幾百年**才收集到那麼多火柴耶，連我表弟都得每週寄兩大盒給我才夠。」

「那又不好笑。」

他將鋼琴椅搖得椅腳翹起，扮了個鬼臉。「我覺得很好笑啊。你怎麼了？我還以爲……」

「拜託你不要去惹他。眞的夠了，你很無聊。」

他盯著我看，然後伸手拿起樂譜翻了翻，頭也不抬地說：「你的態度軟化了。還是說，你怕他會去跟霍特教授打小報告？」

「才不是！我只是不希望那傢伙在學期結束前掛掉，就這樣。菲力你搞清楚，我現在是和他一起在做雙人遊戲，我需要他精神正常。」

「你明明說你還是很恨他，還說……」

「我說什麼不是重點！」我搶走他手上的樂譜往鋼琴上摔。（我這樣很壞嗎？我**是**惡霸嗎？）

「等到交出遊戲之後，你愛怎麼整他都隨你，在那之前給我離他遠一點，知道了嗎？」

他嘀咕：「好啦。」我話說完了，便丟下他離開。

還記得很小的時候，老爸帶我到廢車場，我在辦公室地板上撿到一只手錶，原來是他的客戶弄丟的。老爸問我有沒有撿到那只手錶。那只錶好漂亮，錶面上還會顯示月亮盈虧。除了這只錶以外，其他的東西我都可以不要。所以被他那樣問，我也只是搖頭。他半跪下來問我：「李奧，說實話就不會遭受處罰，那位先生的錶是不是你拿走的？」

我應該哭了吧，然後我點頭，把口袋裡的錶拿出來交給他。

他咬著牙噴出一口氣，好像覺得我很噁心似的，然後他搧了我一耳光，打得非常用力。
爲什麼現在會想起這件事呢？

11

老鼠

雪開始下了，下了好長一段時間，下了好幾天。雲層乾癟得像清空的舊袋子，最後一絲雲絮被風吹開，天氣終於放晴。月光從這一格窗櫺移動到下一格，不帶一絲好奇。積雪反射月光，光線亮到用來讀書都沒問題，不過前提是要讀得懂，而且這種時候還醒著。這座屋簷下的人幾乎都睡了，如果這時老鼠停下動作，就能聽見眾人用呼吸低聲而綿延地交談，以及他們的集體潛意識發出的微小共鳴。換作是其他人，或許會說夜裡的學校就像一艘隨著海浪聲漂流的船。然而老鼠從來沒聽過海浪聲，也不知道海是什麼，而且她根本沒停下動作。她用麻木的雙腳在走廊間移動，只要不被人看見，她就沒有危險。

天氣很冷，從來沒有像現在這麼冷過。每個學生的房間壁爐都生起爐火。很快地白天就會變短，一眨眼就沒了，到那時她會窩在自己的破毛毯窩裡，躲在煙囪旁邊。那裡距離屋頂很近，她會挨著石板尋找一絲絲的溫度。接著她還會挨餓受凍，然後慢慢陷進半夢半醒的痛苦狀態，等到第一場雪溶化之後情況才會改善。她憑感覺知道這樣的時節即將來臨，但她並不害怕。餓歸餓，冷歸冷，她可是老鼠。老鼠總能熬過冬季。

她躡手躡腳沿著窄梯下樓。下面是灰衣人工作的地方，那裡光線昏暗，唯一的光源來自一堵牆上的高窗。那些房間有一半埋在地下，走道聞起來有潮濕岩石的味道。她推開厚重的門鑽過門縫，一股刺鼻的肥皂味竄進口鼻。如果你進入老鼠內心深處，揮開近乎遮住視線的重重迷霧，你會看見一個哭到快要吐出來的孩子，保證自己以後再也不說髒話。這個孩子還沒有變成老鼠，不過一旦成爲老鼠，又何須在意回憶？只要注意食物和陷阱就好了。老鼠停下腳步，觀望一會兒聆聽動靜。在她對面有一個灰暗的銅製大桶，再過去一點，悶起的爐火旁有一排襯衫垂吊在曬衣繩上。一滴水滴在地上，發出細小的啪嗒聲。

動作快。她衝進洗衣房裡扯下一件襯衫，再把其他衣服拉過來塡補空隙，惹得整排衣服不停抖動。她取下晾衣繩上的夾子，蹲下來把夾子藏到一台熨斗底下，這樣一來誰也不會找到。濕涼的衣袖輕擦過她的臉。她蹲在原地豎起耳朵，什麼動靜也沒有。

她從另一頭的洗衣房門溜走，將偷來的襯衫塞到自己的衣服裡，濕冷的布料貼在胸口讓她顫了一下。她最想要做的其實是再偷一條毯子，但是毯子每隔幾週才洗一次。她小心布置讓他們以爲襯衫只是弄丟了，而不是被誰偷走。在他們心中，讓衣服不見的是一陣風，是粗心的學生、心不在焉的侍者或是某些意外。其實那些意外都是她造成的，但是她不可以被當作眞實存在的人物。

廚房還殘留著烹飪的溫度。儘管口中不停泌出唾液，她卻只偷拿了一點廚房的食物。她拿走放太久的吐司邊，把雙手伸進放涼的煲湯中，以手當勺喝湯，也偷吃一顆蘋果和幾口起司。她站在爐邊囫圇吞下這些食物，邊吃邊注意門邊的動靜。有時候灰衣人也會偷吃東西，偶爾還會有灰衣人之外的其他人這麼做。遇到那種時候，她就得屏住呼吸躲起來，看著黑衣人偷吃餡餅。他明明想保持低調卻還是很吵，只有人類才會這樣。某天晚上，來偷吃的是一個又老又胖的白衣人，他渾身酒氣沖天，還失手將盤子砸到地上。那時她正躲在桌底下，盡可能把自己縮小、不讓光照到自己。她以爲他會蹲下撿起盤子碎片，緊張得心臟就要跳進嘴裡噎死自己，結果那男人只是罵了幾句髒話，就搖搖晃晃地離開了。打破東西卻絲毫不用擔心，不知道這是什麼樣的感覺，她不由得這麼想。

鐘聲響了。她並不在乎鐘聲敲了幾響，不過鐘聲倒是讓她想起也該看看窗外。失去了月光暈染的天空夜色沉沉，看來離早晨還久得很，不過也該動身了。

赤腳穿過中庭會太冷，所以她繞遠路先來到大禮堂，來到屋頂和拱形天花板之間的空隙。她推開小門走出來，感覺突如其來的星光像是水花般碎落在臉上。走在平坦屋脊上時她沒有往下看，任憑凍人的冰雪在腳趾間融化，同時不去感受那份會讓人失去平衡的疼痛。她跳到壁架上攀住牆壁，正好迎面碰上齜牙咧嘴的石像鬼。這裡開了一扇小窗，只有鼠輩才能鑽過並沿著長長的排水管來到地面上，而現在她又回到其他人的地盤上了，到處都是好走的走廊與樓梯。雖然天氣寒冷她卻冒著汗，偷來的那件襯衫依然安好地揣在懷中，衣角塞進了她的腰帶裡。

她在走廊正中央停下腳步，讓自己暴露在外，在任何人都能輕易看見她的視野開闊處。

有人在哭。

她總是豎起耳朵聆聽各種聲音，畢竟她可是老鼠。但是聽到這陣哭聲讓她覺得無法呼吸，由不得她決定聽或者不聽。那是啜泣的聲音，除此之外的聲響她都聽不見，彷彿喪失了聽力。在哭的人是男人，不是女人，在哭的人眞實存在。老鼠無法對抗，沒辦法讓自己離開現場，也不敢轉移視線。這一回，是老鼠心底的那個孩子站在這裡。她一邊聽一邊心痛，但不是爲了當下哭泣的男子，而是爲了多年以前的那個人。她對那人僅存模糊記憶，連幻影都稱不上的記憶。

從前曾有過這麼一個房間，房間的牆壁裂了縫，房門上了鎖，房裡有水桶，還有繡了小鳥的百衲被。有個女人會過來，來時會帶著水和食物，但總是來了又走。她會唱歌，但總是結束得突兀。女人不在的時候、大部分的時候，天花板會偷偷變低，要非常認眞看才會發現。如果不想被天花板壓碎，你只能一直盯著它看，不能眨眼。有時候地板會突然變得很薄，走起來可能不安全，所以只能乖乖待著不動（你不可以離開這裡，也千萬不能讓別人聽見你的聲音，不管做什麼都一樣，親愛的）。每次屋頂傳來滴水聲她都很害怕，偶爾還會有煙從牆上的裂縫飄進來，這時如果將手插在牆縫裡，便會感到溫暖。暴風雨來襲時，遠方的說話聲會乘著風一陣陣傳進來，聲音忽大忽小。

後來老鼠再也沒有回到那個房間裡。她對那裡的一切只覺麻木，再也不會回去。那裡曾經有個人也在哭，那個人躲在房間裡，一直在等，等了又等只好睡去，不去想到底發生了什麼事。某天她發現送來房間的食物和飲水太多，超過了一天的份量，讓她感到極度焦慮。最後終於忍不住推門，這才發現門竟然沒有上鎖，令她大感困惑。不過房間裡的人不是她，從她跨出房門的那一刻起，她就成了老鼠。

她愣在原地，那哭聲已經被她遺留在過去，與現在的她無關。直覺冒出的每一個念頭都在尖叫，要她快跑。待在這裡不安全，太過於暴露。但是她無法離開。雖然那陣哭聲粗啞低沉，聽來陌生，聲音裡的絕望卻是相似的，都是壓抑的抽泣，都是怕被聽見的恐懼，哭聲中的羞愧也是相似的。那哭聲像是繩圈套索，她愈是掙扎，便收得愈緊。

啜泣聲漸漸減緩，變成更安靜的抽噎。聲音的套索鬆開了老鼠。她換了口氣，但腳步依然沉重得無法離開原地。她還沒有準備好要走。

她聽到衣料摩擦的細微聲音，有人抽了抽鼻子，用鞋尖攮著地面。走廊盡頭有一扇門打開了。就是現在，現在就是老鼠該逃走的時機。然而已經太遲了。

老鼠和走廊盡頭的青年看著彼此，許久許久。她應該要立刻跑走，消失在某處死角，若是稍一遲疑，他便會確信自己看到了她。不過對方的姿勢就跟老鼠一樣驚恐，讓她一時之間不知道誰才該逃。青年用袖子抹抹臉。原來他也是黑衣人，年輕的黑衣人。他的領口有一枚十字架，在衣料襯托下十分顯眼。他發現老鼠看到了，便握拳捏住那枚十字架。

「抱歉。」他說：「我只是想躲在不會被聽見的地方，宿舍房間距離都太近，我怕他們會……但我沒做錯什麼事，請別……」

他想拜託她什麼？她等著他繼續說，全身神經隨著心中的警報聲繃緊。上次她刻意讓別人看見她的存在是多久以前的事了？她覺得自己毫無防備，渾身不對勁。

「你是侍者嗎？其實這也不重要，我的意思是，我並不是……這很蠢，其實我很好，只是……其他人、他們不……還有教授也是，我不知道日子怎麼會這麼難過……」他拉扯著領口，彷彿衣領內側長出了牙齒。「你一定覺得我很窩囊吧，其他人都是這樣想的。眞希望……」他停了一會兒，再開口時卻整個人晃了一下，像是頭暈。

「我好擔心我的家人，他們一直說基督徒遭到攻擊，可是學校不讓我們看報紙，我沒辦法查證他們所言是眞是假，如果是眞的……你知道實情嗎？」

一片沉默。她只是盯著對方。

「呃，」他說：「抱歉，我叫做賽門，你呢？」他問她叫什麼名字，好像她該有名有姓似的。

她動彈不得，想不起來上次跟人說話是什麼時候了。所謂的說話就是有人問問題，並且期待得到回應。

賽門向前走來。

不論原來在他們之間的氛圍爲何，現在都被他的動作打亂了。她掉頭跑走，能聽見賽門在後面喊她。或許她也聽見了腳步聲，不過那些聲音都已被她拋在腦後，愈來愈微弱。她不斷前進，在黑暗中邁著穩健的步伐。走到後來她氣喘吁吁，背後濕了一塊，綁在腹部的襯衫也鬆開了。她沿著水管爬到小窗邊，撐起自己穿過窗戶回到儲藏室，接著循原路穿過水桶、掃帚等雜物，來到另一頭半掩起的門邊。現在沒人跟在她身後了。門後通往另一道階梯，階梯盡頭是老鼠的小窩、她的藏身處，晚上會聽見屋瓦咯噔作響，風聲呼嘯。她拿出藏在衣服裡的襯衫湊近臉旁，深吸一口氣。這件衣服還沒被她扯離曬衣繩之前，屬於哪個主人？她想著，襯衫可能屬於一位年輕男子，就像剛才那位一樣。她又想，不知道是否能從殘留的肥皂味聞出原主的體味。隨後她猛然將襯衫往角落丟，因爲之前她從來沒有這麼想過。她在乎那麼多做什麼？拿走了就是她的。她窩進毛毯裡蜷縮著身體，感覺自己正在發抖、冒汗。

他**看見了**她，他把她看作一個人。

賽門，她回想著。那是他的名字。她什麼時候在乎過人名呢？她是老鼠，不能被名字歸類。她活著只為了活命，她沒有記憶，沒有**感受**。剛才那樣是錯的，是危險的。老鼠總能嗅出毒藥的味道。賽門是毒藥。

等到不再發抖以後，她躺了下來，闔上雙眼。身為老鼠，她睡覺時從來不會做夢，總是淺眠，心思一片空白。今晚狀況卻不相同，她裹著只有自己才懂的黑暗，聽著堆疊在牆與牆之間的寂靜，徹夜未眠。

12 遊戲師

遊戲典藏室的窗戶下積了雪。那積雪過於斑駁，怎麼看都不像一張白紙，反而比較像是畫布噴上底漆後被人粗暴地搬動，不論哪個畫家看到都會皺起眉頭拒絕買單，因爲根本無法使用。典藏室的主人遊戲師從鉛框花窗向外眺望，看得有些眼花。她心想，這種風景大概只有現代的聖像破壞份子才會欣賞吧。她現在有了年紀，開始懂得鄙視他們的離經叛道。如果讓他們辦展覽，很可能會直接展出畫布。她之前在英國看過類似的馬虎展覽，不過是拿色塊來兒戲。最讓她作嘔的是，展覽作品竟能如此敷衍了事，卻無須承受任何後果，而那個年輕男子，一個做作的既得利益者，不過是做事大膽了點就能備受推崇。在她身旁的法蘭西斯阿姨顯然感到困惑，在藍色與綠色色塊之間遊走，最後猛然停在黃色色塊前。「哎呀。」阿姨低聲說道：「天啊，這眞是，呃……」遊戲師那時還沒當上遊戲師，她只是克萊兒，正值人生的轉捩點，人在異國漂流。她聽到阿姨說的話，什麼也沒回應，只顧著用盡全副的專注力不去看眼角的畫作。那裡掛著最大幅的作品，看起來像是剛切好的正方形肉塊，血色濃厚，全是大紅色。要是這輩子再也不用看見紅色就太好了。

她眨眨眼，驅走眼前疊映在雪地上的粉色殘像，想看清楚是誰在外面。外頭有一條寬闊的坡道，積雪上散落著棕色的樹皮碎片和小鳥腳印。今天是星期日，路上沒有人影，雪地像是全白的縫線、全白的漣漪，灰色的大石則戴上雪帽陷進積雪之中。低垂的天空有如一層層灰色簾幕，眼看又要下第二場雪了。

雪景並沒有任何不尋常之處。她離開窗邊，揉了揉眼睛。每年都會下雪、積雪、融雪，下雪不代表壞兆頭，也不令人感到意外。她只是覺得很新奇，自己像這樣任憑天氣變化挑動心情，莫非這就是瘋狂的前兆嗎？有一天，她會隱約感受到一股恐懼，像是有壓力逐漸疊加在學校的後山之上，讓她想要大吼，想要摔盤子，想要扣下扳機……接下來她還會偷偷將油桶搬進圖書館裡。她忍不住笑了起來。她眞的很怕自己突然瘋掉，怕到要把自己逼瘋了。她太放縱自己的想法，放任自己歇斯底里——她故意用她最討厭的詞來形容自己。據稱這是一種專屬於女性的狀態，毫無重要性可言，不僅會引發惡夢與失眠，還會促使悲痛趁人不注意時湧上，並讓以爲癒合的舊傷口滲出新的悲哀。歇斯底里是一種精神失調，源自女性難以抽離情緒的天性。她將注意力轉回書桌上，看著眞正的白紙。大概就是因爲如此，看雪景時她才會感覺到一股騷動不安吧。

她在紙面寫上「仲夏遊戲」。之後什麼也沒寫，連半個記號也沒有。

她總是很能寫的。不過在十年前狀況最糟的時候，聖之嬉與她毫無關聯，就像禱告之於食物那樣的毫無關聯。如果她試著創作一定會失敗，但她當時也從沒想到要寫聖之嬉。有很長一段時間，她迷迷糊糊地過日子，完全無法思考。阿姨和海倫教她做一些女孩的玩意兒，例如刺繡、園藝、剪紙，她全心投入，被花朵和針法的瑣碎之美撫慰。看到自己擅長音樂的十指不再靈活，她鬆了一口氣，腦子也慢慢糊塗起來，想不起今天是星期幾。她試圖讓自己變成另一個人。海倫帶她買新衣服，很有技巧地誘導她不再穿黑衣，換上柔和的顏色。她也漸漸開始喜歡那些衣服，它們的剪裁比較寬鬆，衣料更軟，有著鴿灰色、淡紫色和紫羅蘭色，像是即將凋謝的花兒。那時每個人都對她很溫柔，她對此也心懷感激，好像她才是死去的那個人。

但她的血液裡流著聖之嬉。這樣說還不夠深刻，她的每一個細胞、每一寸神經末梢都寄宿著聖之嬉，它逐漸追上她，吹著口哨慢慢地引誘她。別人不經意的談話、海倫的文具櫃裡沒藏好的《險中求勝》喚醒了她的記憶，讓她逐漸想起一些事情。這段過程大約歷時一兩年，但潛藏在她體內的什麼終究是醒過來了，開始伸展四肢。一開始它躲得好好的，就像融雪前會散發出飄忽不定的氣味，後來如同春到人間般，她被那個東西猛然撲倒，只能大口喘氣。她用六週寫出《春天》，用兩個月寫完《月的十二種變化》。之後她強迫自己慢下腳步喘口氣，拓寬知識的涉獵範圍。灰暗的前半生已被拋在腦後，她知道回不去了。偶爾在創作、展演、與人爭辯的時候（卓萊登家的人雖然不是聖之嬉專家，但至少也能稱得上是有學養，而他們的朋友也是如此），她能感受到一種純然喜悅，很像是哥哥過世前她一直都擁有的那一種。這兩種喜悅是不同的，絕對不可能相同，然而她只能感受到其中一種了。她始終沒有失去聖之嬉的能力，進入聖之嬉的純粹領域就像打開門跨出去那麼容易。就算成爲遊戲師，她也從不擔心自己會失敗，就像她從不質疑自己會失去呑嚥能力那樣確信。

至少此前皆是如此，她眼前的紙頁從未如此空白一片。

仲夏遊戲……除此之外她想不到其他的標題或主題。以前靈感來的時候，會像海浪般將她擊打得跪倒在地，或者像蜜餞鋪成的小路領著她走進森林，又或者像火把只夠照亮下一步，讓她必須一步步前進。她已經摸透了不同種類的聖之嬉，知道有時候必須要設下陷阱捕捉它們、遊說它們，甚至要抵抗它們。她想起一道考古題：請從以下物品與事件中擇一，解釋它如何能夠作為聖之嬉的隱喻：花園、汽車、晚宴、鐵路事故……她從來不缺靈感，也從來不曾一邊焦慮、一邊納悶，自己到底還能不能再寫出另一部遊戲來。

如果她寫不出來……她還眞不敢想像要是交白卷會發生什麼事。就算她生病了，校方也會指派其他教授站在她的位置，以她的遊戲總譜進行展演。她別無選擇，一定要交出遊戲，而且還不能是普通的遊戲。她必須要讓所有人見識到史上第一位女遊戲師的能耐，否則她就會全盤皆輸，在其他教授、受邀前來的高官、外國教授與記者面前出洋相。

時間寶貴，浪費一秒鐘就失去一秒鐘。快呀，快仔細想想。然而她的腦子裡還是一片空白。她突然同情起昨天課堂上的學生，當時他們全都愣愣地盯著阿忒門表記法的第一頁。

這樣下去是沒用的。她告訴自己靈感總是會來，然後啪一聲將筆記本闔上。她的桌上堆了一大堆書和文件，連半點桌面都看不見。放在最上層的書積了薄薄的一層灰。她拿起幾本較厚重的書，想看看暫且能放在哪裡，然而手邊的書架已經塞滿且一片混亂，想了一會兒，還是決定放在其他沒有灰塵的地方。牆邊塞了好幾封不知道放了多久的信，但既然已經放到現在，不拆似乎也無所謂。其中一封信上的戳印讓她想起那是文化部來函，他們一直邀她在暑假到首都參加聖之嬉紀念活動。文化部在第一封信裡說「這是為了一般民眾而舉辦的」，好像這樣說能獲得她的認同一樣。她將這封信連同其他信件直接丟進垃圾桶裡。最近校務會議在討論該不該讓學生於在校期間收到信件，但她偶爾會希望教授才是被禁止收信的那一方。外界只會讓人分心，分心還算是比較輕微的，嚴重的時候外界甚至可以將你整個人摧毀。她突然回想起指尖夾著薄滑紙張的觸感，那是一張電報紙，上面寫著「拜託回家我怕一個人」。她蓋起這個想法，推回腦中深處，忽然有股起身的衝動，想查看馬丁的日記是否已鎖好並藏起，但她還是忍住了。日記當然有藏好。

她猛然扭頭。外面是不是有怪聲？她覺得聽見了什麼，然而當她奮力穿過書堆和紙箱來到門邊，卻發現走廊上空無一人。她靠著門框蹲下，發現自己最近花了太多力氣聆聽各種聲音，就連最細微的聲音也會讓她抬起頭來，卻往往無法確定耳裡聽到的細碎聲音是人聲，還是脈搏跳動聲。那些聲音聽來就像是有人從遠處喊她，所以她總是豎起耳朵，想要聽出風聲中的人聲，聽出雨滴敲打窗台所組成的電報密碼。有時候她還會聽見腳步聲往她的房間移動，走著走著又停下來，而如果衝去開門的話，外面誰也沒有。沒有風，也沒有粉雪融化在地上的痕跡。

她不相信世界上有鬼，不過學校已經謠傳鬧鬼許多年，傳言說有個鬼孩子躲在牆壁裡哭泣。她就是她自己心中的鬼，就是因爲這樣她才沒辦法工作，心思渙散，像輪轉焰火那樣發亮旋轉。原本該用在聖之嬉的能量照亮了其他雜務，像是聆聽聲音、身陷回憶，還有不停想著自己和馬丁待在同一個屋簷下所帶來的熱癢感受。她拒絕去想另一種可能性，不想相信馬丁也許才是這一切的起因。

就在此刻，馬丁從檔案室樓梯走了下來，像在呼應她的召喚。她嚇了一跳，隨即躲進拱廊的陰影之中，但這番動靜入了馬丁的眼角，讓他不由得在走過時看了拱廊一眼。約莫一拍心跳的時間後，他們的眼神對上了，他立刻小跑步離開，沿著下面的階梯去了圖書室，皮鞋的鞋跟踏得喀喀作響。她覺得自己的臉、頭皮和腋下都在發熱，還好他沒辦法看見她心裡在想什麼。

馬丁的腳步聲消失之後，走廊變得一片死寂。週日圖書館管理員休假，樓下可能有幾個學生正在認眞看書，或者盯著空氣發呆吧。這些學生之中有人思考敏捷，有人則是常見的邊緣人，遭到霸凌且過得悽慘，他們寧願投入書堆尋找庇護，也不願冒險去小禮堂被同學撞見。學生們靜悄悄的，空氣中僅剩積雪掩蓋的厚重沉默，讓她眞要以爲這裡只剩下自己一人。她環顧四周聆聽動靜，然後移動到檔案室門邊推門進入。檔案室裡同樣空無一人，所有東西都被窗外透進的雪光染得蒼蒼茫茫。關上門後她倚在門板上，嗅聞這裡的氣味。這裡有淡淡的書卷味，還有一股刺鼻的氣味，可能是古龍水或香氛肥皀。她走到書架之間的走道上打量四周，看見有張桌子打從開學以來就遭到占用，至今已經好幾個月，但是忙於經營傑作的歷史教授並沒有移動過桌上的書堆。侍者會進來這裡打掃，因此桌上沒有灰塵。有天她實在太無聊，於是把髮髻上打結的一根長髮夾進最上層的一本書中，夾在蝴蝶頁之間，然而到現在還能看見髮絲的反光。她最痛恨研究沒有進展的人，然而現在看到這根頭髮讓她感到羞愧。

再走幾步路來到另一頭，小圓窗旁的座位是李奧的書桌。

她緩緩移動到窗邊，彷彿只是要查看天氣。要是有人從門邊看到，也會以爲她不過是閒來無事，想看看雪是否會下得更大吧。她狀似漫不經心地瞥了一眼桌上的紙張，好像只是一時感到幾分好奇，然而她看到李奧的筆跡還是嚇了一跳，彷彿赤腳踩到銳利的石片。他的字跡一點也沒變，要是將他以前的日記放在旁邊比對，會發現完全看不出差別。她眞想把眼前這張紙揉成紙團，就這樣一張張揉爛直到桌面露出來爲止，但她壓下這股衝動，只是用指尖翻開下一頁。

很難理解他在寫什麼，字句破碎，開頭格式全錯，寫下的內容刪了又刪。同樣的段落他在不同處寫了又寫，以阿忒門表記法和古典表記法各寫好幾遍。這些重複的段落略有變化，結尾卻同樣發散沒有收齊。李奧在第三頁的邊緣寫著「該死」，她看了卻笑不出來，因為有幾步走法她看得出大致的形式。她彎腰湊近細看，好像靠得愈近就愈有助於理解似的。她往下翻又看見更多遊戲記譜，這次是舊草稿，字句古怪而簡略，感覺像是抄過來的。一瞬間，她想到了這是什麼。

《骷髏之舞》。他想把《骷髏之舞》重寫出來。

但是他完全抓不到方向。她不由得握拳，壓抑自己想要提筆替他改正的強烈衝動。他怎麼能做出這種事？寫成這樣根本像是掉字的新詩或是磨壞的唱片。難道他**看不出來**這麼寫行不通？坦白說他一定看出來了，不然為什麼他會自暴自棄亂寫呢？但他懂不懂不是重點。他現在的舉動汙衊了聖之嬉。她之所以會建議他來檔案室，是要他做些緩和的研究，不是這種……他到底為什麼要這麼做？他怎麼敢？還偏偏是**這一部**遊戲……

眼角餘光的動靜讓她抬起頭，看見馬丁穿過檔案室的門走來。她倒抽一口氣，想不出該說什麼才好。

但她還沒來得及開口，就被他推離了原來的位置。她跌坐在椅子裡，臀部劇痛。「嘿——」她的驚呼聽起來幾乎像是招呼。「你做什麼？」

「滾開！」

「我只是看看……」

「我寫什麼你管不著。」他伸手擋在文件前。要不是表情認真，他這副模樣還真幼稚。她整理儀態，感覺一口氣哽在喉頭隨著脈搏跳動，拒絕進入肺中。

「我可是遊戲師，我絕對有權……」

「你不能看。」他鎮定下來，口氣更為冷靜。「抱歉，這些內容很私人，請你不要刺探，萬分感激。」

她轉過頭，把注意力放在書架和窗戶上，望著她所熟悉的、井然有序的檔案室風景。她刻意深呼吸，非常緩慢地深呼吸，接著吐氣直到最後一絲空氣離開身體。她把自己的怒氣想像成燭火，讓火光隨著最後一次吐氣熄滅、消散。這麼做之後如果還是覺得生氣，就把燭火當作身旁細微如芥子的藍色火苗，這是可以輕易忽略的火光。「你剛才不在這裡。」她終於能夠看著他的臉。「遊戲記譜飛得到處都是，我並不是在刺探你的隱私。」

他咬緊下唇，然而這不代表他心中懷有歉意，而是心有不甘，還想要繼續對她吼叫。她心中浮現出他日記裡的一句話：我這樣很壞嗎？我是惡霸嗎？是啊，他的確是。「好吧。」他說：「既然你都看過了，那……」他往門邊一指，好像這裡歸他管，是他專屬的辦公室。他的聲音大得刻意。「我要繼續工作了。」

剛才她臀部撞到的地方愈來愈痛了。痛意突然移動到大腿，好像這份疼痛本來藏在口袋裡，只是現在隨著縫線繃斷滲出，而她的膝蓋也開始發抖，讓她不禁伸手扶著椅背。她的體感總是比思考來得慢，到了現在身體才做出反應。像這樣全身發顫，或許會讓他覺得她很情緒化。她開口說話，讓自己的語氣盡可能顯得淡漠。「我當然會讓你繼續你的……工作。」轉身時她勉強自己正常行走，臨走前又補了一句：「不過那是《骷髏之舞》吧。」她的口氣顯得不經意，彷彿只是突然想到這件事。「難道你要特別花時間，把二年級的作品重寫出來嗎？你沒有別的事好做了嗎？」

「老天！」他說：「你能不能**不要**……」接著他眨眨眼。「喔，你知道這是《骷髏之舞》。」他又頓了一下。「你怎麼知道的？」

她沒有回話。補這一槍太不聰明了，她不該一時衝動貶低他。

「你看了我的檔案，對吧？你在查我的底。慢著，檔案室裡的《骷髏之舞》是你拿走的嗎？兩份都是你拿的吧？爲什麼你要**全都**拿走呢？」他不可置信地大笑一聲。「你這樣做讓我覺得受寵若驚，不過……」他又來了。他現在聽起來心情不一樣了，好像可以放下防備安心，以爲自己知道這是怎麼一回事。他盯著她看，像是頭一回想起她是個女人。

她受不了他這副德性。「你好荒謬，可不可以別那麼虛榮？」

「但你看得出來我在做什麼，對不對？爲什麼你會知道呢？」

她用指甲狠刺拇指邊緣。回話要小心，不管發生什麼事都不能說溜嘴，不能讓他知道自己私藏了他的日記，她對他的理解遠超過他的想像，而他幹過的齷齪勾當……

她甩開念頭，愚蠢地擔心他能從她臉上看出這些心思。「檔案不見也不能怪我，我並不知道你在說什麼。鐘聲響了，再見。」她想轉身，但是身體動不了，只能僵在原地面對他。

「你怎麼可能知道我的遊戲標題？」老天，他現在幾乎要開始**調情**了。「算了，我能理解爲什麼我人還沒來，你就先調查我。」

「我眞的、眞的對你完全沒興趣。」不過她其實是在撒謊，而且她的口氣聽起來一點都不誠懇。她的頭皮冒出一層汗。「我只是剛好知道標題，大概是以前霍特教授的筆記裡有提到，或者……」她將語調往上提，而他則用眼神諷刺她。「喔，拜託，」她說：「那些舊遊戲我要看都能看，因爲我要備課。就算我稍微看過你的檔案，也不是爲了調查你。當然我也不會想著要刪掉你的作品。」

「啊，你當然不會了，我很肯定你只是不小心看到我的作品，然後檔案遺失也只是剛好。」

「那是雙人遊戲，又不是你一人獨占。」

「是嗎？」他笑得一臉自得。

從來沒有誰可以讓她這麼生氣。看他的日記總是讓她生悶氣，而現在這個情況更氣人，他打量她的眼神、不可一世的傲慢……她說：「當然**不是**你一人獨占，而且我比較在意愛姆的部分。」

他眨了一下眼睛，在一瞬間流露出訝異的神情，隨即又掩飾起來。她知道他的心思被攪亂了。

「拜託，」他說：「當時我可是金獎得主，而不是什麼被退學的二年級學生。卡費克是很聰明，但我很意外你竟然……」

不等他說完，她就感到喉中苦澀，金獎得主根本不該是他。她說：「不准你這樣講他。」

「不可以什麼？說他聰明？我要說的是，拿他做研究題目，他根本不夠料。」

「那你又是哪塊料？」她得屏住呼吸保持沉著，才能這樣反問他。

「你對我那麼有興趣，應該要知道啊。而且呢，那些遊戲**就是**你拿走的，我可不是好騙的三歲小孩。」他笑了。「你聽好，我不是說……」

她倒吸一口氣，感到怒火中燒。她氣他也氣自己，因爲他以爲自己挫了她的銳氣，還認爲她只能怪自己不好。「別說笑了，我才不想浪費時間在你身上。」

這麼說可能太直接了，但他就是需要別人當頭棒喝，沒有資格閃躲。「別這樣說嘛，給我的虛榮賞個臉吧。」

賞臉？他以爲她是在官場上應酬的女人嗎？才不呢，他只把她當作普通的女人。「恐怕你沒那個臉。」

「嘿，不需要那麼不高興吧？我的確是有點才華，如果你或是別人對我有興趣，也不可笑。」

「有才華？被貶官的前文化部部長當然有才華了。希望你能快點回去，愈快愈好。」她抬起下巴，頸部僵硬，往他的凌亂遊戲記譜一比。「當時的愛姆是天才，而**現在的你**連附加符號都寫不好。」

他呼吸不過來。「雖然我不是聖之嬉展演人，但起碼我沒有割斷自己的喉……」

她胸口的火苗被點燃、引爆。「你怎麼**敢**這麼說？全世界的人之中就你最沒有資格笑話他。你這個**自大狂**，他死了，我的哥哥**死了**，而你居然還有臉站在這裡，對我說他一無是處。去死吧，馬丁，去死吧你……」她說不下去了。

沉默浮現，如同時鐘指針兩次移動之間的裂隙。

她轉過身，沒辦法看著他的臉。

雖然時間根本沒流失多少，但是當她回過頭去看馬丁時，她發現他變老了。他的法令紋變得更深，臉頰上的凹陷處更顯陰沉，無血色處更加蒼白。雖然他還注視著她，但她知道他想看到的是另一個人、另一張臉，想見到疊加在她面容上的另一張臉孔。他開口：「你的哥哥？」

她喉頭一哽。他眞不明白，那是自然，他不會明白的。

事已至此，否認也沒有意義，反正這並不是祕密，不論誰問起她都會坦白以告。早在很久以前她就已經擁有太多的祕密。她張口，喉嚨緊縮，舌頭發脹。「愛姆・卡費克・德庫西是我哥。」

彷彿有人在馬丁的脖子上放了鉛塊似的，他低下了頭。「我看出來了。」

聽到他這樣說，她差點笑出來。他**看出**什麼來了？如果他之前看得夠明白，他就會在她臉上看見愛姆的臉，但他從不正眼看她。她移開視線。「我記得他跟我提過《骷髏之舞》，說他喜歡那部遊戲的收尾。」她沒有騙人，就讓馬丁認爲她只知道這麼一點吧，沒必要提起她看過他的日記，知道他不斷拿她的家族開玩笑，也知道他所有的幼稚、下流舉動……她第一次看到他的日記時，只覺得像是被酸液腐蝕般發痛，心想：絕對要讓他付出代價。因爲愛姆已經付出代價了，對吧？然而她無法將這句話大聲說出口。她緊閉雙唇，想用眼神逼退馬丁。

「是了。」馬丁點頭，他的下巴垂得更低，好像頸部承受的重量增加了。「我一直沒發現……但你的姓氏，爲什麼不是……？」

他連**德庫西**這個姓氏都說不出口。「我改掉了，在他過世之後改的。然後搬到英國和親戚一起住，我想要有個清白的開始。」

他發出一個微弱的聲音，聽起來說不上是高興。「成功了嗎？」

她沒有回答。儘管兩人之間發生過許多不愉快，一股稍縱即逝的暖流、一種相互理解，還是在一瞬間湧向他們。他就像她一樣，沒能圖到幾分清白。但她很快又轉念：清白？他才不配。

「你看起來……我早該看出來的，就算一開始沒看出來，但那一晚你沒戴眼鏡，時間又是深夜，我差點以爲……可是我不相信自己的眼睛，自從他死後，我在哪裡都……」他住口繃緊下顎，好像在怪罪她讓他說了太多話。「總之，我看得出來你們的確長得很像。」現在他的口氣比較和緩了。「我來這裡的時候就應該要想到的，抱歉。」

「你應該想不到，他都過世超過十年了，我們也都變了。」

「變是該變的。」一陣沉默。他是在期望她發揮同情心嗎？「抱歉，自從他過世以後，我從來沒有……」

她的視線越過馬丁，注視著窗戶旁門框的門把，木紋帶著多年手澤，高度與她的視線齊平。

「我是他的朋友。」

「**你是嗎？**」她的聲音聽起來像是大提琴撥奏。「你眞的是嗎？」

接著他臉紅了。上次看到成年人臉紅是什麼時候，她都忘了。他臉上的潮紅衝上髮際，又往下竄到領口。他看著她發愣，無言以對。終於讓他無話可說了，她很得意，勝利的滋味在她心中撥動了低沉而柔和的和弦。她不是同情這個人，只是跟他共鳴而已。

「你哥，他有沒有和你提過我？」他問道。

她花了一陣子思考，心裡想的不是她能否據實以告，而是爲了她得以掌握說與不說的決定權而感到愉悅。她說：「從來沒聽說過呢。」

他拿起桌上的筆，好像從來沒看過那枝筆似的。他用拇指把筆蓋推開，反覆開關，讓人覺得筆蓋都要碎掉了。「這樣啊。」他說。

「要是關心他，當初就該出席他的葬禮。」

他抬起頭，臉上的潮紅變成猩紅斑點，像是起了疹子。「是啊，當初眞該去的。」

「爲什麼沒來？」要是他眞來了，會是什麼情況？她想像過好幾次，要是他眞來了，葬禮上年齡小於三十歲的就不會只有她一人，他或許會看到她、**看見**她，讓她覺得她的悲傷更加眞切、減少幾分罪惡感，或者……不知道，搞不好他來了反而帶來一場災難，或是一種救贖，或者兩者皆是。總之要是他來了情況就會有所不同，不過當時的情況也不可能更糟了。

他說：「我去不了。」

「喔，當然了。」她說：「你以金獎得主的身分獲邀出席仲夏遊戲展演，這等盛事怎麼能夠錯過呢？」

「我沒有出席。」他拉扯著袖口，好像那裡有鬆掉的線頭，但其實沒有。「我回家了，我受不了那個場面。但我是否出席葬禮並沒有差別，好嗎？他人都死了。」

她點頭，聽得出來他的確痛苦。她還想要譴責他，想知道能不能讓他崩潰，能不能讓他承認自己做過什麼事，但一絲同情之音仍在她耳邊鬼祟地迴盪。不論他從前做過什麼……「你說得沒錯。」她說：「其實沒有差別，因爲他已經死了。」

他對上她的眼神，她的同情映照在他的臉上，在某個錯位的異樣時刻，他們好像久別重逢般認出了彼此。

但她別開頭把自己拉回現實，他也回過神來，甩落剛才發生過的所有事情。「如果你需要的話，我可以拿些考古題給你寫。」她故作輕快地說道。「你就不會在舊作裡鑽牛角尖。與其重現過去的豐功偉業，做點別的事還比較有收穫。」

「講話沒必要這麼酸。」他回應道，聽起來帶著一絲興味。

她淺淺一笑，沒有回話，然後移動到走廊，沒有把門關上。不知哪來的怪念頭讓她鬆開喉嚨，哼起《骷髏之舞》的主旋律，而她哼歌的音量對他而言幾乎是聽不見的。

13

距離交件還有三週

凌晨兩點醒來，不想回去睡。我夢見一張網子變成聖之嬉纏繞在指尖上，然後發現那是蜘蛛網，眞噁心。

外面在下雪，我的桌燈映照出窗外細雪紛飛，還有遠一點的另一扇窗也亮著燈光，可能是卡費克的房間吧，不知道。外頭黑壓壓的一片，在那片黑暗中包含著漆黑的天色與樹影，還有白色的積雪山坡。黑暗之中，唯有這兩扇透出金黃燈光的窗戶懸在空中，光線在逐漸增強的雪勢中搖曳不定。現在我眼前看見的景象再眞實不過，和夢境完全不同。這才是現實。不管我的腦海浮現了什麼，唯有親眼所見才是眞的。我在亂寫什麼呀？我怕我心底潛伏著什麼，可能是一隻蜘蛛，想要把我的內臟溶化、吸乾。這下場其實還不是最糟的，我更怕被蛛網纏住，怕那黏呼呼的感受，怕自己被包成一顆繭，在安逸中迎來死亡。

我又在亂寫什麼？不寫了，浪費紙張胡說八道。

我好累，雖然累卻沒有睡意。去年不是這樣的，今年這種狀況是頭一遭。我的胃口也亂掉了，大多時候都不餓，到了深夜卻感到異常飢餓。今晚（或者該說昨晚）我在卡費克的房裡討論到快半夜才回到自己的寢室，然後把老媽昨天寄來的巧克力全部吃光，大概就是因爲這樣才會做惡夢。

說到《骷髏之舞》，我現在不論看什麼都像《骷髏之舞》。雪景是白骨，樹影是骷髏，床褥是陵寢。幾天前，我看見了卡費克熟睡的模樣，那時我敲了房門，但他沒有回應。側睡的他半張臉埋進枕頭裡，看起來毫無防備。這讓我想起茱麗葉，睡著的她看起來就像死去一般，但她其實還活著。劇本第五幕說，她死後的蛆蟲將作爲侍婢陪伴她，這種說法就像是童話故事，讓人想起灰姑娘故事中化爲僕人的老鼠，又可愛又可怕。這些侍婢會鑽進你的身體裡，再被比你更低微的生物所啃噬，牠們不會偷吃你咬過的食物，卻會在你的傷口大啖晚餐。我心裡想著這些事，站在原地看睡著的卡費克。我退出門外再敲門，敲到他醒來爲止。我不想要趁人之危偷看他，要是我看著他，而他卻不能回看我，這並不公平（說到趁人之危，死亡才是最大的可趁之機，但幸好他還活著）。

我還想談談他的旋律。前幾天我練琴的時候想要彈首前奏曲，卻不知不覺彈了他做的曲子。死神與可愛的年輕女孩跳起了華爾滋，這首歌帶有強烈的**暗示**，是他刻意營造的嗎？我想問他卻問不出口。嘿，卡費克，你那首小曲子讓我形而上地興奮起來了，不知道你是不是刻意的？不是？那可能只有我這樣覺得吧，我眞是一如既往的變態。

沒人看得見我腦中的想法眞是太好了，卡費克看不見更是萬幸。

至少我是希望他看不見啦。但是，如果他看得見呢？

他這個人不可捉摸，不，這樣說不太對。通常他感覺到什麼我都知道，或至少能猜出幾分，但是他的內心深處始終有個祕密，這個祕密將他和其他人隔開。他總是自以爲是、高高在上地打量我們，拒絕和我們來到同樣的水準。他總是有所隱瞞，所以我成功讓他咒罵出聲或大笑的時候，我總有一股勝利感，覺得關係有所突破，他總算表現得像個人了。現在他的燈還亮著，他在做什麼？寫得順利的話，明天他會出現在圖書館裡，告訴我他想到什麼奇招。知道他人在窗後並且還醒著，讓我感到莫名高興。

我看著桌燈的閃爍金光照在落下的雪片上，看著我的影子在半空中晃動。

他熄燈了。

搞不好透出燈光的根本不是他的窗戶，也有可能是約伯、菲力或杜彭的，我又何必那麼在意呢？這裡可是蒙特維爾，這個討人厭的地方，我最受不了了。有時候我會覺得，比起世界上只剩下我一個人，待在這間學校裡還更加寂寞。

距離交件兩週又兩天

老媽又寫信來了，眞希望她別再寄信過來。我眞想打電報回家告訴她：我忙、不回信、別再寄、新年見……她很擔心老爸，擔心他的心臟。其實我忙到沒空回信也是件好事，不然我會說：「爸心臟有問題？他有心嗎？」

家裡的生意倒是發展得挺不錯的。顯然眼下這種世道，股市崩盤、經濟緊縮、全民失業、自殺、憂鬱諸如此類，收破爛的最喜歡了。很讓人意外對吧？

眞高興我不用再去碰這些。

距離交件兩週

上歷史課的時候差點被踢出來。我原本在跟約伯吵架，吵著吵著變成跟教授舌戰。他們說人類文明已經完了，科技、武器、工業化的發展等同世界末日。我向來不在意這類話題，不然就是被點到才應聲，今天卻不知為何愈聽愈生氣。他們怎麼**膽敢**像這樣高高在上地談論社會即將解體？他們一臉悲憫地看著經濟失調，看著其他人在路上挨餓，然後他們再看看聖之嬉，坦然承認黃金時代已經不再，我們束手無策。這些人擺出一副出世的模樣，彷彿身邊的一切皆可付諸流水，而我們卻能待在象牙塔裡，乘著最後一波美與眞理所發動的憂鬱浪潮，直到世界末日到來。這些人總是站在高塔上，俯視著底下活生生的人群。他們以爲自己是誰啊？

我好像眞的把這些話說出來了，所以教授才會叫我閉嘴，不然就離開教室。所有人都先看看他，再看看我，因爲從來沒有同學被趕出教室過，至少班上沒發生過這種情況。我本來就氣到說不出話來了，只好閉緊嘴巴坐下。這些人的態度是如此**狂妄**，卻沒人關切或在意！我不敢看向卡費克，總覺得要是他也不了解我的想法，會讓我感覺更糟。

同日稍晚

剛才那是午餐時間寫的，當時我還很憤怒。現在快要吃晚餐了，心情平靜不少，卻覺得有些……不尋常。今天下午上實作課，進教室時雖然氣還沒消，我還是拿出素描本和鉛筆坐下，開始畫靜物寫生。我打算跟往常一樣畫兩個瓶子和一個玻璃杯，閉著眼睛我都畫得出來。以前教授會探頭看看我畫得怎麼樣，還會說：「今天畫點**別的**如何？」、「要不換個媒材吧……？」不過幾週前他總算放棄了。雖然這堂課不像睡午覺般輕鬆，但至少壓力不大（大家都覺得這堂課是用來放空腦袋用的，不是只有我這樣認爲）。

我坐下開始要畫，卻畫不出來。我也不知道爲什麼，或許是因爲歷史課的氣還沒消，或者是因爲其他人一直偷看我，看看我什麼時候又會爆炸吧。我翻翻寫生簿，看見自己反覆畫著瓶子和玻璃杯，作品看來都很相似，頗富技巧，甚至稱得上優秀，同時心想：作畫時我根本連**看**瓶子一眼也沒有。我總是覺得瓶子該長什麼模樣就怎麼畫，只是把心中的瓶子畫出來而已，就這樣畫了一張又一張。

我把寫生簿留在原地，站起來閒晃，在桌椅之間走動。我喜歡這堂課只有一個原因，那就是這間教室。教室是個長型空間，到處塞滿了櫥櫃、工具與模型，天花板則垂掛著糊上紙張的歪七扭八鐵絲框架……每樣東西都沾染些許灰塵且用途不明，整間教室就像個洞穴，總有我未曾造訪的角落。這裡擺著的東西琳琅滿目，旁邊的小房間裡還擺著石板印刷的印材、手拉胚轆轤和木工工具，不過我從沒看過誰拿來用。去年剛開學時，教授鼓勵我們發揮實驗精神，但我們都知道最好還是圍著靜物坐成一圈，假裝認眞做畫比較好。就我所知，就算有人消失到不知何方專心做自己的作品（例如卡費克、保羅、佛萊迪），也沒有眞的做出什麼名堂。這間教室裡有如此之多的工具、如此之多的腐朽舊作（繪畫、混凝紙漿雕塑、拼貼、臉部石膏模），表示這堂課並非一直這麼荒唐。從前應該有學生非常熱衷於美術創作吧，但我們都不是那種學生。

不知不覺中我走到了教室另一頭，那裡有間倉庫，溫度低得令人受不了。窗外一片飛雪，視野相當模糊。許多木片和木板堆在倉庫牆邊，板凳上擱著已經乾掉的調色盤。我隨意打開幾個櫃子，找到幾管陳舊的油畫顏料，雖然略顯乾硬，但裡面的顏料擠出來還是軟的。我拿了木片好把紅色顏料擠上去，原本只打算看看顏料是否依然鮮豔，後來卻開始忙著把顏料塗開。能用上的工具我都用了，像是抹布、硬掉的刷具，甚至還用手塗……後來我又添上了其他顏色，加入不同色調的橙色、猩紅、勃艮第紅，想嘗試讓眼前的紅色變得更紅艷，把整張畫板塗得紅通通的。那時的我看起來一定像個孩子，跪在地上將顏料一路塗到畫板的邊緣，後來我發現連頭髮上都有乾掉的猩紅色顏料。

我不知道像這樣畫了多久，直到聽到鐘聲才回到現實。我全身上下沾滿顏料和灰塵，畫板則成了一片凌亂的火熱色彩，這幅作品可以取名爲《斬首處的色彩研究》。雖然顏料沒塗均勻，某些地方還能看到底下的木板透出來，不過其他地方的顏料就像鮮血般厚重，血光淋漓。我在畫板上壓下許多手印，壓印時多餘的顏料從指縫間暈染開來，讓手印的形狀變得模糊。這張畫融合了油彩的質感、木料的觸感，還有油分、色料與人的肉體，一切都是那麼的眞實，和聖之嬉完全相反。

聽起來好像我經歷了什麼神祕體驗，然而並不是這樣。我只是在耍幼稚罷了，這和在牆上亂寫字沒什麼兩樣。我想要留下屬於自己的印記，我想要改變些什麼，光是這樣想就能讓我感到開心，盡是些愚蠢的念頭。不過現在坐在這裡寫著，這段回憶依然讓我心頭一振。這幅畫是我做出來的，竟然是我，做了這樣眞心的創作。

從顏料堆站起身的時候，我好像聽見有人從另一頭急忙跑開。或許根本什麼人也沒有，但我就是覺得有人在偷看。

距離交件一週又五天

好累。以前在預備學校我們都會玩一種遊戲，讓別人摸自己的手臂內側一千遍。我知道這遊戲聽起來滿下流的，不過其實被摸一陣子就會開始覺得受不了，好像皮膚快剝落了。任何事情只要超過限度都會讓人瘋掉。像這樣長時間跟卡費克相處，例如在圖書館、他的房間、我的房間、空教室或其他各種場合，也讓我覺得自己彷彿快要脫一層皮。現在他不論做什麼似乎都會惹毛我。昨晚我們想解決《骷髏之舞》的最後一道轉換，想嘗試切出旋律的機制是否行得通。我覺得讓旋律的音量漸弱到不可聞的做法太無力，而且太容易猜到，他倒覺得只能這樣收尾，說砰的一聲從旋律跳出去太粗魯了。坦白說，我寧願聳動也不要無聊。先不提這個，我們在爭執的時候（兩人火氣都有點大），我站起來邊示範動作邊講解，結果那混帳竟然開始不懷好意地**竊笑**。

我問他在笑什麼，而他只是往椅背一靠，問我：「你的主修樂器是什麼？是鋼琴吧，對不對？」

「對啊。」

「你一定都把鋼琴當成打字機在敲。」

我氣呼呼地瞪著他。還好練琴的時候學生和教授是一對一上課的，要是我們一起上課，他一定會模仿我彈琴的方式，就像之前模仿我的遊戲風格那樣。他沒有跟我道歉，眼睛眨也不眨地說：「再做一次。」

「什麼？」

他在空中畫了一道螺旋。「剛才最後一個動作，你再做一次。」

「爲什麼？」

「拜託嘛。」

我繃著下巴，其實很想轉身離開，但我知道是自己太幼稚才會想逃。而且他的表情頗爲認眞，好像正專注理解我有什麼用意。我說：「好吧，你看，如果這裡要繼續保持原樣，就會像是垂死的懸絲人偶。」

「作品名稱是《骷髏之舞》，出現垂死的人偶完全沒有什麼不對啊。」

「不是……」我又做了一次剛才的動作。「你看，我這樣看起來就好像……」

「是你動作的問題吧，應該要很流暢、很輕鬆才對，不是像你這樣打蚊子。」

「你……」

「我來吧。」他站起身。「要想像人偶身上的拉力，想像大家都在看你，視線凝滯得像鮮奶油那樣。你還要樂在其中，就算只有我一個觀眾在看你。」

「不要教我怎麼……」

「你的動作都錯了，手臂錯了，其他地方也都不對。馬丁，動的時候不要只動腦袋而已。」他上下打量我，笑了起來。「來，再做一遍，但這次……」他伸出手，把掌心貼在我的手腕上。「去感受重量。」

我沒有做任何動作，他的手很熱、骨節突出，很像——唉，我也不知道像什麼，他的手就是他的手，手就是手，就這樣。我從未如此清楚地感受到，原來世界和我之間只隔著一層皮膚。這一刻，我不再想起聖之嬉。

「放開我。」

「怎麼了？」他說：「別愣著啊，我還想示範給你看……」

「走開！」我突然抽手，害得他踉蹌幾步。我可能動作太大了，突然之間卡費克的表情垮下來，一臉震驚。我說：「你以爲你是誰啊，卡費克，你還沒獲選爲該死的遊戲師好嗎？」

「我只是……」他停了下來。我們注視著彼此。

「如果我想要別人給我意見改善技巧，我會自己開口問。如果我沒開口，就把你都是汗的手拿遠一點。」我不知道自己在氣什麼，或許是因爲他的雙眼，因爲他捲起袖子露出手臂，因爲他的呼吸聲，因爲他指揮我該怎麼做，因爲我屈服於他的指令之下。

他咬著嘴唇，換了個話題。「或許你是對的。」他頓了頓，又說：「應該還有其他更有創意的收尾方式。」

我走回桌邊，之前一起寫的遊戲記譜現在看來都失去了意義。我想模仿他的口氣回敬他，但我做不來。這是我第一次不想再思考聖之嬉，不想理會世上的各種遊戲。

我說：「無所謂，這該死的玩意兒很快就要交了，不需要達到完美。」

「李奧。」他說完又住口了。

「我該走了。」我說完便離開。

距離交件一週又四天

昨天晚上很晚的時候，他向我道歉了。「我太投入了，下次不會再有這種事了。」我不知道該怎麼回應，等我從驚訝中回過神來，他人已經走了。

距離交件七天

再一個星期就要交了，這一切就要結束了，我等不及了。

距離交件兩天

全是白費力氣。花了這麼多時間做《骷髏之舞》，卻做出一部垃圾。我連一眼都不想再看到它。

交件當日

寫完了，結束了。

同日稍晚

昨晚幾乎沒睡到，過了晚上十二點才完成正式抄本。我們交換彼此負責的部分幫對方校訂，到最後，卡費克留在我這份抄本上的註記一定跟我自己寫的一樣多。結束後我們都去睡覺，但我腦中的思緒卻一直停不下來。最後總算睡著，卻在清晨五點突然驚醒，心底總覺得自己一定漏寫了主題段落。後來我把握機會，花了長長的時間一個人洗澡、刮鬍子，打理完畢便下樓吃早餐，覺得重返人間。

食堂裡的每個人看起來都累壞了，像是打完仗似的。大家都掛著黑眼圈，神情憔悴，鬍子也沒刮（當然我不是這副德性，卡費克也不是，顯然他認為有任何一根鬍子沒刮乾淨也是一種醜態）。餐桌上擺滿了我們的遊戲，所有人都把作品放在伸手可及的範圍內，但又不能讓奶油和麵包屑掉到上頭，導致一頓飯吃得歪來扭去（要是把作品放在房裡它可能會自燃，不然就是被偷走，後者比較有可能發生）。鐘聲響起，眾人往教師辦公室蜂擁而去，我落在隊伍後面，累得沒有力氣搶先。卡費克和我走在一起，一路上沒說什麼。這並不令人意外，畢竟我們已經一連講了好幾個星期的話了。走出辦公室後終於能兩手空空，他對我笑了一下，我也笑回去，隨後我突然驚覺，他這麼高興，可能是因為再也不用跟我說話了吧。

晚餐時我們喝了酒（只有二年級可以喝），我已經好久沒有喝到這麼像樣的東西了，一入口酒精直衝腦門。那時我坐在菲力和艾米爾中間，他們兩個相當亢奮，要是大肆胡鬧或亂開玩笑大概也是理所當然的。然而感覺上卻並非如此，我覺得他們在刻意鬧事，也覺得自己像是剛結束漫長的海上航程，不但還在暈船，就連在陸地行走的方式都快忘光了。此外，我也無法專心，思緒一直飄回《骷髏之舞》，想著哪裡還能修改，想著要跟卡費克說的事情。接著我想到《骷髏之舞》已經寫完交出去了。他們發現我心不在焉，便開始作弄我，而我又再度產生身處異鄉的感覺。

卡費克來晚了，大家都喝完湯了他才出現，可能是想要低調地進入食堂吧，但這時只剩下餐桌中間有空位，就在菲力再過去幾個位置。卡費克猶豫著沒有坐下，好像在等其他更好的位置出現。有個搞笑的傢伙挖苦他說椅子都長一樣，有什麼好選的？而他扶著長椅坐下時，還有人發出嗤之以鼻的笑聲。那並非出自全然的惡意，換作是其他人也會像這樣被捉弄，可是卡費克偏要以為那是針對他而來的。如果他大方一點大家就會罷手了，但他偏不。他血色全失，一張臉繃得死緊，好像小時候沒上過學、沒經歷過這種事一樣。或許他以前真的沒上過學吧。

從他入座、我們對到眼之後，我就沒去看他。我在跟保羅聊他的作品，聽起來滿不錯的，比我們的還要好，所以我一直煩他，看他會不會說溜嘴，跟我說作品哪裡出了重大紕漏，讓我聽了可以放下心來，而我也可以藉此讓視線連一秒都不飄向卡費克。現在我倒希望當時沒和保羅聊天，因為我不知道卡費克那時是否曾試著引起我的注意。不過認清事實吧，他又何必呢？作品都已經交了，我們沒什麼好說的了。

有人往他身上潑了半瓶紅酒。

事情是怎麼發生的，我不知道，那是不是意外，我也不知道。或許是吧，當時大家都在胡鬧，不是嗎？我聽到陶器掉到地上碎掉的聲音，接著人群中爆出一陣嬉鬧聲。我看看四周，發現卡費克站了起來。他的長袍前襟濕了一大片。我們都穿黑袍，所以汙漬並不明顯，但他的領口染紅，頭髮和臉也濕答答的。他用袖口擦拭眼周時，鄰桌的同學探頭過來看發生什麼事。

有人說：「哇喔，眞是不巧。」

大家沉默了一會兒，但其實並非全然沉默，你能聽到沒說出口的話。卡費克甩了甩衣袍，把酒滴灑在地上。

「同學啊，這是意外。」跟剛才說話的是同一個人，應該是佛萊迪吧，他的聲音聽起來帶有酒精或愚蠢的成分。「別在意喔。」

卡費克還是站在原地，一開始我不知道他想幹麼，後來我明白過來，他在等佛萊迪跟他道歉。我眞想站起來對他大喊，別傻了好嗎，你站得愈久場面只會愈難看。我喝了一口酒，逼迫自己吞下肚。

「你那是最後的……？」佛萊迪伸手越過好幾個人拿起另一個酒瓶，接著傾斜瓶子給自己倒酒，不過一滴也倒不出來。「喔，眞的好可惜。」他自言自語，然後又對著卡費克說：「你過來滴幾滴酒到我杯子裡好不好？」

卡費克說：「你這個蠢貨。」

眾人面面相覷。還好這張桌子離門邊最近，坐在主桌的教授都沒聽見。

佛萊迪說：「別這樣嘛，你白白得到那麼多酒，還可以吸自己的衣服耶。」

時間凍結了半秒鐘，之後不知道是誰大笑出聲，而所有人都跟著笑。佛萊迪笑得最誇張，其他人則笑到無法呼吸，按著自己的肋骨，就連艾米爾也竊笑得無法自已。可能是因爲想到卡費克吸袍子的畫面吧：他把袍子胡亂塞進嘴裡，眼睛暴突，酒液流下來到他的下巴上……大家會笑成這樣，也有可能是因爲佛萊迪的話眞的好笑，因爲他的口氣不帶惡意，因爲他說吸衣服，其實是在說來吸他老二。

卡費克剛好對上了我的視線，眞是不湊巧。

「好啊。」他抓起袍子、高舉過頭脫下來，丟在餐桌和佛萊迪的餐盤上。袍子下的襯衫全染成了紫色，黏在他的肩膀上。「你就吸到飽啊，佛萊迪。」他說：「其他人都去死吧。」這次他的音量大到主桌那邊的人都聽見了。霍特教授皺眉抬起頭，表演藝術教授則用力眨眼。我一度以爲教授會叫卡費克離開，心裡一陣翻攪，但是這時卡費克已經大步走出了食堂。

喧譁聲稍歇三秒鐘後，拜本校訓練所賜，有人抓準了完美的嘲諷時機，開口說道：「哇喔，到底是誰偷了**他**媽咪的奶子？」

就算卡費克已經走到走廊上，一定也聽見了吧，他一定也聽到了隨之而來的笑聲。我們沒有笑太久，等笑聲漸弱之後我們都克制了些，彷佛方才的玩笑都是虛張聲勢。我們這麼誇張地排擠他，拿他開玩笑……顯然他永遠不能融入了。如果他跟著笑，笑**一次**就好，或者假裝自己不在意……

幾分鐘後我站了起來，艾米爾挑眉看著我。「肚子怪怪的。」我說：「最近太努力，把腸胃都弄壞了。」菲力想要跟我爭執，所以我又補了一句：「你**絕對**不會想讓我留在這裡，相信我。」

我走回樓上自己的房間，但我沒有進去。後來我走到卡費克的房門前，舉手準備敲門，卻遲遲沒有眞的敲下。門縫中透出一絲光亮，他可能聽見了我走過來的腳步聲，因爲底下有道影子移動後停留在原地，也許是他站在門的另一邊聽著動靜。我還是沒敲門，站在原地許久許久，思考著該跟他說些什麼才好，但我想出來的說詞都太平淡而空洞。就算我從內心挖出一些像樣的藉口或安慰，我也知道他聽了以後會作何反應。他會一臉疏離、鄙視，流露出微微的困惑。或許他沒看到我跟其他人一起笑他。這時，我想起去年他怎麼讓全班一起嘲笑我，而他也從來沒跟我道歉。

反正現在作品交了，我們會回到從前那樣。我們只是兩個文明的成年人，一起做該做的事情罷了，我們不是朋友。
我以爲今晚自己會得意洋洋、如釋重負，心中充滿歡樂，但我卻感到痛苦不堪。

14

李奧

離學期末還剩下幾天，李奧不知不覺來到了教師樓的走廊上。這不在他的計畫之內，而他也不知道這股令人心跳加速的莽撞衝動為何而起。過去幾週，時間從指縫間迅速流逝，學校裡的日子像是一串鉛製的珠子，每一天都沉重到無法掌握，只能任其一天天消失。要麻痺自己很容易，只要埋首鑽研學問就好。他讀論文，研究遊戲和命題，還有卓萊登給的書單。她沒有食言，將上述參考資料都放進了他的信箱裡。李奧像是回到了三年級，那時金獎對他而言不具任何意義，好像得獎的是別人。當時他什麼都感覺不到，專心在課業上，過得有如斯多葛學人般壓抑。什麼事都沒發生，也什麼痛都感覺不到，如果會痛也僅是微疼。心境自有蹊蹺，他得小心通過，腳步放輕，避開流沙而行。聖之嬉是一條領他走出來的路，讓他不做他想，只管一邊前進，一邊看顧自己的腳步。現在的李奧又走上了三年級時的老路，所到之處僅限於檔案室、圖書館、食堂和自己的房間，而且移動時絕不停下腳步。他機械性地回覆艾米爾的信件，信看完了絕不重看。每一封平安寄出的信都給李奧帶來一週份的心安，讓他不用回頭查看哪位侍者或守門人離他太近，不用在床邊放一瓶褐色玻璃瓶裝的催吐劑，也不用檢查枕頭是否插著針。這些信寫得很值得。寫信提供他另外一種思考方式：他在想該怎麼解釋文學教授和表演藝術教授之間的暗流角力，解釋校長委婉迴避政治的態度，還有黨內人士的子弟在學校裡氣焰高漲的模樣。用餐時他看著眾人的臉，注意力跟著一個又一個話題切換，宛如端看清水中的水流，這是他相當擅長的事。聽別人說話可以讓他分神，忘卻丟官的惆悵，也可以消耗他的體力，讓他不轉頭盯著遊戲師……

通常他可以成功克制自己別去想她的事。那個週日下午她離開之後，留在圖書館的他恍惚得沒辦法做事，坐在原地發愣。直到鐘聲響起，他勉強起身，才發現自己緊咬著牙，還覺得頭上有一圈鐵箍束縛著。那天他吃不下，晚上也睡不著。他躺在床上，看著星辰如風飛沙般在夜空中移轉位置。隔天在走廊上和卓萊登教授擦肩而過時，李奧雖然很想看看她，卻壓抑了自己。爲什麼他之前都沒有注意到？他應該要看出兩人的相似之處的。或許他眞的看出來了，卻認爲那只是回到學校的懷舊感作祟，讓他一時產生幻覺。卡費克死後，李奧到哪裡都能看見他，例如在馬路上，或是在餐廳叫服務生過來的時候，又或是身穿無領上衣、頭戴扁帽在廢車場門外大笑的時候。他漸漸能夠無動於衷，學會控制自己不打冷顫，不呼喊他的名字，甚至也不會盯著幻影太久。如果眞的要見鬼，他自己一個人看見就好。那都發生在多年以前，持續的時間並不算長。但是那天晚上，在走廊上遇見她的時候，他被捲進了同樣的病態洪流中，世界順著旋轉的軌跡倒退，彷彿他又被自己的心背叛……眞希望有人提醒過他卓萊登的背景，眞希望這件事不是由她親口說出來。他皺起眉頭，總結了這些日子以來卓萊登流露出的表情，全都是**同情**，她竟然膽敢同情他。他也反省自己爲何就是沒想到要正面看她一眼，仔細看看她那張臉。

即使如此，後來李奧還是抗拒進一步審視自己的情緒。不過他回信給艾米爾的時候，不知不覺寫出了以下的內容：她當然孤僻，想必也很寂寞。這樣的女人，從來沒有在各種層面上體會過現實生活，想當然耳她的政治立場偏向自由且容易動搖，她抗拒改變，拒絕釐清事實，僅憑婦人之仁行動，她的動機禁不起放大檢視。這樣說來也奇怪，畢竟她是個舉止粗魯的女子。不過這反而證明了女性的矛盾吧！在所有教師之中，我想就屬她最反對黨的意志，然而她這麼做並非出於利己考量，而是錯付的理想主義。她的影響力在我看來算是薄弱，但或許足以影響校務會議不去全心支持新政策，置我這番推論於尷尬的境地。至於她的教學功力，我不予置評，倒是有學生抱怨教授竟然是個女人。我可以體諒學生的心情，畢竟她沒接受過正規教育，除此之外，校內學生似乎勉強承認她的權威性。坦白說，~~我認為她的確具有個人魅力。~~李奧將筆放下，免得繼續寫出需要刪除的句子。他寫得都沒錯，然而不知爲何，在信中貶低她讓他很不是滋味，就像打死了蚊子，儘管得意，卻也無須太過得意。接著他把信紙摺好塞進信封裡，懶得署名。他將目光移向桌上過期的報紙，看見最上面擺了油印的申論題。該回到研究工作上了，不過那天下午他總覺得有人站在身後，而當他轉過頭，要看看那縷目光苛刻的鬼魂，對方便消失了。

艾米爾是在那一週寄了白蘭地過來嗎？他想不起來了。他把酒瓶堆在房間角落積灰塵，長時間鑽研《四季》這部作品的主題，從破綻假說切入。他可沒向自己打包票，往後不再於信中提起遊戲師，不過下回寫信時，他卻忿忿不平地提起文學教授對他的無禮態度，以及一年級基督徒學生遭到霸凌的事件，那學生似乎是姓夏彭提吧。李奧甚至還打算親自拜訪遊戲師致意，感謝她把書放進他的信箱裡，不過想是這樣想，後來他還是打了退堂鼓。他氣自己爲了消除告發她的良心不安，竟然想討好她。她肯定會散發出一種看不見的訝異氛圍，讓他以爲她在乎他道謝……晚上睡不著的時候（都怪那座**該死**的鐘！），他總能看見她那張臉，看見卡費克的臉，兩張臉幾乎就是同一張。到底卡費克有沒有提過他有個妹妹？現在看到她和馬丁相處，他會有什麼感想？再怎麼問也不會有答案，再問下去人都要瘋了。李奧只好起床研究破綻假說，直到累得再也讀不進文字才停下。如果不能把聖之嬉當作一道抵抗外力的屏障，那麼聖之嬉還有什麼用處？

然而長假將至，明天他就要離開學院了，突然間從他骨子裡傳來針扎般的生機。他不知怎的拿起一瓶白蘭地，捧著酒瓶站到遊戲師的門外，感覺玻璃瓶身有些黏膩地貼在掌心。這次他想也沒想便敲門。

過了一會兒，他才聽見她說：「進來。」好像她知道門外是誰似的。

李奧開門，看見她坐在桌前，臉轉向他，手上還拿著筆，彷彿寫到一半爲思考而停筆。她看清楚訪客是誰之後，拿了張紙蓋住自己正在寫的東西，但他可以發誓底下那張紙上什麼也沒寫。

「有事嗎？」

「打擾你了嗎？」

「這問題敲門前就該想想了吧？」

「說的也是。」

她嘆氣，將筆蓋蓋上。「馬丁先生，有什麼地方需要我效勞嗎？」

他早就料到會得到這種回應，卻還是覺得不太好受。不過看在老天的份上，他已經不是糾纏教授的新生了。他將那瓶白蘭地放在她書桌的桌角。「想跟你道個謝，這瓶送你。」

她眨了眨眼。在那瞬間他只想抄起酒瓶跑走，遮住瓶身上的外國酒標和鮮紅酒封。這是一份極爲不妥的禮物，他應該要立刻離開這裡，頭也不回。他也可以把酒瓶往牆上砸，讓綠色的酒瓶碎片插滿她一身白袍。不過他在政壇打滾時學到幾件事，其中之一是即使被羞辱也要裝沒事。

她終於開口：「你人還眞好。」

「朋友送的，法國貨，喝起來不錯，或許……」如果她是卡費克，她——他就會伸手接過酒瓶研究產地，接著點點頭，心中暗自竊喜。隨後他會快速瞄李奧一眼，再看看自己收到的禮物，然後露出一抹不甘願的微笑把翹起的椅腳降下，看看有什麼能拿來裝酒。

不過她不會這麼做，她當然不會了。李奧將雙手伸進口袋。「當我沒送吧，我以爲教授可以收禮。」

「是**可以**啊。」

「太好了。」一片沉默。「那你繼續忙。」他轉身要走。

「謝謝。」就在他要走到門前時，她突然說道。「沒想到……馬丁先生，我可沒幫你什麼，只是找出幾份舊報告而已，不必破費送我白蘭地。」

「我當然知道，但我……喜歡研究那些東西。你好像花了許多時間幫我準備值得研究的問題，還開了延伸閱讀書單……」他努力擠出微笑。「我很感謝，就這樣。」

「馬丁先生，我是教授，自然會幫助每個學生。」

「所以每個學生都該心存感激。」他帶著幾分嘲弄意味低頭致意，以此代替彎身鞠躬。啊，她這番惺惺作態，假裝自己不值得感謝。要是他以為她帶有一絲一毫的善意，倒顯得是他可悲……他大可揍她一頓，這一動念卻把他自己嚇著了。他這輩子還沒打過女人，之前也從沒這樣想過。「送瓶酒眞的沒什麼，要是你覺得我太過分，我願意道歉。我明白你的情況，嗯，像你這樣，住在這裡……」他比劃著室內，簡樸的家具擺設積著灰塵，窗外下著雪。他不經意流露出鄙視的態度。「坦白說只是小意思而已，根本說不上好喝。把這種酒送情婦，她一定拿去陽台砸到馬路上。」

說完這些話，對她展露笑顏變得容易許多。他壓抑閃現的自我厭惡。都是**她**讓他變成這副德性，他今天來明明只想客氣，不想生氣。

她雙唇微啓，無聲地深吸了一口氣，接著突然發出嗤之以鼻的輕快笑聲，好像他們正在玩某種遊戲。她說：「好喔，很高興你喜歡我挑的題目，我刻意挑的，想說你會有興趣。」

「這樣嗎?你怎麼會知道呢？」李奧也笑了，接著他猛然意會過來，然而想收回笑容已經來不及了。她並非在和他鬥嘴，而是用調情的方式暗示李奧，她摸透他了。卓萊登不是克麗賽絲。現在她又沉下臉，剛才短暫的溫情轉眼間消逝。

「那是一年級的題目。」她說：「看起來都是吸引人的大哉問，事實上卻很淺薄。」

他張口卻不知道該回答什麼，只能點頭，再度伸手搭上門把。

「騙你的。」她突然這麼說，接著他聽見她站了起來。「那些都是期末考題目，很高興你喜歡，只是……」

李奧緩緩回身，看見她站在窗邊眺望著窗外的積雪。從他所在的位置只能看見她的側臉，她的額側、臉頰、嘴角。她長得太像卡費克了，現在看到他的五官產生變化移到她的臉上，感覺眞怪。她和他一樣有張大嘴，臉也同樣寬，下巴線條剛硬，眼睛不大。同樣的五官放在卡費克臉上就是好看，到了她的臉上卻不吸引人。她的身高應該也和他相距不遠。同樣的身高以男人來說是恰到好處的高挑，以女人來說卻顯得笨拙。還有，卡費克是死的，她卻是活的。眞是諷刺，彷彿宇宙開了一個卑劣的玩笑。

他等了好一陣子，等她把話說下去。「只是」什麼？她要道歉嗎？後來他才發現對方根本不打算把話說完。他想一走了之，用摔門結束這一回合的沉默。突然間她朝他射來一記怪異的眼神，好像在壓抑某種衝動。過去幾週以來，他也是用同樣的方式看她，或是壓抑自己不去看她。

「好吧，顯然你比自己想的還要了解我。」不知怎的，她聽見這句話後咬著嘴唇。「想也知道你現在對我有什麼觀感，『請加油』、『不夠眞誠』、『過度仰賴內部轉換』。」

「不是內部轉換，」她皺著眉說道：「而是論題迴圈，你每次……我是說，這些練習能幫助你專注在數學和音樂的研究上，可能連科學方面也有幫助。你抗拒接觸抽象，這會拖垮你的作品。」

他注視著卓萊登，伴隨著她身後的光線，一瞬間他簡直要錯認她爲卡費克的鬼魂。「好的。」不知道這時候他該不該笑。「知道了，如果我還打算認眞研究的話，就會聽取你的建議。既然……」

「順帶一提，最近那篇論文，你有什麼感想？」

他想起文章的引言：「聖之嬉是抽象概念構成的蜘蛛網，閃爍著微光引人上鉤，蛛網之美基本上是機能性的，只爲掠奪獵物。聖之嬉是人類爲了捕獲神意而設下的陷阱。」看到這段文字時，他無法專心思考題目，因爲他想起開學日在破曉時分看見的、那面阻礙去路的蛛網。他想起自己將蛛網掃到一旁，蛛絲和露珠的微光細影因此碎裂，也想起卡費克悶悶不樂的斥責之語。蛛網的確很美，但也擋住了他的去路，他想要第一個抵達學校，這份心情至今依然沒有改變。

看見她改變了站姿，李奧這才發現自己不發一語，站在原地許久。

「那篇論文很有趣。」他說：「阿馬迪．德庫西也來自你的家族吧？我應該聽過他……或許他的意見沒錯，不過事實也可能正好相反，聖之嬉是神設下的陷阱，誘捕人類上鉤，愛也是一樣的。」

他等了一會兒，以爲她會簡短批判他兩句，就像剛才她說那些問題都很淺薄。此刻她卻皺起眉頭盯著他，像是想不起眼前的人是誰似的。他的背後竄過涼意。

一個微笑在她臉上綻放開來。「你回得很妙。」她說：「你是眞心這麼認爲，還是耍嘴皮子？」

「當我沒說。」

「遊戲，」她口氣溫和地說道：「你擅長遊戲，對吧？所以，你才來挑戰聖之嬉，偏偏這不是遊戲。」

「聖之嬉不是遊戲？」

她沒搭理他，而他再度惶恐地發現到自己想痛毆對方。她以爲她是誰，竟然對他分析他本人？難道她自以爲是德爾菲神諭[1]的化身？說他擅長遊戲是一回事，但評論他的人生又是……她就跟卡費克一樣，身上自帶一股凝鍊的權威，可是卡費克聰明且善於觀察的特質，放在她身上卻顯得狂妄。她是女人，她不了解他，她沒有**權利**……原本李奧來這裡是打算對她道謝之後離開，展現一點個人魅力，但他圓滑的致意全被她身上的刺勾得起毛脫線，纏在一起變成一球糾結的線團。「好吧，總之謝謝你。再見，我明天要走了。」

「走？」她的聲音聽起來喘不過氣，是後悔，還是總算鬆了一口氣呢？不，這麼想只是刻意抬舉自己，她當然是鬆了一口氣，想必她之前誤以爲他是爲了度假才來到學校。

「你沒聽錯，雖說還要好幾天學期才會結束，但我已獲邀前往溫泉區，爲當地的聖之嬉業餘團體演講……」他知道那會是什麼樣的場面，進入愉快微醺狀態的大肚腩黨員會對他皺眉，而他得套用政策解說，才能讓對方理解遊戲內容，這就像是把已經截肢的腳塞進玻璃拖鞋中。他會累得筋疲力盡。老同事皮瑞尼寄來的邀請函隱約流露出同情，他們都知道李奧無法拒絕。「住在山下的飯店行動比較方便，演講完我會回家，回我母親那裡。」

「原來如此。」

「那……就先祝你新年快樂了。」

她連連點頭。「謝謝，也祝你新年快樂。」她聽起來顯得淡漠無心。

「那就再見囉。」他發現自己在等對方趕他走。

「我……等一下，李奧……」

這是她第一次對他以名字相稱，他急忙回應：「怎麼了？」

「我想讓你知道，我希望、如果事情不是這樣，或許我就會……」她把一樣的話重複說了一遍，愈說愈小聲。她的臉上似乎有什麼在浮動，像是即將融化的冰層，先前看起來雖然堅硬，事實上卻很脆弱。「當我沒說吧。」她放棄似的迅速揮了揮手，那態度好像她想握手致意，卻又反悔抽手。「再見。」

李奧盯著她。她總是竭力表現出厭惡他的樣子，不過有時候……不知道抓住她的手，不讓她收回去會怎麼樣？他說：「那就下學期再見囉。」

「下學期？」她又陷入沉默，臉變得更紅，變色範圍逐漸擴散。「你還會回來？我以爲……」

「對啊，我還會再回來。」艾米爾在上一封信暗示，如果幸運的話，李奧可能可以在春季學期結束時離開。但就算艾米爾有辦法不讓李奧遭到遺忘，他回文化部也沒有事情可做，只能從底層從頭幹起，否則就是另謀生路。或許能從地方政府開始，不然就是投身廢棄物回收業。他不是很確定自己是否期待離開學校。

1 Delphic Oracle，古希臘主神阿波羅的神諭，由德爾菲神廟的女祭司負責傳達。

「喔，原來如此。」她用手腕內側擦臉，以爲這樣做就能把臉上的紅暈擦掉。他意會得太遲，惹得自己想要大笑。她以爲可以永遠擺脫他，所以**才**假裝動容，現在她後悔了。

她的臉頰和額頭紅通通的，像被紅光照射，像錯亂的日出或日落。她的眼神掃向他又移開。他心裡有什麼在絞扭著，愈絞愈緊。他當然神智清醒，知道此時此地都與過去不同，但他有種重回二十歲的感覺，彷彿他又變成學生，跟卡費克待在音樂室裡爲自己的笑話發笑。卡費克抬頭的方式，他彷彿放下防備的笑容，他皮膚底下透出的血色，那時的他完全跟現在的她一樣，這些細節雖然微小，但他不會看錯。她臉上彷彿有灰白的冰霜融化……上一秒，李奧想伸手碰她只是想惡作劇，這一秒卻是爲了別的、更加冒險的理由。他眨眼，想要看清她和卡費克有何不同，想要看穿這張臉帶給他的迷惑。她的下巴線條比較柔和，眼周有紋路，從帽沿竄出的長髮輕拂著她的頸側。不過，這也可能是錯視的效果：不管他再如何努力分辨，再怎麼確定眼前的圖片是一個花瓶而不是兩張臉，他現在就是無法看清她的臉。卡費克就在那兒，他戴著她的臉，像戴著一張面具。他的胃痙攣了一下。

「怎麼了？」她的聲音比表情更有實感，將他從過去拉回現實。「你還好嗎？」

「還好，謝謝。」

她回頭看了眼書桌。「我得回去工作了。」

「好的，我也該回去整理行李了。」他再度往門邊移動，但就是無法立刻離開。「你的仲夏遊戲寫得如何？」

「新年快樂。」

她瞄了李奧一眼，坐回椅子上推開筆蓋。「馬丁先生，新年快樂。」

「喔，麻煩把這個拿走。」她對白蘭地點頭示意。「你很大方，但我不能收。」

兩人眼神交會，平靜而親近的眼神。他知道酒沒有問題，也很篤定如果酒是別人送的禮物她一定會喝。他知道她想要贏過他。她還說**他**愛玩遊戲？在這瞬間他心中的煩躁感直線飆升，另一種情緒湧上來搶過主導權。他緩緩伸手拿走那瓶酒。「好吧，如果你堅持的話。但我有個條件。」

「什麼條件？」

「你要讓我改送別的禮物。」他預設她會回答，自顧自地說著：「什麼禮物都可以，你總會有想要的**東西**吧。算我求你，送你東西會讓我覺得好過。」他不知道這番要求有幾分眞心，有幾分算計。

「馬丁先生，你怎麼會以爲，我在乎你是否好過？」

「但你找了我可能會感興趣的閱讀資料給我。」

握住酒瓶頸的指尖傳來心跳的搏動，彷彿瓶子本身也有脈動。他現在這麼逼她，接下來她一定會趕他出去，從此再也不跟他說話。

突然間她露出微笑。「那就送我一盒糖漬栗子吧。」

「就這樣？」

那道微笑增添了幾分諷刺、幾分防衛，她沒再回話，俯在筆記本上揮手打發他走。他像音樂廳帶位員般鞠躬後退、走出門外時，她臉上還掛著那個微笑。

李奧站在走廊上，發現自己也掛著微笑。他在一秒後察覺到自己的情緒，不可置信地意會到自己竟然在跟對方調情。他跟卓萊登教授調情……彷彿她是個尋常女子，會被法國糖果、珠寶和粉彩色的俄國香菸收買。他以爲她是克麗賽絲，唯有幫她買衣服，例如剪裁美麗的時尚絲質衣裳，才能替她脫衣服。他心中閃過一幅不妥的畫面：卓萊登教授穿著夏帕瑞麗的粉紅服飾[2]，或是緬波契套裝[3]。這個想法逗笑了他，卻也像邊緣粗糙的木板在他身上留下一枚細刺。教授的白袍底下**藏著**一副女人的身

2 Elsa Schiaparelli，一九三〇年代巴黎最活躍的時裝設計師之一，以大膽、誇張的設計聞名。

3 Mainbocher，美國時裝設計師緬波契（Main Bocher）於一九二九年創立的同名品牌。

體。他答應要送這個女人一盒點心。他之前以為要是她眞的想要什麼，應該也只是書而已。

他想要討好她，這是爲什麼？他想證明什麼？因爲她抗拒他的魅力嗎？只要能讓她微笑，使她讓步就能得到一分？因爲他受不了可能會**敗在**她手下？

才不是這樣。應該說，不只是這樣。他想像自己把裝著糖漬栗子的木盒放在她書桌上，等她開口道謝。他不是要討好她。這是一種獻禮，彷彿她掌握著生死。如果他做對事情，像是在遊戲中使出高明而準確的一手，她可能就會好好看著他，就會變得更像卡費克，讓時空倒轉——

原來他想要獲得原諒。這份領悟讓他口中泛出苦澀的滋味，一陣自厭隨之湧上。多麼愚蠢，多麼可悲。就算他能得到諒解，一切也無法挽回。

他彎過走廊，腳步飛快，但再怎麼快也沒辦法將自己拋下。他再度加快步伐，汗珠從額頭上冒出，接著腳步凌亂地跑了起來，不在乎是否被其他人看見。

15

寒假第一天

現在我人在火車站，躲在茶館裡寫日記，火車還要一小時才來。進茶館一定要點茶來喝，我的茶送上來時竟然是艷橘色，喝起來油油的，還有抹布味，我喝一口就不想再喝了。但只有躲在茶館裡，才能躲開其他人。艾米爾和約伯也在這一站換車，不過他們去了酒館。眞可惜，我可以自己喝乾一整瓶白蘭地，可是一想到要跟人說話就受不了。從學校出發的那一班車已經夠讓我難受了，大家都在車上大吼大叫大鬧。到現在我都還沒辦法說出一個完整的句子，沒辦法發出聲音。我好累，還好這一切都快結束了，現在每樣東西看起來都過度明亮清澈，像是透過鑽石看出去。

昨天只有早上有課，然而教授並沒有上課，幾乎都在交代最後一部分的寒假作業。我敢保證下學期一定超好玩，因爲教授讓我們在寒假期間練習冥想樹的所有型態（！）、研究古希臘和古羅馬請示神意的儀式，還要先熟讀《柯尼斯堡之橋》，當然也要看完霍特教授書單上的每一本書。書單上的書我家附近的圖書館一定都不會有，唉。學校就是想盡辦法要讓我們安分兩個月，他們自己則是被冰封在這個老地方……總之，那天吃完午餐，我們早早做了冥想，在晚餐前有好幾個小時可以打包行李。我把東西全都掃進行李箱後躺在床上，希望自己能夠昏睡過去，結果卻睡不著。我太緊張了，雙人遊戲的評分一向都是在學期最後一天的晚餐前公布。

鐘聲總算響起，好像所有人都在等這一刻，我聽見走廊上同時傳來所有房門打開的聲音，還有匆忙的腳步聲。我盡可能放慢動作起身，接著往臉上潑水、梳頭髮，把該死的髮旋打結處梳開，然後就想不到還能做什麼裝忙了。我不想跟其他人同時到達公布欄前推擠成一團，那樣我還得肘擊別人，才能一直站在最前面找自己的名字……我們的名字。這種感覺比考試前夕還糟，而我只希望一切盡快結束，所以最後還是下樓去看成績了。

公布欄前面有一群學生在竊竊私語。保羅看看四周，對我說：「成績還沒公布。」

「什麼？爲什麼？」

保羅回以聳肩，佛萊迪則說：「因爲教授都是冷血的混帳。」他的口氣眞惡毒。他爸爸承諾只要他這次考超過五十分，新年就買車給他。沒藥救的學生才有糖吃，眞奇怪，不過也不是沒有道理。要是我爸上學期也這樣保證，他才不會甘願履約。

「教授還在爭論。」艾米爾說：「我過來這裡的時候經過參事堂。」

「來這裡要經過參事堂？你剛才在侍者的工作區？」

我只是開玩笑，艾米爾的眼神卻變得很奇怪。有人說（大概是雅各）：「學校得要找個地方給侍者住對吧？在我們回家之前？」

「當我沒說，我要去吃晚餐了。」其實我一點也不餓，但我不想站在那裡，當斷頭台旁垂死哀嚎的貴族。我大步離開，有些人跟著我走了，我們又聊又笑，好像不把這件事放在心上。

晚餐吃到一半（我不知道自己吃了什麼，也不確定到底有沒有吃），菲力忽然衝進食堂裡。「成績公布了！」

他對上我的視線說：「幹得好。」

七十分。

七十分已經是**卓越**等級了，分數跟我們最接近的是艾米爾與保羅那組，六十二分。

我不記得後來菲力說了什麼，也不記得自己怎麼站起來或走出去。我站在公布欄前面，看見我和他的名字在最上面。

愛姆・卡費克・德庫西&李奧納德・馬丁，《骷髏之舞》，70分。

大家都站在我後面，有人咒罵起來，有人則抱怨：「**什麼嘛**，我們應該更高分啊！」還有人說：「呼，我還以爲這次一定搞砸了……」我任憑人流將我擠開，然後整個人靠在牆上，心中依然震撼。七十分，我不記得之前有誰得分超過六十五，連卡費克都沒有。

過了一會兒，艾米爾走到我身旁，此時公布欄前的人潮已慢慢散去。「你一定很高興。」他說：「不過讓二年級生得到『卓越』很有爭議，我敢說一定是因爲這樣他們才那麼晚公布成績。」

我沒有看他。「只是不錯而已。」

他盯著我。「怎麼了？難道你想要和菲力和佛萊迪那樣，只是及格而已嗎？」

「不想。」

「跟卡費克同分沒讓你不高興吧？你還有一年半的時間可以打敗他，李奧。現在就好好享受吧，好嗎？」

我沒辦法看著他，我怕一看就會讓自己笑出來，而且停不下來。更糟的是我還有可能哭出來呢。我眞的很怕不及格，很怕面對卡費克，怕我會讓他失望。我說：「好，你說得沒錯。」

「他怎麼看？應該很受不了吧？」

「不知道。」我沒看到他。他沒來吃晚餐，人也不在這裡。我應該表現得相當自制吧……

公布欄前只剩下皮耶和湯瑪斯，我越過他們倆，沒拔圖釘就把成績單整張撕下來。不等他們反應過來，我已經衝上樓了，而他們的抱怨聲和艾米爾的笑聲都愈來愈弱。

我等了幾百年之久，卡費克才來應門。當他終於讓我進去時，他正坐在行李箱上雙臂環胸，好像我打擾了他。他說：「馬丁，你有事嗎？我在收拾行李。」

他看起來已經收拾好了，但我沒指出這點，只是舉起成績單說：「我想說，你可能會想知道。」看得出他幾乎就要整個人跳起來，卻立刻忍住了。他將頭向後仰，問道：「所以呢？」

「我以爲我們的遊戲還不錯，但我想錯了。」

他站起來一把抽走我手上的成績單。我等著他發現眞相然後笑出來，但他沒說什麼就坐下，小心翼翼地一截一截縮到椅子上，好像怕自己會骨折一樣。他將手肘放在書桌上，兩手抱頭。

「卡費克？我剛才只是在開玩笑。」

「滾開啦你。」他聲音模糊。

「我只是……」

「我知道啦。」他抬起頭，眼睛濕潤發紅。我莫名覺得他的模樣有些失態，但我自己不是也很想哭嗎？「很好笑，馬丁，你可以走了。」

我張嘴想抗議。嘿，**卓越**等級耶，看在這成績的份上，別一副我殺了你祖母的樣子。眞是一家子神經病。卡費克又低下頭，應該是想忍住不哭吧。

我手足無措，心想乾脆就走出去，反正是他叫我走的，不是嗎？可是這樣未免太不近人情，所以我只能無助地站在原地，試著拍他肩膀然後被甩開。其實他的心情我懂，這段時間眞是太……可能就是因爲這樣所以我沒走。後來我坐在他床緣，與他保持一臂之遙。

他逐漸冷靜下來。我看不到他的表情，但能感覺到他的呼吸漸漸變得和緩。他站起來說：「你眞的很狡猾，馬丁。」這次他的口氣不帶敵意。

「我哪知道你會這樣，我不過是想開個玩笑。」

「累死了，不說了。」他呼出一大口氣，搖搖頭，然後看了成績單一眼。「七十分。眞的有**那麼**好喔？」

「比好還要更好。」

他笑了，我也笑了，不過再多笑一點就會哭出來了。

「我現在好想喝酒，今晚學校應該讓我們喝酒才對，而不是上次交作品那晚。」話一說出口我就想打住，因爲我想起了上次的潑酒事件，不過卡費克連眼也沒眨。

「要是知道酒放哪裡就好了。」他說。

「你不知道？眞是不敢相信。你家有多少人都讀過這裡？你們家的人應該要找出藏酒地點，然後把它當作祕密，父傳子代代相傳。」

他搖搖頭，扯起一邊嘴角。「沒這回事，我爸死得太早，什麼也沒傳下來。」

「好吧。」頓了下，我又補上一句：「抱歉。」

他沒有回應。我驚覺自己的話讓他感到受傷，他一定以爲我還會繼續挖苦。他拿起成績單，手指輕輕拂過上頭的評分字跡，但我覺得他並沒有認眞在讀。鐘響報時九點，沒想到已經這麼晚了。

「總之，」卡費克說：「謝謝你來告訴我成績。」

「沒什麼。」我站起來。

「晚安，馬丁。」

「晚安。」

我移動到走廊，並且把門帶上。

但我不知爲何就是走不開。七十分！得了這種分數卻只能去睡覺眞討厭，好像一切都沒發生過。我知道自己一定睡不著，如果贏得高分卻只能悶著，還有什麼意義？只有卡費克才懂我的心情，只有他才知道我們有多努力。我沒敲門又走回他房裡。他猛然轉身，身上只穿著襯衫。他剛才一定是在換衣服。他連忙套上袍子，邊穿邊說：「馬丁，你以為你在做什——」

「卡費克，大家都看過你穿袍子的樣子好嗎？」他顯然還想抱怨，所以我搶在他之前說道：「我們去晃晃吧，上去天文塔如何？我現在想到外頭走走，一起來嘛。」

「現在？」

「我房間裡有菸，整個學期省著抽。」

我以為他會拒絕我，畢竟我們當仇人當了這麼久，要是他拒絕，我也不會怪他。我真不懂自己為什麼要邀他，畢竟他曾經在全班面前取笑我的遊戲，而他至今也依然是個自大的混帳。他大概也以為我還是……呃，他想像中的我吧。卡費克回頭看了一眼書桌、行李箱和空蕩蕩的房間，隨後點頭推開門走在我前面，顯然是要我跟上他。

於是我們就這麼爬上了天文塔。走樓梯時，我突然發覺我們這樣簡直荒唐，外面冷得要命，樓梯也長得要命，而且要是被逮到一定會惹上麻煩。終於來到塔頂時，周遭什麼也沒有，眼前只有城垛、積雪與夜空。

我們窩在角落抽菸，討論聖之嬉，取笑其他人，還說我們的表現是史上最傑出，他以後可以當遊戲師，我當校長，或是反過來也可以。晚上的氣溫寒冷刺骨，我吸到冷空氣便止不住咳嗽，尤其是笑的時候咳得更兇。

菸抽完之後，他站起來，伸手拉我起身。我腿有點麻，要站穩得多花點時間，所以好一會兒我都沒有放開他。我不在乎那時有多冷，我只知道自己還想要繼續說話，好讓我們永遠待在那裡。但我什麼也沒說，他也是。我們默默走下樓梯，而我回頭看他的時候，發現他臉上帶著微笑。

想不起來上次這麼快樂是什麼時候的事了。

16 老鼠

她知道黑衣人要走了。他們離開之前，學校的氛圍會開始騷動，鐘響之間的無聲停頓總是充塞著嘈雜聲。白天，她躲在自己的窩裡蓋著毯子，但就算躲在那裡，黑衣人的腳步聲和笑聲還是會輕巧地向她湧來，如海上的漂流物。她最怕學期開始和結束的時候，這時會發生什麼事情都難以預料。會這樣想代表她還是個人吧？或許吧。畢竟老鼠應該沒有過去或未來的時間觀念，也不會感受到氣氛的變化、音浪的起落。或許她已準備好要拋棄老鼠的身分，因為她一直想著不該想的詞彙，例如害怕、抱歉、賽門。她忍受著腦海裡浮現的詞彙，將那些字眼當成傳染病，深信病症很快就會跟黑衣人一樣消失，很快她的心思就會恢復平靜。不過詞彙沉重如石塊，她一晃動頭部便感覺腦袋被撞得喀啦喀啦響，力道大得讓她頭痛。賽門。唯有躺下才能緩解不適。

時間來到晚上，老鼠口渴了，但她的水瓶是空的。她已經在窩裡等了太久，每天都巴不得聽見巴士上上下山的轟隆聲，想聽見車子把一批批的黑衣人帶走。但她沒有聽見那樣的聲音。等到明天吧，可是明天還要等很久才會到來，而她現在就渴。

老鼠不會感到害怕（她又用了害怕這個詞），老鼠想拿什麼就拿什麼，牠不害怕，而且很小心。是這樣嗎？這不是人類的作風嗎？畢竟首先，老鼠就不會思考……

她蜷起身子，覺得好冷。身體一接觸到冷空氣，她就開始發抖。她遲疑了下才將毯子披上，因為毯子雖然足以保暖，卻會拖延她逃跑的速度。她躡手躡腳順著窄梯往下爬，通過塞滿雜物的儲藏室。

她抬起關節僵硬的腳，跨過爛掉的掃帚和水桶，然後推開玻璃窗爬出窗外。沿著窗緣移動時，她差點手滑墜下，而後她狼狽落地，背部挨著牆摔進隔壁房間，水瓶勉強揣在懷裡。這是她戒心最高的時候，也是最脆弱的時候。石板的邊角勾到毯子，她用力一扯卻把毯子扯破了。她停下動作、聆聽四周動靜，觀察是否有人發現。一片死寂。

接下來她慢慢地往走廊上移動，沿著通道往下走。她來到一個房間，裡面有一排與人等高的陶瓷大盆，在下雪的月夜中發亮。每一個盆都有把手，底部則連接著水管。她知道扭動把手就會有水流出來，她一直都知道，但忘了怎麼學會的。雖然水通過水管時會發出聲響，她還是冒險去喝水，直到她喝得喘不過氣，水冰得她牙齒發痛爲止。隨後她將水瓶裝滿。

走廊上有聲音傳來。她溜進廁所隔間裡，水瓶卻大剌剌留在地上。如果撇下瓶子不管，之後還得再偷一個。她等著腳步聲遠去。

然而腳步聲愈來愈近，激盪出回音。她緊緊靠著牆。

「哈囉？」

一陣靜默。

「有人嗎？哈囉？」那人往隔間這裡過來。雖然她可以鎖門，但是門栓壞了，只要猛力撞擊便可以把門撞開。不過，老鼠心中比較有人性且深受語言折磨的另一個自己，是否不想躲起來？她站得直挺挺的，立在有洞的陶椅和牆壁之間。對方側頭從門縫看進來。

「哈囉？」

或許是因爲從這樣的角度看他的臉和眉毛，她才會覺得有股陌生的衝動拉扯著嘴，要她開口。雖然她只見過他一次，卻能認出他不是其他那些面貌模糊的黑衣人。爲什麼呢？

「**真的**是你！」他露出微笑。「記得我是誰嗎？我是賽門。嚇到你不好意思。」

卡在她腦中的那些字詞跳了出來。賽門、抱歉。她眨眨眼，彷彿那些字詞憑空化爲物體顯現在面前。她滿心期待地又想了其他的字詞，想著麵包、起司、水果，結果它們都沒出現。

「我睡不著，出來走走。昨晚有人來我房裡，而且……總之，我剛才人在外面，聽到水龍頭的水聲，就想說……」他輕輕把門推開。「我就知道會再見到你。」他笑出聲音，聽起來卻不甚開心。老鼠因此回想起來也有人是這樣笑的，痛苦的回憶刺痛了她。有個女人說，親愛的，不要在意我，我沒事，我只是笨了一點……老鼠屈膝，準備躍過賽門身邊，逃離他的勢力範圍。

「我明天就要回家了，你呢？你住在這裡對不對？你是侍者嗎？看起來不太……抱歉，我太多話了，但我沒有發瘋，只是最近都沒人跟我說話，連教授都……我覺得有時候自己像是透明人。」他揪住衣領。「你覺得是因爲這個嗎？我現在都搞不清楚了，覺得自己已經不像人，倒像個鬼魂。」

賽門往老鼠靠近一步，而她則以後背更用力地抵住牆。陷阱，他的聲音是陷阱。眞希望他住口，不要再用愚蠢的人類語言占據她的注意力了。

「你還好嗎？我不是……請不要那樣看我，不是每個學生都會打壞主意。你等一下。」他伸手探進袍子。「要不要吃這個？剩最後一塊了，我一直都很省著吃。」

他伸出手，手中有一塊閃閃發亮的小東西。她看著賽門張開的五指，知道要是伸手去拿就會被抓住。她懂得可多了。她感到牙根隱隱作痛，同時望向對方領口露出的柔軟脖頸，盤算著如果需要咬他才能逃命……

賽門停在原地好一陣子，最後終於嘆氣退後，眼神仍停留在她身上，然後撞上那排大盆。他猛然回頭，好像盆子自己移動到他背後似的。接著他把閃閃發亮的小方塊放在大盆的邊緣。「那我就放在這裡，可以嗎？水果和堅果口味的。」

那是誘餌嗎？他想做什麼？她瞪著賽門，只見他點了點頭。

「我差不多該回去了，明天很早就要出發。我等不及要回家了，我妹妹跟你年紀差不多，希望全家人都還……」

他一時陷入沉默。她愣愣地待在原地。如果她維持不動，或許對方就會忘記她人在這裡。

「晚安囉。」他轉過身，好像突破了什麼似的。「還有，呃……新年快樂。」

老鼠在原地等了很久才移動腳步。她知道賽門走了，但某種氣息還殘留著，讓她覺得反胃，彷彿他的那些問題能使人生病。最後她終於拿起小方塊湊到鼻前端詳。方塊外頭包著一層金屬紙，要從最上面的交疊處拉開，她發現內容物聞起來香氣馥郁，還有著濃濃的奶香。

老鼠咬了下去，在那一秒鐘她再也不是老鼠（老鼠不會放下防備），但她也不知道自己是誰。她只感覺到巧克力融化在舌尖，吃到軟軟的葡萄乾碎片，接著嚼碎硬硬的榛果發出脆響。再吃一口，再吃一口，一下子就吃完了。她站在凍徹人心的寂靜裡，覺得飄飄然又不可思議，口中充滿逐漸消退的甜味。誰會拿這種東西來送人？太不能理解了。自從那件事發生之後，從沒有人給過她什麼。然而在那之前，有人會給她食物，給她關心，還會唱歌哄她睡覺……

這是陷阱，當然是陷阱。他伸出的手，他溫柔的聲音，他期待她的行爲舉止像個人類。這些都是毒藥。她應該要更謹慎才對，她應該要搞清楚狀況才對。

她將手伸進嘴裡挖呀挖。剛才的甜味又回到喉嚨，只不過現在混合了膽汁，濃稠刺鼻。她蹲下把巧克力吐在地上，確認自己吐得一乾二淨。感覺好多了。老鼠用毯子把地上那灘黑色的髒汙擦掉，幾乎不留痕跡，然而剛才發生的一切卻難以從心中抹去，那些話語還留在原地。賽門、抱歉。她還記得他伸出的手，那是另一種毒藥。

她站起身，以謹慎的腳步踏上走廊，以防他還留在原地。不過並沒有任何人躲在陰暗處，夜晚遭寂靜占領。她告訴自己現在安全了，不論她從對方眼中看出什麼威脅，她都逃過了。但是一股反常的失望感卻若隱若現。老鼠一直聽見賽門的聲音，聽見他說老鼠像他妹妹，聽見他祝她新年快樂。

第二部

春季學期

他雙手敞開站在原地，一副任憑我傷害的模樣，
篤定我會傷害他的模樣。

17 李奧

李奧往座位後方一靠，深深嘆了口氣。火車包廂裡只有他一人，他喉頭吸滿蒸汽和金屬發燙的氣味。站務人員吹響口哨，火車哐啷發動，逐漸加速。這下他覺得自己重回二十歲：熟悉的自由感，些微的罪惡感，他會在火車上一路坐到終點站，坐得全身發痛，然後再跌跌撞撞走出車廂，鑽進熱鬧的巷弄，鑽進溫柔鄉中……然而他現在知道，從前也知道，他永遠不會放縱自己。他服膺於蒙特維爾而改變了自己。所以火車吐著煙前往首都時，他不會駐足觀看。李奧把腿伸長跨在對座上，兩腳上下交疊。他點了一根菸，將煙霧吐向天花板。母親很討厭他這副德性。剛回家那幾天，她進到他房裡就會皺起臉嬌弱地咳嗽，還會撥開實際上並不存在的灰藍色煙霧，好像煙霧濃得讓她找不著兒子。最後他終於讓步，改爲趴在窗口或站在陽台上抽菸。他看著室外了無生氣的花床，感受如舊衣般的冬日氣息瀰漫。看著這種景象抽菸一點樂趣都沒有，或許這就是母親的目的，她在掃興這方面很有天分。以料理來說，不管廚子放了多少調味料，由她端上桌便會失去滋味。她倒出來的雞尾酒喝起來都像水。她送的禮物總是讓人看了難過。新年時他撕開有銀色斑點的禮物包裝紙，裡面是一條垂皺的領帶，顏色看起來像發霉。

或許難相處的人不是母親，而是他。他快要四十歲了——喔，是超過三十歲才對，總之他無法忍受自己又被當做孩子照顧，那感覺就像是身上纏滿濕掉的沉重羊毛。每個下午都沉悶無風，他在房裡看書，就著卓萊登給的申論題隨手寫點筆記。到了晚上他只得和母親獨處，而要是幫她招待客人氣氛就更差了。有時是漂亮但無腦、穿著高領上衣的表姊來訪，她總是一臉誠懇地問笨問題。還有一個不知確切年齡的老處女以母親的陪伴者自居，這位女性給人一種老是穿著破爛開襟羊毛衫的錯覺，雖然她根本不做這種打扮。來訪的還有刻意挺起胸膛的地方小官，母親總是天眞地以爲李奧從前當文化部部長時都跟這類人來往……母親把兒子當作視察的高官來招待，李奧至少也該感動三分，但她這樣做卻讓他想起以前放假從學校回家的日子。那時父親會拿他炫耀、跟朋友說嘴。嘿，這是我兒子，他的成就是我的功勞。李奧也會做點表面功夫，拿出健談且極富魅力的一面，偶爾自貶，試圖沖淡父親對他充滿溫情的憎恨。雖然現在父親已經過世，他卻戴著同樣的面具。不知道如今這樣客套是要減輕誰的憤慨，或許是他自己的。

然而，在城裡度過的夜晚感覺卻更加糟糕。某天晚上，他前往冬宮出席一場盛大晚宴，一跨過門檻就得想辦法穩住腳步，以免自己轉身離開。晚宴上的擾攘和燈光讓他覺得自己像在發燒。他將衣帽間寄存票據塞進口袋、走向大舞廳，順手身旁的服務生托盤上搶過兩杯香檳，一口氣乾掉第一杯，又在服務生離開前把酒杯放回托盤上。他強迫自己一邊啜飲第二杯香檳，一邊在小團體之間遊走，聽別人說話，看到舊識便點頭微笑，看到商務人士、黨內人士就停留幾分鐘，客套幾句再走。李奧不認爲可以在這裡見到長官或老爺子，視線卻時不時掃過人群尋找艾米爾的蹤影。沒見到艾米爾，他無法確定自己的心情是高興還是失望。

經過一陣混亂，他總算抽身離開一群實業家身邊，躲進一間鋪著地毯的安靜凹室裡。他將一側窗簾拉起，摸索著窗鉤急著開窗透透氣。這時身後有人喊他：「李奧，好久不見！」

他轉身，眼前的人是打過幾次照面的佩吉特，不過她的名字是莎拉，還是薩拉？還好她從來沒在文化部工作過，她是長官的下屬，還是說她最近調到了司法部？她穿著男士的禮服，戴著單片眼鏡，一頭短髮往後梳。「老兄，最近過得還好嗎？」薩拉往他肩上一拍。「至少你看起來挺適應修道院般的校園生活。」

「謝謝，你看起來氣色不錯。」

她乾笑了下。「沒看到你女友感覺眞奇怪。啊，她已經不是你女友了對不對？算了，你知道我在說誰。她不在這裡，以前她眞的是萬人迷……你應該沒聽說什麼吧？」

李奧搖頭，克麗賽絲不但認識薩拉，而且對她毫無好感可言。他還記得，她提起薩拉時的輕蔑口吻：「那傢伙寧可當個假男人，也不願意替女人說話。」隨後她不忘補充道：「而且她那是什麼莫名其妙的髮型。」

「這樣正好，保持距離。」

「什麼？」

「喔，你沒聽說嗎？」薩拉彈開菸盒，先請李奧拿一根菸，接著自己也拿了一根。「她突然離開馬可・波以耳，行李都打包好了，但她消失應該不是因爲遭到殺害。她也沒有回去你的公寓，可是人就是不見了。」她替兩人點菸的方式很急躁，激起的火苗吸引了李奧的注意力，同時他一點也不意外地察覺到，原來黨一直派人監視他的公寓。

他沒有搭理薩拉，反正克麗賽絲只是找到更好的新對象罷了。

「她聽到《純淨法案》上路的風聲了吧。現在看來，你離開她倒是你運氣好。去年大家還在說你們要訂婚……你知道她在管理局名單上嗎？」

「她不在。」

「天啊，她在！你怎麼沒猜到？她的名字聽起來像克麗絲蒂娜[1]。」

李奧站起身。「別開玩笑了，她叫做克麗賽絲，不是克麗絲蒂娜，是你們把名字搞錯了。」他步離凹室。老天啊，爲什麼這些人這麼愚昧？聽到克里、克麗開頭的名字就覺得那一定和基督徒有關。

他忽然想起克麗賽絲的聲音，想起她岔著嗓子吼他。「耶穌基督啊，李奧。」他勸她不要這樣說，不知道勸了幾百遍。因爲搞不好會有人覺得……這種說法實在太危險……

會不會克麗絲蒂娜才是她的本名？好吧，或許她曾經受洗，或許李奧不知道她眞的在名單上，然後現在她人消失了。

舞廳門邊的吵鬧聲傳了過來，突然之間一切的一切都令他感到噁心：人們張開的嘴，人們流汗的臉，以爲自己很重要的笑聲。

李奧離開晚宴會場。外面下著雨，但他沒把外套穿上。冰冷的雨水從背後滑過，浸濕了襯衫，似乎也能沖走黨的氣味，而他只覺得眞是太好了。

隔天早上，李奧去找達特勒和皮瑞尼。達特勒像狐步舞明星般滑順地接替了李奧的位置。李奧回到從前的辦公室但沒有待太久，那裡公務繁忙，他看了直打顫，而每次祕書露出笑臉並給出明快又客套的回應時，他都覺得好像有砂紙刮過皮膚。他迅速離開，上樓來到皮瑞尼的陰暗閣樓。李奧繞過地上一堆堆紙箱，走到煤氣暖爐前，那裡擺了兩張椅子，連椅面上也堆著文件和檔案。皮瑞尼在小廚房裡，手上端著托盤，用肩膀撞開廚房門走出來。他發現了李奧在看什麼，於是說道：「隨便移到哪裡去都可以，眞的。我已經好幾個月沒看到我的祕書了，她應該死了吧。」皮瑞尼把托盤放下，開始倒咖啡。「溫泉區的那些老長官狀況如何？你有想辦法傳授他們一點智慧嗎？」

「那幾晚的無聊程度在我人生中名列前茅，感謝你爲我安排這場活動。」

皮瑞尼露出淺淺的微笑。「孩子呀，這就是政治。那些人之中有一位是我上司的丈人，喔，還是

1 Christina，女性名，涵義為「基督徒」、「追隨基督之人」、「受膏者」。

我丈人的上司？總之呢，去一下也不礙事。」他端給李奧一杯咖啡。這是貨眞價實的咖啡，不是蒙特維爾教授喝的那種有草味的摻水咖啡。咖啡的焦苦席捲了他的味蕾，那滋味是如此的熟悉、眞實，而且令人失望。之前他在學校一直渴望的還有馬丁尼、外國小說、全新床單、煙霧繚繞的爵士酒吧，還有吃布里歐麵包當早餐，以及享受性愛。這些讓人懷念的事物有好幾項他還沒機會重新接觸，然而會不會全都跟咖啡一樣，令人期望也失望呢？

「對了，」儘管心知自己騙不過皮瑞尼，他還是故作輕鬆地問道：「你沒有聽過克麗賽絲的消息吧？她是我的情人，舊情人。最近都沒人看到她。司法部一個壞心眼的老男人婆跟我說，克麗賽絲在名單上。」

皮瑞尼拿了一盒熔岩巧克力過來。「你是說那個金髮美女嗎？嗯，我應該沒看到她。最近很多人都躲起來了。」

「這樣啊。」李奧擺手婉拒了巧克力。「但我想確定，她眞的在名單上嗎？」

「以前你不是可以自己看嗎？你看過她的身分證明文件嗎？」

「她才不會去簽呢，她又不笨。」

皮瑞尼挑眉。「那倒不一定，如果她受洗留下紀錄，或者最近幾年更新了護照……拜託，李奧，你也知道這些事情是怎麼運作的。要逃也難，你想想政府撒了多少錢下去。」皮瑞尼嘆了口氣，從盒裡拿出一顆巧克力放進口中，一臉若有所思地咀嚼。「要是從前老爺子沒去念天主教學校，現在國家不知道會是什麼樣子？」

李奧聳肩，應該不會有什麼差別吧。就算老爺子眞的沒待過天主教學校，管理局還是會以另一種形式存在，《文化完整性法案》依然會通過，之後還是會推出愈來愈多的《純淨法案》。「你可以幫我多注意嗎？要是她遇到困難……」

皮瑞尼吞下巧克力，輕輕擦拭嘴邊。「話還是少說爲妙。」

「要是她被逮捕……」

「別說了。」皮瑞尼搖頭。「我說眞的。」

「我好擔心。」

「你幫不上忙，誰來都一樣。如果她躲起來了，現在最好別讓人想起她。如果她被逮捕了，你還是幫不上忙，相信我。」他意味深長地看著李奧。

「好吧，那我去問艾米爾·法隆。」

「別傻了，臭小子。沒錯，我知道你們一直在通信，你就繼續好好做事吧，或許還能撈到一點什麼。聽說你想要慢慢爬回來，老爺子的態度似乎也軟化了，這是好事。但是你要**停止搗亂**，事情才會順利。李奧，你還沒學到教訓嗎？該長大了吧。」皮瑞尼坐了下來，整個人往後靠，壓得椅背吱嘎作響。「你現在得到了第二次機會，多數人連這也不敢奢望。你再搞砸，就趕快去幫自己買個高額理賠的保險吧。」

李奧將咖啡杯放在一旁的桌上，現在這房間感覺好小、好潮濕，聞起來油煙味也很重。他還能聞到皮瑞尼檔案夾中的信紙氣味，聞到壓花般扁平的懇求，聞到委靡的希望。「謝謝你告訴我這些。」

「眞懷念以前，那時候我給的建議你還聽得進去。」

李奧站起身。「得走了。」

皮瑞尼抓抓頭，一些頭皮屑掉到他肩膀上。「李奧……」

「我知道，我懂，我現在只是要去趕火車。」他想要離開，卻不由得在門邊逗留。「這個地方眞的很扭曲，眞不知道你怎麼待得住，很高興我還能夠回蒙特維爾遠離是非。」

「那裡眞是個學術聖殿，對嗎？」皮瑞尼的聲音聽起來有點怪異。

「怎麼了嗎？」

「沒什麼，不過你還是別太指望它了。」

李奧瞪著皮瑞尼，只見對方站起來收拾咖啡杯，隨後頭也不抬消失在小廚房裡，半句話也沒說。

李奧也離開了。他走下樓梯，沿著奶油色與褐色相間的走廊移動，接著經過成排的毛玻璃窗、穿過打字員辦公區，走到外面的街頭上。雨已經停了，濕冷的空氣讓他想咳嗽。李奧手上提著行李箱，剛才皮瑞尼看到還覺得很好笑，好像李奧要搬進來跟他住似的。他帶著行李前往火車站，十分慶幸自己不用折返回飯店。

克麗賽絲應該正安全地躲在某個地方吧，一定是這樣。她可是克麗賽絲，又聰明又漂亮，就算是石頭，到了她手裡也能擰出黃金。不用擔心她，他不擔心她。有那麼一秒鐘，李奧幻想克麗賽絲在街頭晃蕩，手裡提著行李箱，拉低帽沿遮住自己的臉。不，她一定已經搭船去了美國或愛爾蘭，或者已經置身在義大利某座城市裡，而且毫無疑問地還穿戴著毛皮大衣和鑽石首飾，因爲她總是喜歡炫富。

儘管如此，他卻感受到前所未有的無助。恐懼和罪惡感讓他的胃變得沉甸甸，辜負對方的感覺也將他拉得往下沉。原來克麗賽絲不但需要他的錢，也需要他的保護，而他卻沒有意識到這點。他坐在候車室旁的酒吧裡，點了一杯威士忌。其實時間還早，但是他不想思考了。他以爲喝酒能讓自己忘記克麗賽絲的事，最後反倒愣愣望著車站大廳，回想起自從搬來城市後這裡變了多少。在搬來之前，他和父親曾來這裡觀光過幾次。後來他一個人在這裡生活，準備迎接新生活的挑戰。當時他手裡什麼也沒有，只有黨中央辦公室的地址、新房東蓋了章的收據（第一次租屋是住在女帽店的樓上），還有一只裝滿新衣服的小手提箱（在父親的裁縫師建議之下買了「適合政治家的衣服」，結果後來發現完全不行）。初來城市的他心裡一沉，看著那貧窮與塵埃，紙糊的窗扉和布滿條條水漬的玻璃天花板，還有生鏽的金屬、路上的乞丐，以及隱隱散發臭氣的排水管。他的決心從此更加堅定，誓言要成爲推動改革的一道助力。

他也達成心願了，對吧？他曾經是黨的一部分。在那段意氣風發的日子裡，老爺子帶著他們在街上遊行，頭髮花白的老兵總是用狐疑的眼神打量他們。那時候賑濟處亂成一團，站滿被勸來幫忙的修女和充滿理想的年輕女孩，而這些女孩從沒看過蟑螂或從天而降的老鼠。當時他們常常在大街上跟共產黨的人打起來，最後總是所有人聚在常去的酒吧洗手間裡擦洗傷口，而所謂的「黨服」只不過是綠色臂章。黨發行的廉價小冊子油墨會沾在手上，上頭寫著「繁榮願景」之類模稜兩可的口號。那時候清除基督徒只是老爺子個人的小問題，誰也不會放在心上。當他們的遊行隊伍經過時，總能**看見**人們的眼神亮起來。那段日子讓李奧覺得自己眞正活著，或許打架時有點太投入了，而追求賑濟處那些好人家的小姐時也太過積極，甩掉她們的時候則未免過於心安。不過這都無所謂，反正他這個人很好用，他寫的宣傳文渲染力比誰都強；他知道該怎麼做才能拉攏工業家和贊助商，因爲他們就和他父親一個模樣；開會時他也能完美掌握演說語調的細微變化與肢體語言，無愧於過去表演藝術教授的指導。就算他說的不是眞話他也不在乎，因爲他相信這是爲了更遠大的利益。後來黨贏得選舉，掌握了全世界。不論黨取得任何進展，都得算上他一份功勞。

此後城裡有了整潔的車站、閃亮的瓷磚，他也能夠一路走到12號月台，沿途不踩上任何散發異味的東西……垃圾桶彷彿融入了建築之中，上頭鑲著閃閃發亮的黃金紋飾。最讓他興奮的是人們也改變了——並不是說人們的長相突然變得好看了，至少大部分的人是如此。以前要是別人靠得太近，克麗賽絲便會將自己埋進毛皮大衣裡皺起鼻子，以免聞到他們身上的味道。現在路上的行人看起來比十年前富裕多了。大家都穿戴著外套、帽子和手套，移動時更有目的，用力咳嗽後往鐵軌吐黑痰的人愈來愈少，軟骨病的孩子也不多見。不會有賣雪茄的小販扯你袖子，也不會有吉普賽孩子用邪眼迷信逼你買護身符。路上的乞丐全都消失了。這樣很棒，不是嗎？再也不用揮手把人們趕走，也不會因爲看見皮膚發藍的手從髒兮兮破布堆中伸出而嚇到。人們改變了，這的確值得驕傲。

可是傳言說的卻不是這樣……他隱約聽見什麼聲響。李奧低頭往下看，發現自己不自覺用大拇指指甲敲擊著厚重的玻璃。乞丐都上哪兒去了？今天早上去達特勒的辦公室，他看到祕書的打字機旁邊放了一本小冊子，上頭寫著：乞丐絕跡！流浪漢消失！走路終於可以放心。下方則展示出許多漂亮的數據，例如就業率、通膨終結、住房計畫等等。好像每一個街友都脫離了咳血的絕望狀態、找到新工作也搬進新家了，而且房子的採光都很明亮，油漆才剛漆好，櫥櫃也裝得滿滿的。

手冊上沒提到開著卡車的祕密警察，也沒提到身體發臭的老人和染上肺結核的久咳娼妓遭人趕上卡車之後會被載去哪裡。或許那些人都被緩慢移動的車輛運送到了偏僻海濱，一路上揮著軟弱無力的拳頭使勁敲擊金屬側板，也或許這一切都只是李奧的想像吧。即使聽見傳聞，內容也往往十分模糊。如今街道上再也不會見到穿著破爛的人，改變之迅速就如同需要專業訓練的職業再也不會錄用基督徒。路上的垃圾都被運去了哪裡，沒有人會追究……

克麗賽絲會怎麼樣呢？如果她被逮捕了，也會坐上那種卡車嗎？

儘管距離發車還有二十分鐘，李奧還是站起身，快步走進列車車廂。

再度回到鬧區，他沒有去經常光顧的俱樂部，也沒有出現在黨內人士聚集的老地方。沒有去文化部，也沒有去找皮瑞尼。他去買了一盒糖漬栗子。

這盒糖漬栗子現在放在他的行李箱裡，外頭裹著寶藍與金黃相間的包裝紙。火車開過鐵軌交會處時，他可以想像那盒點心碰撞到他的鞋子，還有其他東西……天啊，還好現在車廂裡只有他一人，因為他肯定無法控制自己作怪的表情。回想起那天下午，他走上了安德拉之家的螺旋梯，側頭看著冬日陽光從新藝術[2]風格的穹頂一束束斜照進來，覺得自己來到這個地方真是瘋了。身側明明已經夾著一盒糖漬栗子，沒什麼要買的了，他根本毫無理由來到百貨公司的女用品區，置身於一櫃又一櫃的香水間，望著迷你寶塔造型的象牙白與淡綠色瓶身，被茉莉花與冷霜的氣味包圍。以前他曾和克麗賽絲來過這裡，那時他跟在她後頭，無聊得快要抓狂，但是這一回他的感受卻完全不同。他就像個闖進陰性世界的觀光客，對著絲綢、指甲油、絲襪和蕾絲等零碎小物驚嘆。才踏進這裡幾分鐘，他覺得自己已經換了一個性別，狂熱地栽進款式與顏色間的抉擇，認眞研究乾燥玫瑰色與尼羅綠之間誰優誰劣。多年前卡費克曾經和他展開一場激辯，爭執蒙特維爾是否應該招收女學生。卡費克激動到語無倫次，堅稱既然都有女醫師和女律師了，拒收女學生等同歧視。李奧還記得他用了個老掉牙的理由反駁，說道既然聖之嬉是祭禮的一種，讓女性來進行等同於讓女人擔任最高祭司，因此討論這種問題簡直無聊，誰都**知道**規則不可能改變，未來二十年、五十年都會維持現狀。就在兩人僵持不下時，李奧嘆氣說道：「好啊，你告訴我哪個女人會展演聖之嬉？」卡費克對他大翻白眼。「女人不會，是因爲她們不能入學！如果我妹也在這裡，她用一根手指就能解決你。」或許某方面來說卡費克說得有道理，然而現在看到女人在這裡購買手帕、蜜蠟玫瑰和金質摺疊圓鏡，李奧更加確信自己的看法是正確的。他才不會讓任何一個女人靠近蒙特維爾，更何況她們多半也不想進學校。不過現任遊戲師是特例——想到這裡李奧笑了出來，卡費克對於妹妹的評價說得沒錯。但是卓萊登這種人太罕見，她來當教授並不算打破規定。到底是德庫西家出身，或許這一點勝過了她女人的身分。

他在香氛區停下腳步。那裡站了一個有著黃銅髮色、燙了馬賽爾波浪捲髮的女孩，長得有點像克麗賽絲，但沒有那麼漂亮。那女孩羞澀地抬頭看他一眼，問道：「需要幫忙嗎？」然後……

啊，他是被鬼遮了眼嗎？他露出乾笑搖頭離開，好像有誰正在觀察他似的。這是他在文化部學來的招數之一：故作瀟灑以化解尷尬。但在這裡不需要這麼做，他不必請求任何人的原諒，也無須施展魅力或引開誰的注意力。裹著藍金相間包裝紙的第二個禮物塞在行李箱的角落，外面還包著一雙襪

2 Art Nouveau，十九世紀末至二十世紀初的藝術運動，意圖打破傳統美術與生活應用的分野，對大眾文化具有深遠影響。作品常以大自然為靈感，呈現出具韻律感的流動線條。代表人物如慕夏（Alphonse Mucha）、高第（Antoni Gaudi）等。

子。只有李奧才知道襪子裡包的是什麼，也只有他自己無法受到欺騙。眞是愚蠢。如果他腦袋還清醒的話，火車行駛在河谷畔或者橫越鐵橋時，他就該探出窗外，把這第二份禮物丟進深不見底的地方。

不過，他也可以一直不拆開並藏起它，如此一來，除了他自己以外，就不會有任何人嘲笑他的愚蠢舉動了。

窗外的風景往後移動。眼前的田野和磨坊令人感到既熟悉又陌生，全都是只從火車上眺望過的景色。他像這樣搭著火車來回幾次了？六次，不，七次吧。過去的他有時候還頗享受抵達學校前的懸浮感，喜歡那種身在途中、一切待定的感覺。到了第三年，他只覺得麻木、不想說話，像是即將步上絞刑架的人。至於現在……

現在，他發現自己是快樂的。

這感覺像是到了母親住處的那一天，他第一次從全身鏡看見自己的時候。在鏡前，他抬起腳想跨出半步，更準確地說是往後退，好看清楚全身。看到自己瘦了那麼多，他眞的嚇到了，身上的衣服當然變得鬆垮，但下巴線條也變得明顯，胸口到腰際間則變得扁平，讓他又驚又喜。他都不知道自己還有那麼多可以失去。快樂的感覺也同樣令他錯愕，那對他而言是如此陌生且令人錯亂。他不懂自己爲什麼感到高興。難道是因爲逃離母親的身邊而鬆了口氣？不用再吃氣氛緊張的晚餐，不用吞下肥厚的灰色肉片和無味到令人絕望的雞尾酒。或者是由其他的事物所引起？是平靜和犧牲所帶來的喜悅吧。是因爲他回到學術殿堂，告別政壇和《純淨法案》，告別自身的罪惡感。是因爲他從俗世與肉體的誘惑中獲得令人振奮的解放。

他會感到快樂，和他行李箱中的禮物一點關係也沒有。一點也沒有。

18

春季學期第一天

開學了，一切都是老樣子。我死命爬上山，眼睛一眨就滴汗，先是看見學校的塔樓，然後走過中庭。潔白的雲朵在天空疾走，使得雪地時而閃閃發亮，時而消退為暗沉的灰。抬頭仰望時，大禮堂彷彿就要往我身上倒下，而我要是死了報上標題大概會這麼寫：資優生慘遭教學塔樓壓垮，父親痛失愛子怒求賠償金。

晚餐時間卡費克沒有出現。冥想時段結束後，我去敲他的房門，沒有得到回應，於是我把門推開一條縫，發現裡面沒人，櫃子裡沒有任何東西，床腳也沒看到他的行李箱。我突然想起，之前他接到家裡寄來的電報。是不是出了什麼事，所以他沒辦法回學校了？他現在當然不可能是躲起來。但是，他到底在哪裡呢？

春季學期第二天

昨晚又睡不著。我半夜起來加穿衣服，穿上厚厚的羊毛外衣，又多穿一雙襪子，然後就不想回去睡了。之前因為天氣太冷，我洗澡時只有隨便沖沖，現在覺得身上癢癢髒髒的，一定是因為長時間坐火車的關係吧。雖然想去浴室好好洗個澡，但現在的水頂多只有微溫，而且一想到要脫下衣服、泡在冷水裡，就覺得還是繼續髒著好了。往窗外看去，只見一片昏暗無光，大家都已經睡著了。還記得那個晚上嗎？卡費克的窗口透出方形的光芒，照亮了雪幕，感覺像是好幾年前的事了。他現在**到底**在哪裡？放假期間，我想到好多事情要跟他說，有笑話、各種想法和聖之嬉遊戲的片段，這些事只有他才懂，然而現在這一切只能堆在我的腦海裡。我從來沒想過他可能不會回到學校。他一定要回來，一定要。

一回神才發現自己已經在走廊上了，我也不知道要走到哪裡去，但還是照樣前進。我邊走邊聽是否有其他人的腳步聲傳來，感覺卻像是全世界只剩下我一人。我想夜間散步並不違反校規，但一定會惹校方不快。畢竟學生房間裡都有夜壺，而且一到午夜圖書館就會上鎖，說要去其他地方也沒有正當理由。

我往小禮堂前進，在走廊盡頭的窗邊站了一會兒。窗外的雲朵依舊飛掠而過，讓人錯覺月亮正在移動。我又走向大廳，其實心裡很想走進雪地裡，因爲外頭的雪看來如此**潔淨**，明亮得猶如白晝，然而我卻穿過一道之前從沒走過的狹窄矮門。學生不能去侍者的工作區，這是另一項眾人心照不宣的規定。我擔心迷路所以沒把門關上，但是一爬上門後的螺旋梯，燈光就消失了。沒過多久周圍變得一片漆黑，只能憑感覺往上爬。就在我開始想往回走時，終於走到了樓梯頂端。這裡一定是廚房上方吧？那麼我的正上方就是屋頂了。兩旁的牆壁上一邊開了窗戶，另一邊全是門，不過不像我們學生的橡木房門是拱形的，這裡的門板都沒有裝飾，緊密地排在一起。我猜這裡是侍者宿舍，散發的氣味聞起來像是放太久的發臭肥皂，而門後傳來的呼吸聲一定是來自熟睡的侍者。站在這裡就像是站在繁殖犬舍外，半是熟悉、半是陌生。

這時候，我看到艾米爾從走廊的另一端往這裡走來。

眼前一片漆黑，一開始我當然沒看出是他，所以我嚇了一大跳，整個人愣在原地。好吧，老實說，我可能有嚇得跳起來尖叫。艾米爾卻笑了出來，他抓住我的手肘，把我拖向樓梯。「冷靜，冷靜。」

「艾米爾——」

「別說話！」他推著我往前走，一路上雙手都壓著我的肩膀，害我只能腳步踉蹌地下樓梯。眞不該讓他那樣推我，但我來不及反應過來。最後我們跌跌撞撞進了小禮堂的前廳，他這才終於放開我，同時咯咯笑個不停。「馬丁，你上來這裡做什麼？」

「你還敢問我？那你又在幹麼？」

「我自己知道就好。你來這裡的原因要是跟我一樣的話，那可眞是不得了。難道你也……」他對我擠眉弄眼。「不，你不會的。」

「什麼？你到底——」我話講到一半就聞到他身上的汗味，有點刺鼻，還散發出一種帶點腥味的甜膩氣息。他剛才推我下樓的時候我就聞到了，現在才知道那味道怎麼來的。「哇喔，艾米爾。你跟誰啊？侍者嗎？」

他笑了，此時從窗外透入的月光只夠照亮他的牙齒。「*樂園之中也有我*[1]。」他說：「我是指性，不是死亡。」

我震驚不已。由於實在太過震驚，幾乎顯得蠢笨。艾米爾竟敢冒險在這裡做這種事，要是有個萬一，就會敗壞校譽。學生當然都會吹噓做了那件事，但實際付諸行動……

1 Et in Arcadia ego。出自巴洛克時期義大利畫家葛奇諾（Guercino）同名畫作，畫中擺著骷髏的石座上刻了此句拉丁文，意為「我也在阿卡迪亞」，「我」即「死亡」，意味著即使是在如天堂般的樂土，死亡依然無所不在。

我以爲自己是個見過世面的人，畢竟我也會在老爸的廢車場陰暗角落胡來，同時因爲自己能夠不聲張而覺得高人一等。現在我卻覺得艾米爾做的是**錯事**。在學校的這一頭學習聖之嬉，然後去另一頭搞上侍者……這是一種褻瀆。

但我沒辦法把這件事趕出腦海，其實我的厭惡跟艾米爾本人無關，而是他的行爲所代表的意義和可能性。他的行爲等於在說蒙特維爾和其他地方並無分別，血肉之軀、亂七八糟的勾當和危險的事情都在伸手可及的範圍內，即使有規定又如何？人到了學校裡還是人。如果我想要，如果我敢要……

爲什麼聖之嬉和欲望應該劃清界線呢？欲望並非總是骯髒下流。

而且，高明的聖之嬉總會打破規範，不是嗎？

春季學期第三天

卡費克回來了。我要去練琴的時候看到他從霍特教授的辦公室走出來。他遲到了兩天，卻好像逃過責難，沒有被臭罵一頓。當時他踏著輕快的腳步離開，並沒有看到我，所以我也沒叫住他。

他還是那副死樣子，連該出現的日子都不出現，你看他有遭到痛罵嗎？沒有，而且還從霍特教授的辦公室裡大搖大擺走出來，一副他大駕光臨、是我們該感謝他出現才對的樣子。放假的時候，我都在回想他上學期的態度，想著學期末那個晚上我們上天文塔抽菸之類的事情，不過這一切都只是在演戲，對吧？那只不過是我們互相容忍對方，盡力把爛戲演好而已。

同日稍晚

晚餐結束我回到房裡，門外突然傳來一陣敲門聲。站在門口的是卡費克，我早就料到了。

「幹麼？」

有那麼一瞬間，我瞥見他的表情垮了下來，好像他盼望我們能繼續當朋友，好像他以為我們**曾經是**朋友。不過，那瞬間來得快，去得也快。「不知道你上學期有沒有拿走我的地圖集，」他說：「我本來以為有收到行李箱裡，但找不到。」

「謝謝關心，我自己就有一本。」我拿起自己的地圖集，對他揮動示意。

「我不是為了找碴才這樣問的。」

「我沒拿你的書。」

「算了，當我沒說。」他停了下來，好像以為我會說什麼，但我沒說話。於是他點個頭，轉身要走。

「你遲到了。」我說：「我看見你從霍特教授的辦公室裡走出來，不過他好像對這件事很無所謂的樣子。讓我猜猜看這是怎麼一回事吧：你不必遵守校規，因為你是特別的。」

「別傻了，我是去跟他解釋……」

「解釋什麼？發生什麼事了嗎？」

他遲疑了下。「沒事。」

「我想也是。你**又何必**在規定的日子乖乖出現呢？」

他縮起肩膀，好像肩膀發痛似的。「我……反正就是家裡有事。」他終於說了，眼神掃向我又移開。

「有事？是誰拿了一盒火——」

「拜託不要——」他和我同時說話，同時停止。我們互相看著對方。「拜託了。」他又低聲說了一次，聲音有些怪異。

我沒有回應他。聽見鐘聲響起，我這才意識到時間已經這麼晚了，但他卻好像沒聽見鐘聲一樣，依然瞪視著我。我沒想過他會用這種語氣說話，那簡直就像在懇求著什麼，好像試圖喚醒我比較善良的一面似的。不，我這樣說太像老媽的口吻了。應該說，他就像是卸下防備，像是上場較勁卻放下了劍，雙手敞開站在原地，一副任憑我傷害的模樣，篤定我會傷害他的模樣。

這樣的時刻很快就過去，而我也沒有傷害他，轉眼間我們之間飄浮不定的什麼又落了地。

我急著找個話題，本來想問他家的人知道我們上學期拿到七十分開不開心，不過還是忍住沒問。因爲我突然不希望他老是覺得我會諷刺他了，眞的不希望他這麼想。最後我說：「既然你都來了，我想問問《柯尼斯堡之橋》你研究得如何，我實在是看不出來它哪裡高明。」

「同感，它糟得要命。」

我們同時笑了。我低頭翻書，但其實沒有眞的在看，胸口忽然感到一陣輕鬆。「有一個三年級的說，我們整個學期都得研究《柯尼斯堡之橋》，眞是的。」

「唉……」他又停頓了。這次跟剛才不一樣，感覺比較放鬆，就像上學期我們晚上窩在圖書館時那樣。他突然打了個呵欠。「還是先回去睡覺好了，明天再看看？冥想時段之後你有事嗎？一起來毀滅《柯尼斯堡之橋》吧。有件事也想跟你討論，我有個逐漸成形的點子。等你有空再說。」

「好啊，你再來找我。」

臨走前他沒道別，只是敬禮似地用手碰了碰額頭，隨後關上門離開。

這次回學校，搞不好我其實還滿開心的吧。

19
遊戲師

拜託不要，拜託了……她將目光從紙頁上移開，並在腦海中聽見自己的聲音，彷彿她正將上頭的字句說出口。如果她現在不是咬緊了雙唇，可能眞的會唸出聲來。她將日記啪一聲闔上，讓馬丁所寫下的文字扁平地擠在紙頁間。他會進入她的腦海，還得怪她自己，是她自找麻煩。要是她夠聰明，當初就該把這本日記燒掉，連同那兩份《骷髏之舞》遊戲記譜，以及從檔案室偷來的其他文件。要是被人發現……或許是她太多心了，她這麼安撫自己。她大可解釋身為遊戲師，為了個人研究自然有借出館藏的資格。就算她有時候忘記跟管理員說自己借出了什麼文件，那又如何？至於這些私人文件最初是怎麼跑到圖書館裡的，她怎麼會知道呢？搞不好是愛姆放進去的。話說回來，也沒必要燒毀馬丁的日記，那樣太神經質了。不過像這樣鑽牛角尖折磨自己，也同樣神經質。要是把一切都拋棄，**那可就**安全多了……

你遲到了。發生什麼事了嗎？或許她並沒有把日記闔上，因爲現在她還能在心裡看見那一頁，就像照片那樣清晰。家裡有事……他們兄妹最後一次過新年時，愛姆整個人非常亢奮，一整天塗塗寫寫、作詞作曲，唱歌唱到夜晚降臨，害得她每天都一身疲憊地回到臥室裡，心中充滿憤慨和倦意，沒有多餘的心力再去擔心什麼。一開始，她還以爲愛姆只是太開心了：兄妹倆一見面，他便以浮誇的動作拉她入懷，順勢跳起了即興波爾卡舞，邊笑邊喊她的名字。氣氛在一瞬間渲染成眞正的假日，而且是他們兄妹倆從來沒有眞正體會過的那種。他們互相捉弄對方，之後又捉弄女管家。管家離開後，他們簡直玩瘋了，陳舊的大宅裡只剩下兄妹倆，彷彿重溫過往的孤兒滋味。本來想問他家的人知道到我們上學期拿到七十分開不開心……她忿忿咬緊雙唇，要是他眞的問了，會聽到什麼樣的答覆？眞話還是謊話？她還記得**七十**這個數字變成她和愛姆才懂的笑話，他們成天掛在嘴邊，吃早餐也說，吃晚餐也說，想到就說。他們還把七十寫在紙條上，用粉筆寫在門板上，用殘餘的醬汁寫在盤子上，彷彿兩人共同分享著這份榮譽。他們在潮濕的走廊上大聲喊出這個數字，然後咯咯笑個不停，笑得幾乎要忘了究竟是兩人之中的誰得到這個成績。他們也一起彈奏音樂，喝著散發霉味的陳年老酒，假裝這個假期永遠不會結束。

漸漸地，愛姆開始出現異狀……或許她也變得有點奇怪。現在回想起來，她依舊忍不住皺起臉。當時他們兩人的能量互相激盪、擦出火花，而愛姆的惡夢也隨之進入她的夢境。腐朽的家族根源向他們蔓延而來，然而為此受苦的只有愛姆，他在睡夢中大聲哭喊，彷彿即將溺斃。待在蒙特維爾感覺已經很不好受了，那裡的學生都把德庫西家族遺傳的瘋病當作可以輕易提起的玩笑，然而回到家卻只會感受到更黑暗的瘋狂陰影。陰影籠罩在傾頹的大宅屋頂上，在此之前陰影已經吞吃了他們的父母。那時的他們感到十分恐懼（她想這種心情並不僅限於當時，他們始終感到恐懼），不過要是大聲說出口，便是最卑劣的自我背叛；甚至只要腦中稍一想到瘋狂二字，就等同於召喚瘋狂現身。他們孤立無援，醫生也幫不上忙，他們只會把人塞進精神病院裡。她把哥哥看得牢牢的，或許對方也一樣過度在意她，所以就算哥哥以為她對他下毒，她也不太意外。有時候愛姆笑得太用力，連鼻血都冒了出來，他還會將整個玻璃櫃打碎，想看看地上的碎片能排列出什麼數學模式。喔，老天，還有——面對開學將至，他臉色發白、陷入沉默，看著她摺起他的襯衫放進行李箱中。要是馬丁看見愛姆這個樣子，不知道會說什麼？她告訴自己愛姆不會有事，眞的，他已經冷靜下來，準備好迎接新學期了。然而事實上他非常害怕。要是她沒把他當成孩子，利用內疚感逼他答應那件事，或許他就會好好的。如果她沒有……

她深吸一口氣。別想了，那都是很久以前的事情了，事情已經過去而且無法挽回。她闔上記憶的大門，忽略從門縫滲漏出來的鮮紅顏色。現在的心情只是歇斯底里的自我耽溺。她該去寫仲夏遊戲，而不是浪費時間一再重溫馬丁的幼稚發言，她瞇眼看著日記上的筆跡，發現馬丁的筆跡看起來比愛姆的還要熟悉。再過不到幾個月、不到幾週，她就要站上大禮堂展演聖之嬉，但是她至今還沒寫下半個字，已經沒時間陷溺在念舊、自憐與愧疚的羅網之中。然而她就是無法專注，感覺體內浮動，有如水銀珠猛然受熱膨脹。馬丁回到學校已經將近一週，兩人在走廊上巧遇時，他只會對她點頭微笑，此外一句話也不說。看到他落單，她總是感到有點退縮，但她希望自己以後別再這樣。

她撫過日記封面上的墨漬，指尖沾上黑痕。放假放了這麼久，她還沒做好開學的心理準備。她早已習慣蒙特維爾漫長的冬季，習慣了這裡死氣沉沉的新年、一月和二月，降雪總是將此地籠罩得無聲無息。其他教授則來來去去，離開學校去看望家人、出國開會，在慶祝新年時喝掉超過四分之一公升的酒，或者到首都去跟權貴應酬。今年文學教授沾沾自喜地誇耀他如何受文化部部長之邀，前去協助監修政策。只有她始終待在學校裡。她喜歡隱身、不受拘束，活成自己想要的女性姿態。她沒想過要去拜訪法蘭西斯阿姨，也不想去劍橋、巴黎或威登堡。她不願回想起外面的世界，蒙特維爾是她的一切，她在這裡擁有的比一切還多。

現在卻不是這樣，今年不一樣了。走廊上飄散著異樣的氛圍，彷彿學校底下的岩盤即將崩解。她以爲躲在學校裡會很安全，可以遠離外界，遠離欲望，可是馬丁出現後，她彷彿整個人脫了一層皮，一天天地愈活愈回去，變得和學生一般見識。她在那年紀時的記憶依然鮮明，例如心思鼓脹失眠的夜晚，例如令人生疼的幸福感受。十年前的她尚未走遠，那時的她自私而容易昏頭，偶爾才會想起愛姆是多麼可憐。她眞的努力過了，卻過於陷溺在自己眼前的生活之中。事實上，她還不夠努力，所以愛姆才會死……她學會用強硬的方式保護自己，將心門緊緊關上，從不袒露心聲。然而現在她卻無法控制說出眞話的衝動。像這樣坐立難安實在是太愚蠢了，不對，是太危險。說眞話就和吸毒一樣令人上癮，但是、但是……她眞正害怕的是自己。打從她看見那輛黑色轎車開進中庭的那一刻起——或者早在那之前、早在開學之前，在她感覺到有人藏身在陰影中注視著她的時候，一切早已偏離常軌……她打斷自己，這不過是歇斯底里罷了。不，事情不就是這樣開始的嗎？愛姆就是這樣……

不是的，當然不是那樣。邁向瘋狂的過程其實更爲平淡無奇。她想要換個風景，換個想法，像法國人說的那樣。她一直把這裡當作她的家，現在卻感覺像是監獄，她只想離開。

她用指關節用力壓著太陽穴，阻止自己思考下去。一直以來，她總會逃到聖之嬉裡。難怪她現在會像是得了傷寒似的，她必須找點事情來做。如果她不寫仲夏遊戲，就給一年級生出考卷，不然就是看看三年級生的假期論文寫得如何。不論做什麼，只要能讓她感覺到自己是遊戲師，那就足夠了。她隨手拿起一本書——傑洛米的《想像空間》，翻找著能用來出題的論述：數學是最基本也最偉大的原則……

一陣敲門聲響起，嚇得她立刻起身，將書推到一旁，以遮住馬丁的舊日記。她狼狽地走向門邊，手還沒伸過去，門就自己開了——她爲什麼不鎖門？她瞇起眼，藉著走廊上的微弱白光看清眼前的人影。是馬丁。是了，會來這裡的大概也只有他了。他們互相盯著對方好一陣子，等她反應過來時已經太遲，心知自己看起來一定慌亂又緊張。她沒戴帽子，髮辮全散了開來。

「馬丁先生，」她開口說道：「有什麼事嗎？」

「我看你好像有愛慕者呢。」他說。

「什麼？」

「那邊有人在偷看。」他往身後一指。「應該是那個基督徒學生，我看他衣領上有十字架。他一看到我過來就跑掉了。」

「什麼愛慕者？」一定是夏彭提。一想到那個學生她就覺得內疚，她應該要對他多盡點心力的，因爲所有人之中，或許只有她明白遭到同儕排擠是什麼感受。但她也知道教授們愛莫能助，特別是連政府和整個國家都站在霸凌的那一邊，他們還能怎麼做？

馬丁遲疑了一會兒，沒有再說什麼。他的臉上依然掛著微笑，不過似乎被她的語氣嚇住了。「我開玩笑的，」他說：「我只是想說……算了，這種的你應該**不會**懂。」

雖然他的話中沒有惡意，她還是覺得有些受傷。她不想被當作女人。以她的經驗來說，其他人愈是不把她當女人看待愈好。但他這種隨意打發人的態度讓她倍感羞辱，而她的覺察與在意只是徒增恥辱而已。「你找我到底有什麼事？」她的口氣比預期的還要生硬無禮。

他又遲疑了下，然後才舉起手，秀出裹著藍金包裝紙的小盒子。「你要的糖漬栗子。」她沒有馬上回話，馬丁則逕自走向她的桌子，把小盒子放在一疊文件上方。她努力掩飾內心的驚慌——馬丁站得離他的舊日記那麼近，只要他拿起傑洛米的書看看書名，之後再往下看……不過他並沒有這麼做，放下盒子後便轉身看向她。

他在等她道謝。她遲了幾秒才意會過來，差點錯過回話的時機。「謝謝。」她的回應顯得匆忙且不知所措，讓他不禁皺起眉頭。

「是你要我買的，記得嗎？就在上學期末，那時候我……你喜歡糖漬栗子沒錯吧？」

「喔，對，我想起來了。是這樣沒錯。我很喜歡，謝謝。」

「那就好。」他點點頭，開始翻弄著領帶，然後模樣侷促地側過身子。這舉動顯得莫名幼稚，讓他像個做錯事而想溜走的孩子。他又刻意清喉嚨。突然間她明白過來，他認爲現在是**他**處於下風。

馬丁或許看出了她的想法，不然就是冒出了什麼怪念頭。他忽然勾起嘴角，整張臉舒展開來、綻放微笑。她發現自己也跟著笑了，眞該死。她繞過他走到桌邊，看似隨意地整理桌面，把其他文件疊在《想像空間》上，這樣一來連舊日記的細瘦書脊都能遮住。「你人還眞好。」她說：「我眞的沒想到……我是說，我以爲你可能忙起來就忘了。」

「可是我說過會送你的，不是嗎？」他說話的吐息讓她耳後的髮絲微微飄動。

「喔，我忘了。」她錯估兩人之間的距離，整理文件的時候碰到了他的袖子。他稍微後退了點，但退得不夠多。「我以爲你只是隨便說說。」話說出口，她才發現語氣比預期的還要嚴厲。

「哪有可能。」他微微一笑。

她轉身離開桌邊。現在是怎麼回事？之前她一個人度過了漫長的假期，任由冰雪、書籍與沉默塡滿她的每一日，每一年都只有聖之嬉、只有孤寂。此時她卻感受到一股暖意，因爲有人送了她一份禮物，一份滋味甜蜜的禮物。還是說她太常看馬丁的日記，導致她也染上那份年少時氾濫的多愁善感？不論這種感受究竟是什麼，她都不敢再將目光投向他。

「那好吧。」她說：「好了，我現在必須——」

他打斷她的話。「你放假時都待在學校？」

「的確是，我得要擬考題，所以——」

「我很想念你。」這句話讓她震驚得無法言語。「我進城好幾次，」他沒注意到她的反應，繼續往下說：「糖漬栗子就是在那時候買的。不過我放假時幾乎都跟母親待在家裡，我們家在北方，那裡無聊得要命，所以我大部分時間都在做研究。之前你不是借給我一篇比較菲利多爾和荀白克[1]的論文嗎？那一篇我看了幾百年之久，因爲我很想知道自己爲什麼看不懂。」他露出喜孜孜的笑容。「我的批判功力大不如前，不過後來我終於想出了答案。」

「是嗎？」

「沒錯，我想到了，因爲那篇文章根本就在胡扯。」

「你眞的這樣想嗎？」她側過頭。「眞是有趣。」

「你就承認吧，」他說：「你**明知**那篇論文寫得很爛，卻故意借給我。」

她沒有馬上回話，而他看出她的遲疑，笑了出來。隨後她也忍不住跟著笑了。「我認爲這也是一種很不錯的試驗。」

接著他說：「你眞的跟你哥很像。」

她愣在原地，感覺四周的空氣結晶，化爲一層脆薄的玻璃覆蓋在她的皮膚表面，只要輕輕一碰她就會全身碎裂。她聽到自己說話，聲音遙遠，聽起來有點不可思議。「什麼？」

「他以前也會故意爲難我，看我敢不敢說他的東西只是在故弄玄虛。他老是用這招來逼我說出眞話……」他嘆了口氣。「我倒是因此學到不少。」

「我跟他才不像。」

「某些地方當然不一樣。」他頓了頓。她幾乎能聽見他在心中一一點算兩人的不同：她是女性，年紀比愛姆大，焦躁易怒、不引人注目、不如他聰明，而且沒有自殺。「不過其他地方……你也知道他是個天才，眞正的天才。只要看他展演聖之嬉的樣子，看他指導我的樣子就知道了。那時候我還不懂，我太年輕了，我們都很年輕，但是……唉，總之他非常有天分，而且**狡猾**又聰明，他似乎已經把所有遊戲都摸得一清二楚，好像整個人生都是一場遊戲。」

「我倒是不這麼想。」

「我的意思是……」他的聲音愈來愈低，顯然以爲剛才那番話能夠打動她，讓她覺得自己能和兄長相提並論。他似乎沒想過，當時卡費克不到三年級就離開人世，而她現在可是堂堂正正的遊戲師。當他抬眼看向她時，她的心中正隱隱燃起怒火，然而他臉色一變，忽然發話：「當時我做了一件很可怕的事。」

她沒有回應。

1 Arnold Schönberg，二十世紀奧地利作曲家、音樂理論家，同時也是教師、作家與畫家，著有《和聲學》（*Harmonielehre*），並提出十二音列理論（*Zwölftontechnik*）。

「他會死都是我的錯，你知道嗎？」

她搖頭，但她不知道自己否認的是什麼。愛姆會死**確實是**馬丁的錯，幾乎就和她犯下的錯一樣深重。

他說：「如果可以回到……我很想念他，我——」

他打住話頭，彷彿被她打斷似的，然而她什麼也沒說。

他繼續往下說，並且費盡心思挑選措詞，彷彿正走在陡峭的山路上，不得不謹愼挑選落腳處。

「我總是會夢到他，一直沒有間斷過。不過上次我夢見他的時候，我也夢見你。」

她清清喉嚨。「我不明白你的意思。」

「那是一場好夢，你在學校裡，而我遇見了你，那感覺就像……」他咬了咬下唇，之前眼神中的揶揄、魅力和聰慧的光芒全都消失，變成了一個坦誠以對的人。她想要伸出雙手摟住他，讓兩人額頭相抵，同時也想要狠狠甩他一巴掌，讓他再也無法開口說話。難道他眞的**還不明白**嗎？「簡直就像是……」

「他已經死了。」她打斷他。「你沒辦法讓他起死回生。」

「我當然明白，我不是這個意思……」

「我不是他，你明白嗎？我不是愛姆。」

他點點頭，下顎繃緊，額際處發紅，彷彿被她痛罵了一頓。老天，她只不過是說出眞相罷了。但如果這些話都是眞的，爲什麼實際說出來後令人如此心痛？她的喉嚨、心臟與胃彷彿被劇烈的疼痛縫死在一起，並且逐漸扯緊。而他又爲什麼要那樣盯著她看，一副他感同身受的模樣？

「拜託了，」她說：「拜託不要這樣。」她隨即陷入沉默，想起之前在馬丁的日記上看到的那段話。她現在這樣站著，是不是像個敞開雙臂、等著挨揍的對決者？或許很像吧。不過要是這麼想可就錯了。如果他突破她的守備範圍，她會把對方的眼睛挖出來。

他承接她的目光，兩人就這麼對視許久。鐘聲響起，遠方傳來門被人用力關上的聲音，兩個學生的笑鬧聲從走廊上傳過來，他們的笑聲互相呼應，逐漸遠去而不可聞，然後又是一陣甩門聲傳來。

「我必須繼續——」

「喔，也該讓你回去做事了。」他也同時發話。兩人不約而同皺起臉，接著露出淺笑，彷彿他們是差點在轉角相撞的行人，但是馬丁卻繼續往前走，非得要對方讓路不可。他又變回之前那副滿不在乎的自信神態，彷彿找回從前的政客魂。他說：「不過我得警告你，這學期我會一直黏著你。我想出了一部遊戲，但我疏於練習，沒人幫忙的話做不來。」

「我不確定自己能否幫得上忙。」

「你之前說可以的，你眞的說過。」

「對，但現在是春季學期，會有很多事情要忙。」

「我不會給你添麻煩的，我保證。」他聳肩的樣子看來就像個小孩，而她大可提醒他，他才剛說過這學期會一直黏著她。不過算了，反正她很清楚該怎麼躲開他。她假裝沒聽到腦中危險的低語，不承認自己或許也沒那麼想躲開對方。

「那麼就這樣了。」她往自己的書桌比劃了下。

「好的，那當然。」他故意低頭，裝出乖巧的模樣。「對了，還有一件事。」從進門到現在，他一直將一隻手臂貼在身側，並且以褲裝遮住手掌，看起來簡直像個藏牌技巧拙劣的業餘魔術師。李奧將藏起的手優雅地轉了一圈，遞給她另一個小盒子。這個盒子比糖漬栗子的還要小，裹著相同花色的包裝紙。「我趁著有空的時候……」

「這是什麼？」

「我看到這個的時候，就在想，反正你不常進城，所以——」他再次打住，顯然她的態度又讓他覺得碰了一鼻子灰。「總之，這沒什麼，愚蠢的小東西而已。」他聽起來不知所措，話中似乎也有幾分埋怨。她還以爲李奧會抽手衝出門外，頭也不回地離開，不過他卻把這第二個小盒子擺到她桌上，放在另一個的旁邊。他退向門邊時撞到椅子，差點跌倒，而她還來不及說些什麼，對方就消失了。

她關上門站在原地，將頭側向門邊，聽見他的腳步聲逐漸遠去。等到她終於調整好呼吸，回頭卻看見那兩個包裝花俏的小盒子還在桌上，固執地拒絕消失。這是一種譴責？威脅？或者別有企圖……

她拿起比較小的那個盒子，用手掂量重量，思考著是不是該從窗口丟進積雪中。不過說她不好奇絕對是騙人的。看看馬丁做的好事，他害她變得無法眞誠，連獨自一人的時候都要演戲。她就是無法躲開他的視線。他到底想對她怎麼樣呢？她又想對他怎麼樣呢？不怎樣，**真的不怎樣**。

她動手拆包裝紙，仔細地沿著摺痕拆開以免將紙撕破。這又是在演戲給根本不存在的觀眾看，以顯示她對裡頭的東西沒什麼興趣，沒必要把包裝紙一口氣撕開。

裹在包裝紙內的是個深紅色的盒子，盒面點綴著橙色與橙黃色的紋樣。上頭燙了金字，是義大利文：香淚。

她像推火柴盒那樣推出內盒。盒內鋪著絲綢襯墊，墊上躺著一個瓶子，瓶身閃閃發亮。即使她的房間在冬天日照稀薄，瓶身依然閃耀如火。她拿起小瓶子舉高來看，只見猩紅與血紅交錯，間或夾雜著幾抹印度黃。一簇打轉的金色火花困在瓶中，呈不對稱的螺旋狀。當她轉動手腕觀察時，瓶中的火花便隨之移動與縮小，閃爍著光芒。她拉開了瓶塞。

乳香、煙燻、琥珀調、小荳蔻、香脂、蜂蠟……她閉上眼，深深吸氣直至胸腔滿漲。她聽見自己倒抽一口氣、吐氣，接著再深吸一口氣。鼻間的氣味馥郁誘人而且層次豐富，令人捨不得吐息。她突然想起一句詩：那裡香氣氤氳的花樹燦爛開放[2]……又想起《神曲．地獄篇》[3]的一句三韻體詩文。她想到鳳凰，這種神鳥專以熏香與香料之氣爲食，在火焰中死去，在火焰中重生。與此同時，她也感受到熱度和火舌在思緒的邊緣跳動。

她感到難以呼吸，驚慌失措地蓋回瓶塞，將香水放了下來。

這是燃燒的氣味。他送禮給她，卻獻上燃燒的氣味。她搖了搖頭，試圖一笑置之，卻還是覺得像是挨了一鞭。這份禮物對於倫敦圖書館縱火狂的孫女來說再適合不過了。這又是一次惡作劇，要她別忘了自己來自德庫西家族，同樣是逃不過發狂命運的危險份子。她想起馬丁開過的所有德庫西玩笑。原本以爲那都是過去的事了，但他現在不是又在開玩笑了嗎？要是她現在閉上眼，就能看見火柴四散的景象，也能聽見李奧不懷好意的聲音，那時他指著快要熄滅的火焰問：嘿，德庫西，你要不要丟幾本書進去生火啊？他還是在開一樣的玩笑，只是現在作弄的對象換成女人，所以改用更爲優雅的方式消遣她。他獻上昂貴、美麗且充滿女性氣息的禮物，只有過於偏執的人才會拒絕收下。他到底哪來的膽子敢這麼做？他剛才說起愛姆的時候，有一瞬間她還以爲他是眞心的，但現在……

她將香水瓶放回盒子裡，發覺手指沾染上香氣，同時忍下將手湊到臉旁的衝動。她將香水連瓶帶盒扔進抽屜深處，用一疊舊試卷壓住，然後用力將抽屜關上。

她起身鎖門，回頭繼續工作，卻花了很長一段時間才將注意力轉回她正在草擬的申論題上。濃烈的煙燻氣味沾附在她身上，整天揮散不去。後來她去上課時發現學生全皺起眉頭、嗅聞著空氣，並且用猜忌的眼神打量她。彷彿只需一縷不可捉摸的氣味分子，他們便可不顧她的意願，擅自對她施加咒語，把她從一位教師縮減爲一個女人。

2 where blossomed many an incense-bearing tree。出自英國浪漫主義時期詩人柯立芝（Samuel Taylor Coleridge）詩作〈忽必烈汗〉（*Kubla Khan*）。

3《神曲》（*Divine Comedy*）為義大利中世紀詩人但丁（Dante Alighieri）作品，全作分為三部分：地獄篇（*Inferno*）、煉獄篇（*Purgatorio*）、天堂篇（*Paradiso*）。

20

春季學期第二週

第二週了！時間過得好快。我以為上學期已經夠辛苦了，但現在……二年級生有十週可以準備遊戲作品，但是三年級生卻有一整年。我們的作業時間連他們的一半都不到，大概是因為現在的作品只是為了往後預做練習吧（要是在教授面前這樣說一定會被罵，因為我們應該要假裝每一次接觸聖之嬉的機會都是神聖的。真可笑，說得好像二年級生有機會得到金獎一樣）。卡費克已經想好遊戲的初步構想了，可惡。

如今我彷彿還在與卡費克合作雙人遊戲似的，假期什麼的似乎沒發生過。幾乎每天晚上我都和他一起討論各種想法，互相腦力激盪。首先我們踏破了《柯尼斯堡之橋》，不過所謂的踏破並非成功破解七橋問題，而是指我們不停在每一座橋之間來來回回。我覺得自己都已經能夠畫出柯尼斯堡的街道圖了，**卻還是沒辦法一口氣走完所有的橋而不重複**。接著我們分析《柯尼斯堡之橋》為什麼這麼討人厭，討論完我又忍不住提起新年期間讀到的一篇文章，問他有沒有什麼感想，結果那篇文章的事情來不及得出結論，所以隔天又……我們就這樣沒完沒了地討論下去。

從上學期以來似乎有什麼改變了。他變得不一樣了，愈來愈常露出笑容。也有可能是我變得不一樣了。我想改變的人應該是我。

開學第十六天，應該吧

想遊戲的主題想得好痛苦，我眞的極度痛恨這種狀態。跟卡費克稍微表露了我的心情之後，我**看得出來**他打算說些什麼來安慰我，但還是忍住了，眞不知道該勒他脖子還是親他一下。

我想這麼做當然是爲了感謝他沒有說出口，沒別的意思。

開學第十七天（如果昨天有算對的話）

今天的表演藝術課既奇怪又好玩。我想教授應該是太無聊了，時不時就會做些怪事，讓人完全看不出來他是在教課還是在作弄我們。今天他竟然叫我們到雪地裡練習各種舞蹈動作，讓我們在及膝深雪中像醉漢一樣搖搖晃晃地擺動手腳。這種體驗雖然奇怪但也很有趣，而且意外地能學到不少事情。

下課前我們急忙回到教室裡，全身都在滴水。教授提早放我們下課，要我們在上文學課之前換掉濕衣服。我笑得喘不過氣，跟約伯、保羅鬧著互毆，連艾米爾也玩得很起勁。突然有人說：「我想像中的聖之嬉不會在雪地裡跳舞。」另一個人接話：「那在水裡跳舞怎麼樣？或者在火裡跳？嘿，卡費克——」

「對耶，卡費克，你的祖父不就在火裡跳舞？說不定他不是瘋子，他只是在火熱的木炭上蹦跳著**練習舞步**。」

我想也沒想就轉過身。「閉嘴，不要作弄他。」

說話的人是菲力和佛萊迪，他們臉上掛著賊笑，互看對方一眼。菲力說：「我們只是想問問卡費克……」

我不知道要是繼續聽下去自己會做出什麼事，於是我抓住卡費克的手臂，拉他跑上樓梯，甩開眾人。我們走西南邊的塔樓上來，所以會先到他的房間。我把他推進房裡，自己也跟了進去，趁其他人還沒追上來把門關上。過了一會兒，他說：「你轉過去，我要換衣服。」我重重嘆了口氣（我會在乎他的身材怎麼樣嗎？），但還是轉過身了。在我瞪著牆壁罰站的時候，他說：「不需要幫我說話。」

「什麼？我只是……」

「別那麼做。我不需要，從來就不需要。」

「好吧。」我轉過去面對他。

「那些人我自己處理。」

「我又沒說你處理不了。」

一陣沉默。他撫平袍子，撥開臉上濕掉的頭髮，隨後卻沒有推門離開，反而坐上桌子盯著桌面。他說：「你知道嗎？我願意犧牲一切讓自己脫離德庫西家族，就算只能脫離一天也甘願。」

我大翻白眼。「說的也是，聖之嬉展演人中就屬德庫西家族最出名，這樣的出身想必帶給你很大的負擔。」

他抬起頭。「是以瘋癲出名才對。」他說：「你一定聽過倫敦圖書館縱火案和蠢才詩人吧。那你有聽過克隆波拉的德庫西．杜卡馬拉夫人嗎？她是十八世紀的人，義大利的奇巧遊戲就是她發明的，但她也下毒害死了好幾對情侶。」他對上我的眼神，看見我笑了便瞇起眼。「你知道我母親是自殺而死的嗎？而她不過是嫁進德庫西家的人，這種瘋狂一定會傳染……我姑姑死在精神病院裡，我父親則死於酗酒。我們是聖之嬉的專家，為聖之嬉燃燒生命，」他苦笑一聲，又補了一句：「有時候是真的放火燃燒那種。」

我喉頭哽了一下。「我不知道……這些事情。」

「所以那些人說的笑話，我都不覺得好笑。」

「明白。」

「身爲德庫西，你只能坐等那一刻來到。瘋狂的跡象隱藏在每一種情緒、每一場夢魘與每一次的開心時刻裡。你總會想，這就是了吧？他們就是這樣發瘋的吧？今天我因爲聖之嬉的構想而失眠，明天我就會放火燒了圖書館，不然就是割腕。我不想當瘋狂的天才。」

我說：「你不是天才。」

卡費克狠狠瞪著我。他說得沒錯，他們家的人身上都有一股殺氣。我努力擠出最無害的笑容。最後，他終於面無表情地說道：「謝了。」

「不客氣。」

雖說有時候我覺得我們心意相通，然而這一回我連他這聲謝謝是否只是在反諷也不知道。他總是隱藏著什麼不願表露。眞希望我能知道他在想什麼，因爲他彷彿分分秒秒都戴著面具。我願意付出一切來讓他拿下那張面具，就算只有一秒鐘，那也已經足夠了……

我也戴著面具，但至少我知道自己想掩蓋什麼。

我說：「待會兒文學課見。」之後便回房換衣服。

第二十二天（我認為是這樣）

現在我開始爲了夏季遊戲而感到焦慮了。時間只剩下九週。

沒事的，九週我寫得出來。

如果我知道主題該做什麼的話，就一定寫得出來。

靈感啊，快出來吧，你已經遲到太久了，難道不是嗎？

有人說聖之嬉是一種藝術，眞是愚蠢得沒藥救。才不是呢，聖之嬉是一種祭禮，是一種創造出抽象概念的神祕過程，讓人類得以觸及神意。聖之嬉證明了神存在於人的心智之中，聖靈隨意而吹。不好意思，我借用了聖經的文句[1]……不過就是這樣。對了，遊戲還需要遵循規則，要是你的遊戲精準到位，就給你一百分。

一點也不矛盾嘛。

今天我跟霍特教授說了類似的話，但他聽了只是微笑。

第二十三天

今天歷史教授提到對抗遊戲，我從來沒聽過。他講解時一下就帶過，因此我請他多說一點，但他卻像隨手劃掉樂譜上的小節那樣擺了擺手。他說：「還要趕課呢。」我沒有繼續要求什麼，畢竟上學期我爲了政治的話題在課堂上大發脾氣，此後他就一直很討厭我。不過對抗遊戲聽起來滿有趣的，於是冥想時段結束後我去圖書館查資料，然而收穫甚少。就算圖書館有資料，我也不知道從何找起。那天執勤的圖書館管理員完全幫不上忙，我花了幾百年的時間瀏覽索引，想知道該從哪些遊戲看起，結果什麼也沒找到。相關的文章同樣是一篇也沒有。

我不懂，對抗遊戲要怎麼展演呢？我連想像都沒辦法。兩個展演人面對面站著，一切都是即興，所以連總譜也沒有……這與我們經過排演修正、一切底定的遊戲完全不同，它是活的，是當下**正在發生的**。

第二十四天

天啊，如果再繼續上《柯尼斯堡之橋》我就要殺人了，而且能把文學教授殺掉最好（殺他不太費力，反正他已經一隻腳踏進棺材了）。開學時他在黑板上寫下一句話，叫我們抄下來。與其讀遍亞歷山大圖書館藏書，不如精選傑作細讀。我看了只想對他說：「閉嘴吧，你這個老廢物。」

這部作品最糟糕的部分就是音樂，而且是毫無疑問的糟糕透頂。那旋律一直在我腦中盤旋不去。對，我知道讓人難忘就是作曲者想要達到的目的，但我已經快被它搞瘋了。卡費克覺得這一切都很荒謬，所以他現在敲門時都會故意敲出那旋律的節奏。

說人人到。

同日稍晚

現在已經過了凌晨兩點，但我完全睡不著。剛才我忙著把靈感寫下來，一直不停地寫到超乎必要的程度。不過重點是我終於想到要做什麼了。終於有點什麼了。

這都要感謝卡費克。

剛才他來敲門，給我看他的進展。他坐在我床上，看著我閱讀他為夏季遊戲而寫的遊戲記譜。他的作品當然依舊布局精細，主題有暴風雨、大小漩渦、流體力學、波動方程式和貝多芬。我說這太澎湃了吧，他便輕快地回應道：「對，不過暴風雨就是這樣嘛。」但過了一會兒他又追問：「好吧，既然你這麼聰明，來教教我該怎麼辦吧？」我們稍微討論了一陣子，我說他的作品太抽象又太高明，需

1 出自《約翰福音》第三章第八節，原文為：風隨意而吹。

要增加一些敘事（敘事！天啊！接下來還要加什麼？）。我建議他去看《暴風雨》[2]，他便漫不經心地點頭，一副我在說廢話的樣子，於是我拿鉛筆丟他。後來我們開始討論我欠缺靈感這回事，他用不確定的口氣問我，是否能拿舊稿來改寫？我說沒有能改寫的稿子，他又建議我何不去圖書館找靈感，而我立刻反駁，圖書館拿來燒都還比較有用呢。他瞪我一眼，但什麼也沒說，不知道他到底有沒有生氣。總之我開始抱怨在圖書館查對抗遊戲的事情，但眞的**一頁**資料都沒找到。

他說：「你去查對抗遊戲？你眞的查了？」接著哈哈大笑。

「你什麼意思？」

「馬丁，你滿腦子只想著要**贏**對吧？」

「才不是呢，只是都沒人教過對抗遊戲，我很好奇對抗遊戲到底是怎麼運作、怎麼展演的。」

「要先從萊特和珀西開始看，他們應該是十六世紀中葉的人，或者也可以查內沙布爾的詩人，不然就是十九世紀初期的巴貝奇和克雷恩，他們應該是最後一代的**正宗**對抗遊戲展演人，之後對抗遊戲融合到雙人遊戲裡就走味了。」

「你怎麼這麼懂？」

「不知道，我的……可能什麼人跟我說過吧。很多對抗遊戲展演人都剛好是女性，例如葛蘭森姐妹，還有許多夫妻也是展演人，而且在這種遊戲之中丈夫就沒辦法假裝遊戲全部都是他寫出來的。」

「我不懂，聖之嬉爲什麼會具有競爭性質？我是說，對抗遊戲有評分系統嗎？展演人要怎麼得分？」我伸手拿紙筆記錄剛才聽到的人名。「眞難想像對抗遊戲是什麼樣子，像對唱還是合唱呢？」

「馬丁，去翻書吧，我沒辦法解釋給你聽。」

我對他作出震怒的表情，讓他笑了出來。

「好吧，」他說：「假設你正在展演《柯尼斯堡之橋》……別這樣，忍耐一下就好。」他聽到我發出怪聲抗議。「現在正好來到第一發展部的中間，你艱難地移動，走在永遠無法一次走完的七座橋上。」

「而且還要忍下跳進普雷格爾河的衝動。」

「對啦，然後你停下動作，等待歷史主題進來的那一刻。」

「求你了，快點結束我的苦難……」

「馬丁，專心一點。現在你完成了一小節，不過你不是用我們所知的方式展演，而是用對抗遊戲的形式演出。假設你的對手是菲力好了，他站起來的時候會比出『出擊』這個手勢。如果你已經知道這個術語的話我就不繼續解釋了。『出擊』的手勢是這麼打的。」他比劃著一種我從沒見過的花俏動作。「然後假如我是菲力，他可能會覺得接下來最好的進展方式是深究柯尼斯堡的實際地圖，接著重述原來的主題。他大概還會帶進一些幾乎不相關的內容，最後打出『召請』這個手勢往後站，要你接著走下一步。」他模仿到一半停下來，對我說道：「拜託你克制一點。」

我笑得跟小孩一樣停不下來，因爲他的模仿實在是太像了。

「如果你是跟艾米爾對抗，他就會從側邊溜進來。」他邊說邊扭了一下。「然後展演出某種很模糊的東西，根本看不出來想表達什麼。接下來他會完全放空看著你，好像期待他繼續展演什麼的話反而顯得是你自己無知。」

「不要說了——」

「還有……」他自己也笑了，不過笑得沒有我誇張。「如果跟保羅對抗，他會直接從數學角度切入，接著把數學式搞弄得一塌糊塗，像狗兒躺下前會把周圍的草地踏平一圈那樣。」

「我聽不下去了，簡直就像他們正在這房間裡一樣。」

2 *The Tempest*，莎士比亞於十七世紀初創作的悲喜劇，一般認為是他最後一部獨立創作的劇作。

「如果是文學教授來對抗，他會重複你的舉動，以確保你了解自己在做什麼，然後後退一步瞪著你，完全沒端出新的步法。於是你就只能像個白癡一樣原地掙扎，不管做什麼，他都只會重複一遍還給你……」他原本還想要繼續說下去，但是同樣笑得不能自已。這下子我笑得更厲害了。

我們有好一陣子笑得說不出話。過了一會兒，我深吸一口氣說道：「簡直像是橋在水中的倒影，也像前進之於後退。看起來一模一樣，卻有著不同的聲音……」我停了下來。

「怎麼了？」

我突然清醒過來。那種感覺終於來了，體內一陣反胃感湧上，心跳加快，渾身發抖，靈感誕生就像墜入愛河。

「你可不可以……我有靈感了，你可不可以先走，我要寫東西。」

換作是其他人一定會追問，但卡費克只是像神燈精靈那樣聽話，把我用來丟他的鉛筆還給我之後便消失了。

水面的倒影。左撇子與右撇子的差別，對稱和對唱。以抽象呈現，但要加上一些意象，例如水面的顫動、鏡面銳利的邊緣，並以音樂變調來表現陰影。回聲的概念。不放敘事，如果加入敘事則只放零星片段或模糊提示。一道自問自答的聲音，澄澈、潔淨而典雅。要是明晰且透明的，跟《骷髏之舞》全然相反的作品。

我知道不能說是卡費克給了我靈感，靈感畢竟不是禮物，他也並非把靈感當作包裹那樣刻意送來給我。然而我卻莫名感激，激動得幾乎想站在他房門外唱小夜曲。或許霍特教授之前安排我們合作是對的，或許他很清楚這麼做會有什麼結果，眞是個狡猾的老賊。

21 李奧

李奧往後一靠，雙手撐住後頸，看著反射陽光的小水珠流淌過窗前。剛才他在看書，但是隨著水珠閃動的光線牽動了他的視線，心思一時半刻回不去書上，心情有點躁動。冬天還遠看不到盡頭，然而此時每支冰錐的尖端都綴著一顆顫抖的光珠，空氣則散發著水與土壤的氣味，這還是今年頭一遭。早上他穿過中庭去食堂的時候，照在臉上的陽光也帶來了眞正的暖意。突然之間，山區短暫的白天變得有如含苞待放的花朵般活躍，預告著春天的來臨。他心知不可盡信天氣，蒙特維爾可能會在瞬間回到冬天，瀑布將會再度凍結，殘雪上頭又會覆蓋一層積雪……但無論如何他還是爲之精神一振。很快地，眞的要不了多久，眼前無邊無際的單調山坡將會化爲一整片廣闊的綠意，遍地野花開放，微風吹送藥草的氣息，鳥兒也開始歌唱。隨著白天愈來愈長，教授也會變得愈來愈煩躁，脾氣愈來愈火爆，學生則會爲了搶書在圖書館打起來。接著春天轉爲夏天，學生全都忙著交作業和考試。曾經有好幾年每當炎炎夏日到來，李奧會擱下公事，抬頭看著無雲的天空，慶幸自己再也不用坐在小禮堂揮汗寫考卷，也不用忍受被汗水浸濕而發皺、寫字時還會黏手的試卷紙。然而今年他的感覺卻和以往不同，似乎感到有些懷念，但只是似乎而已。

他依然以手撐著頭，輕輕地左右晃動，接著將雙手向上伸直，關節發出喀啦聲。他已經不是二十幾歲了，今年冬天缺乏運動，於是現在嘗到了報應。但他總覺得自己比實際年齡更加年輕，自從離開學校——不，應該是自從獲得金獎開始，或者是自從校長站在他們面前說：「抱歉，各位同學……」

他不得不立即從回憶中轉身，不過現在要這麼做比以前容易多了，只要刻意將心思轉往今天下午的行程就好。他會拿著第一版遊戲草稿去敲卓萊登教授的門，經過修改或許會變成佳作，可以刊登在《人人遊戲》或《新先驅報》，要是走運的話或許還會登上《險中求勝》。他知道她會說什麼，她會說李奧為了民粹主義犧牲了作品精緻度，但他還是十分期待跟她會面。這些日子以來他經常去找她，兩人發展出一種見面模式，他每隔一天去找她，半是懇求、半是自我推銷地要她幫他看雜文、論文和聖之嬉草稿。他們聊到仲夏遊戲好幾次，不過她不願意透露半點進度。當然她就像以往那樣粗魯且棘手，但日子熬久了終於讓他等到轉機。她原先帶著敵意拒絕他，後來態度漸漸軟化，有時候甚至會放下防備跟他吵起來，身體前傾、用力捶桌，為了菲利多爾或哈農庫特而激動。有時候他說的話也會讓她發笑，但哄她笑真是太不划算了，因為她每次笑完不到幾分鐘就會匆匆告退，說要回去做事。不過呢，她好像沒有注意到自己有時會向他拋來若有似無的眼神，勉強算是溫柔的眼神吧。想到這裡他嚇了一跳，不由得坐直身子，抿緊嘴唇。溫柔？真的假的？但應該是真的，不是他自己想像出來的。他**絕對**有看到類似溫柔的什麼，畢竟，怎麼會看不到呢？要是他想的話，他便能夠散發出十足的魅力，更何況他以往的事業就是靠魅力拚來的，老天。現在他盡全力讓自己顯得迷人，不由自主地希望她喜歡自己。有時候她會笑出聲，有時候她的眼神會讓李奧覺得，她對他的了解遠超過想像，還有……這些時刻在他的體內迸發出火花，讓他的身體微微發痛，微微發熱。她不是卡費克，但他也逐漸忘記了這一點。

濕潤的微風吹動窗櫺，讓一陣驟雨般的小水滴從屋簷灑落下來。他眨了眨眼，驅散眼前彗尾般的黑色殘像。之前買給她的香水都沒有聽她提起過。或許這是一件好事，她不是習慣接受禮物的女人。有些女人收禮收得理所當然，她們會說一些空泛的感謝詞語，像克麗賽絲就是這類女子。搞不好她看到禮物樂昏頭了，到現在都還不知道該怎麼回覆。他想像過無數次她從盒中拿起瓶子，火焰般的色彩在她簡樸的房間中像珠寶般閃閃發亮。拉開瓶塞時，香水的氣味必定是如同炊煙般升起，散發出充滿異國風情且魅惑的味道。當初眞應該折回她房間從鑰匙孔偷看，他好想看到她放下戒備、敞開心胸，純粹爲了美而驚嘆的模樣。

他站起身，動動冰冷的手腳取暖。太陽在每個季節都會露臉，但此時的天氣依然寒冷。他走回桌前拿起剛才在看的書。那是一冊小小的八開本，作者不明，書名爲《論戲劇的和諧形式》，是他從圖書館最偏僻的黑暗角落裡拿出來的。最近除了聖之嬉以外，他還玩著另一種遊戲：他能不能找出任何卓萊登還沒聽過的構想？能否想出一套遊戲師無法反駁的理論？李奧還沒在這場遊戲中得分，也無法確知她是否已察覺他的意圖、享受著勝利的滋味。或許這一切只是一場幼稚的單人紙牌遊戲，而他不過是在對著鏡中的自己扮鬼臉。他有點瞧不起自己竟然爲這種把戲沾沾自喜，但至少這樣可以解悶，也能藉此點滴回想起聖之嬉晦澀的規則。雖然他可能沒辦法贏過卓萊登，但每次看到她努力克制訝異之情、雙眉隱隱挑動，李奧身上都會竄過一股竊喜的電流。總而言之，他對眼前這本作者不明的小書充滿期望。他翻過幾頁，看見自己在頁緣摘錄的一句話：*如果說世上所有的原則，即使表面上看似各自獨立且毫不相關，卻都只是唯一真理的不同面向，那麼宗教其實也是如此。所有人都是神性的一部分，若有人以為自己具有個體性，那不過是場幻覺。*這句話再讀一遍就覺得很普通，只是換個方式在說聖之嬉是愛的一種表現，然而這不是理所當然的嗎？

書的下方壓著一封寫到一半的信，收件者是艾米爾。這些日子以來，李奧用爲時已晚的謹愼態度寫信給他，寫的盡是教授之間勾心鬥角的鬧劇、學生違反校規胡來之類的小道消息（在這裡大概也玩不出什麼新招，這點艾米爾再清楚不過了），也會寫些他與守門人、圖書館管理員偶爾閒聊的話題，比方說基督徒新生在走廊上遭人痛毆、鎭長被羅織罪名帶走了，還有歷久不衰的校園鬧鬼傳聞，都是一些小事。艾米爾爲了答謝李奧的信，寄來一包包的香菸、巧克力和書，這些東西遠好過母親寄來的無用小玩意兒，不過最重要的是李奧終於能在晚上睡個好覺。他可沒忘記皮瑞尼的警告。

但他現在不想把信寫完，他太焦慮了，心定不下來。他把書塞進口袋裡，接著走到走廊上，穿過中庭時駐足一會兒，抬頭望著蔚藍的天空。低矮的樹籬依然埋在雪中，不過他已經能夠聞到土壤和樹液的味道，以及融雪散發出的淡淡金屬味。屋頂雨水槽垂下的冰柱看起來像透明的野豬獠牙，石像鬼則長出了鋸齒狀的玻璃鬍鬚。李奧穿過大門，走進漆黑的走廊。他的心又雀躍起來，彷彿春風送來了快活的氣息。

順著走廊往下走是音樂室，有人在練習音階和琶音。他停下腳步聆聽純淨的音符起起落落，想起了不太算是回憶的往事，心中一陣刺痛讓他轉身離開。他內心浮現掛著新月的窗戶，以及剛入夜的深藍天色，還有一張微微發顫的臉。

他聽到有人說話，那聲音在一瞬間聽來既屬於過去也屬於現在，熟悉的語調如夢境般拉扯著他。他轉過身，看見卓萊登與一名學生從走廊另一頭走來，師生有說有笑。

她笑了。這有什麼好在意的？他會在意，是因爲他想站到她身旁，像以前和卡費克並肩站在一起那樣，成爲讓她笑出來的那個人。他閃身躲進離他們最遠的一間音樂室裡，站在門口看著她向這裡走來。她和其他教授不同，就算她變成男人，她也永遠都和他們不同。幾乎在所有方面她都和別人不同……她停下腳步，轉過來對那名學生說話。李奧只能聽見隻字片語：「……確實高明，但那是否**真誠**？」那學生露齒一笑，點了點頭，終於不再爭辯。

像這樣偷看她感覺眞是奇怪。他也不是刻意躲起來，但總覺得自己很丟臉，竟然克制不住偷窺她的念頭。他眞希望當初能去旁觀她甄選遊戲師的口試。哪怕只是因爲決選名單出錯她才會獲選，她的表現一定也和別人不同。沒關係，他還能看到她展演的仲夏遊戲。之前他問過校長自己能否留在學校參加那一天的盛會。他覺得應該不會被拒絕，但也不奢望校長會讓他坐到前排的好位置。「當年你獲得金獎，卻沒能出席仲夏遊戲展演，我明白你一定留有遺憾，」校長說：「所以今年你能參加，就當作是之前努力的成果吧。」他明知自己受邀出席，並非僅僅因爲金獎得主的身分，卻還是雀躍不已，連自己都覺得荒唐。他還沒有告訴她這件事，想給她一個驚喜。

那名學生說：「好，我會的，謝謝教授。」然後小跑步穿過大門，走入中庭。一陣風吹來，在走廊上掀起涼爽而芬芳的氣流。遊戲師站在原地看著學生離去，臉上的表情半帶權威，半帶愉悅。

李奧本來不打算說話的，依然沉浸在暗中觀察對方的樂趣裡。不過她的表情之中似乎有什麼觸動了他，讓他不由自主走上前說道：「卓萊登教授。」

笑容從她的臉上綻放出來，毫不猶豫，沒有顧慮。她一看見他臉就亮起來了。

那感覺就像是被澆了一盆水之後，才發現自己有多麼口渴，像吸入鼻腔裡的第一口菸、灌入喉嚨的第一口馬丁尼。他跟著笑了起來，感覺世界在半秒之間停格，兩人之間的空氣發出樂音。剛才的醋意全都蒸發了（那是醋意嗎？未免也太荒謬了），眼前重要的只有兩人相接的目光，彷彿世界上只剩下他們兩個人。

他笑出聲音。他不是故意的，但就是忍不住。一陣難以言喻的欣喜襲來，因爲他不懂爲什麼——不，他懂，他眞的懂，這話說來或許沒人相信，然而他突然理解到，她不僅跟其他的教授不同，跟世界上的其他人也都不同。唯一跟她相似的人或許只有卡費克吧。他到底是怎麼了？其實他知道自己怎麼了，他想要站在原地一直盯著她看，看到天荒地老。他再也不想看其他人，不想去其他地方。雖然她的面孔平淡無奇，下巴線條太剛毅，眉毛太直硬，雖然她——不，這些都不重要，因爲她就是她，她很美，而他卻從來沒發現這件事。上次有這種感覺是在……

卓萊登眨了眨眼，彷彿意識到自己的表情在對方眼中起了什麼作用。她匆匆將一縷竄出帽沿的髮絲塞回帽子裡，再抬頭時已經換上了漠然的神情。她在剛才的一瞬間像極了卡費克，像得不可思議，現在又變回了原來的她，刻意與他保持距離。不過那一剎那她所展露出的喜悅，以及與他共謀的目光交會都讓她洩漏了心跡。她是喜歡他的，雖然她自己或許不承認。他覺得自己像是直視著反射陽光的雪地，一時什麼也看不見。他轉向她，臉上的笑容尚未散去。春日的哨聲彷彿帶著氤氳濕意漫過了門窗縫隙，在四周蕩漾。

「馬丁先生，」她大步走向他，問道：「你在這裡做什麼？」
「在等你呢，教授。」

22

春季學期第四週

好久沒寫日記了。我必須用九週的時間把整部遊戲寫完……不過我滿喜歡這樣的。寫得順手的時候，我總是很篤定《回映》是極好的構想。我太興奮了，變得神經兮兮的。上課時難以專心聽課，不管上什麼課我都帶著草稿筆記本，以免靈感來了卻來不及記錄。我在夜裡難以成眠，有太多事情在腦海裡盤旋。只要有新的想法冒出來，我就想要緊緊抓牢，用思路將它緊緊纏住，免得想法消失。我整個人都陷進遊戲裡了，不過這應該是好事情吧。不然我也不知道該怎麼辦了。

第五週

今晚跟卡費克的討論氣氛不太好。我們可能都太緊繃了，因爲今天下午霍特教授把作業發回來，卡費克得到六十三分，而我只拿到五十七分，當時我就已經覺得有點煩躁。我們兩個應該也都累了，兩人都像不安分的電流，不斷激出彼此的火花。晚點我們交換意見，討論卻陷入僵局，不管我表現得多理性都會惹他生氣，好像他下定決心就是要生氣似的（說是這樣說，仔細想想我其實並沒有多理性）。我在批評他的《暴風雨》中段時，他雙手抱頭，咬著牙說道：「你之前說這部作品迸發張力，現在又說缺乏張力。請問你還有什麼建議嗎？」

我說：「我沒辦法告訴你該怎麼做，我只是想要解釋哪裡有問題……」

「好啊，那好！」他站起身走向窗邊，兩手胡亂抓著頭髮，結果髮絲全都豎立起來。他看起來就像個瘋子，但我並沒有說出來。看看我最近有多麼小心？不過我大概還是忍不住揚起了嘴角，因爲他皺眉問我：「怎樣？難道你的遊戲完美無缺？你笑什麼笑？」他拿了一本書丟我。

「欸！」

「好啊，你倒是教我啊，不要只會站在那裡**笑**——」他繼續拿起一本又一本的書往我身上砸。我用手臂擋住攻勢，拿起離我最近的書反擊，笑得停不下來。他說：「氣死我了，你根本不把我當一回事。不可以丟那本——」我把一本書扔向他。

「還不是你先開始的。」我繼續丟書。

「有些書很貴耶，是僅存一本的無價之寶……」

「喔，那你就收好啊。」我把手邊最後一本書丟過去，不過他閃開了，因此書撞上的是牆角，落在地上敞開。某樣東西從書裡掉了出來，是一張摺起的紙。我半身探進床底下撿起那張紙，才發現原來是一封信。

「還給我！」

他伸手要搶那封信。其實我原本想直接交還給他，不過聽到他這麼緊張，就忍不住想把信拿開。

「怎麼了？難道這是情書嗎？是不是有女生在哪裡等你……」

卡費克打了我一巴掌。

好痛，要不是因爲我過於震驚，可能還不會覺得那麼痛。我從來沒料到會被他打，在我認識的人之中，**卡費克**最不可能使用暴力。我完全沒想到要還手，只是把信放在手上讓他自己拿回去。他什麼也沒說。我從他床上跳下來往門口走，打算直接離開。

「對不起。」

我揮揮手要他別在意。反正我從前被打得更慘烈。記得那天在廢車場，有人對著老爸指指點點地取笑，結果回家時我掛著黑眼圈，嘴角也撕裂了。現在被打一巴掌根本死不了人。

他擋在我和門之間。「別這樣，我眞的很抱歉，我不應該……」

「沒有人跟你說過嗎？不要招惹比你還高的人。」我原本只是想開玩笑，他聽了卻畏縮了一下。

「卡費克，我眞的無所謂。」

「那封信很重要，是私人信件。所以我怕……我不希望……」

「反正我沒看。」我說。我累得都快站不穩了。「少自以爲是了，我對你沒那麼有興趣。」

「那封信——」他遲疑了一下。「是我妹妹寫來的，她的狀況不太好。」

「讓我出去好不好？」

「要是她的信被看到，我怕——」

「連我也不能看嗎？」

「對，連你都不行。我不能……」他瞪著我，手裡還抓著那封信。突然他將信塞進我手裡。「好吧，要看就看，看了又會怎樣？你打開吧。」

他的手在發抖，臉色發白。或許他也跟我一樣震驚。

「不用了，我不想看。謝謝。」

卡費克表情僵硬，轉身走向窗邊把信封打開，將信紙撕成碎片拋向窗外的黑暗。接著他在床邊坐下來。「馬丁，你有姐妹嗎？」

「沒有，我是獨生子。」

「我不應該出現在這裡的，我妹妹需要我留在家裡陪她。她一直寫信告訴我她有多不快樂，有時候她寫來的東西我甚至完全看不懂。她一個人關在家裡，逐漸陷入瘋狂，而我卻在這裡……」他深吸一口氣。「馬丁，我不想再撒謊了。」

「對她撒謊嗎？你說了什麼？」

他低下頭沒有說話。我想像著被撕碎的紙片在冷風中打轉，降落在融化的雪地上，或者卡在樹枝上，紙上的墨水滴下來。我伸手搭上他的肩膀，舉止慎重。之前我一定也碰觸過他，現在卻像第一次這麼做一樣。他變得全身僵硬，讓我覺得自己就像希臘神話裡點石成金的邁達斯，伸手一碰就將血肉之軀化為金屬。

我低頭看向他，但他避開了我的眼神。這一刻像極了聖之嬉的停頓，像是在結論和動機之間的暫緩時刻，他在展演遊戲時總會將停頓延長，刻意將沉默的氣氛延續至讓人難以承受的地步。我可以感覺到他屏住呼吸，擱置下一個動作。接下來他只要抬頭看我就好，然而他卻完全靜止不動。

我不知道他到底想做什麼，也不知道他在害怕什麼。我們都沒有說話。我繼續等了又等，等著他推開我或者轉過來面對我，等著他任何打破沉默的舉動。我很篤定他一定會用某種方式讓我知道他的想法。

可是他只是像尊雕像坐在那裡，直到我的手開始發痛，直到我忍不住開始認為，房間裡的緊張感都只是我想像出來的。時間已經太晚。我鬆開手，留下他一個人在原地。

同日稍晚

撒謊？他撒了什麼謊？

第五週，星期三

他道歉了，但我不知道要怎麼回應，只好裝作沒聽見。那時我正坐在桌前讀著他想不通的段落。眞是奇怪，通常他的作品結構都很完美，這次的中段卻出現嚴重喪失連貫性，或許就是因爲這樣才寫不下去吧。不管放多少高明的技巧進去，感覺都像是少了什麼，或者多了什麼……我也說不上來。他一直在我後方來回踱步，讓我無法專心。接著他突然開口：「之前我打了你，對不起。」

沉默降臨在我們之間。我盯著他的遊戲記譜看，上頭寫滿了該死的古典法和阿忒門大雜燴，眞不敢相信我竟然已經看習慣了。「試試看英式橋接？」

「什麼？」

「這一段用英式橋接，你去查查吧。」

我聽到他發出哀嚎，開始翻書。「《圈套》裡沒寫到。」

「看《理論》的索引，最近才在那裡面看到。」

他翻了翻那本書，吹了聲口哨。「橋接……這樣呀，眞有趣，看來你挖到好東西了。」

「不需要用那麼驚訝的口氣。」我終於找到他不知道的事情了。

沉默再次降臨。最後我忍不住抬起頭，發現他站在我後頭，一隻手停在我的肩膀上方。我看見他的手先是握起拳頭，然後放了下來。「鐘響了，」他說：「我留在這裡做個筆記，樓下見。」

這就是卡費克式的道歉。

星期日

今天早上（還好不是眞的一大早），我被抓去和菲力、雅各比了幾回合的擊劍。菲力跑來擋在我房門前，明確表示除非我下樓到小禮堂去，否則他不會離開。到後來我其實滿開心的，而且還贏過他們兩個，雖然我已經很久沒練習了。練完擊劍後，我們坐在小禮堂的樓梯上俯瞰底下的山谷，感覺很不錯。現在是早春時節，雪融了，吹來的風又溫暖，不時還有冷冰冰的水滴從上方屋簷的雨水槽滴落在我們臉上。當時有我、菲力、雅各、保羅和艾米爾，大家像平常那樣說說笑笑，取笑自己也取笑教授，吹噓自己是聖之嬉與性愛的高手。他們故意惹我生氣的時候，菲力笑得最大聲，不過後來大夥兒起身回去吃午餐時，他刻意放慢腳步走到我身邊，問我可不可以幫他看作品。「我現在忙不過來。」我說：「你沒去找保羅嗎？他怎麼說？」

「我沒有找他，我想要你幫我看。拜託你，如果這次我不及格……」

「沒有人會不及格，頂多就是三等，又不是世界末日。」

「求你了，」他說：「拜託你行行好。」

「好啦，從門縫底下塞進來。」聽到這話他立刻笑開懷。我又補了一句：「我不保證能看出什麼喔，我自己都快累死了，沒時間再幫別人了。」

不知道菲力有沒有聽到我說的話，因為他往我的背一拍就快步跑走了。我正要追過去，卻被艾米爾抓住手肘。他說：「你這個騙子。」

「什麼？」

「你在幫卡費克對不對？看來你只要有空都會幫他。」

我把他甩開。「**你**該不會也在嫉妒吧？」

艾米爾笑了。「當然沒有，我只是指出你說話不老實而已。」

「我騙他又怎樣？反正幫菲力看作品只是浪費時間，你也知道。」

「對，這話倒沒說錯。」我想走開，他卻不放手。「還有，」艾米爾側頭看著我，好像我在課堂上犯傻說錯話似的，又繼續說道：「不要忘記他曾經在全班面前模仿你，你應該知道卡費克是一個沒血沒淚的混帳吧？他為什麼突然想跟你做朋友？因為你不但是班上的第二名，而且你眼睛張開就只想跟他相處，幫他處理作品。他跟你在一起，絕對不是因爲你有什麼巨星魅力。」

「不要你管，艾米爾。」

「他在利用你。你自己好好想想，你已經被沖昏頭了。」他說完便鬆開手，接著往後退了一步，雙手敞開。「我只是想說，不要陷進去了。」

他說得不對。我和卡費克是互相幫助，花在彼此身上的時間各半，沒有誰多誰少吧？

第六週，又到了星期日

現在是一大清早，我睡不著。已經好幾天沒有寫日記了，因爲我不想思考，不想承認，不想把事實寫下來。

不過，我**確實**陷進去了，對吧。

我爲他陷進去了。

我連事情怎麼開始的都不知道。眞的不知道，直到那一天艾米爾用那種了然於胸的狡猾眼神打量我，彷彿能看穿我的心思。我一直告訴自己，艾米爾會有這種想法，是因爲他思想齷齪，沒辦法想像我和卡費克可能發展出眞誠的友誼。不過這一切終歸是我自欺欺人。

天哪，怎麼會是卡費克？竟然像個可悲的男學生那樣迷上**卡費克**，我是怎麼了？這和在廢車場的狀況不同，在那裡只是覺得有機會做就做，趁其他人抽菸或喝一杯的時候，躲在一堆尖頂裝飾後面快速來一發。我是眞的**想要**他，我願意爲了他冒著被退學的風險。眞的嗎？我想這是眞的。如果上次我搭著他肩膀的時候，他回過頭來，然後……不准想，不准繼續想！可是之前一起研究聖之嬉的夜晚、我們一起說過的玩笑、共同發展出來的想法、一起體驗到的狂熱，都是我最感到快樂的時候……所有的跡象都指向同一件事。現在想想每件事都有道理了，和他在一起的時候，我的欲望、思考和心靈全都合而爲一。聖之嬉的展演終究還是需要肉體作爲媒介，不是嗎？

（申論題：因其汙穢、可怖及其餘種種考量，情色主題在聖之嬉遊戲中毫無立足之地。性欲是人類最低下的衝動，聖之嬉讚頌的卻是人性最崇高的部分。請就以上敘述展開申論。等一下我應該要和卡費克討論這個題目。）

不要陷進去了。但已經該死的太遲了。其實艾米爾說得對，我自己也知道，我和卡費克除了敵對以外不可能發展出其他關係。卡費克只不過是想打敗我，而最好的辦法就是釣我上勾。他假裝和我真誠交流，事實上只想要比我高分。這樣說起來，難怪他在我身旁會舉止怪異，難怪他會說自己已經受夠了撒謊。

一想到他是刻意這麼做，我就覺得一陣反胃。艾米爾就是這個意思吧？如果他說得沒錯……可是卡費克有可能這麼功利嗎？他的性格應該還不至於**這麼**低劣，但我沒辦法信任他。不能鬆懈，保持警戒。離開他，跟他保持距離。

或者我也可以繼續深入，讓他掉進自己設的局裡。

同日稍晚

今天我幾乎都待在圖書館裡，覺得自己腦袋昏沉、命運悲慘。後來我發現傍晚的天氣很舒適，於是走到外面溜達了一會兒，看著太陽消失在群山之後。氣溫下降得很快，我只好躲回室內，沿著音樂室旁的走廊小跑步，讓身體暖和起來。

我聽見有人在練習室裡拉大提琴，聽起來是巴哈。不斷變化的前奏曲以完美的數學結構纏繞在主旋律的邊緣。其中蘊含著一種獨特的美感與魄力，卻彷彿受到抑制一般，在堅定的秩序感中貫穿全作卻不至於鋒芒過露。我停下腳步聽著琴聲，看見廊外中庭上方的天空被染成了完美的深藍，那是你所能想見最純粹的藍。一彎新月懸在半空，伴隨著閃耀的金星。巴哈的前奏曲嗚咽著，又從開頭再度奏起。

我大概站在原地聽了至少十分鐘，聆聽著大提琴反覆演奏前奏曲。演奏到一個音符時（應該是低音E吧？），曲調突然變得不同，轉為深沉。這樣的轉變正是你所期盼的，然而在此之前你卻渾然不覺……每次聽到這裡，手臂上的寒毛總會豎立起來，真的每一次都這樣。我真希望這段演奏永遠不會結束。

當然，演奏終有結束時。最後那個人終於拉夠了巴哈，開始拉奏阿勒曼舞曲。我原打算聽到這裡就走，舞曲卻突然中斷，同時練習室裡傳出咒罵聲。

我推開門，看見卡費克在裡面，兩手環抱著大提琴。我還以為如果是他在咒罵，我應該會聽出是他才對。他抬頭看看四周，表情像是要我進去卻又不肯明說，於是我停在門口，說道：「是你呀。」

「我想應該是我沒錯。」他說。

我把門關上，他則意味深長地看了我一眼，隨後繼續拉奏大提琴。他的技巧高超，比我彈鋼琴的技術高明許多。我進來之後他開始頻頻出錯，最後他放下弓說：「你有什麼事嗎？」

「沒啊。」我說。我也不知道自己為什麼要留在那裡，但我知道不可能永遠躲著他。

「我在練琴。」

「你練你的啊。」

他拿起弓又放下來。「走開好不好？不要耽誤我練習。」

「我剛才在外面聽，覺得很不錯。」

他皺了皺眉頭，又開始練習了。拉完組曲之後他往後坐，伸長了脖子左右舒展。「這可是有人會花大錢來聽的演奏。」他說。

「琴的音色實在太美妙了。」

「那是當然的，這把是史特拉底瓦里琴[1]。」他笑出聲來，大概是在笑我。他挪動大提琴，讓我看光線打在琴身上的樣子。琴身呈現出楓葉的顏色，泛著潤澤而溫暖的光芒。「她的名字是『赤色情人』，」他說：「這把琴很有名。看到琴身上的紅漆了嗎？這種漆叫做 Vernice rossa，非常獨特，誰也說不準用上了哪些原料。」

「那當然啦，」我說：「德庫西家只用高檔貨。」

「我們家才沒有什麼祖傳珍寶，絕大部分應該都在上一世紀被摔爛在牆上，要不就是砸爛或者燒掉了。」他露出一抹微笑。

「要是我這樣說就會被你揍。」

他斜眼瞪我，用指節摩挲琴身的鑲線，動作非常輕柔。「這把琴眞美，對吧？」

「對呀，爲什麼她叫做『情人』呢？」

「不知道，可能男人都喜歡情人更勝過妻子吧。」

「如果我擁有這把琴，我倒是會娶她爲妻。」我靠過去撫摸琴身的塗漆，觸感像是上了油，十分滑順。「換作是你，應該也想要給自己的琴一個名份吧？」

他笑了起來，伸手寵溺似地撥動琴弦。他抬頭對上我的眼神，臉上的笑意突然消失，更準確的說法應該是把笑容收回。他臉上的溫度仍未消退，表情裡還藏著別的什麼。突然之間卡費克臉紅了，我不可能看錯，因爲他的臉就像是映著紅光。

我盯著他看。他迎上我的視線一秒鐘，但我想他是意識到自己臉紅了，所以才會站起身，笨手笨腳地把琴收回琴盒裡。他收了彷彿一世紀那麼久，中途回頭看了一眼，好像知道我在看他，但是錯開了我的視線。我站在原地，兩手插在口袋裡。剛才的玩笑並不下流，他自己也笑了，不是嗎？然而他現在竟然連耳朵都紅了。沒來由地，我忽然開始擔心自己對他的防備是不是過於鬆懈。我問道：「卡費克，你怎麼了？」

「沒有啊。」

我張嘴想要開他玩笑，卻不知為何說不出話來。他收妥大提琴，將琴盒立在牆邊。「晚點見，」他說：「晚餐後再來我房間找我。」

當時我正好擋在門前，他等著我移開腳步。我後退一步，不過讓出的空間還是不夠，所以即使他再往前一步，還是沒辦法繞過我打開門。他和我在門前推擠了一會兒，兩人臉湊著臉，跳起滑稽的舞步。突然……他的眼神閃了一下，視線掃過我的臉、我的嘴唇，最後對上我的視線。這個瞬間不到半個呼吸，然後他用肩膀把我推開，離開了練習室。

不過這樣就夠了。他的表情裡還隱藏著**別的什麼**……我確實看見了，我很確定。

他走了之後，我忍不住笑了起來。我不知道該如何是好，於是彎腰把手放在膝蓋上深呼吸，過了好一會兒才終於冷靜下來。

會不會這一切都是我誤會了？會不會他的表情根本沒在暗示什麼，其實和平常沒什麼兩樣？他的表情是出於不屑一顧的傲慢嗎？或者不過是出於惱怒，因為我拒絕讓路？如今我終於明白自己對他有

---

1 Stradivarius，十七、十八世紀義大利史特拉底瓦里家族所製作的弦樂器，尤以出自安東尼奧．史特拉底瓦里（Antonio Stradivari）之手的琴最為知名。史特拉底瓦里琴音色優美、聲響宏亮，受到許多演奏家的青睞，至今依然具有極高的收藏價值。

什麼感覺，所以……會不會全都是我一廂情願的解讀？我愈想愈不確定，但是在剛才的那一瞬間，我眞的非常**確定**，我知道事情就是發生了。如果現在閉上雙眼，回想剛才的情況……對，我**沒有**弄錯。臉紅、意味深長的眼神、收琴時笨手笨腳的樣子，還有被我碰觸到的反應。我告訴你，或許他就和我一樣遲鈍（畢竟我也是聽了艾米爾的話之後才有點感覺），但他對我就是有點感覺，非有不可。也就是說……

不行，我們不行，太危險了。就算小心行事也太危險了。

這下要睡不著了，胃裡翻騰個不停。之後該怎麼辦呢？

我忍不住會想：如果這是眞的，如果我的判斷沒錯……這樣說起來還是我贏了，對不對？

23
李奧

李奧吃壞了肚子，還好離他最近的洗手間是教授專用的小型單人間。他用跌跌撞撞的步伐在床鋪與馬桶之間來回，嘴上罵個不停，全身大汗淋漓。他在睡夢中聽見幾乎已經聽慣的鐘聲，感到陣陣恍惚。負責替他悶起爐火的侍者也爲他送來了水，問他需不需要吃點什麼，但他一想到要吃東西便蜷起身子，將膝蓋縮至胸口處，想要藉此平息腹中的絞痛。後來他陷入不安穩的睡眠，那個侍者出現在他的夢中，化身爲多年以前自殺的洗衣婦，她在他二年級時跳下方塔自殺……出現在他夢中的還有卡費克、卓萊登、父親、艾米爾、母親、克麗賽絲、皮瑞尼，還有李奧入黨第一年認識的一位朋友，這人後來被發現是左翼份子，在動亂中遭到殺害……所有人都出現在他的夢裡，好像這輩子認識的人都擠在他的床邊，神情狡詐，眼神責怪。最後他受不了了，起床把提燈點亮，劃了四根火柴才順利點燃燈火、驅散黑暗。隨著燈火閃爍、陰影搖曳，房中雜物的輪廓也不停變化。房裡有書、丟在地上的髒衣服和拆開的包裹，包裹裡則有巧克力棒、茶包、香菸、刮鬍泡、刮鬍刀片……還有一疊廉價的藍背小說，全都是原文書，全都不值得閱讀。書是艾米爾寄來的，他想讓李奧跟上文化的最新發展，還寫了一張紙條，酸溜溜地說黨發行的新刊物需要更好的總編輯來把關。李奧的房間看起來像是亂糟糟的強盜窩，他有時候會想，不知自己是否會像警世寓言裡寫的那樣，被淹沒在雜物堆中。四面牆壁會逐漸往內推進，堆疊的奢侈品將如海浪般捲起……不不不，這些都是高燒中的囈語。他的思緒飄移，感到空虛而疲憊。窗戶忽明忽暗，陽光像跳蚤般從這塊地面跳到另一塊，最後鑽到床底下消失無蹤。等到他再度清醒過來時，燈火已經快熄滅了，而窗外夜空繁星遍布。他不知道時間過了多久，想不起自己到底病了一天還是兩天。不過他倒是很清楚自己是誰、這裡是哪裡，也知道現在自己是孤單一人。不僅孤單，而且相當飢餓。他輕手輕腳從床上爬起來，聞到發高燒時留下的刺鼻汗味，皺了一下鼻子。他伸手要拿手錶，然而昏睡期間他當然都沒爲手錶上發條。所以現在到底是晚上還是深夜？幸運的話可能還來得及吃晚餐。一想到濃湯、紅酒、麵包和奶油，他就忍不住垂涎。他匆匆套上襯衫、長褲和毛衣。儘管雙腿還有點痠軟，但胃中的翻騰已經停下，頭也不暈了。他不用扶著牆，也能走到門邊、踏上走廊。

然而晚餐時間已經結束了。他一時之間不確定該去哪裡。或許總務長能幫上忙，也或許不能，畢竟總務長向來以拒絕李奧爲樂，所以他還是決定去廚房碰碰運氣，看能否偷拿一些食物。

他走過中庭，抬頭看著星星，此刻的銀河看來就像奶油一樣誘人。他站在原地調整呼吸，試著阻止自己胡思亂想。鐘聲響了，他沒有去數鐘敲了幾下，但鐘聲響個不停，漫長得不可思議。現在一定是晚上十二點。圖書館的大門敞開，出現兩道人影。其中一人是穿著灰袍的圖書館管理員，跟在他身後的是一道身穿白袍的瘦小人影，那是卓萊登。「我很抱歉，教授。」管理員說：「可是規定說得很清楚，我……下次如果教授提早告訴我……」

「你沒必要道歉。」她的聲音穿過凝滯的空氣，聽起來相當清晰。

「圖書館內的人數隨時都至少要有兩人才行。」

「我知道，免得有人心血來潮想縱火。」

「我不是那個意思……」

「沒事的，謝謝。」她轉身離開圖書館員，淺白的衣襬打轉。這時她瞥見了李奧。「馬丁先生，出什麼事了嗎？」

「不，沒事。」他眨了眨眼，驅散卡費克的身影。「難道應該要出什麼事嗎？」

「倒也不是，不過一般來說來到戶外都會穿鞋子。」
他低下頭。「哦，因爲我腳痛。」
她將頭側向一邊。「馬丁，你是不是喝醉了？」
「我只是有點頭暈，最近感冒了。」她的出現、她的關切，讓李奧心裡好過了一些。他把手插進口袋裝作一派輕鬆。「教授你呢？最近在努力研究什麼嗎？」
她的臉皺了一下，很快又恢復原狀。他想起那種感覺了：當初在想出《回映》之前，他掙扎了多久？他想搭著她的肩，告訴她靈感總會來的，她是藝術家，告訴她一開始的時候總是感覺不順。但這些話他當然都沒說出口。「如果你想回圖書館，我可以陪你。」他不確定這樣是否合乎規定，但深夜和她單獨待在圖書館的想法讓他興奮莫名。
「不用了，謝謝。」她說：「我現在只想喝一杯，我那裡還有白蘭地⋯⋯」她打住話頭。他想起之前他站在她房裡，手裡握著酒瓶，因爲被拒絕而感到心痛。所以說，她不是不喝酒，只是不喝**他的**酒。她投來一記目光，彷彿看穿了他的心思。「是我在英國的親戚送來的，我還沒開，因爲⋯⋯」她稍微頓了頓，可能是察覺到再說下去她就會道歉吧。她移開了視線。「我猜你應該不想加入吧？」
「你是說喝一杯嗎？」
「算了，你不該喝的。才剛聽你說你人不舒服，而且我明天一大早就要教課。」
「我可以喝啊，老實說，我想喝得要命。走吧。」她剛才是不是反悔了？李奧微微聳肩，想展現出既孩子氣又有魅力的一面。「謝謝你邀我。對了，這個月的《險中求勝》你看了嗎？米利森．凱恩寫了一篇文章讓我想到你。」
「只是因爲她是女人吧？」
「不是，是因爲她說不用上學能擁有多大的自由，我想說搞不好——」
「被免除教育能有多**自由**？」然而李奧才不在乎她的立場，他只想轉移她的注意力，讓她忘記他身體不舒服的事。她穿過中庭往教師樓入口走去，一副要他跟上來的模樣。「你應該是覺得，女人來展演聖之嬉都一個樣，就是女人的樣子，要**男人**來做才能發揮個人特色，因爲他們的心智不會被迫消耗在『身爲女人該如何』這回事上。你是這樣想的吧？」

「我也不知道。」他說。

「天啊，我眞的受夠了。你的黨不就希望女人眼裡只有『家庭、丈夫與幸福』嗎？只要女性在政治上稍微退讓……你知不知道在三十年前，已婚女性連辦**借閱證**都必須取得丈夫同意？」

「至少你們現在可以投票了啊。」

她狠狠瞪他一眼。「對，情況的確有好轉，結果後來遇上經濟大蕭條，算你們男人走運……[1]」

她深吸一口氣。「不講了，你到底要不要喝白蘭地？」

兩人穿過巨大的橡木門後彎進走廊，往她的房間走去。在星光點綴之下，走廊顯得安靜而冰冷。李奧在門口等了一會兒，她把燈點亮後揮手叫他進去。「喔，等等……」她收拾桌上的文件掃進抽屜裡。

「我又不會**抄襲**你。」他挖苦她。

「我知道，我沒有那樣想，眞的沒有。」但她把最後一本筆記本也收好，完全言行不一。她蹲下從矮櫃拿出白蘭地。「等一下，我去樓上拿個杯子。」

在她登上樓梯身影消失後，李奧眞想把她的書桌整個翻過來，看看她到底藏了什麼。但他當然不會這麼做。他轉而在原地慢慢轉一圈，看著房內造型簡樸的桌椅和窗戶。住在這裡是什麼滋味？知道自己終生都得住在這裡，她有什麼感覺？這種生活簡直是無期徒刑，她有可能覺得快樂嗎？

「這給你。」她走下最後一階樓梯。「我直接從酒瓶喝。」她將白蘭地倒進水杯裡端給他。他舉杯致意後先喝了一口，覺得喝起來口感不錯，熱辣辣的，散發著灰塵和老舊文件的氣味，讓他莫名聯想到舊書。酒在舌頭留下燒灼感，呑下肚後流進空蕩的胃裡。他一口又一口地接著喝，而她看著他，露出笑臉，低頭摘下帽子往桌上扔。那頂帽子看來就像剛噴發完孢子的扁塌馬勃菌。她的髮辮散開，在昏暗的燈光下、在感官隨著酒精鈍化之後，他無法否認，她看起來就跟二年級春季學期末時的卡費克一模一樣。那時卡費克已經十二週沒剪頭髮了，而所有的學生看起來都像稻草人。其實醫務室在週日有專門幫學生理髮的侍者，然而大家都心照不宣地堅持故作清高，不願主動要求侍者接觸自己，連艾米爾這種家中有貼身男僕的人也不例外。每當學期結束回家時，父親看到他的第一句話永遠都是：「嚇死我了，我還以為我生的是一個女兒。」現在情況卻反了過來，遊戲師舉起酒瓶向他致意、湊上瓶口喝酒，看起來活脫脫就是個年輕男子，尤其是她用手背揩去嘴角殘酒的時候。他愣愣地看著她。

「失禮了。」

「不會，喝吧。」

「今天眞是有夠難受，我眞的好累，感覺已經幾百年沒睡了，一直在想那個該死的遊戲。對，仲夏遊戲。」最後一句是看見他挑眉，她才臨時補上的。她靠著桌邊站立，把椅子往他那裡推。「請坐。」

「謝謝。」他說。在她還站著的時候自己卻坐下，他總覺得有點奇怪。

她深呼吸，用指甲敲著瓶頸，突然開口說道：「我什麼都沒寫，你知道嗎？再過兩個月就要展演了，我眞的一個字都沒寫，連一點靈感、一個標題都沒有。完全空白。我心裡好怕。」

一陣沉默。他低下頭，以手掌搓動水杯的杯身，看著燈光在酒液中流動，最後低聲說道：「原來如此。」

1 經濟大蕭條期間，社會普遍認定已婚女性已有來自丈夫的經濟保障，因此排擠已婚婦女進入就業市場。即使保住工作，女性工作者的薪資也較男性低微，領域亦十分受限。

「我不能不寫，但我……喔，萬一我……」她岔了嗓子。他抬起頭來，不知該做何反應。他看見她凝視著自己在窗戶上的倒影，表情像是……像什麼呢？像是渴望著什麼。至少他是這麼覺得，然而完全想不透原因。

他問道：「你做過雙人遊戲嗎？」不知為何，李奧就是覺得她沒有遊戲天分。她一板一眼、渾身帶刺，而且容易感情用事，她的表現一定會比卡費克還差。想到這裡他喝了口酒，結果不小心倒得太多，不得不仔細分次吞下。他不願意想起卡費克，特別是在此時，因為他正在她的身邊、在遊戲師的身邊。哈，眞是荒謬，他連在心底也稱呼她為遊戲師。兩人認識到現在，他早該用她的名字來稱呼她了。她是克萊兒。

她拿起酒瓶湊到唇邊，但沒有舉起。她嘆了口氣，氣流在瓶口發出呼聲。「沒有，」她說：「我沒做過雙人遊戲。」

「沒關係的。」他說：「我的意思是……我可以幫你，如果你要的話。」

「你幫我？」她的語氣讓他覺得不太痛快。他奢望能幫上忙或許是抬舉自己，但她至少也要假裝感激吧。

「就算我幫忙，這還是你的作品啊。我知道的。」

「還眞是謙虛。」她瞪了他一眼。「想到能參與仲夏遊戲的構想，你其實很興奮吧？」

他原本想要否認，好像幫別人寫仲夏遊戲不過是尋常事，然而那句話卻一直懸在眼前，讓他不禁開始玩味。如果他眞能參與仲夏遊戲的構想……他已經不可能以遊戲師的身分站在展演場上了，而這無疑就是最接近的好事。他想像自己坐在台下，心臟彷彿就在口中跳著，指尖隨著心跳顫動，因為看見自己的構想化為現實而欣喜不已。他會感受到全場的聖之嬉好手用沉默和專注的視線，雕塑出一場由遊戲師翻弄手勢展演出的極品遊戲，彷彿觀眾的目光是手，遊戲是待捏塑的陶土。眾人以他的創作為中心進行祭禮，而身在那中心的便是克萊兒。

他嘆氣，其實沒什麼好假裝的。「對，天啊，我好想要幫上忙。」

她笑了出來，他也忍不住笑了。好像這一切其實是個笑話，因爲他竟然說了實話，而她從一開始就說中他的心思。他好想大笑，眞笑出來後她也跟著笑。早在好幾週前，一陣源自欲望的浪潮便趁他不注意時席捲而來，他只能一直努力無視。他反覆告訴自己，這不過是一時昏頭，其實什麼也沒有。此時浪頭卻轉了回來，力道比之前更加猛烈。與其說他乘著浪潮，不如說他已經整個人都被有如烈酒般強勁而迅猛的浪潮帶走。從前跟卡費克相處融洽時，李奧也有同樣的感受，好像他們發明了兩人專屬的語言，讓世界上所有的語彙都回魂歸位。他不該感到意外的，但他還是十分意外。

「就讓我幫忙吧，拜託你了。」他不知道自己等著說這句話等了多久，然而說出口之後他意識到這是已經醞釀了好幾週的想法。大約在一個月前，克萊兒從檔案室中拿出一份舊式遊戲記譜。她在桌上攤開脆弱易碎的文件，讓他見識十八世紀的表記法。兩人一起彎腰看著文件，他們之間的距離不到一寸。他還記得她身上的長袍擦過他袖子的觸感，也沒忘記她的柔軟髮束如何抵著她耳下的一處小疤。與她距離那麼近，讓他沒辦法專心聽她在解釋什麼。直到她站直身子、轉著脖頸放鬆時，他才聽見她謹愼挑選措辭的停頓，才注意到她看起來有多麼疲倦。在那一刻，他只想用拇指撫平她皺起的眉頭，爲她奉上他親手完成的仲夏遊戲。他一定會寫得整整齊齊，只差補上幾個附加符號。送她香水固然不錯，但他更想爲她綻放一個奇蹟。他想要讓一個人回來。

「我是遊戲師，我必須自己寫。」

「我知道，我不是說……我只是想要幫忙而已。」他喝乾白蘭地，舉起杯子。她替他倒酒，嘴角勾起微笑，表情卻依然認眞，視線沒有從他臉上移開。「不騙你，我保證一切都會很順利。」

「我不需要騎士全副武裝來解救。」

「當然了，你當然不需要。」他伸手握住她的手腕，讓她愣在原地。隨後兩人都低下了頭，看著相觸的手。「你哥，」提起他讓李奧一時感到難以呼吸，「你哥會要你答應的。如果他是你，就會讓我幫忙。」

她眨了兩下眼睛。「他會嗎？」這其實不是問句。「眞希望我也能這麼篤定。」

她的表情冷靜，但他能感受到她的脈搏加速。他想不起上次如此鮮明地感受到自己只是血肉之軀是什麼時候了。人不過是一堆化學元素、神經傳導物質與電流的組合。

他吻了她。

他感覺自己像是分裂成兩個人。其中一人被自己的舉動嚇著了，他會建議要是還有挽回餘地，最好謹愼以對；另一人則明白情況已經過於混亂且無法挽回，接下來只會愈來愈棘手。這幾週以來，其中一人已經察覺到自己渴望著克萊兒，卻刻意壓抑。他阻斷每晚睡前的遐想、中斷每一個幻想，讓熱度在體內悶燒。傾身靠近克萊兒時，他還有餘裕觀察她如瑪瑙石般變化的褐色眼珠、短短的睫毛，以及臉頰和鼻子之間的雀斑。看到她與卡費克如此神似，他喉嚨一哽，任由回憶的浪潮帶走自己……另一人則心思飛躍，什麼也沒注意到。他的心跳像壞掉的唱片般漏了一拍，這一刻他還握著她的手腕盯著她，下一刻他就貼上對方的嘴唇，嗅聞著兩人呼息中散發出的酒精甜味。

再下一刻，他踉蹌著後退，臉頰發燙。

他因爲羞愧而暫時失去視力，聽不見聲音。他聽不到她在說什麼，也讀不懂她的表情。他只知道她把他推開。他在想什麼？她又算不上是正常女人，而他也不是眞的**渴望**……但他知道自己確實渴望。他想了很久了，現在要騙自己已經太遲了。「抱歉，我不知道該——」

「你走吧。」

「那酒……」

「對，你喝醉了。你要拿這當藉口嗎？」她用手反覆梳著頭髮，幾束髮絲因此翹了起來。「你以爲因爲我是女人，我就一定會想要你嗎？還是你認爲，我聽到你想幫忙就該心懷感激，該拿身體報答你？」

「我沒有——」

「出去。」她臉色發白。

搖曳的燈火和眼前的疊影讓他感到暈眩，他閉上了眼睛。事實上，那只不過是最輕微、最笨拙的嘴唇輕觸，她這種反應倒像是他剛才露出了陰莖似的。「對不起，」他說：「是我誤會——」

「誤會什麼？誤會我？拜託，你這輩子根本就沒有注意過任何人。你不是誤會我，而是根本沒有正眼**看**過我，從來沒有，如果你有……」她不說了，任憑自己粗聲喘氣，彷彿剛才他不是親吻她而是勒住她。「你現在就**出去**。」

他點點頭，腳步往走廊移動。他的眼睛發痛，一定是提燈的焰火快要熄滅而開始冒煙了。他發現手上還拿著她的水杯，於是把杯子放在離他最近的窗台上。走了幾步之後他才想到，其實應該把杯子往牆上砸才對。

他往外走到中庭。濕潤的微風吹來，雲層在遠方的地平線上堆積，像是星空染上了一層黴菌。他探向口袋想拿菸，卻只找到一個被揉爛的火柴盒和裡面剩下的一枝火柴。他劃開火柴，火苗馬上遭風勢吹熄，在他的視線內留下一道紫色的刮痕。他扔掉那枝火柴。

他真是愚蠢。多麼盲目、莽撞、蠢笨的……他應該要更懂事一點的。其實他不是不**懂**，她怎麼可能讓他這樣做呢……但他一度認為……或許這只是他的想像，或是酒精作祟，又或者她當時只是嚇到了，但是在他被推開之前的一瞬間，她是不是回吻了？當時他閉上雙眼，試圖記住那觸感，一瞬間感到狂喜充塞胸口。然後她就推開了他。

他嚐過這種滋味。剎那間他彷彿回到了十年前的學士樓走廊上。他拚命眨眼，彷彿回憶是一把扎人的沙，分不清眼簾後的黑暗與中庭上方漸漸暗下的天色。眼前的景象就像是一張照片，不，比照片還要清晰，他能看見鮮明的色彩。不論張眼或闔眼，他都能看見昏暗的走廊，聽見中庭裡遠遠傳來人聲和笑聲，窗外的藍天逐漸褪去顏色，夏天的陽光爬下遠方的山坡。他又累又害怕，感到暈眩不已。

他正要去找卡費克，動作匆忙，彷彿知道事情已經來不及了。經過自己的房間時，他發現房門是開著的。

地上一片黑汙，有人留下了腳印和擦痕。他躍過那片黑汙，遲了幾秒才察覺那是一灘墨水。地上有一瓶打破的墨水瓶，床邊的牆上殘留著一道墨水噴濺的弧線，一定是有誰把墨水瓶摔到地上。桌上也有一道墨水印，邊緣已經暈開滲進桌子的紋理。沒有任何文件或筆記被沾到，眞是不得了。但他的日記跑到哪裡去了？

他抬頭看到一行字。眞不曉得他進來的時候爲什麼沒有看到。

混帳。

第一劃寫得比他視線所及還高，一路往下寫到與桌面齊平。寫字的人以四指沾了墨水往牆上抹，墨色從開頭的黑轉爲結尾的灰。首字的上方、中間的直豎和最末幾劃的底部都滴著墨水，字大到看不出字跡。這是多久之前寫的？他一碰上手立刻被沾黑，墨水還沒乾透。

從此以後他再也沒看到卡費克。隔天，或是後天，校長在全校面前宣布道：「抱歉，各位同學，校長必須要宣布一件壞消息。」

從那時到現在已經十年過去了。然而此刻站在黑暗中閉上雙眼，他卻覺得一切都未曾改變。

24 遊戲師

這都是她的錯。她早該料到的，一直以來她都在玩火，她根本不應該花那麼多時間和馬丁相處。這學期她花了太多時間幫他的忙、為他的挖苦發笑，總是堅持要他整理好論點才放他走。她早該知道這些事情都隱藏著危機，馬丁一定會過度解讀她勉強裝出來的禮貌，他太自我中心，肯定無法理解她會幫忙只是出於責任感。她是不是在過程中太享受了？天啊，是不是對方發現，其實她很期待兩人的會面，發現即使她有種種考量，依然為了能跟外來者交談而感到振奮？不，老實說，令人振奮的是跟**馬丁**交談。他很有魅力和活力，有他在身邊彷彿呼吸純氧、喝下烈酒，像是看見一扇敞開的門……無論如何她都得承認這點。即使如此，這與渴望對方的碰觸依然相距甚遠。她犯了什麼傻，才會邀請他來自己的房間喝酒？她替自己的愚蠢感到羞愧。她怎麼可以忘記自己是個女人，忘記他會用對待女人的方式對待她？從她拔開瓶蓋的那一刻開始，他就注定會讓兩人蒙羞。寂寞不能當作藉口。當她從圖書館裡走出來，筋疲力竭而且感到自厭時，她還發夢似地心想，或許兩人可以做朋友。她想……那一刻她**想要**什麼？總之不是現在這種結果。絕不是像這樣站在原地盯著房門，用手摀著嘴，嘴唇傳來掌心的柔軟觸感，而掌心則感覺到嘴唇的濕潤。曾經，在某一個奇異的時刻，她全然無法思考，只能感受到兩人如何相觸。距離上次真切**感受到**自己的身體，不知道是多久以前的事了。一回想就讓她覺得暈眩。若在另一段人生中……然而這是她的人生。不是別人的。

她費了一番功夫才轉過身，走回桌前。雖然剛才發生了一場鬧劇，至少她還有把文件收到他看不見的地方。過去幾週她有點心不在焉，但並不至於忘了謹慎。為了確保他完全看不到她的筆跡，她甚至不讓自己彎下腰去替他補上附加符號（老天，他為什麼就是不願意學呢？），只用筆的末端指出缺失，要他自己動手。至於馬丁的日記……她拉開抽屜看了一眼，好像日記放在裡面會自己消失似的。日記當然還在抽屜裡面。從上方俯瞰，封面上的大理石紋路就像一幅風景畫，黑色墨漬在搖曳的燈火下看來則像是一口深井。她伸出手指按壓著墨漬中心，彷彿這麼做就能讓自己安心。

她還記得他的嘴唇擦過時的觸感。那個吻持續了多久，她才把對方推開？那時她遲疑了一秒才有辦法理解，或者該說是相信，他正在做什麼。接著下一秒——

下一秒怎麼了呢？

她抹去唇上的最後一絲濕意。鬆開的髮辮垂到脖子上，又熱又重。她閉上眼睛。

如果她沒有推開他，接下來會發生什麼事？她不讓自己去想像，但不用想也知道。她就是知道。要是她鬆口回應，對方首先會愣住，接著以舌深入，然後用兩手托住她的後腦勺。接下來他們會喘著氣停下，而他會微微後退，凝視她的雙眼，然後又開始親吻。這次她會感受到他在笑，牙齒抵住她的嘴唇，然後他會暫時停下，低頭看著地面露出微笑。如果她用額頭靠在他的肩上，就會感受到他輕輕笑著，跟她一樣感到不可置信。接著她會伸手托住他的下巴繼續親吻，吻得比剛才更深。她不願去想他的手將如何從她的頸部往下移動到腰後，也不願去想他的動作會突然變得有多輕柔（幾乎可用羞怯形容），與他平常的舉止完全矛盾。現在他想要的已經到手了，他便會小心呵護。這樣一來，她就想用指甲戳他的後頸，讓他皺起眉頭，使勁握住她的身體，最後變得像是在角力一樣，好像在比誰的力氣大，玩著某種並非遊戲的遊戲。

之後（多久之後？）他會將她的長袍捲在手中，準備掀過她的頭脫下，**接下來**——

接下來會發生什麼她也知道。她會在那一刻推開他，但是這回他不會像今晚那樣後退好幾步，滿臉通紅。他會帶著微笑，不解地眨眨眼，然後伸手捧住她的臉，線條俐落的手腕因而從袖口露出。他的血管就像是瓷器上的藍釉，讓她想要舔他的手腕一口。

不過她會說：「不，不行，現在不行。」每講一個字都喘一口氣。

而且她是認眞的。

沒錯，她說這話是**認真的**。她拿起酒瓶喝了一大口白蘭地。或許酒精能讓她腹中空虛但緊迫的欲望變得麻木，也可以澆熄她背脊上的星星火苗。她喝了一口又一口，直到不得不放下酒瓶喘口氣，順過呼吸後馬上又拿起來喝。頭開始暈了，她就是要喝到頭暈。

她用力關上抽屜，力道大得讓整張書桌都晃動起來。隨後她走上樓梯，肩膀一路倚著側牆顚簸地前進，手上依然握著酒瓶。雖然並非刻意帶酒上樓，但她也不會放過再喝上幾口的機會。或許這就是酗酒的第一步，將來她會落得跟父親一樣的下場，變得全身浮腫、渾身瘀青，老是哭訴有看不見的昆蟲螯咬自己。不過父親死時他們都還相當年幼，這些細節可能不盡正確。她還記得愛姆曾經低聲告訴她：「爸爸說螞蟻爬進他的頭顱裡，啃咬著他的腦袋……」那時已是夜深時分，兄妹倆窩在他的四柱大床上，聽著母親的哭泣聲。愛姆一定也因爲當時年紀太小，記不清父親的事了。多年以來，她一直都相信父親死後的流言全是事實，不經半點修飾。現在她分不清事情的眞假，總之父親是死了沒錯，接著母親也跟著走了。她說要去度假結果一去不回，隻身一人從月光皎潔的陽台一躍而下。如果不是因爲結婚，她原本也不是德庫西家的人，然而德庫西家族就是如此，他們會把瘋狂傳染給太過親近的人。至少母親就死得比愛姆更早。

她走上最後一階樓梯，把酒瓶放在洗臉台邊，彎下腰用臉盆裡的水洗臉。燈光昏暗，水面不能反映出她的臉孔，僅僅映照出模糊的點點繁星。她還是覺得有點反胃，幸而今晚發生的一切已逐漸開始消退，或者該說是變得愈來愈不眞實，感覺像是看到一扇半開的門，之後才發現那是一幅錯視畫。她很高興自己喝醉了。她將長袍拉過頭想脫下，卻又停下了動作。若還要換下所有衣物，實在是太麻煩了。她坐在床上，覺得世界在震盪後又歸於平靜。她小心翼翼往後靠坐，緩緩地深呼吸，一闔上眼便不省人事。

她醒來時感到十分口渴。時間還是晚上，她應該只睡了一個小時左右，不過她也不太確定。她起身直接從水壺裡喝水，因為她在黑暗中一時找不到水杯。喝下水後緩解了口渴，而醉意也跟著消退，她整個人清醒過來，腦袋像機器一樣嗡嗡作響。今晚她在圖書館中看到的文件在她心中顫動，散發著焦慮的氣息。她在圖書館裡挖掘了多少個角落的書，卻都沒有斬獲？她一點頭緒也沒有，筆記寫了一頁又一頁，卻只能丟棄或揉成一團，有些甚至只寫滿一半。隨著一個個夜晚流逝，仲夏遊戲展演的日子也愈來愈近。如果她沒有任何東西可以展演該怎麼辦？他們會不會解雇她？他們**能夠**這樣做嗎？或許不能吧。但是從來沒有任何一位遊戲師失手過，一想到失手之後的恥辱……她可是德庫西，可能會因此瘋掉。

她告訴自己，反正之前也失手過，也遭人羞辱過，但這麼說並沒有安慰效果。她起床走向窗前時，她發現自己沒辦法走穩，有點訝異。頭部各處陣陣抽痛，好像變得與顱骨不相客似的。她眺望窗外往上看，望向不近人情的無窮星空。

她能不能一走了之？但她沒有地方可去。當初獲選遊戲師的時候，她就把老家給賣了，那時她確信自己會老死在蒙特維爾，而且老家充滿她和愛姆的回憶，太容易讓她想到家族血脈會斷在她這一代。原本她毫無悔意，現在才覺得後悔。必要時她或許可以去跟法蘭西斯阿姨一起住，但她完全可以想見往後的人生會如何發展：迂腐的週日活動，花費一週週的時間來做細緻的手工藝品，逐漸滋長的幽閉恐懼症。她再也不是卓萊登教授，而是克萊兒小姐，永遠沒有其他變化。她已經選擇了自己的人生，她選擇這裡，選擇聖之嬉，選擇步上這條帶她走向神的道路。

她閉上眼，聆聽著四下的靜默。鐘聲響了。

李奧·馬丁總想著要幫她。其實讓他幫忙也並非難事，但他會不會認爲，事成之後她就會親吻他呢？

她的腦海閃現出一段回憶，一個想法，一塊飄揚的白紗。她睜開雙眼，星光忽如一陣雪花往她面上灑落。

鑰匙，她的鑰匙在哪裡？她勉強走回床邊，在黑暗中摸索，憑感覺在長袍的口袋裡翻找，隨後拉出一串鑰匙，像玫瑰念珠般拿在手上。她找到那把有多處突起的長鑰匙，這能打開遊戲典藏室的門。雖然圖書館禁止單人獨處，遊戲典藏室卻僅任憑她一人進出。有了，她又摸到另一把久未使用的生鏽小鑰匙，這可以打開圖書館的後門，門後就是上樓的階梯。她從來沒用過這把鑰匙，從來沒在晚上去到那裡過。但是現在什麼都阻止不了她。話雖如此，她依然怕黑，也怕自己再怎麼小心也會失手把提燈摔在地上，引燃一片火海。不，這只是神經過敏，只是歇斯底里的想法。她抓緊鑰匙站起身，阻止自己過度思考，匆匆沿著星光照亮的走廊移動。今天晚上她不會發瘋，但爲了以防萬一，她還是沒有帶上提燈。

醉意尚未完全退去，她看起來就像是個急忙前行的懸絲人偶。算了，誰在乎啊？喔，如果李奧·馬丁還醒著，看到她現在彷彿學生的打扮……她穿上長褲和襯衫就像個男人，而頭髮也沒有盤起，垂在頸側。

她拉開一扇門的插栓，走進環繞建築物外側的迴廊，穿過圖書館後門前往遊戲典藏室。樓梯口對面那扇上鎖的大門後方就是中央圖書室，遊戲典藏室則位在正上方。爲了提防突來的頭暈，上樓時她一路都攀著扶手，不過最後暈眩並沒有來襲。她打開遊戲典藏室的門，在門口站了一會兒，聞到灰塵和春天的濕氣。從窗戶透進的月光在地板和書架上灑下一片銀白，一堆堆的手冊和文件也染上銀光。她往典藏室最深處走去，途中不愼絆倒一疊高高堆起的雜誌。數本雜誌滑落，發出宛如嘆息的聲響。

她跪了下來，從最底層的櫃子下方抽出一個金屬盒，它的重量比以往還要輕，因爲馬丁的日記現在不在裡面，而是在她的桌上。她帶著盒子走到窗邊，好藉著月光看清文件上都寫著些什麼。那是一些練習、考卷、論文和以前寫的遊戲，例如《馬鈴薯》、《沙特爾大教堂》與《四季》的仿作，而且全都混在一起了。她一口氣拿出所有紙張丟在桌上，疊得太高時就往地上擺。她看到幾張一、二年級時的考卷，當然不會有三年級的。還有兩份《骷髏之舞》，一份署名愛姆．卡費克．德庫西，另一份署名李奧納德．馬丁，兩份都寫滿了訂正。她咬唇，低頭看著這兩份遊戲草稿，要是被他知道在她這裡……他早就起疑心了不是嗎？但要是讓他知道原因……她當初爲了幾個字和附加符號就把它們拿走，是不是小心過了頭？事到如今想這些也已經太遲了。要不是因爲馬丁，也不會有人發現她擅自從他的資料夾中拿走作品，不過想也知道他這種人進到圖書館，第一件事當然就是去找自己的舊作。天啊，爲什麼她就是一直要去想他呢？在他出現之前她的狀態都很好，完好無損、無懈可擊，她總能掌控她自己，掌控聖之嬉。

她回到那疊文件前。不能再放任自己的思緒隨意飄散了。那份文件就在這裡……快找，到底在哪裡？

她抽出一本練習簿，封面上方潦草寫著A．卡費克．德庫西，底下則寫著《暴風雨》。她好久沒有看到這本練習簿了。隨手翻開一看，滿滿好幾頁都是阿忒門表記法，不時夾雜著單純的筆記。往後連接，預示，L說太澎湃了。接著她翻到一頁用古典表記法寫成的記譜，對頁則是加了許多註釋的圖表，分析整部作品的弧狀歷程。半夢半醒的她留意到那是僞七式，這用在二年級生作業中未免太過晦澀，但如果是德庫西家族的人來寫就另當別論，因爲他們打從嬰兒時期就開始學習聖之嬉。A代表「藝術之道」，B代表「祕密突擊」……她和愛姆一邊學認字，一邊學阿忒門表記法，隨後兩人花了好幾天爭吵誰可以用最後幾根色鉛筆和金色墨水來裝飾自己的「金獎」作品。十一歲時，愛姆花了一整個月在寫賦格曲，像個小老人一樣拱著背叮叮咚咚地彈琴。她一直求愛姆讓她也彈一回，可是他卻連一小時都不願意讓出來。有一天她想將他從鋼琴旁拖開，嘗試失敗後乾脆把門閂上不讓他出來，讓他氣得嚎啕大哭。等兄妹倆年紀大到可以拉大提琴了，他們也爲了爭搶赤色情人而爭吵，兩個人吱吱喳喳吵個沒完，彷彿僵持不下的情敵。她想這也能吵，難怪德庫西家的人總是發瘋。

她又翻了一頁，看到一段寫得密密麻麻的文字，最下方那行寫到一半突然有道拉長的筆跡，像是寫到半途手被撞開。那句話底下，馬丁的筆跡寫道：今天先寫到這裡，我要去睡了，明天見。

她往前翻，裡面的內容讀起來都很熟悉，就像是看著已經走過的地圖。旋律在她的腦中交織，她的手指在看不見的琴鍵上彈奏貝多芬。這部遊戲寫得很好，至少可以得到六十五分，如果當初有交出去的話……

她深呼吸。現在生氣也沒用了，沒必要生氣。重點在於，這部作品看起來頗富潛力，除了馬丁以外沒人看過，但是他不會出席仲夏遊戲展演，如果她用這部作品登台……當然不會原原本本地照搬上台，不過要是花八週的時間修改……她可以想像自己將會如何改編作品——她會讓某些主題更加突顯，並且慢慢導入錯綜複雜的細節，歛去年輕人不成熟的炫技，最後將六十五分的學生作品變成完美的仲夏遊戲。她閉上眼睛想像自己置身大禮堂，站在鑲著銀邊的展演場，舉起雙臂。她夢想著這一切多久了？她始終愛著開場動作收束後的那一刻，在那一刻她會承載著觀眾的目光，眾人的注意力會如斗篷般披在她的身上。她也熱愛展演到來前的期待感，但是這次她卻無所期盼。現在有了這部遊戲……她吐出一口氣，身體不再僵硬且變得輕盈。之前怕了這麼久，如今狀況逆轉了，她做得到。她可以在兩個月之內寫出仲夏遊戲。不用再擔心伴隨失手而來的恥辱了，她不會搞砸的。

她望著遊戲記譜輕輕地笑了。爲什麼她之前都沒有想到呢？浪費這麼多時間找靈感，但靈感就在這裡。她將練習簿貼在臉上，輕輕吻了吻封面。她是不是聞到了墨水與汗水的氣味？或許吧。那是來自十年前的熱情，是耗費在圖書館裡的時光，是被耗盡的體力與心靈的震顫，也是無數深沉的夜晚、無眠的夜晚、挑燈夜戰的夜晚……以及類似今晚的夜晚。她努力不去回想與馬丁嘴唇相抵的瞬間，也不去回想她將他推開前的那一刻。她心中湧現一陣感激，突然在那一刻她不在乎愛姆已經死了，也不在乎那是不是她的錯。她低聲說道：「謝謝。」接著她又放聲說了一遍，因爲唯有在這裡，她才能夠這麼做。

25
李奧

他做夢了，出現在他夢中的不是克萊兒，而是克麗賽絲，她站在他前面排隊等著憑弔。在夢中他並不覺得奇怪，好像哀悼偉人再度流行起來似的。克麗賽絲背對著他，優雅的小帽蓋住了她的頭髮。他們所在的大廳既像蒙特維爾的大禮堂，也像中央移民署的大廳，他們兩個好像在等候辦理什麼重要的手續，等著承辦蓋下最後的印章。地上有一灘濕滑的血水，大家都踩著愼重端莊的腳步繞過，不發一語。他們排了很久的隊，每當隊伍前進，李奧前面就會多出好幾個插隊的人，把他和克麗賽絲愈隔愈開，而且不知怎的他竟然無法推開人群。克麗賽絲似乎很害怕，就像在場的所有人一樣。李奧除了感到恐懼，內疚感也愈來愈深。都是他的錯，克麗賽絲才會出現在這裡，才會穿上黑色的衣服。如果他可以大喊的話，他眞的會大叫出來。

很快就要輪到克麗賽絲了。坐在桌前的男人抬起頭來，李奧這才發現那人是卡費克。他不明白之前爲什麼都沒看出來，如果他對周遭更留神的話……但是這已經不重要了。他的喜悅在幾秒內蔓延開來。原來之前全都是一場誤會，卡費克不知爲何又活過來了。

接著一陣鈴聲響起，什麼都來不及了，不知從哪裡升起一道玻璃牆隔開了李奧和其他人。他知道自己已經落入陷阱，不出多久駭人的事情就會發生，而他將只能眼睜睜看著這一切。

他醒來時驚恐尚未褪去，彷彿自己依然受困在玻璃牆之後，被迫與其他人隔開。他做了可怕的、愚蠢的事情。他坐起身擦掉臉上的冷汗，慢慢抽離夢境回到現實。卡費克已經死了，克麗賽絲則是下落不明，希望她躲得好好的，或是正前往安全之處。他深呼吸，告訴自己這只不過是一場惡夢而已，畢竟他之前才剛退燒就喝了太多的酒。

他下床時腳步還有一點搖搖晃晃的。他換下衣服，然後刮了鬍子。原以爲自己不照鏡刮鬍子的本領愈來愈好了，然而今天他卻不小心刮傷自己。血還來不及止住就已經流到袖口，他看著那滴血順著纖維滲進衣服，顏色紅得像是《紅》一樣，也像是——

他吻了遊戲師。

回憶倏然浮現，畫面鮮明得像是剛才夢境的一部分。不過那是不可能的，這件事確實發生過。當時他們嘴唇相觸，能感受到溫熱的鼻息與柔膩的肌膚，然而就在他以爲對方即將回吻的瞬間，她卻推開了他。一回想起來，他就不由得皺起臉。

他必須見她一面。他將臉潑濕，一邊眨眼，一邊深呼吸，等待下巴的傷口不再發痛。洗臉盆的水染成了淡紅色，水面上映著他的倒影，看起來簡直像是鬼魂。他很慶幸自己不用一直面對著倒影，不過離開房間時，他忍不住想像自己的倒影依然留在水面上盯著天花板，等著他回來。

時間不早了，早餐時段早已過去。走廊多半安安靜靜，只在偶爾出現一兩個來掃地或撢灰塵的灰袍侍者，在他經過時默默讓開。他轉進教師樓迴廊時聽見車輛的引擎聲，發現有輛卡其色的警用卡車越過門房逕自開進了中庭，不禁停下腳步。顯然學校出事了，不然警車怎麼可以直接開進中庭呢？可是警車的鈴聲並未響起，也沒看到誰匆忙跑去迎接。剛才跟警車揮手的守門人駝著背回到門房，一個警察則懶洋洋地打著呵欠從車內走出來，一面查看著手上的文件。眼前的景象讓李奧回想起不久前的夢境。他往窗口移動，以便不引人注目地觀察。

鐘聲敲了十響，一名學生彷彿受到鐘聲召喚般，提著行李箱從另一頭的塔樓衝過來。他沒有穿著學生袍，看起來有種不屬於此地的怪異感，彷彿只是個觀光客。他的背心上粗劣地繡著一枚歪斜的十字架布徽。警察拿下掛在耳上的鉛筆，問道：「你是夏彭提，還是斯洛莫頓？」

「斯洛莫頓。」

警察點點頭，在文件上做了記號。他打開卡車的車門，示意斯洛莫頓上車，然後靠在引擎蓋上等待。片刻後他點了一根菸，從車窗把菸盒遞給同事。

接下來什麼事也沒發生。警察繼續抽菸，名叫斯洛莫頓的學生則待在警察身後的昏暗車廂內，靜靜坐在長椅上，李奧從窗邊只能勉強看見他的雙腿和行李箱。但是他卻覺得愈來愈不安，背後竄過一陣涼意。他從來沒有看過警察出現在蒙特維爾。這麼說也不對，他從前見過一次，那時候有侍者從方塔上跳下來，事情就發生在卡費克的死訊傳來不久前。後來屍體被帶走，現場也清理乾淨，警方宣布那只是一樁墜樓意外。然而當時的情況跟現在完全不同。

現在警察到底在等誰？其中一個警察對另外一個低聲說了些什麼，然後他們都笑了。李奧想要轉身離開，但某種直覺促使他繼續待在原地，緊緊盯著那輛卡車。好像只要見證一切，他所擔心的事情就不會發生……他想起薩拉和皮瑞尼提起《純淨法案》時所說的話。

走廊盡頭傳來迴盪的腳步聲。李奧向四周張望，看到一個身穿邋遢毛衣和長褲的人正在敲遊戲師的門。那人一手提著行李箱，另一手抱著一疊書。這一定是警察說的另一名學生。李奧依稀對他有點印象，是個基督徒，名叫夏彭提。他總是一臉卑微的模樣，讓李奧想要抓著他搖晃，逼他挺起胸膛。他全身上下都穿著褐色服飾，看起來比平時更加羸弱，像是被石頭壓扁的野草。他又了敲一次門，神情沮喪，彷彿已經察覺到遊戲師不在裡面。最後他整個人蹲下來，把書堆在門邊，然後拿起行李箱往李奧所在處移動，打算穿過大門走去中庭。

「嘿！」

夏彭提畏縮了一下，反射性地說道：「對不起。」

李奧恨透了自己，他本該讓這個可憐的年輕人走掉的。「外面有一台警車，他們是在等你嗎？」

「喔，對，我要回家。」

「回家？」

「對，所以我才先來把書還給教授。」他縮起肩膀，像是想要躲藏起來的動物。

「警察會帶你回家？」

夏彭提忽然轉過頭，好像有黃蜂朝他飛來似的。他已經習慣大家的無禮對待了，所以現在他也沒多說什麼。「對呀，我們收到一封信，說管理局的資料要更新，作業程序只需要幾天而已。信上叫我們帶過夜用品和身分證件過去就好。」

李奧看著他又破又舊的小行李箱，側邊漆著夏彭提的姓名縮寫SC，已經有些剝落了。以前這種行李箱很昂貴，然而現在李奧見了，心裡只會浮現出摻雜著反感的同情。他往窗外看了一眼。警察在看手錶，空氣中飄散著他們吐出的煙霧，而斯洛莫頓的雙腿依然維持著相同的姿勢。

「不准去。」他還來不及阻止自己，便抓起夏彭提的手臂拉著他往回走，走向卓萊登的房門和剛才那堆石塚般的書。

夏彭提想抽手。「怎麼了？我一定要過去才行。」

「別傻了，他們才不會送你回家。」

「可是他們說……」

「我知道，你剛才已經說過了。但是**我**也告訴你了，事情不是這個樣子。」

「**你**又懂什麼了？」夏彭提用力將手抽回，隨即漲紅了臉，被自己的舉動嚇得瞪大雙眼。他這麼勇敢其實沒什麼不好，但是爲什麼偏偏選在此刻勇敢，選在有人幫忙的時候才勇敢呢？「我們收到情報局的正式信函，我只是按照指示做而已。」

「你太天眞了！」李奧再度抓住夏彭提，同時克制自己不要發脾氣。他不願去想自己爲何知道，又知道些**什麼**，也不願去想自己對他的處境是否該負責，現在只要夏彭提乖乖聽話，不要上車就好。李奧努力不去想斯洛莫頓的事，他已經上了車，一切都太遲了。「不准去，我跟你說……」他尋找著適當的字句。想要搖晃夏彭提的衝動太強烈，讓他手臂上的肌肉隱隱抽動。「不相信我沒關係，反正你沒理由要相信。但是拜託你仔細想想，難道你沒看到最近的報紙說，喔不，你當然看不到報紙，但你也知道外面的狀況是怎麼回事，想必你多少有聽說了吧？所以，拜託了，**拜託**不要走出去讓他們抓走你。」

夏彭提盯著他，嘴巴張得大大的。他的視線滑向窗外，又回到李奧的臉上。他整個人彷彿結凍，像是兔子看到黃鼠狼跳舞那樣錯愕。李奧在那一瞬間覺得夏彭提應該是不會聽話了，不過對方的臉上卻閃過一絲猶豫，他動搖了。「可是……我還能到哪裡去？總不能留在這裡，那我該怎麼辦？」

「躲起來。」

「什麼？要躲在哪裡？」

「哪裡都可以！」李奧把夏彭提一路推到走廊盡頭，那裡有一扇通往方塔的門，還有一道狹窄的樓梯，順著往下走就會通到一片漆黑的地窖。他把夏彭提推到樓梯上。「躲到沒人看得見的地方去。要是有人來問，我會說我看到你跑掉了。我會把吃的放在我房間裡，房間不上鎖。快走。」

「可是……」

「**快走**！」

夏彭提投來最後一記懇求的眼神，好像希望這一切都只是場鬧劇。李奧抬起手推了他最後一下，他才跑下樓梯消失在陰暗處，手上的行李箱不斷撞擊著腿側。他的腳步聲愈來愈遠，最後終於消失不見。

李奧滿身大汗。窗外的警察還在等待著。遠方傳來喊叫與嬉笑聲。他剛才究竟做了什麼？他竟然協助國家要犯逃亡。要是現在還有人在監視著他，要是有風聲傳出去……而且一旦他出手幫忙了，以後就得要繼續幫下去。如今夏彭提的生命掌握在他的手中，他必須負起責任。他眞是個白痴，他會這麼做只是出於直覺，他根本就不知道實際上有什麼危險，搞不好他只是因爲被貶官好幾個月，對事情反應過度。

不是這樣的，他眞的知道會發生什麼事。他拒絕回頭去看那輛警車，拒絕再看到斯洛莫頓瘦弱如病人般的雙腳。他把雙手插進口袋，吹了幾小節的口哨。既然遊戲師不在這裡，他最好還是先去圖書館，待會再來找她……然而動身離開前，他卻忍不住回頭盯著拱門後方漆黑的階梯，那裡的空氣沉靜得古怪，好像剛才把什麼給生吞掉了。

26
老鼠

在確切明白之前，老鼠已經先感受到事情的變化了。走廊、大廳和無人的空間彷彿長出綿延的絲線，正被一隻看不見的、笨拙的手撥弄得不停顫動。她會在喝水時突然覺得不自在，也會無緣無故醒來，好像有人在喊她，奇怪的是她明明沒有名字。她只是隻老鼠。

情況改變了，現在有新的什麼出現，躲藏在原屬於她的角落。空氣中除了泥土、松針和春天即將到來的氣味之外，還散發出另一種氣息。或許老鼠的直覺比她自己想像的還要敏銳。她看見月光下有一團灰塵揚起，還聽見腳步聲，察覺空氣的振動。她不經意觀察到這一切，也許並非全然出於直覺，而是因爲內心深處有什麼被牽動了。她發現自己經常環視著周遭，彷彿她的影子從腳跟處逃跑，變成了她的敵人、對手兼朋友。

隨著時間經過，改變的跡象愈來愈明顯。例如一整排乾燥的洗臉台中，卻有一個閃爍著濕潤的反光。窗戶玻璃上不時會浮現白霧，在她眼前慢慢消失。當她順著石窗台一路摸過去時，發現有一處特別溫熱，似乎剛才有人坐在窗台邊，把頭貼在玻璃上往下眺望中庭。時常有人在老鼠到達現場前不久才剛離開。儲藏室裡沒有食物不見，寢具櫃的鎖沒有被撬開、沒有毛毯被偷，但她幾乎可以肯定有別人在……她覺得不自在，那個人可能會害她暴露行蹤，讓侍者起疑心。她總是做著不祥的惡夢，夢中有灰衣人忽然將門踹開，大聲吆喝其他人過來，然後他們舉起火把，照亮陰暗的角落查看。她之前能夠如此自由，是因爲她讓自己變得隱形，但如果她遭到連累……一股惡寒如細針般竄過她的腳趾尖、頭皮與背脊，讓她微微發顫。要是有人發現她的存在……她化身鼠輩的時間太長，無法想像後續可能會如何發展，她只知道一定不會有好下場。傷害她的將不會是尖牙、陷阱或毒藥，而是更糟的、更糟的人類。

她得要小心，要比平常更加小心。心中的不安讓她的行動變得遲緩，變得不像一隻老鼠。她的腳步聲比平常吵，換氣也更加頻繁，盤據腦中的雜亂想法使她慢下腳步。那些想法就像邊緣尖銳的骨頭碎片，扎得她頭痛。她不得不停下來，伸出雙手擁抱自己，試著回想起安心是什麼滋味。

她躲了整整三天。以前她挨餓過更長的時間，而且這次她預備好水果和麵包皮當作存糧。她躲在窩裡用毛毯裹住自己，要喝水的時候才冒險外出。頭一天她甚至不曾感到飢餓，彷彿她的胃是裝得滿滿的抽繩袋。等她終於睡著後，她做了一連串情節曲折的夢境，個個令人感到身歷其境，而最後一個夢像是水管中的水流般將她往旁邊沖去，復又往下沖落，最終把她沖到地面上。

她坐起身，發現自己全身出汗，能聞到身上的汗味，可能是發燒了。今天晚上這麼涼，顯得她體溫特別高。眞希望現在有一陣風，從屋瓦之間的縫隙吹進來……可是空氣猶如玻璃般凝滯。老鼠站起來走向門邊，腳步有點不穩。她在窄梯上方歇了歇喘口氣，然後才頭昏腦脹、手腳並用地走下樓梯，爬過掃帚櫃，來到寬闊的走廊上。夢的後勁仍未散去，讓她覺得彷彿依然身在夢中，既像是睡在搖籃裡，又像是溺水之人。雖然她不知道自己要找什麼，不過她還是走到月光下，穿過光線與陰影交錯處，心裡並不感到害怕。這時她還是沒有飢餓感。

接著她看見了那個人。一開始她看見對方的白襯衫，還以爲他是白衣人，於是沒有放下抬起的腳步，就這麼觀察著他。她突然意識到自己暴露在危險之中，但是旋即又放下心來，因爲她認出對方是誰了。是賽門。她怎麼能確定他就是最近出現的躲藏者？或許是出於直覺吧，也或許是從他的動作看出了端倪。他總是腳步踉蹌地從這個陰暗處移動到下一個，模樣匆忙而鬼祟。還有他的鞋子落地時太吵了（他拖著腳走路，總是發出咔咔咔的聲音又猛然停下），要是有誰聽到一定會皺眉回頭查看。這也難怪，畢竟過去他從來不必躲藏。她可以想像到賽門閉上眼睛，試圖藉此隱形起來的畫面。不過看到他變成這個樣子，她並不感到意外。她一直都很清楚賽門是遭到捕食的那一方，與其他年紀相仿的黑衣人不同，從很久以前開始其他人就會恐嚇且傷害他。此時他會出現在這裡、試圖隱匿行蹤，大概就是情況變得更加嚴峻的結果。當初她在窗戶上看到一團白霧時，就應該要料到是他了。

賽門再次移動了，她決定跟在後頭，同時聽見鐘聲響起。他懷裡揣著一個包裹，一開始她以爲他會回去自己的房間，但是他卻沒有這麼做，彷彿在繞路甩開她。不過她很確定對方並沒有察覺她的行蹤。他一度剎住腳步，匆匆倒退躲進走廊陰影處大口喘氣，然而周遭一片寂靜，只聽得見準備敲響下一聲鐘響的齒輪轉動聲。他像等待暴風離去般蹲下，在鐘聲結束後繼續前進。兩人一前一後從學士樓走廊移動到中庭的另一邊，老鼠逐漸拉近距離，只差幾步就能追上他。反正他不會回頭查看，不過她（比較像人、比較奸詐的那個她）有點希望他會回頭。老鼠總是遭到獵捕，從來沒有當過獵人，現在像這樣追著賽門令她感到興奮莫名。

他們爬了一層又一層的階梯，中途他不時停下來喘口氣，接著又繼續往上爬。最後他走進一條狹小通道，上方是一片傾斜的屋頂，缺了幾片屋瓦而開了個洞，像是裂開的大嘴。通道盡頭漆黑一片，此刻她只看得見邊緣呈現鋸齒狀的星空和賽門幽靈似的襯衫。接著推門的咿呀聲傳來，賽門也消失在那片黑暗中了。

不知道爲什麼，她不用看也知道通道盡頭那道門後的空間一定很小，而且沒有其他出口。老鼠會有這種判斷，可能是聽到賽門在老舊地板上坐下所發出的聲響，也可能是從斜屋頂在上方交會形成V形、煙囪很靠近夜空等線索判斷出來的。她沒有來過這裡，這裡是校園的制高點，如果爬出去站在上頭，便可以眺望數公里之遠，看到山谷中的點點火光。但是她又何必爬上屋頂遠眺呢？現在她全副精神都專注在賽門的呼吸聲上，一片寂靜中只聽得見他的呼吸聲，以及她的心跳聲。她告訴自己，只要他的話語、他的行動讓她覺得他太像人類，她就必須馬上離開。結果這種事情並沒有發生。聽起來他只是把某樣物品（應該是那個包裹）放在地上，之後便是吃東西的聲音，不過一下就結束了。不管他剛才吃了什麼，一定都不夠他吃。她能從他的呼吸聲裡聽到飢餓。

老鼠後退了一步，接著又一步。她總不可能感覺到別人的飢餓，對吧？不可能的，一定是她自己也餓了。他在通道盡頭的房間裡，而她在這裡，飢餓是不會穿門而過的，它本來就在體內，就像悲傷一樣。飢餓不會傳染。所以，她現在一定是餓了。她知道該怎麼辦，去覓食就好，就這麼簡單，畢竟她可是老鼠，餓了就吃。然而，她現在最想做的事情卻是送給賽門一點什麼。她回想起蔓延在舌尖的香甜滋味。

「是誰？」

她沒有回話，就算她想，她也不知道該說些什麼。當下她動彈不得，接著突然聽見火柴被劃開的聲音，隨即一朵火花躍入眼簾。她往後退了一步，用手遮住臉。

「是你啊！謝天謝地，我還以爲……抱歉……」賽門聽起來很久沒說話了。他咳了幾聲，順過呼吸後卻什麼也不說。火光忽明忽滅。

她眨眨眼，慢慢適應眼前閃爍的金色光芒，然後把遮住眼睛的手指一根根移開。賽門點亮了一截蠟燭，正跪在地上看著她。沒錯，他感到飢餓，不過那和身體的飢餓不同，從他眼神中流露出的，是想從她身上索取些什麼的飢餓。他需要她的一點人性、一點善良，呼喚著她心底想要幫助他的那份危險衝動。可是她並不善良，也不是他的同類。他是人類，她是老鼠。這個忙她不幫。

燭心的焰火燃燒得更加旺盛。她移開視線，不看蠟燭也不看他。她看見牆上有一道裂隙，就在煙囪突起處，這個房間是——

回憶突然像是一張大嘴咬住了她。這裡是——

這裡不是她的房間，不是老鼠的房間，而是一個人類女孩的房間。那個人類女孩曾經有名字，而且她再也不想回到這個房間。從前她會躺在房間地板上，等著母——等著一個女人帶食物回來給她，唱歌給她聽。這裡的天花板會膨脹到像是要塌下，而黑暗則會迅速爬動。這裡會讓人突然陷入恐慌，而且恐慌會吃掉太過溫柔的回憶作爲滋長的養分，例如母親的親吻、多帶回來的食物，還有母親對她說：親愛的，不要一口氣吃完，這是明天要吃的。後來她在絕望中撞向了門，發現房門一推就開，像是沒有形體似的。她依然記得當時心中湧現的恐懼，因爲她發現自己竟然能夠離開這裡。這個念頭就像酸液，將她整個人溶解並化爲虛無。在那之後，她就失去了名字，再也不是人類。

後來……所謂的後來是多久以後？過去的回憶塵封已久，困在凝滯的空氣中，像是冬眠的種子。那天早上她想去找母親，然而她並沒有忘記母親的叮囑，她總是說：你不可以離開這裡，也絕對不能讓別人聽見你的聲音，不管做什麼都一樣，親愛的。可是她當時太過慌亂，甚至覺得能遇見隨便一個灰衣人都好。儘管眼淚已流淌至下巴，她依然不敢發出任何聲音，在廊道間靜悄悄地遊走，然後……

她從這條走廊移動到下一條，對所有的路徑都很陌生，像是走在石材搭建的迷宮之中。這是她第一次離開房間這麼遠。時間還很早，即將迎來日出的天色灰濛一片，然而這樣的光線就已足以刺痛她習慣黑暗的眼睛。她緊緊抿住嘴唇，怕自己一張口就會放聲哭喊，惹母親生氣。可是今天房門卻沒上門閂，母親總是會記得鎖門的。

鐘聲響了。不是平常那座大鐘，而是另一種小小的鐘，它發出憤怒的嗡鳴聲，像是一隻金屬製的黃蜂。她仔細觀察左右兩側，然後才穿過寬闊的走廊來到窗邊。一輛外型方正的棕綠色卡車駛進了中庭，旁邊聚集著一群人，有些身穿灰衣，有些是白衣，所有人都在等那輛車停下。其中一個白衣人衝向卡車，其他人則三三兩兩地分散開來、交頭接耳，這時她才終於看見他們圍觀的是什麼。最高的塔樓底下有某種物體散落在石板上，顏色灰灰紅紅的，紅色的面積多過灰色。她看見一個接近人形，卻又不是人的東西，那原本是一個人，但是……她看見橘金色的髮辮，還看見一隻腳，不遠處則有隻鞋子。

或許就是從這一刻開始，她也變成了不是人的東西。這感覺就像撞開沒上門閂的房門，只不過更加糟糕，因爲這回她知道母親再也不會回來了。

她站起身來，雙腿發抖。眞不該回來這裡，這裡帶給她的打擊太大了。回憶是砒霜，會將她的內臟灼爛燒乾，她寧願吃掉自己的手也不要……

「你要去哪裡？」

她僵在原地。

「拜託不要走，我好寂寞，寂寞得快要發瘋了。我覺得自己好像正在消失。求求你……」

他是敵人，她現在會感到如此痛苦都是他造成的。

她想要撿起放在地上的蠟燭，插進他手裡捻熄燭火，如此一來他就會哭喊著退開、不再要求她留下，而她便能趁機逃跑，這樣就安全了。

「不要走，拜託你。我沒有在生什麼氣，我不會傷害你。」

這是陷阱。他向她伸出了手，但她知道人類的手是一種陷阱，同樣的一隻手會爲人梳頭髮，或者打人一巴掌，也會在某一天突然化作摔在地板上的碎片。

他的手依然沒有收回。他到底想要什麼？一瞬間，她的心中充滿無以名狀的恐懼，好像又回到小時候，只能保持安靜不然就會發生壞事，不管要做什麼都不可以，而牆壁和天花板都會往自己的身上垮下來。

她轉身跑開。房間變成一道陷阱，在她身後張開大嘴。他似乎說了些什麼，但是她已經跑遠，來到通道另一端的屋頂破洞處。接著她衝下樓梯，再衝過更多的樓梯，一路跑得喘不過氣，滿身大汗。快走。之前她也曾誤入險境，但是都沒有這次來得危險，也從來不曾像現在這樣內心亂成一團。

她下次再也不會跟蹤他了，今天做出這種事是她不對，這不是老鼠的作風。她鑽進自己的窩裡，把毯子拉到下巴處蓋住全身。

她告訴自己，反正那個人很快就會死的。然而閉上雙眼後，她卻看見他待在那個小房間裡，那個她曾經等待母親回來的房間，而且並沒有因此得到任何安慰。

27

寫完了，只剩下一點還沒完成。總算能鬆口氣。

今天下午我在圖書館完成了主題段落。記得那時我抬起頭看向四周，在一瞬間，就在那**一瞬間**回到當下。主題曲的殘響依然在腦海中迴盪，卻變得愈來愈微弱。我的聖之嬉就擺在面前，即將完成。在末頁寫下意味著「閉幕」的符號時，我看到窗戶敞開，帶著青草味的風吹了進來，天色轉爲深藍，預告著黃昏。春天悄悄地來到我們身邊了。侍者開始在圖書室的另一頭點燈，這時卡費克也寫到一個段落，抬頭看著我，不過還是做作地點了幾個附加符號之後才把筆放下。「寫完了？」

「寫完了主題段。」我不想再多說什麼，深吸一口氣後便看向窗外。現在我竟然感到如此放鬆，眞是愚蠢，但如果沒走到這一步，我也不會相信前面已經寫了那麼多。不管寫過多少部遊戲，每次創作時都還是會感到害怕。

「恭喜你。」他說。

「嗯。」我想不到該說什麼，只是繼續微笑著。他也回以微笑。

同日稍晚

我以為今晚會睡得很好，結果睡到一半還是醒來了。並不是出於焦慮，只是沒有睡意。於是我乾脆起來翻看今天完成的進度。我以為作品並沒有自己印象中的那麼好，但現在看來其實眞的不差。雖然不是天才之作，也已經夠好了。等明年吧。

無論如何，卡費克都**不可能**會比我好到哪裡去。

至於好幾週前寫的那些東西……我當初想錯了，那些當然都只是我一時想像出來的而已，之後便完全看不出任何一絲跡象。不過，我還是再想想看吧。

第九週，星期日

今天早上卡費克跑來敲我的房門，那時候時間還很早。我一邊爬下床一邊咒罵，以為是哪個侍者忘記今天是星期日。打開門後他看到我的表情，愣愣地眨了下眼睛。「馬丁，」他說：「不知道你想不想……」

「卡費克，今天是我的休息日。」

「我想也是，但不知道……」他沒把話說完，只是搖了搖頭。「抱歉把你吵起來。」

「你想問什麼？」

「如果可以的話……我知道星期日你通常都跟艾米爾、菲力他們在一起，但我在想……算了，我也只是想想而已，不說了。」

「快說。」

「我想帶你去一個地方，讓你看某樣東西。」他不等我回答，立刻又說：「不過沒關係。」

「等等，」我說：「我還沒清醒過來。那好吧，等我換個衣服。」我叫他在門邊等，然後衝去換衣服，換完回來就看見他像平常那樣背對著我。「好了，帶路吧。要去哪裡？」

他大步走在我前面，肩上背了一個帆布包，裡面散發出大蒜和起司的味道，袋口處還隱約可以看見蘋果的反光，讓我莫名想笑。「你等著瞧。」他沒有下樓走去中庭，反而一直沿著迴廊走，然後爬上樓，最後在一處樓梯轉角停下，推開儲藏室的門。他移開立在一旁的掃帚，領我進去。

「這到底是怎麼回事？」我踢到一個水桶。「卡費克，我們這是要去哪裡？」

「走這裡。」他繞過儲藏室盡頭的老舊高腳櫃，消失在陰暗處。我聽見一道撞擊聲和卡費克的咒罵聲，然後是門咿呀打開的聲音。我跟在他後面擠進一條狹窄的走道，這裡天花板低矮，到處都是灰塵。我一度覺得自己很可能是中計了，或許好幾個月之後，校方會在這裡發現已經變成一具乾屍的我也說不定。這時候他卻舉起了手，擋住我差點撞上矮梁的頭。「沒事吧？小心點。」

「這到底是、你……」

我還來不及把話說完，他就已經繼續往前走了。前面又是一段樓梯（我想應該是吧，這裡的路真的很難記），之後還有一條開了許多灰暗小窗的通道，到處漂浮著落雪般的灰塵。走到這裡時周遭變得寂靜許多，我們好像已經離開學士樓了。一路上我和他都沒有說話，而且我發現自己在不知不覺間放輕了腳步。走到屋簷下兩條窄道的交會處時，我好像聽到有小孩在哭，卻聽不出哭聲是從哪個方向傳來的。我不由得停下腳步，想起上學期雅各說過的話，他一直說自己的房間鬧鬼。但是卡費克隨即拉了拉我的袖子，示意我繼續往前走，而我也很樂意將那哭聲拋在腦後。

一路走來，我都以爲他是要帶我到屋頂上。我們擠進一個通風不良的三角空間，那裡面聞起來有蛀蟲的味道，滿是木料散發的熱氣。我們低著頭前進，避免撞上裸露的木隼相接處，讓我更加確信自己猜中了目的地，然而他卻在這時停下來說道：「就是這裡。」

他往一旁站開。眼前是一塊昏暗的寬敞空間，上方的屋頂相接處彷彿被透入的縷縷光線縫合。較遠處有一道光束斜射而下，其中有大量塵埃懸浮，讓那條光束看起來格外具體。屋頂上有幾處缺了瓦片形成破洞，露出一塊塊的藍色天空。

腳下的地板向下傾斜復又隆起，形成在中柱交會的波形曲線，令人一時感到錯亂，好像我們正站在倒置的石板船身上。卡費克瞄了我一眼。「這裡怎麼樣？」

這裡是大禮堂正上方，而我們正站在禮堂的拱形天花板上眺望。我不由得笑了起來，笑聲在弧形地面上反彈，像是飛掠過水面的小石子。「這裡眞是太棒了，」我說：「你是怎麼找到這裡的？」

「有時候我睡不著就會來這裡。」

我看了看周圍。雖然這裡在白天看起來饒富異趣，但我可不想在晚上到這裡來。顯然他的膽子比我大多了。

他沿著地面的弧線走向中柱，在一段斜面上坐下，然後把帆布包往地上一扔，兩手撐在地上往後靠。我也模仿他的動作，卻突然覺得膝蓋一陣痠軟。我當然知道地面很牢固，但走起路來還是小心翼翼。要不是卡費克在這裡，我應該就會直接轉身回去了。

「來吧。」他把背包遞給我。現在還不到午餐時間，我卻突然餓得要命。好一陣子我們只是默默吃著臘腸、起司和水果。我意識到此刻我們的腳踩在禮堂上方，底下是空蕩的長椅和展演場。受銀線環繞的沉默彷彿瀰漫上來，充滿整個空間，最後順著呼吸進入我們的體內。

他始終沒有說話，我也沒有。起初我滿腦子只想著聖之嬉和我的遊戲片段，不過吃完東西後，我看著從縫隙透進來的光線，覺得自己像是入了夢，心中沒有任何言語。這就是教授一直希望我們在冥想中找到的、源自內心的平靜，我之前從來沒有感受過，彷彿這世界一切俱足。我閉上眼，用手枕著頭，後來似乎不小心睡著了。

再睜開眼的時候，太陽已經換了位置，從外頭吹進來的風十分輕柔，彷彿泛著藍光，周遭的光線則變得陰暗。雖然我沒有碰觸到卡費克，卻可以感受到他散發的體溫。他的呼吸很輕，讓我以爲他睡著了，轉頭看時才發現他的眼睛是睜開的。

「有時候呢……」他突然開口，口氣像是在回答我的問題。「我一個人上來這裡，會怕自己不小心睡著，醒來之後就會發現所有人都消失了。我怕……不，說『害怕』也許並不合適。總之我就是有種強烈的預感，覺得等我再度回到學士樓，就會發現所有的寢室都空了。如果從窗戶看出去，就會發現蒙特維爾即將變成廢墟。煙囪不再冒煙，中庭裡也沒有人……牆壁開始崩塌，石像鬼全掉下來摔碎在地上，到處都是水漬和成堆的腐爛枯葉。學校裡看不見燈光，聽不見聲音，鐘也不敲了。這裡什麼也沒有，彷彿整個星球只剩下我一個人。」

接著我們誰也沒說話。這不過是瘋狂的幻想，然而他的聲音之中卻帶著某種異樣的質地，好像他所說的話其實是咒語，好像我們**真的是**地球上最後殘存的兩個人。

「接下來你會怎麼做？」

「我會回家。」他說。「我會坐上空無一人的火車，接著火車會自己啓動。我會去確認其他車廂有沒有人，因爲我不敢相信眼前正在發生的事情。可是眞的都沒有人，我只好坐下來，試圖不要陷入恐慌。或許我旁邊的座位上會放著一份舊報紙，我會拿起來看，但是上頭並不會有任何能解釋現況的訊息……火車停下來之後，我會走過一段長長的上坡路，經過一大片葡萄園，然後回到家中。不過家裡同樣一個人也沒有。我會大聲叫喊，喊我——我妹妹的名字，但是她也不會在。整個家只剩下牆上滿滿的家族肖像畫，一個活物的聲音也聽不見，然後……」他停了下來。

「然後？」

「然後？」他面對著上方的斜屋頂發笑。「然後還能怎麼樣？我大概會去圖書館寫一部聖之嬉吧。」

幾秒之後我大笑起來。「你知不知道自己是個瘋子？你絕對是瘋了才會這麼做。」

「我知道。」他轉過身，撐著一隻手肘看著我。光線太過昏暗，讓我看不清他的表情。我能感覺到他的袖口輕輕擦過我的，那觸感彷彿一路傳送到我的脊椎。我心想：**就是現在了**。他和我都沒有移動半分。

「換你了，你的惡夢是什麼？」

「你剛才說的算是惡夢嗎？比較像是你的幻想吧。」

「別這樣說嘛。」他將頭轉向上方，斜眼看著我。「你一定也有什麼害怕的事情吧。你是不是很怕學期末比我低分？」

「你閉嘴。」我知道他還在等我回答。我刻意不去感受他的體溫，還有我們之間輕柔的微風，也不去感受此刻我們彷彿正身處另一個世界，共享孤獨。「要是蒙特維爾消失應該會滿糟糕的。我也很怕被學校開除，這樣更糟。」

他依然看著我，神情非常專注。「那你會怎麼做？」

我無法承受他的注視，將視線轉向上方的椽梁。雖然心裡有點抗拒，我還是試著思考，要是沒有蒙特維爾，我的人生會變成什麼樣子。我會搬回家跟父母一起住，過著已成定局的人生。若不是在廢車場工作，就會是到老爸認識的人那裡，在某間辦公室裡工作，從事貿易或法律相關業務。如果我努力反抗，或許也有機會跑新聞。我可能畢生都會關在狹小的房間裡工作。要是沒有聖之嬉……

我說：「我應該會自殺吧。」

他移動了一下，惹得我側眼看向他。隨後他坐起身，兩手抱膝，我們的距離拉得更開了。他看著我，點了點頭，臉上帶著一絲微笑，彷彿我們爲了遊戲主題爭執已久，現在總算得到共識。

我心一沉，吃力地跪坐起身。「我不是指字面上的……」

「不，你說得對。」他說：「蒙特維爾和聖之嬉……如果沒有這些，生命就沒有意義了。」

我喉頭哽動，不想同意他說的話。我希望讓他知道，這個世上還有其他事情能爲人生帶來意義，就算賠上整個蒙特維爾也值得。但我錯過了回話的時機，只能看著他彎腰撿起蘋果核、背起帆布包。

「走吧，該回去了。我明天還要交一篇論文。」他伸手要拉我起來。我握住他的手，和他對看了一會兒，然後拉著他的手腕站起身。

同日稍晚

今天下午我一直無法專心。寫完歷史課的筆記之後，我走到門房那裡拿老媽的信。那封信從寄來到現在已經好幾天了，我總是會拿起來看一眼，然後又放回信箱裡。不知道上次寫信回去是什麼時候的事了？

艾米爾也在那裡。他顯然是閒得發慌，才會靠在柱子上偷看別人的信箱。「你跟卡費克玩得很開心吧？他是不是會帶你去看他變身成狼人的地方？」

「眞是有趣的笑話。」

「你最好小心一點，要是你們獨處的時候他突然變身……」他沒把話說完。我回過頭，看見他從自己的信箱裡抽出一張摺起的紙打開來看，突然繃緊了下巴。

我等了一會兒才問道：「怎麼了？」

「沒什麼。」

「家裡寄來的？」不可能，因爲那封信不是裝在信封裡。

「不是，只是不重要的訊息。」他把信紙撕成兩半，又將半張紙各再撕成兩半。他本來打算丟進垃圾桶，走到一半卻又停下腳步，把碎紙揉成一團塞進口袋。

「那就是情書囉？」

「閉嘴，馬丁。」

「你臉紅了。」我說：「該不會是樓下那位美女吧，你們那種不可告人的往來還在繼續？」

「**閉嘴**！」他又說了一次，同時用力撞開我走到前方，害我的手肘撞上櫃角。「喔，對了，說到不可告人，你們兩位才是大家議論紛紛的對象，你不知道吧。」他沒有回頭，又補上這麼一句。

我揪住他的手臂。「你說什麼？」

他猛然旋身將我往後推，整個人欺上前，近得我都能感覺到他的呼吸。「要是你敢說出那個侍者的事，哪怕只說一個字，我都會馬上去跟校長說你跟卡費克的關係有多不尋常。你以爲學校會因爲他的家世就對這種事視而不見嗎？」原本我還緊抓著他，聽到這番話只得逼自己鬆手。「你勾搭上誰，**我**一點都不在乎，管他是男是女，誰理你啊？換作學校教授就難說了。我只不過是犯了男人都會犯的小錯，他們不會管我，卻會對你們緊咬不放。所以你最好把嘴巴管緊一點。」

「我才沒有碰他，我也沒有那種打算。」

他挑眉看著我，而我也回瞪著他。

過了好一會兒，他才開口說道：「你還眞是天眞，有沒有眞的碰到並沒有差別。」

直到現在我還是覺得一陣反胃。他以爲他是誰啊？錯了，所有人都**想錯了**。事情才不是那樣。卡費克跟我並沒有……我們連一條校規都沒有違反，我們之間什麼也沒有，**沒有**做出任何讓學校蒙羞的事情。艾米爾只是在找我麻煩，他根本只是想惹事而已，我們不會有危險的。

第十週第二天

有時候我眞的很想勒死他。我說的是卡費克。

今天一整天，從第一堂課到晚餐時間爲止，只要一抓到空檔，我就會用來整理遊戲記譜。撰寫第一份草稿永遠都像是在挖礦，總是得花上好幾天耐心挖掘，有時會遇上礦藏豐沛的礦脈，有時則是難以撼動的堅硬岩盤。改稿則像是盯著一部機器，絞盡腦汁卻找不出機器無法順利運作的原因。改稿改到後來，我終於受不了了，慘叫一聲倒在桌上。

卡費克說：「要我幫你看看嗎？」

「不要。」

「我真的不介意，反正現在沒什麼要緊事。」

我抬起頭，問道：「你的意思是說《暴風雨》的進度不要緊嗎？你是不是在騙我？前幾天你才求我幫你看。」

「我現在沒有在忙那個。」

「你不要說你在寫霍特教授的論文喔，繳交期限明明還……」他搖搖頭。我一把抓起他的筆記本搶過來看。「那你到底在忙什麼？」

他的筆跡眞難看。其實應該說很難懂，我得要瞇起眼才能勉強看出幾個字。他在寫遊戲，應該說是聖之嬉，但也……不完全是。這作品幾乎沒有內容，毫無修飾。頁面上什麼也沒有，只有一個主標記，像畫布上有一條斜線滑過。標題處寫著《紅》。

他的喉頭哽了一下。「我只是隨便寫寫，眞的。」他在片刻沉默後開口。「我想知道作品中可以有多少留白。如果只下一手也能算是遊戲嗎？如果不用數學，不用音樂，不用文字，可以創作出聖之嬉嗎？」

我刻意讓自己的聲音保持平靜。「喔，這答案你自己明白呀。」

他皺起眉頭，想知道我的答案究竟是肯定還是否定，但我就是不想把話說清楚。

「以你的能力，只交一部作品參加金獎怎麼夠看？」我的聲音依然平靜而不帶情緒。「你得再交一部好讓我知道創作有多**簡單**，是不是這樣？」

「我不會交這部出去。」

「那你到底為什麼要寫？」

他搖搖頭。「我寫好玩的。別裝傻了，你也知道的吧，有時候靈感就是會突然出現……但我多寫一部又怎麼了？反正《暴風雨》已經完成得差不多了，我會把那一份當作業交出去。」

「你已經**寫完了**？天啊！」我不由得站起身。這段時間以來，他一直都在旁觀我為了寫遊戲埋頭苦戰的樣子。他一定暗自在心底竊笑個不停吧。

「你是怎麼了？這根本不關你的事，不是嗎？」

我把他的筆記本推還給他。我沒有要打他的意思，他卻猛然退開，還用手遮著眼睛。我應該要道歉的，但我沒有這麼做。「你讓我覺得好噁心。」我說完就撇下他離開。

第十週第六天

他沒有再提起那件事，我也沒有。自從星期二以來我們相敬如賓，不過我還是一直想著那件事。昨晚我問他能不能借我看他的筆記本，他說可以，但是回答前顯然有點猶豫，不是很相信我的樣子。我說：「我會待在你視線範圍內，就借我看一眼好嗎？」

後來他把筆記本帶來我的房間。在我研究他的遊戲時，他就躺在我的床上讀課本。不知道說「研究」適不適合，或許該說是沉思。這部遊戲就像是宗教符號，雖然樣式簡單，卻讓人忍不住想一看再看。

他寫得真好，程度遠超過我們之前寫過的所有遊戲，那些遊戲富於技巧而顯得高明，然而這部作品卻完全來自另一個世界，是另外一種存在。要我比喻的話，就像是所有人都在寫交響樂，他卻突然彈奏出一個音符，在一個音符裡容納了所有的聲音，宛如敲了立鐘一記，只須一聲鐘響便帶來無窮的回聲與餘韻。它挑戰了聖之嬉的所有規則，而且並沒有因為不能處理複雜的層面而顯得空洞，反而更加顯示出技術的高度和作品的深度……只用精心的一手，就在作品中投射出所有的感知、文化與人性……真不知道我是痛恨他，還是欽佩他，可能兩者都有吧，但我不知道哪一種情緒占上風。

這部作品題爲《紅》，我想它在某種層面上挑戰了符號學最基礎的概念。沒有人能夠確定「紅」的意義是否爲普世共享，無法得知我眼中的紅色是否就是你眼中的紅色，然而我們還是對這個字詞所代表的意義深信不疑。儘管語言就是這麼運作的，但是我們怎麼能**確定**……指涉顏色時「紅」的意義或許簡單明瞭，但如果放進聖之嬉，它便成了溝通的隱喻，象徵著了解、痛苦、愛與崇敬，顯示出人類期望藉由自我表達得到他人理解的企圖。這部遊戲探討「紅」的概念，頁面上卻沒有半個字提及「紅」，而他用白紙黑字來寫顏色，更呈現出語言帶來的矛盾：指涉對象的缺席。如同聖之嬉是對於神的追尋，正意味著神並不在此，否則何來追尋……只用一手來呈現「紅」雖然瘋狂，卻也達到完美的境界。他的作品力道強勁得離譜，簡直令人火大。這麼簡單的作品本應無足輕重，只是無聊的學生笑話（申論題：「何謂勇氣？」作答：「這就是了。」），其中卻蘊藏著衝擊性。僅憑大片的留白和寂靜中的一動，就讓這部作品在觀眾的腦海中盤旋不去。如同音樂教授談及聲響的留白時曾說過的：最發人深省的部分，往往藏在音符之間的空隙，或是樂曲停頓的時候。

過了一會兒，我把椅子往後挪，兩手抱住後腦勺，直盯著天花板。卡費克看了我一眼，把手上的書放在胸口，然後說道：「那只是我一時的想法而已。」

我深吸一口氣。「寫得棒透了。」

他嗤笑一聲，坐了起來。「認眞的嗎？你說眞的？」

「我剛才不就說了嗎？」我從後仰的姿勢坐正，好看著他的臉。「不要裝了，你一定知道自己寫得很好。」

「沒那麼確定。」

「這種東西我從來沒見過，遊戲師一定也沒有看過，不知道教授他們會怎麼評價。」

「我只是寫好玩的。」

「喔，閉嘴啦。」我把椅子挪回原處。「反正你是德庫西，總有一天會寫出天才之作，有什麼好害羞的。」

他沉默了好一陣子，最後才終於開口說道：「謝謝。」

「不客氣。」

我一時想不到還能說什麼，於是把筆記本闔上還給他。他接過去之後似乎有話想說，但猶豫了下還是作罷，就這麼離開了。

我現在心情如何？嫉妒嗎？當然嫉妒，我有點想把他的作品燒掉，或寫出一部更好的作品。我想找到方法徹底打敗他，讓他知道他不過是個凡人。

但我也覺得如果我輸了，至少是輸在他手上。

第十週第一天

距離交件剩下兩週，《回映》也快完成了。今天早上我甚至想著，或許在交件日前一天就可以全部完成。我覺得自己寫得不錯，對這部遊戲頗為滿意。不過老實說，看過《紅》之後，再看自己的作品就覺得遜色了幾分。

第十週第五天

昨天我們討論到很晚才散會。在卡費克的幫忙下，我終於整理好《回映》最後一段的想法（最後了！），現在整部作品看起來就跟鏡面一樣光滑。鐘聲敲了兩響時，我正在收拾放得到處都是的書，突然聽到他說：「謝謝你，馬丁。」

「謝什麼？不是你在幫我嗎？」

「我是說……」他做了一個大幅度的鞠躬，彷彿展演開場。「我不是爲了今晚，而是爲了所有的日子跟你道謝。我知道我很……我沒想過可以在學校過得這麼開心，這對我來說眞的意義重大。」

「你少肉麻了。」

「我才沒有。」他笑了起來。「好吧，我就是肉麻。」

在那之後，我一直胡亂想著各式各樣的事情，像是《紅》、卡費克、《回映》、金獎……可是在今天的冥想結束後，所有想法都消失了。我的心中突然充滿喜悅，彷彿眞正的我失去重量，像光束裡的塵埃那樣飄了起來。

第十二週第三天

全部完成了，比預計的還早結束。

第十二週第七天

昨晚我們熬夜聊了許久。之前聊天時，我們偶爾會聊到像是想法著了火，卡費克會站起來踱步，彷彿房間正在冒煙升溫。但昨晚的氣氛隨和又放鬆，與之前完全相反。我從來不曾感到這麼自在過，好像就算自己講出幾句蠢話也無所謂。他躺在自己的床上枕著手，對著天花板微笑，而我則靠在窗邊鬼鬼祟祟地偷抽最後一根艾米爾給我的賠罪菸，幾週前他爲了向我發脾氣而道歉。我們聊著聊著提到了《紅》。卡費克說：「你知道點子其實是從你那裡來的嗎？」

「不會吧？你是認眞的嗎？」

「有一次上實作課的時候，我看到你在塗顏料。那已經是上學期的事了，我們還在做雙人遊戲，那時候你還很痛恨我。」

「我沒有。」

「那時你完成了一幅……畫，而且是一整片純粹的紅色。我看到時眞的嚇了一跳，完全不像你的作風。」

不知爲何，一想到當時他以爲自己**懂**我，就讓我感到一陣竊喜。「所以呢？」

他聳聳肩，接著看了我一眼，眼神藏在睫毛底下。

我說：「所以我是你的靈感來源嗎？」

「也不完全是**你**。」

「你應該要把作品獻給我才對，獻辭就寫：『獻給李奧．馬丁，若沒有他過人的機智與奔放的想像力……』」

卡費克突然站了起來。起先我看不出他想做什麼，但他一走到桌邊我就明白了。他俯身在檔案夾上，在封面寫下「獻給李奧」。

我發出近似於輕笑的聲音。他寫完便看向我。

我舔舔嘴唇，不知爲何覺得口乾舌燥。「我只是說說而已。這是你的遊戲，我並不是——」

他把那份《紅》拿給我。我接了過來。

最後我只說道：「謝了，這眞的是……謝謝。」

今天早上吃早餐的時候，只有卡費克不在食堂裡，其他人都到場了，全都抓著自己的作品等待鐘聲響起。我問遍了在場的每個人，但沒有任何人看到他的蹤影。於是我把蛋捲匆匆塞進嘴裡，一路跑回學士樓，差點在半路上噎死自己。我敲了他的房門，卻遲遲沒有明確地聽到他走來應門的腳步聲，乾脆推開一條門縫偷看。

他坐在地上背靠著床，膝蓋彎起來靠在胸口。他臉色慘白抬起頭來，我覺得他根本沒有看見我。

「你怎麼了？你生病了嗎？」他搖了搖頭。我在他旁邊蹲下，聞到他身上散發出夾雜著汗味的金屬味。「別撐了，我帶你去醫務室。」

「不用！我沒事。」他把我的手撥開。「我休息一下就好。只是吃壞肚子而已，等一下就不會痛了。」

「你確定？要不要幫你倒水？」

「我很確定。」他咬著牙吐出一口氣。「一定是我吃了什麼造成的。你不要管我。」

我站起身，感到非常不知所措。「那你的遊戲怎麼辦？交件的時間快到了。」

「我等一下就下樓。」

「要不要我幫你交？」

他閉上眼。「好吧。你趕快走，好嗎？」他用力乾咳一聲，感覺等一下就會開始吐了。我說：「待會見。」他聽了只是點點頭，指著桌上的檔案夾。我拿起他的遊戲走到門邊，又回頭看了一眼，不過這時他已經躺回床上，背對著房門。

我沒有幫他交出《暴風雨》，我幫他交的是《紅》。

28 遊戲師

學生的遊戲作品都交了，現在一年級和三年級要面對的是考試。在走廊上經常能聽見學生語氣緊張的低聲交談，在圖書館則能聽見他們提高音量，爲了爭奪珍稀館藏僵持不下。這種緊張氛圍每一年都會按時出現，一如降雪與融雪隨著季節流轉到來，令人感到無比熟悉。不過今天似乎有種異樣感，像是多了些什麼，也像是少了些什麼。她不明白是自己心頭不安，還是整座蒙特維爾眞的籠罩在某種毒霧之中。她坐在遊戲典藏室裡改作業，眼前的桌面上堆著一疊待批改的報告，精神無法集中。

昨天一年級生考理論，她在點名時叫到了夏彭提。她是不小心忘了，還是刻意提起他？或許她是想讓無人回應的呼喚在室內迴盪，想要看到學生迴避彼此的目光。後來她輕咳幾聲說道：「他不在，當然了……康納利？」在學生滿身大汗地作答時，她則來回走動監考，不時停下腳步握緊雙拳，以免自己忍不住抄起一旁的試卷撕爛。夏彭提不見了，爲什麼這些學生卻還安然坐在這裡考試？他們都霸凌過他，現在卻一臉乖巧無辜，彷彿夏彭提只是生了一場見不得人的病，好像他逃跑是再**正確**不過的決定。他們何不乾脆說出心聲：**像他那種人，本來就不屬於蒙特維爾**。

如果夏彭提眞的逃跑了……她心一沉，想起校長在校務會議上的發言：「各位男士，一年級的夏彭提似乎在警方來校時逃走了。如果在場有人知道他的下落，請務必知會我。這件事眞是太讓人遺憾了。」

接下來誰也沒說話。她看見表演藝術教授不停翻弄著幾頁文件，若在平時，他是最不會做多餘動作的人。過了一會兒，她才意會過來，或許他是想轉移大家的注意力，而且如果她沒記錯，他似乎還看了她一眼。他是不是以爲，是她幫助夏彭提躲開警方？她還眞希望事實是如此。還是說他的眼神有其他弦外之音？她最後一次見到夏彭提時，他看起來雙眼無神、頭髮蓬亂，整個人彷彿失了魂。會不會夏彭提其實沒有逃離校園，而是帶著一根繩子走進森林？

這麼想就太多慮了。夏彭提一定只是悄悄逃回家罷了，是她最近太累才會多想。學期很快就要結束，接下來一切都會恢復原樣。她盤算著學生還要多久才會離開：再三天期末考就會結束，隔週則是評分會議，公布成績後不到幾天，學生便會如螞蟻般湧向山腳，而裝滿行李的巴士會沿著同一條路上下山，發出轟隆聲並吐出難聞的煙霧。蒙特維爾從此恢復寧靜，至少在仲夏遊戲展演的貴賓蒞臨之前都是如此。

她最期待的還是看到馬丁離開。他來道歉過一次，但她只用冰冷有禮的態度回敬。即使在他道歉之後，她也總是與他保持好幾公尺的距離。她總是能察覺馬丁是否在附近，彷彿蒙特維爾的石板長出神經，能用生物電把他的行蹤傳送過來。昨晚她一夜無眠，心中極度渴望能走去敲他的房門。她握緊拳頭，手心的濕意彷彿是從溫暖的空氣中擰出來的。不過她的意志力足夠堅強，知道去找他不會有好結果。反正再過不久對方就會跟著學生一起離開。她還會再見到他嗎？想必他的去路已安排妥當，他會回到政府部門坐領乾薪，回到黨內繼續用精心設計的手段撕裂社會……她才不在乎，只要這些事情不要發生在她眼前，她就能夠當作不知道。等他離開，她就可以忘記過去幾週以來發生的一切，可以想想馬丁以外的事情。

她深吸一口氣，已經開始期待漫長的夏日到來，期待氣溫上升，人變得懶散……每年八月法蘭西斯阿姨都會寄一疊小說給她當生日禮物，而她便會像囫圇呑下糖果的孩童般飢渴地看書。到了這時，其他教授幾乎都離開了，大都去度假或去其他學校訪問，因此整座蒙特維爾裡幾乎只剩她，想要做什麼都可以。時間彷彿無限延伸，邀請她塡滿所有空白。她可以揮霍無度地做任何事情，可以拉奏赤色情人，一整天沉醉於優美旋律之中，也可以泡在圖書館裡，或是到大禮堂冥想。她要什麼時候起床都可以，整晚熬夜也無所謂，因此她能夠放任自己平躺在方塔的屋頂上，看英仙座流星雨劃過天際。不過，即使如此想像，卻還是覺得有點美中不足，新產生的欠缺感像襪子破洞那樣困擾著她。她責怪馬丁讓她心焦，讓她開始想像蒙特維爾以外還有個更爲鮮活的世界。她原先就苦於被他撩撥起的欲望，沒想到現在這股欲望還結合了其他渴望，要她追尋刺激與享樂、把握最後一段青春歲月，令她更爲掙扎。該死的馬丁，他的衣服和呼吸都散發出欲望的氣息，像病毒一樣會傳染。要是馬丁走了，她就能夠冷靜下來，悉心照料自己回到最爲純粹的狀態。但是，萬一她已經中毒太深、再也無法恢復，那該怎麼辦？

她低頭批改三年級生的實用批評[1]報告，試著看懂安德森潦草的左撇子字跡。如今最令人感到欣慰的事情是《暴風雨》就快完成了。她大致能放下心來，不會有人發現她精心修改過的遊戲其實是二年級生的作品（就算那位二年級生是個天才也一樣），觀眾將會稱讚她精湛的技巧，驚豔於遊戲如何在暴風雨和茶杯中的風暴間取得平衡。這部遊戲會是傑作，因爲它必須是。沒有人能怪她不夠努力寫新作品，她已經逼著自己嘗試過，像古代女祭司籌備獻祭那樣耗盡心力。不，不該說她**像**女祭司，她本來**就是**女祭司。她的遊戲將猶如支點撐起仲夏之日，如果沒有她的遊戲，整個世界便會停止轉動，在烈日照射下灼傷。

聽見鐘聲響起，她才想到今天有決定金獎得主的期末會議，而自己已經遲到。期末會議並不像平時開會那麼難熬，因爲議程上除了評選遊戲作品以外再無其他。自從她來這裡之後，每年評選時一位

1 Practical Criticism，一九二〇年代興起的文學批評方法，以文本為主體進行細讀與分析，不關注作者創作動機與歷史背景等外部因素，對後來風行於英美的新批評（New Criticism）有深遠影響。

教授只能投一票。每位教授都會各自爲心中屬意的作品極力辯護，這一直都是評選的傳統，不過在決選結果出爐後，他們又會互相交換眼神和笑容，彷彿剛才的爭辯只是一場鬧劇。她時常會想馬丁在這種場合一定遊刃有餘。身爲遊戲師，她會替其他教授解說最優異的三部作品，讓他們再次回想起作品的內容。在她來這裡的第一年，校長對她說：「像法官解釋案情那樣解說就行了，還有，千萬不要低估你的影響力。」以往她總是用明確的方式開場，引導其他人意識到她最欣賞哪一部作品。但是今年她下定決心不輕易表態（是因爲受到馬丁影響嗎？），刻意將作品分析寫得冷淡而疏離，寫得一板一眼，像是將碎玻璃灑進水中一般藏起自己的評價。她知道這些教授會怎麼投票，因此她要用反詐的手段巧妙地動搖他們。作品具有原創性，她就要說成「魯莽大膽」；如果內容過於龐雜，就說是「精心製作」。其他教授會以爲她是爲了隱藏自己的厭惡而故作欺瞞，然後將票投給她眞正喜愛的作品。她眞不懂爲什麼直到現在才想通如何煽動他們，讓她得到自己想要的結果。

她從書桌抽屜拿出自己的筆記，匆匆前往參事堂。

評選過程比去年更不費力，或許是因爲她不在乎結果，而這就是關鍵。安德森與伯納相比，她比較希望前者得獎，不過要是後者勝出，也不能算是最不公平的結果……她彷彿看見「公平」這個詞憑空浮現在空蕩蕩的桌面上，然後是夏彭提穿過森林往深處走去的景象。她感到動搖，不敢相信眼前這些教授誠懇的表情，也不敢相信拿著筆記站在他們面前的自己。或許夏彭提的屍體正掛在樹上擺動著，而他們卻在這裡評估切換機制的效果與步法的弧狀歷程，好像所謂的人不過是紙上的分數。她深吸一口氣，讓自己集中精神。她看得出在場教授全都感到不知所措，而當她終於講解完畢時，他們反覆翻著遊戲記譜，不願成爲第一個發言的人。過了一會兒，文學教授嘆著氣說道：「該選誰應該很明顯了，我建議將金獎頒給安德森。」

「我同意。」歷史教授附和道。眾人紛紛點頭，像是一陣在桌邊泛開的漣漪。在一片沉默中，教授們面面相覷，全都因為沒人反駁而感到不自在。最後所有的男教授有志一同地看向她。

「是的。」她說：「我想……或許這就是最好的決定。」她刻意讓語氣顯得頗為遺憾，免得文學教授起了疑心又要反悔。

「好的，各位男士，」校長說道：「看來現在是全體一致通過。」他搔了搔頭。「呃……謝謝大家。」

沒有半個人有所動作。她第一個站起來，這動作彷彿剪斷了把其他教授固定在座位上的繩索，他們一一起身，聊著天氣和考試之類的話題。她聽見體育學教授低聲說道：「真是不敢相信，去年用了**好幾個小時……**」

在她收拾文件時，文學教授對她招手，問道：「方便跟你說幾句話嗎？」

她不禁咬緊牙關。明明只差一點就能走了。她問：「怎麼了嗎？」

「我這週監考時看到你出的考卷，總覺得有些題目似乎……不太妥當。於是我擅自對學生提醒了一兩句。不過，或許以後……」站在一旁的歷史教授咳了幾聲，握起拳頭。

「什麼意思？」

「你引用了勞倫斯．奧萊理的言論，他是樞機主教。」

「我認為引用基督徒的發言並沒有任何不妥。聖之嬉正是從基督教的禮拜儀式發展而來，它可以和舊有的祭禮共存，這並不衝突。」

其他幾位教授回頭看著他們。她的發言太明確、聲音太響亮，在場只有文學教授沒有因此露出不快的神色。她晚了一步才意識到，他是刻意誘使她做出剛才的發言。「你的觀點很有趣……但你一定看過指導守則了吧。」他露出微笑，完全沒有牽動嘴唇。「教授，指導守則前幾週才發行，你還沒看過嗎？你應該要更常去看信箱才對。每一條守則都是我起草的，當然，我在擬定之前都有諮詢過我們在文化部的友人。」

她瞪著對方，看見他的笑容有如纜線般不斷延伸，變得愈來愈細。她眞想知道該怎麼做才能斬斷那條線。

他轉身面向歷史教授，說道：「再過三天……」好像剛才是她打斷了他們的對話一樣。「屆時會有連續三場的講習，當然時間不會太長，這樣才能吸引那些沒讀過書的觀眾，讓他們知道何謂自由、繁榮與勝利。我想總理本人很有可能會親自到場。」他瞥向她，好像很訝異她還站在原地不走。「親愛的教授，你拒絕這次的邀請眞是太可惜了，這種規模的紀念活動可以凝聚民眾對國家的自豪感，替聖之嬉吸引更多受眾，豈不是美事一樁？這樣或許也能影響文化部將目光放得更長遠……」

她沒把握能夠控制自己，要是開了口可能就會停不下來。走廊上的空氣比較冰涼，微風從另一側敞開的窗戶吹進來，風中帶著松針與泥土的味道，還有一絲辛辣氣味。她沒有停下腳步探究風的氣息，一心只想離開他們，愈快愈好。算了，反正事情已經結束了，她身爲遊戲師的學期任務暫告一段落，現在她可以輕鬆兩週。接下來她將不會與其他教授共進晚餐，會有人用托盤另外爲她送上餐點。她會爲了仲夏遊戲閉關，就像輔祭員在儀式開始前進行齋戒。

馬丁正站在走廊盡頭。他看著外面的高地草原，手插在口袋裡，劉海蓋著臉，有那麼一瞬間看起來像是年輕了十歲。她沒有其他路可走，非得經過他旁邊不可，但她還是停下了腳步。他怎麼會出現在這裡？他要像十年前那樣站在參事堂外偷聽嗎？搶在結果公布之前……她阻止自己繼續往下想，不願回想起愛姆最後的結局。一陣劇烈的頭痛襲來，她揉了揉額頭，強忍著頭痛走過去。

「教授，會議很快就結束了嘛。」他從窗邊轉過身。

「你來這裡有什麼事嗎？」雖然她這麼問，不過她早就知道對方在等她，而且他原本以爲會等更久……他的視線飄向她壓著額頭的手。她好不容易才放下手。

「我有事要說，在你閉關之前……」

她再度邁開腳步，但他卻認爲這是同行的邀請。於是她加快步伐，迫使他只能在後頭緊跟。

「評選過程還順利嗎？」他的語氣聽起來頗爲愉快，彷彿正在雞尾酒派對上聊天。

「很順利，謝謝。」

「太好了，金獎得主應該有選對人吧？我知道有時候……」他打住了話頭，用手撥開劉海。

「不是每次都這麼順利，」她說：「有時候也會選錯人。」

接下來好一陣子誰也沒開口。他緊咬著嘴唇。其實她沒必要再多說些什麼，但她就是忍不住。馬丁和其他教授都**一樣**，他會不加思索地出賣蒙特維爾，出賣聖之嬉，出賣她。而且他早就已經做過類似的事了，例如交出《紅》和那之外的所有事情。她說：「我知道你對我哥做過什麼事。」

時間彷彿在一瞬間凍結，她的心跳漏了一拍。他抬起頭看著她。「你是說……你怎麼知道的？」

他沒有閃躲她的視線，但是眼神閃爍。「他是不是……他不可能告訴你這件事吧？」他的聲音充滿憤怒，還有另一種近似於羞愧的情緒，讓她聽了很想……想怎麼樣呢？打他一巴掌？觸碰他？但如果她碰了他，誰知道接下來會發生什麼事？她無法相信自己。要是她說出自己持有他的日記，或是說出其他更糟糕的事情；她怕自己會說出……她有一股在險境邊緣起舞的衝動，這念頭太危險，幾乎可以說是難以抗拒。

「不要假裝……」她岔了嗓子。愚蠢的聲音，背叛了她的意志。「不要以爲你這樣做都是爲了他。你只想要贏不是嗎？爲了獲勝，你可以不擇手段，所以……」

她希望聽到他辯解，然而他只是瞇起眼盯著地面，好像在承認他連寫日記都無法誠實，總是語意含糊，只說出一半眞話，而且充滿自欺。接著他依然沒有抬起頭，只是重複她的話：「所以……？」

「所以……」她喉頭一陣緊縮。她說不出口，不知道該說什麼。

她遲疑了一會兒，隨即大步走開，在走廊盡頭轉彎。左側的窗戶面對著中庭，她經過的時候注意到外面有動靜，不由得停下腳步。

黑白地磚的中心停了一輛轎車。她在一瞬間以爲時光倒流，回到夏季學期剛開學時，那時她看到馬丁走進學校，感到不可置信。接著她又清醒過來，知道馬丁不在樓下，而是在她身後的走廊上。如果學校裡的時間是一首重複的旋律，那麼現在就是轉調，或是少了一個音符，因爲從閃亮的勞斯萊斯車身中伸出雙腿的人和馬丁不同，他穿著西裝而且身材臃腫。一名灰袍侍者走上前幫忙，擋住了她的視線。另有兩人趕來搬運一個綑著皮繩的行李箱，在吃力地將沉重的行李搬到教師樓入口後便離去。接著轎車啓動引擎、發出一聲轟鳴，駛出大大的U字型往校門口開去。現場留下兩名男子，其中一人是臉上長了雀斑的年輕人，他抬頭打量學校建築，態度友善，但看起來對校園不感興趣，而身材較胖的男子則一直低著頭。歷史教授和文學教授從中庭的另一頭出現，急忙跑上前與兩人握手，接著便傳來他們互相寒暄的聲音。

她傾身向前，呼在玻璃上的白霧幾乎是在轉眼間消失。他們是來觀賞仲夏遊戲的賓客嗎？但是爲什麼提早兩週蒞臨？仲夏日當天，學校會擠滿校外人士，到時會有聖之嬉高手、政府官員、知名的業餘展演人和報刊記者參與這場盛會，不過展演只有一天，足以讓眾人享受仲夏遊戲和午餐，並且趕上夜班火車回首都。這兩個人爲什麼現在出現在這裡？她已經開始討厭他們了，不只是因爲他們講話很大聲，也不只是因爲他們的座車駛進校園，讓汽油味從窗縫滲透進來。她離開窗邊，轉身準備離開，沒想到差點一頭撞上李奧。他剛才站在她後方觀察外頭的動靜，這時則退到一旁讓她通過，皺起了臉。不過他很快又恢復原狀，將視線再次轉向中庭裡的人。他說：「那難道是……？不可能吧。」

「什麼？你說誰？」她低頭往下看，那兩位教授已經走了，現在能夠看清兩名西裝男子的長相。

他說：「那是艾米爾．法隆。」

艾米爾．法隆。她感到胃部一陣翻攪，思緒混亂。如果她沒看過馬丁的日記，她會對這個名字有印象嗎？她看過這個人的照片嗎？眼下最簡單的事情就是面無表情地看著樓下的那名男子。這個人看起來年齡比馬丁還要大，挺著大肚腩，雙下巴明顯，不過一頭往後梳的黑髮尚未轉白，穩妥地服貼在頭上。他抬頭往窗戶這裡看來，像演員對觀眾致意那樣對他們點頭，同時抿唇微笑，看起來有種油滑的感覺。她轉過身，下意識想藏起自己的臉，但馬丁卻誤以爲她是特意轉過來表示疑問。

「我念蒙特維爾的時候他跟我同屆，現在他在情報部門工作。你不會知道他這個人的，因爲他做的都是……都是一些不能提起的事情。他會出現想必也是受邀而來，但他爲什麼要這麼早來？」

她沒有回話。想到艾米爾再度回到這裡……她把注意力放在臉上，努力控制自己的表情。剛才她已經透露出太多訊息。記住，她沒有聽過艾米爾這個人，也不應該知道他是誰。

馬丁對樓下揮了揮手。她忍不住回頭，看見艾米爾慵懶地揮手回應，動作宛如潮水中的海草。接著艾米爾從外套中掏出金色菸盒，拿出黑金菸身的莎邦尼，依然帶著笑意望向他們所在的窗戶。他劃了一根火柴，隨即將火柴棒扔開。她可以感覺到艾米爾很在意她，也很在意馬丁，視線像蜘蛛網一樣黏在他們的臉頰上。

「他可能是提早來安排事情吧……」馬丁愈說愈小聲。多年以前他和艾米爾是朋友，或許現在依然還是。憑什麼不是呢？他們或許會在工作上交換部門之間的消息，一起花納稅人的錢吃午餐，以種種交流顯示老同學之間的感情沒變，就和從前一樣。不過，他看到艾米爾似乎並不感到高興。

她說：「我要走了。」

「好的。」他說完瞇起眼睛。「等一下，我還有話要說，我知道你還在生氣，但請聽我說。」

「沒必要。」

「有必要。我一直在找你，這陣子你都在躲我對不對？」

「我在忙。」

「之前發生的事……當時我眞的喝醉了，我不是有意要羞辱你。」

「已經不重要了。」

「對我來說很重要。是不是因為你哥，所以你才會……」他說到一半又停下來，好像被她打斷似的。然而她什麼也沒做，至少沒有出聲干擾。「對不起，」他說：「我為我做出的所有錯事道歉。我都已經道歉了，難道我們就不能像從前那樣相處嗎？」

「不能。」她說：「再見了，馬丁先生。」她快步走過他身邊，並且拒絕讓出任何空間，一身白袍擦過他的外套，逼得他往旁邊站。

她一邊走遠，一邊做好隨時聽見他叫住自己的心理準備，不過她始終沒有聽見。再回頭看時，他已經不見蹤影了。看到這幅景象，她應該要感到心滿意足，這麼快就甩開他了。

艾米爾仍然獨自站在外面的中庭裡。她看見他噘嘴吐煙，一個O型的煙圈往上飄，消失在空氣中。接著他把菸蒂隨手一丟，沒有踩熄就往教師樓入口緩緩走去。菸蒂在白色的瓷磚上看起來像隻蟲，像隻冒著煙的黑金色胡蜂。

她環顧四周，急著找位灰袍侍者去中庭撿起菸蒂，附近卻沒有半個人在。那菸蒂安然留在原地，而白煙如線圈般不斷向上繞開，彷彿會永遠持續下去。

29

第十三週第七天第十四週第一天

現在已經很晚了，而且我的頭好暈，像是喝醉了一樣。但是我一定要把這些事情寫下來，一個細節都不能漏掉。

原本成績預定在晚餐時段前公布，結果時間到了卻沒有半點消息，只看到一張公告被貼出來，上頭寫著：因不可抗力因素，金獎得主與成績總表改為明早公布。

看到公告後我沒有留在原地繼續傻等，也沒去吃晚餐，一想到食物就反胃。當然，我也不想去食堂聽其他人抱怨或猜測爲何成績遲遲不公布。我一直在想教授他們在做什麼？我彷彿可以聽見他們還在爭執，有些教授的聲音微弱到幾乎聽不見，有些人的聲音則像磨壞的唱片又高又尖。教授們討論這麼久，眞不知道是好是壞。我知道《紅》一定會引發爭議，因爲觀者必須花上時間思考，才能明白這是天才之作。不過都已經這個時候了，他們早該得出結論。我忍不住想道，如果教授決定把金獎頒給博格的新作，評選會議應該早就結束了吧？或許他們沒把金獎頒給他，而是決定頒給二年級生。不過這麼做一定會招來質疑，要是還頒給《紅》這種作品就更不用說了，很可能會引起軒然大波。或許正因如此，它根本沒有得獎的希望……我焦慮到坐不住。然而眼下比起坐等結果公布，更難受的或許是見到卡費克，因爲現在我心裡亂成一團，一定會把我做的事說出去。所以我在房間裡來回踱步許久，接著開始整理文件、找事情做（我把《暴風雨》藏在作業底下，不想讓卡費克發現我沒交出去，以免破壞驚喜）。我聽見一群人吃完晚餐回來，菲力大聲嚷嚷：「吊人胃口很受不了耶！」我得咬住舌頭才能克制自己回嗆他：「反正你的成績頂多就是四十一到四十五分，放輕鬆吧你。」不過等到四周安靜下來之後，我的心情還是無法平復。窗外無風，房間裡十分悶熱，即使我穿著短袖還是滿身大汗。

走出房間時，我心裡只想著要出去透透氣，然而當我穿過拱門往中庭走，卻看到參事堂的燈還亮著，發現教授他們還在討論。我在不知不覺中走過實作課教室外的走廊，經過音樂室和教師辦公室，然後右轉走進了舊大樓。如果只是想透氣，我可以停在任意一扇窗前，盡情感受山間吹來的夜風，但是我卻沒有停下腳步，一路來到畫廊，再過去就是通往參事堂的樓梯。

我在樓梯口徘徊。抬頭往上看，只能看見樓梯盤旋而上消失在黑暗中，什麼聲音也聽不見。我一度聽見上方傳來有人提高音量說話的聲音，好像是霍特教授，不過四周很快又恢復安靜。

我在窗台邊坐下，閉上眼睛，感覺到胃開始作怪。不久後鐘聲響起。

後來再聽到聲音時，已經是至少半小時之後的事了。我立刻一躍而起，卻找不到地方能躲，最後只好站在窗邊把手插進口袋，假裝自己只是剛好路過。反正也沒有哪條校規說，學生晚上不能在走廊上散步。我忍不住偷聽教授他們的談話，一開始是歷史教授模糊的聲音：「真可惜，我們還以為他會表現得更好，尤其他還是……」

「他自視甚高，」另一位教授說：「一定是以爲金獎得主非他莫屬，我倒是不同情他。他的作品很特別，但我們的選擇才是對的。」

「都選了五小時，當然得選對！」另一個人說，引發一陣笑聲。聽到教授們齊聲大笑感覺眞怪，好像他們變成學生了。幸運的是，他們走下樓梯左轉時並沒有發現我。

我興奮得發顫。教授他們說的人一定是博格，而且他們覺得他太自大，是這樣吧？

這時霍特教授從走廊上現身，他回過頭說：「不確定這樣做到底對不對……」

「可是還能怎麼辦呢？」校長在他身邊停下腳步嘆氣。「往好處想，」校長又說：「這個得主已經是最有資格得獎的了，看看他的潛力！不知道明年他會有什麼樣的表現？」他的語氣聽起來卻有點疲倦。

文學教授腳步踉蹌地走下最後幾階樓梯，呼吸沉重，走在前面的人紛紛退到一旁讓他通過。在他身後還跟著好幾個教授，他們要不是加快腳步就是打呵欠、低聲抱怨還沒吃晚餐。不過霍特教授沒有移動腳步，校長也站在原地。

「愛德華，」校長在一陣沉默後說道：「我明白你的感受。但是你要知道，這件事無疑是對你的至高讚美，是在你的指導之下，這位二年級生取得了如此成就。」

「校長過獎了，我只是希望……」

他們兩人忽然停下交談，目光看向我所在的方向。一定我先前的動作發出了聲響。我清了清喉嚨，說道：「我只是……」接著就說不下去了，只好用手指著走廊盡頭。「我會……」

「明天早上成績就會貼在公告欄上。」霍特教授的聲音聽起來十分冰冷。

「是的，我很抱歉，我不是故意要偷聽。」

校長說：「不管你聽到什麼，要是你在最終結果公布前洩露出去，就以退學處分。快離開吧，年輕人。」

我點點頭。「是的，校長。」

我快步走遠，一離開他們視線範圍立刻跑了起來。

卡費克在房間裡，我從門外就能聽見他的動靜。我敲了敲門。一開始他說：「走開。」但我不死心地繼續敲，最後他總算猛力把門拉開，我差點撞進他懷裡。「有什麼事？是馬丁嗎？」

「不然還會是誰？」他一直沒有叫我進去，我便輕輕把他推到一旁。本來想坐在他的床上，但床上堆了好多襯衫，一旁敞開的行李箱裝滿了一半，赤色情人也已經收進琴盒裡，靠在床頭邊。「你在幹麼？」

「我得走了，應該要下學期才會回來。」

「什麼？現在就走？」

「動作夠快的話，可以搭到從蒙特維爾出發的末班車，然後再坐臥鋪火車回家。這些我不會全部帶走。」他順著我的眼神看去。「我會請人幫忙寄回去。」

「好喔，但你**現在**就要走嗎？再等三天就是結業式了，你到底是——」

「我一定要走。」他迴避我的眼神。「讓開好嗎？你擋住我了。」

「你瘋了嗎？成績明天就要出來了！」

「我**知道**。」他這句話並不是用吼的，我聽了卻不敢再反駁什麼。

「發生什麼事了？」他往桌上一瞥。我順著他的視線看過去，看見他的筆記本上有一張捲起的薄滑藍紙，那是一封電報。他看到我發現電報，便移動身子擋住我的視線。「又是你妹？」

他咬唇。「對，我妹她……我得回家，她的狀況不太好。」

我得先深呼吸才能開口說話。「你可以留到明天再走的，對吧？搞不好她只是誇大其詞，你也知道女人都是那個樣子。」我不應該這麼說的，因爲他突然瞇起了眼睛。「我不是那個意思，總之等一個晚上不會怎麼樣的，拜託你留下來。」

「你不懂。」他走到桌前俯視著電報好一陣子，然後將它揉成一團。「我眞的得走。」

「不可以，卡費克，你**不能**走。」我聽起來像是鬧脾氣的孩子。「你一定要留下來看明天的分數。」

「分數不重要，等學校再寄信通知我就好。」他勾起一邊嘴角，露出微笑。「如果你考贏我，只好等到下學期再來炫耀了，等一等不會死吧。」

我咬著牙吐出一口氣。等我意識到時，話已經到了嘴邊。我擋在他的桌前，刻意妨礙他移動，然後雙手盤胸問道：「如果我沒考贏你呢？如果我說，我來找你是因爲偷聽到教授開會的內容，剛好聽到他們說你表現很好呢？事實上你表現得**太好了**，」我觀察著他的表情，繼續說下去：「所以你是史上第一個贏得金獎的二年級生。」到了這一刻，我才發現我必須告訴他眞相。

他愣愣地看著我，我不由得笑了起來。

「是眞的，我聽到了，你得獎了。」

「馬丁，不好笑喔。」

「我沒有在開玩笑。」

「這不可能……我沒那麼、我的遊戲沒**那麼**好。」

其實當時我可以告訴他交出去的是《紅》，但我實在太得意了，我想知道《紅》和他的成績一起公布時，他會露出什麼表情。我聳聳肩。「一定比你想像中的還要好。」

「這太誇張了……教授**怎麼可能**……」他搖搖頭，突然把手搭上我的肩膀。我發現他整個人都在發抖。「你發誓這是眞的？如果你只是刻意在拖延我的時間……」

「我發誓，打從心底發誓。」

一瞬間他完全靜了下來，深深看進我的眼底。接著他猛然從我面前轉開，一邊大口喘氣，一邊向前倒下，好像腹部被人狠揍一拳似的。

「你還好嗎？」我說：「嘿，快坐下，把頭放在膝蓋之間。」

他跌坐在床上，雙手遮住臉。他維持這個姿勢許久，一語不發，害我都要以爲他是不是有什麼隱疾發作了。突然間他抬起頭，臉頰濕潤且發紅，眼裡映著光。他看起來……放下了防備，變成了另一個人。當他露出微笑時，我覺得自己好像不曾認識過他。他問：「你**確定**？」

我說：「百分之百確定。」那時我好想告訴他事實，感覺像是自己得了金獎，然後親手把獎牌放進他手中當作禮物。他會露出現在的表情，都是**我**一手造就的。我覺得自己像神一樣。

在一陣沉默後，他說：「那你呢？」

「我怎麼了？」

「你的分數？」

「不知道。」我一定是瘋了，甚至完全沒想過自己的事。

他移開了視線。他的額頭和嘴唇都有點濕意，我想他剛才一定是哭了，因爲我看見一滴水珠從他的頸側滑過，溜進領口。他問：「那你恨我嗎？」

「什麼？」

「就算你恨我，我也不怪你。我不該拿到金獎的，你的作品比我的好。我不是謙虛才說這話。」我還想說點什麼，卻被他打斷。「我說眞的。」

我喉嚨哽動，用盡全身力氣克制自己不要說出眞相。我好期待他親眼看見自己得獎的那一刻，他會發現這一切是怎麼回事，然後轉過來看著我……「不，」我說：「我不恨你。」

「那樣很好。」我們再度陷入沉默。他站起身，好像想看窗外的樹和剛升起的星星，但他轉過來時卻皺著眉頭，像是在思索特別棘手的聖之嬉論題。「爲什麼不恨呢？」

他眞的想知道答案，眞心想知道我爲什麼不恨他。

事情怎麼發生的，我也不知道。

我們面對面站著，非常靠近，我只要伸出手臂就能碰到他。

然後我親了他。

我必須在忘記之前寫下來，天啊。

總之，我親了他。或許也不算是，我只是把嘴唇貼上去而已，並沒有……好像這麼做是爲了證明我絕不會恨他似的。我在這麼做的瞬間就後悔了，先是感到窘迫，接著遲疑和恐懼也一擁而上。我怕這一切都只是我的幻想，下一刻他就會表露反感與驚恐，然後把這件事說出去，讓我被退學……但是他卻忽然抓住了我。我愣了好一會兒才發現，他是在回應我，而不是把我推開。眞令人不敢相信，這一切都太不眞實了。我停下動作確認他的眼神，然後我們又親了一回，這回是認眞的，但我隨即忍不住停下來笑。我還記得自己垂下視線，看見他的房間地板上積著薄薄的一層灰，床角黏著一團灰撲撲的絨絲。我將手埋進他的髮中，眼角餘光依然能看見那些塵埃，心中突然感到有些害怕，因爲親吻他和親吻別人的感覺太不一樣了。或許是我的動作太輕柔了，不知不覺變成由他主導，而他催促著我、**挑戰**著我……他的指甲陷進我的後頸，從來沒有哪個人的舉動比他更具挑逗性。

後來，不知道過了多久，我開始想脫下他的袍子，然而下一秒他便推開了我。

愚蠢，我眞的太愚蠢了。那時候我到底在想什麼？卡費克一定沒經驗，他的神經就跟馬甲一樣緊繃。就算我們正在接吻，我也不應該……這應該不是他的**初吻**，對吧？可惡，可能還眞的是。我想他一定很錯愕吧，發現自己在不知不覺間親吻著另一個男孩，而且完全來不及反應過來……任誰都會陷入恐慌。但是我怎麼會知道他當下的心情呢？那時我穿著襯衫和長褲，我想他應該、他一定知道我已經……這實在是太荒謬了，我沒辦法寫出來。或許他完全沒被激起欲望，至少我沒有感覺到跡象，但是他觸碰我的方式……當時我以爲，可能只是他的站姿或者角度剛好而留出空隙，更何況他還穿著那件該死的**袍子**。

他說：「現在不行。」

我想，我應該是說：「什麼？爲什麼？」

他喘不過氣來。這應該是個好跡象，對吧？代表他不是討厭我，而是在壓抑他自己。他說：「不行。」

「是我做錯什麼嗎？」

他搖搖頭，整張臉紅透。

「這沒什麼，這不代表你是……我也有親過女孩子，你不用擔心……」我沒辦法講出完整句子。

他聽了卻忽然笑出來，但很快又恢復認眞的神色。「唉，李奧，我眞希望……」

「你只是嚇壞了，我也是。我發誓我不會說出去，我發誓。」

他遲疑了一會兒，咬著嘴唇看向我，臉上浮現出一種難以形容的表情，可能是期望、恐懼或者羞愧，抑或三者皆是。那時我以爲他會抓住我的手腕、將我拉向他，然而他並沒有這麼做。在那瞬間我明白過來，如果我繼續逼問他，一切就玩完了。

「好吧，沒事的。」我盡力讓語調保持平穩。「但你要保證待到隔天，待到成績出來才能走。你要親眼看到自己的名字旁邊出現『金獎得主』四個字，好嗎？」他沒有回答。「如果你今晚溜走，我就宰了你。只要再等十二個小時就好，卡費克，拜託你。」

他猶豫了一會兒，然後說道：「好吧。」

「謝謝。」我原本打算就此離開，卻還是一直賴在門邊不走。我說：「我有件事想跟你說。」

他說：「李奧，我愛你。」

我就知道，我就**知道**。

現在時間已經超過三點半，而我也已經寫了好幾個小時。我知道待會兒一定是睡不著了，所以我會走下樓，坐在大禮堂的長椅上等待日出。

30
李奧

可惡，她竟然知道這件事。不知爲何，克萊兒知道他與卡費克共度的最後一夜，也知道《紅》的存在。她怎麼可能知道當初他交出這部作品的事？但是《紅》的存在並不是祕密，如果不是弄丟的話去檔案室就能找到。或許她早在作品遺失之前就看過《紅》……他無法理性分析，無論如何，她似乎知道他親了卡費克，也知道她哥的死是他造成的，不論那是因爲他替對方交出了《紅》（他想起寫在宿舍牆上的「混帳」），又或者是因爲他吻了對方（如果是那個吻的錯，那麼在卡費克推開他時，他眼中的羞恥、警覺、恐懼，是不是意味著他無法承受眼前的眞相……）。這些她都知道，不過究竟是透過何種途徑？警方的調查報告沒提到死者留下遺書，他也沒想過報告書的眞實性，或許卡費克其實有留下遺書，又或者他臨死前告訴妹妹眞相。這樣說來，是不是那個吻害死了他？或許兩者皆是，所以他才會罵他是「混帳」。先是那一晚的吻，而後是發現交出的作品是《紅》，如果只有其中一件事發生，或許卡費克就不會死……李奧不禁咬牙，反正她現在就是知道了。他覺得自己像是在她面前裸體行走了好幾個月。他吻她的時候，她一定覺得……她是**怎麼想的**？難怪她那麼氣他。一想到她的怒火，羞恥和憎恨便浮上心頭，令他渾身刺癢。她沒有權利這麼做。

此時李奧正在圖書館，坐在檔案室的書桌前分析哈農庫特的第三規則，但是心裡卻一直想著克萊兒。為了獲勝，你可以不擇手段。事情才不是那樣，眞的**不是**。一想到她對他的批判，李奧就無法忍受。這陣子他一直想跟對方說話，想到快瘋了。他不斷回想起她的身體靠在他身上的觸感，回憶與夢境交纏，讓他幾乎分不清何者才是現實，也分不清他記憶中的人是克萊兒，還是多年前的卡費克。想起克萊兒讓他感到痛苦，但他就是無法克制自己，總是不由自主想起她的眼睛、她的嘴唇。*你根本沒有正眼看過我*……他眞的快要發瘋了，一再想起那一晚，他們在走廊上的短暫交談……要是當時沒有遇見她，或者能去到更爲隱密的地方就好了。要是他能告訴她……告訴她什麼呢？能換來奇蹟的咒語並不存在，也沒有任何能保證取勝的走法。就算他告訴克萊兒他愛……

他愛卡費克。李奧這麼想。

他愛克萊兒。李奧又這麼想。

他盯著牆壁發愣。眞是瘋了。他當然不**愛**她，說不上是愛而是欲望。沒錯，雖然她難以相處，長相平庸，個性惱人，但想必李奧是出自寂寞和沮喪才對她產生欲望，畢竟她能讓他笑，讓他思考，讓他想要努力得到她的認可。想必那時是他喝醉了，而且在昏暗光線下她看起來太像卡費克，所以他才會……除此之外沒有別的理由。只不過是因爲，她對他微笑時讓他心跳漏了一拍；因爲只要她在就能帶來強烈而鮮活的愉悅；因爲他們待在同一個屋簷下；因爲她在推開他的前一刻猶豫了。不論他們在玩的是什麼遊戲，兩人都彷彿置身於宇宙中心。這就是愛嗎？

他爲她著迷，並不只是因爲她與卡費克如此相似，也是因爲他們之間如此不同，比如她眼周的細紋、她是遊戲師的事實、她試圖隱藏的溫柔。如果他閉上眼，心中浮現的不會是卡費克的臉孔，而是她的面容。接著畫面波動，如水面倒影產生漣漪，下一刻浮現的是兩人交錯的身影，他的罪惡感重新湧上，影像也隨之消逝。他在想什麼呢？他害死了卡費克，而她也這麼認爲，這一切只是他可悲的想望。他無權遐想，這種想法不僅可笑，而且根本沒有實現的可能性。從克萊兒講話的態度，就能明顯看出她對他的鄙視，就算她沒有……蒙特維爾的教授都得獨身，至少表面上必須如此。或許有幾個教授私下違反規則，但是克萊兒不可能冒險，有太多人樂於將她趕走。如果他眞的愛她……他皺起臉，想起無可挽回的現況。當他情不自禁親吻她時，他以爲那就是自己所想要的一切，現在他卻因其後果與無望而感到震懾。愛。

他問：我們就不能回到從前嗎？她說：不能。

晚餐鈴聲響起。他回過神，急忙整理桌面、調整領帶，然後跑下樓梯到中央圖書室，卻突然愣在原地。

是艾米爾。

他嚇了一大跳，差點絆倒自己，只得立刻握住樓梯扶手。他滿腦子想著克萊兒和卡費克的事，差點忘了艾米爾之前來到學校。艾米爾轉過身，露出微笑說道：「李奧，看到你眞好。」他的手上正拿著一本書隨意翻閱。

「艾米爾，謝謝你一直跟我保持聯繫。」李奧穩住腳步。

「這沒什麼，我很樂意。」

「也謝謝你寄那些……」他比了個手勢。「那些包裹過來。」

「不客氣。」艾米爾微微點頭。「老同學，我可不是捐贈物資給你，那是你自己賺來的。」

寫告密信賺來的。艾米爾仍在遠方的時候，他還能說服自己寫信有其必要，然而此刻面對面交談，他忽然覺得自己的行爲非常丟人。他太聽話、太好用，因爲恐懼而服從。他說：「我不知道你會來學校。」

「回到這裡一定讓你想起很多事吧？」艾米爾放下手上的書，轉身望向書架和空蕩蕩的書桌。今天就是宣布金獎得主的日子，自然不會有人在晚上留下來念書。他誇張地吸一口氣。「唉，這裡眞是充滿青春和年輕學子的氣息！」他將手滑進口袋，掏出菸盒。

鈴聲停下來了。李奧說：「對了，要不要去……？」他往門邊走去。

「待會兒來找我好嗎？」艾米爾說：「學校招待我住小禮堂上面的套房，你一定要來，我那裡有上等的白蘭地。」

「我可能不太……」

「不行，你一定要來。」艾米爾叼起一根菸，又從口袋裡拿出火柴盒。將菸點燃之後，也不確認火柴是否熄滅就往旁邊一扔，讓火柴掉在桌子底下。隨後他深吸一口菸，對半空吐出一團煙霧。

李奧有股蹲下檢查火柴情況的衝動，但他還是忍下來了。他在一瞬間不快地回想起剛來這裡的時候，自己也在教師樓的庭院裡把玩火柴。現在他知道克萊兒的感受了。「不可以在這裡抽菸。」他把話說得很大聲，但是在圖書室另一頭的管理員卻駝著背研究記事簿，故意假裝沒發現。

艾米爾笑了。「喔，我不說你也不說。」

「可是那些書……」

「放心，最重要的藏書應該都已經從架上拿下來了。」

「什麼？爲什麼？」

艾米爾的表情像是有什麼漂過水面，來去之間太過迅速而難以解讀。他往天花板吐出一個煙圈。「之後來我房間吧，一定要來。」

「我還要寫一篇文章。」

「你不來會後悔的。」他笑一笑，似乎想用笑容化解話中的警告意味，之後他轉身離開，沒有走向食堂，而是往反方向離去，李奧沒來得及拒絕，他就走了。

儘管李奧盡量拖延時間，然而他內心煩亂，實在難以抗拒對方的邀請。如果他不去找艾米爾，就會是在自己的房間獨處，一直想著克萊兒；倒不如去聽聽黨內流言，或許還可以轉換心情。他敲艾米爾房門的時候，覺得自己像是教授特別叫到辦公室的學生，虛榮心像蚊蟲般叮咬著他，他只能試圖忽略搔癢感。

「馬丁，」艾米爾在房內喊：「進來喝杯酒。」

這個房間比李奧的還要大，明亮而溫暖，還點著蜂蜜香氣的蠟燭，光線照射在白桌布和酒杯的弧面上，一面牆上掛著滿是灰塵的壁掛裝飾。他沒看到床，不過，艾米爾剛才跟他提到這裡還有其他**房間**，對吧？總務長之前還堅稱，學校唯一的客房就是大鐘底下李奧的小房間。

艾米爾招手要他過來坐下。「坐啊，晚餐吃得怎麼樣？要喝白蘭地嗎？」

「謝謝。」他接過酒杯坐下，並且推開一個髒盤子，盤中央放了一團揉爛的紙巾。看來剛才這裡有好幾個人吃過飯。他想起有兩位教授今晚沒去食堂。艾米爾來拜訪學校，反倒款待起他們了？他是為了奉承學校教授才來的嗎？「你要我來這裡，到底是為了什麼？」

艾米爾挑眉。「還是該注意禮貌吧，老同學，你還不是校長呢。」

李奧顯得心不在焉。他伸手去拿桌子另一頭的菸盒，接著抽出一根菸，沒想到艾米爾隨即劃亮一根火柴，靠過去幫他點菸。他只好不情願地說道：「謝謝。」

「不客氣，見到你感覺真好。」艾米爾頓了頓，微笑著說道：「順帶一提，我離開情報部門了。不知道你聽說了沒？我現在在你的老地方工作。」

「這樣啊。」他聽到這句話像是挨了一拳。艾米爾用的是他以前的辦公室嗎？祕書會眨著眼睫毛對他傻笑，助手會在他進門時調整領帶嗎？「恭喜你了。」

「或許很快就會發生更多改變，達特勒從來就不適任。有你的榜樣在，任誰都很難追得上。」

「謝謝。」

艾米爾往後靠上椅背。「怎麼啦？」

「沒什麼。」菸味和白蘭地燙傷了他的舌頭。他把菸靠在喝完的酒杯邊緣點掉菸灰，不過菸尾其實還沒燒出什麼灰燼。「你說要是我不來會後悔，是有什麼事嗎？」

「喔，李奧……」艾米爾滿面笑容，但他的口氣依然嘲諷。「我只是開玩笑的，難道說你眞的以爲……我只是想敘舊，就這樣而已。想跟你當面聊聊回到學校的感覺。」他別開頭，把長褲上的菸灰撣掉。「李奧，我眞同情你被丟回這個爛地方。」

「其實並沒有那麼糟。」李奧說，但他不確定艾米爾是否有聽見。

「要是我一定會瘋掉。」語畢，艾米爾沉默了一會兒，接著一反常態地將頭用力後仰，喝下一大口白蘭地。他看著窗外方塔在夜空中的模糊輪廓，窗景上還疊著蠟燭的倒影。李奧從沒想過艾米爾對蒙特維爾懷有什麼特殊情感，更別提如此強烈的憎恨。然而，或許一切只是李奧搞錯了，因爲艾米爾很快又回過頭，替兩人的空杯斟滿酒。「感覺就像是重回學生時代，對吧？但我想你的狀況應該比我更糟，你來這裡之前就認識遊戲師了嗎？」

「什麼？」他能感覺到血液同時湧向臉部和心臟。他不想要聊克萊兒，怕自己會說出太多不該說的。「不認識。我哪有機會見到她？」

「喔，我只是有點好奇……畢竟你是卡費克的朋友，好朋友。」

李奧搖頭。在他重回蒙特維爾之前，全世界應該只剩他不知道克萊兒是卡費克的妹妹，是德庫西家族的人。這些年來他一直不願想起蒙特維爾，只要在報上看到相關消息就翻過去。

「好吧，我也不認識她。等聖之嬉紀念活動過了，我再找機會跟她多聊聊。」他細細品嚐著酒，彷彿是第一次喝白蘭地似的。「我在中庭看到她的時候嚇了一跳，她跟刊登在《險中求勝》上的照片完全不像，應該是因爲他們想讓她上相吧。眞是不可思議，你說對嗎？」

艾米爾意有所指的口吻讓他不禁咬緊了牙。「什麼不可思議？」

「不要裝了，李奧。」他伸出一根手指去撥燭火。一縷縷煙絲往上飄動，微捲的模樣像是遊戲記譜上的附加符號。「你們兩個處得如何？你最近幾封信都沒提到她，對她的敵意緩和了是吧？」

「有一點。」

「在我的印象中，你對她哥的敵意倒是完全消解了呢。」

李奧感到雙腿一陣痙攣，彷彿要他立刻站起身，但這麼做或許會顯露出他心中的不快。於是他改而喝酒，一口又一口地喝，像把鼻子浸到酒杯裡那樣地喝。過多的酒精讓他的舌頭發癢，也讓他漸漸失去耐受度。「來聊聊你的新工作吧。」他向艾米爾說。

「喔，大部分都跟規劃有關，策略啦、實施啦，諸如此類的事情，實際上跟文化沾不上邊，這樣很適合我……不過，我還有在做其他事情。」艾米爾把白蘭地推向他，酒瓶在桌布上滑動。「例如顧問。」

「蒙特維爾的顧問嗎？」

「算是吧，長官在想辦法讓聖之嬉盡其所用。」艾米爾頓了下，再開口時語氣突然變了。「再看看狀況吧，如果我在學校這幾天能有所進展……」艾米爾勾起微笑，看起來油滑且意有所指，彷彿這是一個與李奧共謀的笑話，但他卻不知道對方所指爲何，只覺得這陣沉默突如其來。李奧突然在意起眼前的空酒瓶、融化的燭淚，還有桌布上的油漬。酒精帶來的愉悅氣氛已然消失，像退潮般在他的腦海留下一道斑駁的水位線。

他聽見自己發問：「艾米爾，你來這裡**到底**是要做什麼呢？如果是爲了仲夏遊戲，未免也到得太早了吧。」

「老天，我就知道你寧願我別來。」

他沒有回話，隨即看見艾米爾的笑意消解，復又勉強維持住。

「好吧，我就告訴你這位老同學。我只是想看看學校在平常是什麼樣子，想要像牆上的蒼蠅那樣不動聲色地觀察。這並不是說你寫的信完全沒有派上用場。」

「我的信？那只是……八卦和小道消息而已。」

「不要這麼謙虛，有些部分你寫得很清楚呀。明天你一定要再來聊聊遊戲師的事情，她眞的說黨內人士都是……我想不起來她說了什麼，寄生蟲？流氓？」

「她沒有說。」

「喔，是我記錯了？」

「我的天啊，艾米爾！她說了什麼究竟有何關係？她只是個教授，而這裡只是學校。你不會明白的，你不過是個局外人。」

「你就不是嗎？」

李奧站起身，覺得房間晃動了下又恢復靜止。「該去睡了，我太醉了。」

「也是，你看起來的確是醉了。」接著誰也沒有說話。李奧走向房門的腳步有點飄移，彷彿涉水而過。他伸手要握住門把時，艾米爾在座位上挪了挪，說道：「李奧，我要提醒你一件事。你還是能做出貢獻的，對吧？」

「什麼？」

「我知道這陣子你一定很難受，感覺就像被流放。你之前**的確是**觸怒了老爺子，這點無可否認，但現在你受夠懲罰了，接下來只要小心行事，這段時間便不算白吃苦了。」

「什麼？」

「我們可能有計畫要讓你……只要你願意合作。」

李奧用單邊肩膀倚著牆，轉過身來面對房間。一根蠟燭燒完了，讓房間變暗也變小。李奧說：「當然了，要是在研究一整年聖之嬉傑作後還有機會回政府，我一定會跳著華爾茲回去工作。你以爲我會相信你說的話嗎？」

艾米爾露出半個疲憊的微笑。「別這樣，我只是想確認你還能算是……我們這邊的人。」

「我當然是。」這句話在說完之後依然哽在喉嚨，他不知道自己說的是眞是假。他想起克萊兒，想起她對黨的鄙視，接著又想起他爲夏彭提留下的食物，想起自己爲那名學生說謊。可憐的夏彭提，李奧幾乎沒怎麼想起過他，一想起來只覺得厭煩。要是有人發現李奧在暗中協助他……他的掌心和額際滲出汗珠。

艾米爾盯著他看，臃腫的臉龐在李奧眼中逐漸變得模糊，化作兩張肥厚而陰暗的面具。他不禁眨了眨眼，讓眼睛重新聚焦。最後艾米爾一邊點頭，一邊往後靠坐，同時把桌布上一塊凝結的蠟摳起。

「很好，」他說：「看來你並沒有改變。很高興能知道這點。」

31 老鼠

老鼠變得不太對勁。她的腦海多出許多之前並不存在的想法。明明沒有聲音，她卻會抬頭聆聽；就算躲在走廊盡頭的只是一團黑影，她也會嚇得發抖。自從那天晚上之後（那是多久以前的事了？老鼠不會記得，也不懂得數算日子），她再也沒有看到賽門，或許他正苦於飢餓、發燒，或者發生意外。她發現自己會無聲唸著他的名字，感受那兩個字的形狀壓在她的舌頭上。賽門、賽門。每次這樣做，他的臉孔都會浮現在她的腦海裡，像海市蜃樓般晃動。賽門很危險，他是陷阱，特別狠毒的人形陷阱，她應該要躲開，但她偏不。她想要再見到賽門一面，卻不懂何謂「想要」。只要想像他待在那個房間裡，她心裡就會產生模糊的感受。一想到對方在挨餓，她也覺得餓了起來。

老鼠不會刻意找麻煩，也不會自己爬向毒藥，因爲牠知道舔一口就會讓舌頭嘶嘶作響，讓胃部融化。今晚她卻選擇走另外一條路從廚房回來（這麼做眞是大錯特錯）。她來這裡做什麼？她抬頭往上看。現在有了賽門，她可以把「**這裡**」稱爲「**那裡**的正下方」。他在**那裡**，在那個房間裡。她痛恨那個地方，覺得房間像顆大石懸在頭上等著砸下，但她還是來了。如果老鼠要從廚房返回鼠窩，一定會走最快速的捷徑，而且不會停下腳步來想事情，也不會受飄忽的聲響吸引、被想像中的味道刺激，然後感覺到不存在的飢餓感高漲……老鼠不會冒險。如果是老鼠的話，現在早就躲在安全的地方進食，什麼也不想地啃咬著充滿鹹味的香腸。

她想要轉身走安全的路離開，卻也想順著窄梯一路往上爬，然後推開那扇門，再度見到他。她想要聽見對方像之前那樣說：「是你啊！」她想要遞出手中裝滿食物的包裹，然後……然後什麼？兩種衝突的想法如繩子般纏住了她，讓她動彈不得。老鼠若看到她如此無助，必會唾棄她。

有人來了，但這個人不是賽門。對方的腳步聲發出馬蹄般的喀噠聲響，而且動作不快。她不喜歡這陣腳步聲，有時候聽起來步伐很寬，有時候又很拖拉，偶爾還會暫停下來，讓她誤以爲移動是安全的，然而一踏出陰暗處，腳步聲又開始靠近。她突然愣在原地。走廊盡頭有個男人，要是她再多走一步就會被對方發現。她想讓呼吸保持安靜無聲，要這麼做卻愈來愈困難，因爲恐懼如潮水高漲，淹沒了她的肩膀、下巴與口鼻。她怎麼會讓自己置身險境？她可以逃跑，現在該逃跑，還是留在原地不動？老鼠可以做出抉擇，而她卻做不出來。這種猶豫不決的人類思緒，何時取代了她敏銳而不假思索的本能？

她像石像鬼般蹲下。她不知道自己爲什麼要這樣做，可能是爲了躲避男人的視線、躲回陰暗處，也可能是因爲她的膝蓋虛軟，就像腐壞的水果。她總覺得，那個男人發出的聲音和氣味好像……空氣中傳來淡淡的苦味，是煙霧和其他的味道。她寒毛聳立。

他走過她身邊，好像並沒有看到她，但她總覺得男人有些狡猾，讓她不禁懷疑自己的判斷。樓梯再過去的走廊盡頭處有一扇窄窗，他正站在窗邊。透過照入的月光，她能看見男人十分肥胖，但行動依然靈活。他的濃密捲髮往後梳，上唇有一道陰影。他把手插進口袋，拿出一個閃亮的扁平物，接著那扁平物體像貝殼那樣張開，裡面放滿了黑金色圓條。看見他把圓條銜在雙唇間點火，她才想到那是一條香菸。她以前看過香菸，但她不明白香菸的用途。難道說香菸是一種藥物嗎？男人吸氣又吐氣，呼出的煙霧飄過月光邊緣，形成鮮明的黑白對比。

男人持續吸吐著煙霧，彷彿他的肺裡裝著足以填滿所有走廊、房間與牆縫的煙，而不論她走到哪裡，只要呼吸都能感受到他的存在。

他臃腫的臉、緊閉的嘴與細小的眼，在他身旁創造出一個窒息的空間，彷彿連空氣也不想靠得太近。她渾身發抖，無法轉身逃跑。他是掠食者，會把獵物的脖子扭斷，然後一口也不吃，將屍體棄置在原地。男人讓視線在空白的牆面上打轉，而她則像是中了某種令人作嘔的魔法，看見他眼中的景象：白蟻丘、蜂巢、老鼠窩。他將這些全部一腳踩碎，後退一步冷眼看著。

他轉過頭，月光斜照過他的臉頰，讓他看起來瘦了一些。她從男人臉部平板的線條認出了什麼，喉嚨一陣緊縮，她的心彷彿與她作對，讓她差點洩漏自己的行蹤。接著，她看見男人把香菸撚熄在窗台上，動作好像在燙著誰的皮膚。突然之間，她想起了他究竟是誰。

她閉上眼睛，在一瞬間感覺到母親為她將衣服從頭上脫下來，同時聽見她說：親愛的，來剝兔皮囉。接著母親卻一躍而起，急急噝聲說：安靜，然後她又回到門邊，瞪大了雙眼。老鼠只能不停發抖（那時她的體型和年紀都太小，無法成為老鼠，她還不知道自己是誰，只知道自己屬於母親）。剛才她還覺得安心，現在卻不這麼想。母親側頭傾聽，房間的牆壁趁這時向內推進，只要母親的視線一離開她，牆壁就會靠過來。母親將門拉開一條縫，伸出手指壓在唇上對她示意，下一秒就溜到外面的走廊上。老鼠知道自己應該要留在原地。你不可以離開這裡，也絕對不能讓別人聽見你的聲音，不管做什麼都一樣，親愛的……她看著母親慢慢走遠，穿過落日從屋梁上斜照下來的一道道光束。最後母親消失了。她走下樓，但是這一次她分了神，忘了把房門關上。

老鼠（或者該說成為老鼠之前的她）從門縫溜出來。她走了幾步，什麼事也沒發生。地板沒有崩塌，天空也沒有爆炸。她能聞到從屋頂縫隙吹送進來的新鮮空氣。

她走下樓梯，伸出手希望母親來牽住自己。但是母親不在她身邊，而是和一個黑衣人站在小圓窗旁。那個人就像一隻有著人頭的烏鴉，一看到他大笑的模樣，老鼠馬上就討厭起他來，想要衝過去把母親拉走。

「……絕對不要在白天上來這裡，你真的嚇到我了。」

「我只是好奇而已，因為你沒有直接回房間。」

「你不能跟蹤我！」她嘆了口氣，但是老鼠聽得出她的聲音潛伏著笑意，像感冒前潛伏的鼻音。

「我無法抵抗你的動物性魅力。」

「我不是動物，我是女人。」

「說得眞好……」那個人向前傾身。「我們可以在這裡做，現在就做。光是**看著**你……」

「不可以！」

他又大笑起來，然後抓住了母親，兩個人轉起圈來。老鼠全身發顫，想要跑過去扯開他，但是她知道這麼做母親會生氣。他們兩人推擠在一起，像是試圖要走進對方的衣服裡那樣靠近。他發出呻吟聲，嗅聞著她後頸的味道，那動作看起來好像要咬她。

接著他停下動作，抬起頭看著老鼠。

「**那東西**是打哪兒來的？」

母親猛然轉過身，張嘴說道：「**快回去**！」

「**你的**小孩？」他側頭看著老鼠，彷彿在計算她身上有幾斤兩肉。「我都不知道……她長得很像你，不是嗎？」

「你不准說出去，這件事沒人知道……他們會把我趕出去。」

「我當然不會了。」他微笑著瞇起眼睛，盯著老鼠的眼神毫不動搖。「把偷生的小孩藏在閣樓，我怎麼一點都不意外呢？畢竟你是個火辣的蕩婦……」

一陣沉默。母親臉紅了。他說的不是什麼好話，從他的語氣就能聽出來，可是母親卻微笑起來，好像沒有聽見那些話似的。老鼠（或者該說偷生的小孩，但她不知道那是什麼意思）往下走了一階樓梯，往他們兩人靠近一步。

母親說：「回房間去！剛才就跟你說過了，**馬上回去**。」

老鼠感到相當猶豫，張開了嘴想要爭辯。

「馬上回去！」

她盯著眼前的兩人。黑衣人的笑臉裂得更開了，他舉起手比劃，伸出指頭在半空中轉著，彷彿在說：快走啊，逃跑啊。他將母親拉回懷裡，又把自己的嘴湊到母親的唇邊，然後視線再次移向老鼠，眼神帶著一絲喜悅，享受著勝利的滋味。

老鼠轉身上樓，一邊走，一邊希望母親會追上來、牽起她的手，但母親始終沒有過來。老鼠回到房間裡仰躺，門沒有關緊，留了一條縫。落日的光線愈來愈紅、愈來愈弱，最後天色完全暗了下來，母親還是沒有回來。老鼠盡量撐著不讓自己睡著，等母親回來跟她說晚安，然而她一整晚都沒有回來。現在回想起來，母親彷彿從那一晚以後就再也沒回來過，儘管事實並非如此。

老鼠看著眼前的男人從肺部吐出最後一口煙霧。這個人胖了、老了，但還是同一個人。她回想起久遠以前胸口彷彿被人掏空的疼痛，想起那些止不住啜泣的日子，因為母親再也沒有、她總是、她**愛著**，在那件事發生之前，老鼠知道母親無論如何都**愛著**……

她現在想起賽門時的感受就和當時一樣，不論是那並非眞實的飢餓感，或者是深切的恐懼。她將一手掩在嘴上，動作安靜無聲，然後狠狠咬住掌心的肉。

男人將手插進口袋，往前走到樓梯口，然後伸長脖子往上看，上樓時每一步都走得很小心。樓梯的扶手欄杆微微晃動著，在他經過時則搖晃得更為厲害。他停下腳步，聆聽腐朽木料發出的輕微咿呀聲，最後消失在樓梯頂端的黑暗中。老鼠放下心來，仍然感到心有餘悸，不過既然這個人消失了，她就可以快步離開。掠食者帶來的陰霾消散，他的注意力已經轉移至他處。

不過是轉移到哪裡呢……他現在應該已經走到另一道樓梯的入口處了，那道樓梯可以通往她的小房間，也就是賽門所在的房間。

賽門。賽門也在隱匿行蹤，不可以讓任何人發現。這件事很重要。絕對不能讓別人聽見你的聲音，不管做什麼都一樣……他不可以被這個男人發現，絕對不能落入這個人的手中。

她莽撞地爬上樓梯。這個決定下得太快，她甚至來不及感到害怕，也還來不及思考或在乎這太不像老鼠的作風。她在跑過樓梯時刻意發出聲響，下一刻她便和男人在樓梯口面對面，和十年前的場景一模一樣（感覺像上輩子的事情了），只不過現在兩人的位置顛倒，他已經踩上第一階樓梯，站得比她高。他嚇了一跳，眨著眼睛看著她，大張的嘴露出白牙。

他說：「天啊。」

她在這個人面前暴露行蹤，站在他面前讓他盯著，承受視線所帶來的燒灼感。如果是老鼠就會跑開。她**應該要**跑開。

現在她將想法付諸行動。她旋身往反方向跑開，飛快地跑過灰衣人通行的走廊，因爲赤腳奔跑而能夠不發出聲響。她在走廊盡頭停下腳步，眼前有兩條路可走。她回頭看去，發現那個男人鐵了心要跟上她，踏著靈巧的腳步追來。他是獵捕者。恐懼在她體內蔓延開來，然而她也感受到強烈的喜悅，因爲她知道這一次自己能夠成功脫逃，並將他從賽門身邊引開。

32 李奧

仲夏遊戲展演前一晚，空氣凝滯，如玻璃般膠著。山谷像是盛裝著夜空的碗缽，其中映著星光點點，夜間的沉靜則濃重得讓人耳鳴。李奧坐在教師樓的庭院裡劃火柴，火柴燒完就丟到一旁，重新劃開一根。整個世界彷彿只剩下他一個人。幾天前的晚上，他和艾米爾與兩位教授喝酒，結束後經過克萊兒的房間時，他很想敲門，但是她正在閉關，而且一想起她的怒火，他就無法承受。*我們就不能回到從前嗎？*不能。如今一切已經無可挽回，他只希望當時自己能夠拿出更多勇氣。明天他會坐在其他金獎得主身旁，成為觀眾的一員，而她甚至不知道他會出席。

所有人都睡下了。昨天抵達的賓客已在學生宿舍裡入睡；儘管這時還不到十二點，艾米爾的房間窗戶也難得不再透出火光。要是艾米爾站在黑暗中監視李奧，他也不會感到意外。有好幾天他都能感受到艾米爾的視線停留在他身上，以狡猾的眼神持續看著他。就算李奧一人獨處，他也總覺得後頸刺癢，再也無法徹底感到安心（說得好像他曾經安心過似的）。如果他去艾米爾的房裡反而還稍微好過一些，只需要顧著喝酒、聊政治，並且對其他人拿女教授開玩笑充耳不聞。在艾米爾身邊，至少他能明確地知道自己正受到監視，只要表現得彷彿回到黨內就好。這樣一來，他就能肯定一切不只是自己的妄想。

然而，他完全沒有資格抱怨。過去幾個月來，他也在監視別人。他寫下那些可惡的信件，仔細交代誰支持黨，誰說過顛覆性的發言，誰有弱點可以收買……當初他怎麼會以為，在信上寫寫流言無傷大雅？看到艾米爾對他露出微笑的模樣，李奧也看見自己對他人的背叛。這又是一件他想要懇求克萊兒原諒的事情。

他不但是個叛徒，還是個膽小鬼。他應該要用更多方法來幫助夏彭提，而不是只把食物放在沒上鎖的房間裡留給他吃。他總是將吃剩的麵包、臘腸與水果裝在盤子裡，不敢留下足以讓人起疑的份量。雖然這點食物絕對不夠吃，但是在艾米爾的監視之下，他不敢輕舉妄動。他在猶豫要不要寫一張紙條、留一點錢給夏彭提，或者寫下某位欠他人情的官員的聯絡方式。不過，要是夏彭提可以進到李奧的房間，自然表示艾米爾也可以。一想到艾米爾可能抓到他的犯罪證據，他便起了一身雞皮疙瘩。所以，他也只能留下這麼一點食物，並且不時軟弱地為夏彭提祈禱。有時候，他眞心希望夏彭提已經逃離校園，然而到了隔天他總會見到食物消失，同時心一沉，想著夏彭提還躲在某處等著慢慢餓死。他眞想知道還能怎麼做，要是他一開始沒有幫忙就好了……

他劃了一根又一根的火柴，直到盒子裡一根也不剩。他閉上眼，感到非常疲倦且暈眩。他渴望見到克萊兒，而明天他就會見到她。然而，他想看仲夏遊戲，是因為他想要看到她表現傑出，還是僅止尚可？或者他其實在偷偷盼望她的展演失敗？這個想法宛如一道惡臭飄來，潛入他的內心深處。不，他當然不會這麼希望。他是愛她的，他希望她的展演能讓所有針對她而來的批評永遠消失。他希望她贏得勝利，就像當初他希望卡費克憑著《紅》獲得金獎一樣。他吞下內疚感。不知為何克萊兒也知道這件事，而且認為是他背叛了卡費克，認為他明知教授會因為《紅》的大膽創新與天才洋溢而鄙視這部作品，卻還是故意交上去，讓卡費克連及格都拿不到……你只想要贏不是嗎？為了獲勝，你可以不擇手段。可是那並不是他交出《紅》的本意，眞的不是。當初看到成績公布時，他不是也嚇了一大跳嗎？如今回想起來，在看到成績之前他還充滿欣喜，畢竟他在大禮堂枯坐著度過無眠的夜晚，心中洋溢著幸福的感受，隨後愉快的心情卻全部消散，化作震驚和不可置信。他看到自己的名字：李奧納德·馬丁，金獎得主，《回映》。金獎得主只有他。再往下看，一等幾乎都是三年級生，二等一級有一些三年級生，包括保羅和艾米爾，不過大部分的二年級生都出現在二等二級。這時他開始覺得頭暈且毫無真實感，彷彿吸進無味毒氣，毒素蔓延全身。有人用手肘推他。「讓開好嗎？所有人都被你擋住了……」這聲音聽起來模糊而遙遠。卡費克的名字在哪裡？當然不會落在三等了，及格那一欄也只有菲力一個人的名字。他將手心貼在覆著粗麻布的公布欄上，把名單重新再看過一遍。一定是他看漏了……

「伯納一定受不了。馬丁是那個囂張的二年級生嗎？喔，是他沒錯。」耳邊傳來一陣隱忍的笑聲。「哎呀，沒看到他也在這裡……」

「哇，」有人邊笑邊說：「竟然有人**不及格**，這還是有史以來頭一遭。」

「而且還是德庫西家的人。」

「倫敦圖書館狂人一定會氣到從墳墓爬出來。」

他閉上眼睛，又睜開雙眼。在成績單最底下，霍特教授的簽名上方有一行字，很容易看漏。

不及格者：愛姆．卡費克．德庫西，《紅》。

不可能的，他一直以為、從未想過會發生這種事。沒錯，他是交出了錯誤的遊戲，但是……他匆匆跑上樓，急著要向卡費克解釋，想為自己的企圖辯護。他不是故意的，他從來都不是要……可是為時已晚。在回憶中，李奧再度看見牆壁上用墨水潦草寫下的「混帳」。等他趕到卡費克的房間時，對方早就已經走了。

隔天他寫了一封信，為此幾乎花掉一整天的時間。寫信期間其他人不時來敲門恭喜他，並且猜測卡費克為什麼會搞砸，而且還這麼慘烈……他對著他們微笑，接受他們的道賀，同時忍下用筆插進他們眼窩的衝動。先前他已經盡力將牆面上的墨字擦去，然而當他為了該如何下筆而苦惱時，卻不自覺盯著牆面上殘留的灰痕，彷彿那字跡早已烙印在此。混帳。對，他就是個混帳，也是個白癡。請相信我，我從來不是存心騙你，我以為……他以為什麼？會不會在內心深處，他早就知道也想要看到這種結果？會不會到頭來……他立即粉碎這個想法。只要卡費克聽了他的解釋，一定就會原諒他。我會去向霍特教授坦白一切，然後交出《暴風雨》。他們總不能因為你沒交出去的遊戲而判你不及格……對不起，我是真心的，我以為……又回到了這句話上。他不敢繼續往下寫，無法確定自己會寫出什麼。

他另起一段。昨天晚上，我是指成績公布前一晚，我……想起那一晚，他就感到心痛，羞恥、渴望與喜悅同時湧入心中。然而，那一晚對他而言也是最大的慰藉，因爲卡費克說了……如果他不是眞心的，他就不會那樣說；而如果他是眞心的，他就會原諒李奧如此愚蠢，原諒他是一個混帳，原諒他得了金獎……

他將那句話劃掉。最好還是在「對不起」就打住。畢竟卡費克終究會原諒他，在那之後他們就會討論事情是怎麼發生的，討論任何他們想聊的事情。他把那封信重新謄過一遍，讓整封信看起來像是一口氣寫完的，措辭直接有力，然後封緘起信封準備隔天寄出。但他連卡費克家的地址都不知道，只能到辦公室詢問。艾普雷大宅，拉維爾山旁……隔天早上，所有學生都被叫到大禮堂集合。

抱歉，各位同學，校長必須要宣布一件壞消息……

他對那天沒什麼印象，再隔一天的事也記不清楚，只剩下零碎的片段記憶。菲力對他窘迫地笑了一下以表同情，接著漲紅了臉。佛萊迪一反常態地安靜，教授的神情則全都顯得嚴肅而冷漠。空氣一片死寂，彷彿所有地板都鋪上了氈毯，吸去一切聲響。就連艾米爾都沒有拿出世故的嘴臉或說些諷刺的話，只是臉色發白，一語不發。可能是因爲同一天有侍者從窗口墜樓。這件事在當時沒什麼人留心，彷彿只是惡夢的一部分，就像對位曲的重複旋律。早在多數學生發現前，那名侍者的屍體就被運走了，不過流言依舊傳了開來。有人繪聲繪影地說是時運和聖之嬉帶來的負面影響造成的，還有人說那名侍者和卡費克關係親密，而且她懷孕了，難怪……這樣一切就說得通了：卡費克因爲無法接受成績不及格而自殺，而他那不知檢點的情人則是因爲遭到拋棄而自殺。李奧疲憊得無力糾正他們，只能轉身離開。只有他真正明白卡費克為何而死，但是他什麼也沒說，因為這一切都是他的錯。他把借來的書還回圖書館，然後打包行李準備回家。他的日記不見了，不過他並沒有太過驚訝，隱約能猜到情況。想必是卡費克在看到成績後，衝上樓大力敲門，發現他不在便擅自闖入，接著匆匆翻過日記的最後幾頁，然後以手沾墨在牆上寫下混帳二字。他不知道為什麼卡費克要拿走他的日記，但現在他人都死了，又何必在乎這件事？要是日記還在這裡，他也會自己把它燒掉。

在他把書扔進行李箱時，菲力過來敲門，而且不等他應門就自己走進來，讓他不禁皺起眉頭。菲力說：「我想說……你在幹麼？」

「你看不出來嗎？」

「過不到兩週就是**仲夏遊戲展演**了。」

「我不會留下來。」

「你不參加？你是金獎得主耶！」

「不要管我了，菲力。」談話中斷一陣子，他看也不看就把地圖集丟到書堆最上面，然後聽見關門的聲音。

他不敢告訴霍特教授真相，改而寫了一封信給教授。這封信寫起來比給卡費克的信容易許多，字數也更少，而開頭是這麼寫的：能夠獲得金獎，我感到十分榮幸。遺憾的是，由於個人因素，我將無法出席本次展演。他知道自己一點都不遺憾，也永遠不會感到遺憾。要是他真的出席，坐在屬於卡費克的位置上，那才讓他反感。現在他只想要回家。或許他應該告訴霍特教授真相，畢竟最清楚事情始末的人也只有他了。動身前一晚，他在半夜醒來，試圖寫下謊言以外的字句，卻遲遲無法下筆。後來他上了火車，看著風景在髒黑的窗戶外飛逝。到站後，他在月台上第一個看見的，是邁著大步走來道賀他的父親。

「先生，這邊請。」侍者將節目冊塞到李奧的手上。「黨內人士的座位在右手邊。」
「我是金獎得主。」李奧不客氣地打斷對方。他沒有洗澡，也沒刮鬍子，眼睛周圍像是沾了沙子。宣告展演開始的鐘聲響起，連他在內還有好幾個人沒有入座。他睡過頭了，真想狠狠踢自己一腳。
「喔，我明白了。」侍者稍稍遲疑，接著引導他到前排的長椅。李奧彎腰坐在歷史教授旁邊，發現教授和金獎得主顯然只能欣然接受毫無鋪墊的木椅座位，不像右手邊的黨內人士能夠坐在酒瓶綠的流蘇坐墊上。賓客多半在昨晚抵達，不過他看得出來達特勒、凡特和塔格里奧尼一定都是今天早上才坐著黑頭車穿過學校中庭而來。達特勒的身旁坐著艾米爾，兩人似乎注意到了李奧的視線。艾米爾對他報以微笑，慵懶地抬手致意。李奧點了點頭，知道自己晚點該過去寒暄幾句。一想到這件事他就感到不舒服，像是有木刺卡在指甲縫裡。
鐘聲逐漸沉寂，留下一片沒有其他聲音填補的空白。這是展演儀式的起始，設計得十分高明：刻意先讓耳朵習慣連續不斷的鳴響，如此一來，一旦聲音消失，便能令人產生錯覺，彷彿世界的核心悄悄改變了一般。
他的心臟依然猛烈地跳動著，或許是前所未有的猛烈，讓他感到十分難受。自從回到學校以來，李奧從未參加過冥想，不想置身在一片雜亂思緒裡無處可逃。他開始覺得全身緊繃，於是抬頭盯著拱形天花板，試圖分散注意力，卻突然想起某天早上，卡費克曾經帶他到上面的閣樓，那裡既陰暗又溫暖。我應該會自殺吧。當初他說那種話眞蠢，而不到兩個月之後，卡費克就死了……他閉上眼，能聽見觀眾席依然傳來低語和嬉笑聲。他眞想站起身，將這些人全部一個一個勒死。
他們不知道這時候該閉嘴了嗎？遊戲師馬上就要登場了，她現在應該在前廳做準備。

坐在李奧左邊的是來自歐洲各國的教授和遊戲大師，他們都在上週分批來到蒙特維爾。至少這些人很專注，有些人雙手交疊等待揭幕，有些人則來回翻著節目冊研究遊戲布局。李奧的節目冊放在腿上沒有翻開，因爲他想要不帶任何預設立場地欣賞遊戲師的作品，想要親眼見識遊戲如何開展、她又會如何詮釋每一步。要看節目冊的話，還不如之後回家看《險中求勝》的特刊。他再次閉上眼睛，聽見坐在後面的文學教授與鄰座低聲說笑。

突然之間，寂靜如同一陣涼風般迎面而來，橫掃過整座大禮堂。不出多久，整個觀眾席便安靜得連一聲嘆息、一次輕挪腳趾的動靜都能聽見，黨內人士也變得安靜無聲。李奧坐直身體，眨了眨眼，同時感覺到心跳漏了一拍，又加速跳動。

他原本想看著她的身影從門中走出，但是她此刻已經身在大禮堂之中。她一定是用輕巧的步伐踏過石板，靜悄悄地現身，而她的出場本身就具有力量，足以止住觀眾的竊竊私語。她沒有帶著遊戲記譜，雙手自然地垂在身體兩側，看起來自然而優雅。他是不是聞到了線香與煙燻的氣味？他不禁緊咬嘴唇，告訴自己這不代表什麼，或許她擦了他送的香水，也或許沒擦。她身穿白袍、頭戴白帽，日光從高窗斜射而下，讓她看起來比平常還要高瘦。她的神情平靜且安詳，讓他突然想起老家市政廳廣場前的戰爭紀念碑，那是一尊以白色大理石雕刻的年輕軍人雕像。不論其他人怎麼說，克萊兒就是有本事讓人感覺到她的存在。她身上的每一處細節看起來都像是遊戲師（不過，她本來**就是**遊戲師），就連剛才想挑她毛病的傢伙現在都從座位上往前傾，專注地看著她……她走向展演場邊界，在舉步越過之前，她抬起頭環顧周遭，看向觀眾席，然後——

她畏縮了一下。

她直盯著他，在一剎那、在彈指之間，她的眼神動搖了，但時間短暫，讓他幾乎以爲是自己錯看——不過她的顴骨泛起紅暈，接著彷彿受到紅光照射似的，臉頰和額頭也變得一片通紅。她向左側的觀眾鞠躬，隨後向右側的黨內人士鞠躬，不過腰彎得沒有前一次深。最後她向校長深深鞠躬。在她站直身以後，他看見她的額側冒出剛才沒有的冷汗。她踏進展演場，依循傳統，低頭進行沉思，然而長袍上的皺褶顫動，那是她在發抖。他喉頭一哽，發出乾乾的吞嚥聲。看來她不知道他今天會出現……但是她爲什麼如此震驚？難道他的出現會比達特勒或者艾米爾更讓她緊張嗎？他低頭看著自己的長褲，然後從一數到五，讓她有時間恢復冷靜。說不定女性展演人就是更加敏感、更加脆弱……也或許是因爲，在所有人之中，她最在乎**他**怎麼看待她的遊戲，而且她還擦上他買給她的香水。他試著忽視心中湧現的喜悅。

當他再抬起頭時，她已經鎮定下來了。她臉頰上的顏色像夕陽餘暉逐漸消退。她望向正前方，恢復了先前的堅定與平靜。接著，她比劃出開場手勢，姿態猶如開啓通往未知國度的門扉。

她的展演開始了。

他想不起上次觀看聖之嬉是多久以前的事情。過去幾年，他曾經在節日或慈善活動中露過一兩次臉，但是他頂多坐下看完遊戲的一節，然後就會溜去酒吧和其他黨內人士喝酒，他的祕書都知道要幫他買靠近走道的位置。在他**還**待在大廳、擠在人群間的寥寥數分鐘內，他也幾乎不會注意台上的展演人（當時他看的是菲利多爾的告別作，如今他卻連一道手勢也想不起來），因爲他忙著偷偷打量與會者，尋找可能結識的人脈和需要迴避的人物，看看哪個又肥又老的企業家在那天晚上能得到克麗賽絲的垂青。他把聖之嬉當作留聲機或無線電一類的存在，認爲只是在背景嗡嗡作響、發出干擾的東西。因此，像此刻這樣專心看著遊戲師的展演，他總覺得有點奇怪，像是拿起一本多年以來拒絕閱讀的書。他知道現在的自己看不出她展演的層次，要是十年前的他一定能毫不費力地吸收。他的理解力和專注力都鬆弛了，沒能跟上第一道轉換的思路，於是接下來又花了好幾分鐘思索。隨著遺漏的細節愈來愈多，恐慌的感受也漸漸浮現，他得咬住口腔內側才能讓自己回到當下。不過，有了這一回的經驗，後來他慢慢能夠放鬆下來欣賞。遊戲師的展演讓人能夠毫不費力地跟隨，她身上就是有一種主導性，彷彿知道自己的本事有多麼高強，因此不會讓你把眼神移開。她的表現精準到位，流暢而不失熱情。她將簡單無聲的序曲導引至更爲深沉複雜的局面，他彷彿能夠看見許多相異的概念漂浮在空中。身旁傳來其他觀眾翻閱節目冊的聲音，雖然此起彼落，卻也頗爲一致。

遊戲終於進入到動機，這向來是他最喜歡的時刻，若是觀賞經典遊戲更是不能錯過。在這一刻屬於結論的優雅將不再抗拒誘惑，將空間出讓給更深沉、更有人性的事物。他緩緩深吸一口氣，盡可能保持安靜無聲，同時察覺身邊的觀眾和他一樣期待。她沒有辜負他們，刻意停頓了一會兒，比預期中的停頓還要更長，藉此欺騙觀眾，讓他們安靜下來。接著她才將遊戲推進至下一步，進入簡潔優雅、樂音繚繞的段落，其中蘊含著某種**正確**，在空間中引起回音和共鳴，聽起來像是熟悉卻早已遺忘的歌曲。她選用的音樂是貝多芬的《暴風雨奏鳴曲》[1]，而數學也安排得十分優美，像是從雜亂之中形成秩序，在詩句的襯托下更爲鮮明。是的，這個段落確實很美，**她**確實很美。熟悉感逐漸浮現，而且愈來愈強烈，讓他心頭湧現酸澀黏膩的感受。*他的存在不曾消逝*[2]……

他試著平息心中的激動。然而，隨著她引領眾人深入蜿蜒的抽象迷宮，他卻發現她的走法是那樣明晰，而他幾乎可以看出她的思路。他的喉頭哽動，忽然感到一陣反胃。他知道接下來遊戲會怎麼進行，但那並不是出於他對遊戲師的了解。那部作品變了，經歷了一場海變，但是兩者的神似之處不可能是巧合。他想起自己曾經傾身對著卡費克說：「太澎湃了吧，要收斂一點。」對方則回答：「對，不過暴風雨就是這樣嘛。」她將遊戲改動過，但依然是同一部作品。

她偷走了那部遊戲。

他笨拙地翻開節目冊，翻動頁面時發出刮擦聲，惹得安德森投來鄙夷的目光。他繼續往下翻到記譜中段，於是又引來其他人的側目。他知道自己的作爲相當失禮，但此刻他已經顧不上禮節。他又慌忙地翻到終局和尾聲，接著眨了眨眼，凝神看著記譜。他希望是自己弄錯了，但並未如願。雖然作品轉換了形式，但是基礎架構仍然相同，連他當年提出的建議都沒改動過。他的雙眼化作珍珠……我要將魔書拋入海洋深處……[3]他用力闔上節目冊，力道比想像中強勁，發出和拍手一樣響亮的聲音。雖然遊戲師並沒有因此受到動搖，但是她一定聽到了。她的臉上再次浮起紅暈，像隔著紅色玻璃閃耀的太陽。她的眼神掃過他又移開，幾乎不曾停留。難怪她不希望他出現在這裡，因爲也只有他才會發現這是作弊。

她怎麼敢這麼做？現在站在場上展演遊戲的人應該要是卡費克，她完全沒有權利……

他喉頭哽動，感到難以忍受。他用指甲掐著後頸，但是壓痕帶來的燒灼感極其短暫，不出多久便慢慢淡去。即使換個位置嘗試，痛感同樣會在轉眼間化爲一陣模糊的熱意。他看起來一定像個瘋子，一直捏著後頸，好像怕自己的頭斷掉似的。他將手放下，十指交疊放在腿上。遊戲師正姿態優雅地帶出轉換環節。他可以看到在她身後的達特勒坐得比之前更挺。她的一舉一動都牽引著眾人，就算他們覺得女人不夠格當遊戲師，他們還是無法移開視線。她會大獲成功，以卡費克的遊戲大獲成功。

他讓自己深呼吸，然後閉上眼睛想點別的事情。一幕幕影像如幻燈片般在他的腦海中浮現：他在市區的舊公寓、睡在白色床被裡的克麗賽絲、母親的花園、火車站、冬日星空下的方塔屋頂……但是這些畫面全都忽明忽滅，無法持久。如果過去能有所不同，現在就會是卡費克站在展演場上，或者是

---

1 *The Tempest*，即《第17號鋼琴奏鳴曲》（*Piano Sonata No. 17*），全曲充滿戲劇張力，是貝多芬最著名的作品之一。創作此曲時，貝多芬正遭逢耳疾侵擾，身心飽受折磨，其後更寫下《海利根施塔特遺書》（*Heiligenstadt Testament*）。

2 Nothing of him that doth fade。出自莎士比亞劇作《暴風雨》第一幕，是精靈為了安慰王子的喪父之痛而詠唱的詩句。

3 Those are pearls that were his eyes，出處同註2。I'll drown my book，出自《暴風雨》第五幕，是魔法師決定釋放仇人並拋棄魔法的宣言。

他自己站在那裡。在另一段人生中，他們兩人會有一人成為遊戲師，另一人成為校長，由誰擔任哪一個職務都無所謂。或許他們會一起寫遊戲，但無論如何，他們之中總會有一人站在台上掌握全場。

結果卻是她拿走、**竊取**了卡費克的成果……她怎麼膽敢這麼做？她對這部作品的貢獻甚至少於李奧。好，就算她重新編輯過，可是卡費克創作時，是他在場，是他影響整部作品的發展方向，要不是他……

要不是他，十年前《暴風雨》就會公諸於世，就算她想拿來修改也沒辦法。要不是他，卡費克現在還會活——

觀眾席間傳來竊竊私語。不知不覺間他站了起來，心跳劇烈、視線模糊。他張口大喊。

遊戲師在場上愣住了。她緩緩放下手臂。

他說不出話來，心臟以上的身體像是石化一般。突然間，他感到一陣恐懼，因為這裡沒有半個人明白真相，剛才他根本不應該喊出聲的。但是他不能一直沉默下去，否則旁人就會以為他是瘋子，或者誤會他身體不適。他瞥見一名灰衣侍者從另一頭匆忙跑來，同時不停向另一名侍者用力招手，打算要請他離場。他清清喉嚨，發現全場只剩下這陣聲音，心中湧現一陣恐慌。

遊戲師依然瞪著他。她當然會這麼做，因為仲夏遊戲被他中斷了。如果她感到震驚，那麼也隱藏得很好，至少旁人從她的表情讀不出任何線索。她的臉頰還是很紅，眼神卻相當堅定。

他往前踏出一步，然後又一步，鞋尖挨著展演場的邊界，卻遲遲沒有跨過。遊戲師對著他輕輕點頭，彷彿在允許他開口說話。但是這太荒謬了，如果她知道他要說什麼……

她做出了「召請」的手勢，邀請他進入展演場之內。

空氣彷彿在瞬間凝結。她站得直挺，眼神發亮，嘴角也蓄勢待發，彷彿在向他下戰帖。她是認真的嗎？真是令人不敢相信。他甚至有點想笑。如果他接受挑戰會產生什麼後果？在場有人看過對抗遊戲嗎？但是直覺告訴他，他們兩人可以做得到。他相信她一定能像跳舞或對決般諧擬他的走步，在翻轉與拆解後出招，他們可以展出一場驚人且耀眼的仲夏遊戲。

他只要回以「出擊」的手勢就好了。想要出手的騷動從脊骨和肩胛傳來，如果他眞的出手……

她伸出手，但這不是聖之嬉的動作，這動作屬於凡人。她看著李奧的眼神從她的手移動到她的臉上，表情帶著某種坦誠，彷彿此刻他們是兩人獨處。她這是在拜託李奧不要揭穿她嗎？不對，不是那樣。她的神情平靜而專注，將他視作地位平等的敵手，但是……這是爲什麼？他眨了眨眼，知道自己不能一直什麼也不做，可是他總覺得有點恍惚，彷彿腳邊的地基一塊塊塌陷……她看起來與卡費克如此神似，她的一切舉止也都像極了他，讓他不禁害怕就算開口也說不出話。他眞是沒用，如果他想要羞辱她，現在正是時候。

她眞的太像卡費克，甚至連展演的慣用手法都跟他一模一樣。他願意付出一切代價讓卡費克站在場上，讓他用同樣專注的眼神、同樣的優雅、同樣的手勢……

他覺得喘不過氣。耳邊傳來刺耳的聲音，彷彿整個世界變得空洞，即將崩壞。他腳步搖晃地走向前，隱約聽見有侍者囁嚅：「先生，需要我……？」然而他抽回被拉住的手，無法將視線從她的臉上移開。她的臉孔蒼白而削瘦，眼珠是灰綠色的，一綹捲髮從帽沿下鑽出，耳下還有個小疤。這當然是一張女性的臉孔，在他看來卻是如此……如此熟悉。這些年來他不斷夢見的就是這張臉，總是在惡夢裡見到，而對方的喉嚨處也總是會裂開一道殘酷的獰笑。不，這只他的妄想。無眠的夜晚終於讓他發瘋了。

可是剛才的「召請」……她確實向他發出了邀請。不對，他沒有發瘋。

他有些哽咽地問道：「是愛姆嗎？」

沒有回應。他的視線依然專注，但他能感覺到觀眾的注意力已經轉移到她身上，彷彿現在輪到她採取動作。

她迎向他的目光，久久沒有移開，彷彿一輩子的時間就這麼過去。她微張著嘴，臉頰像是被打了一耳光那樣紅。

然後她轉過身，大步走出禮堂，沒做離場儀式就跨出邊界，好像那只是一道普通的石縫。

33
遊戲師

她漫無目的地走著，除了離開學校以外不做他想。她無法思考剛才發生了什麼事，只想要和馬丁保持距離，遠離其他愛說閒話的嘴和搜查八卦的眼神。突然之間，黑暗如烏雲般四面八方湧來，迫使她停下腳步，低頭休息一會兒。剛才她還很冷靜，現在卻氣喘吁吁，全身冒汗。他們會不會派人來追她？她回過頭並眨了眨眼，以驅散逐漸籠罩的黑暗。一看見通往大禮堂的門邊有動靜，她立刻慌忙前進，開始拔腿狂奔。一陣腳步聲從後方傳來，然後是一個男人的聲音：「教授，等一下！」

她一路跑到走廊盡頭，左邊有一道螺旋梯通往參事堂，右邊的門則通往中庭。她覺得現在的自己比早上登台時老了好幾歲，那時她走過黑白相間的石板地，對於上場心懷恐懼。不過當她走到室外的熾熱陽光下，便能真切地感受到展演開場至今才過不到一小時。她急忙越過中庭，來到圖書館前。

圖書館內陰暗而涼爽，充滿蜂蠟和老舊紙張的味道。館內所有的工作人員當然都在大禮堂，因此室內一片死寂，彷彿此地已遭人棄置數百年。她驚覺現在自己是獨自一人進入圖書館，算是打破了規矩。如果她在這裡放火，誰也不會來阻止她。她忍不住放聲大笑，笑聲尖銳且歇斯底里，隨即又摀住自己的嘴。萬一被人聽見……她聞到袖口有乳香和琥珀調的氣味，連忙將手放下，免得自己反胃。今天早上她在手腕、耳後和鎖骨上點了一些香水，這舉動一點也不像個遊戲師，反而像個無腦女子，但她覺得擦了也無妨。擦上香水可以讓她想像李奧正在首都，在人行道上的廉價餐桌邊喝咖啡、看報紙，而當他發現今天的日期時，或許會想起她。她做夢也想不到，李奧竟然會主動要求留下來看展演。回想起他和其他金獎得主一起坐在前排的場景，她又嚇出一身冷汗。那時她動搖了嗎？有人看見嗎？不過事到如今，有或沒有也已經不重要……她在長袍上來回擦著手腕，將手腕擦得發熱，香氣卻依然沒有散去。

她走到樓梯口，一步兩階地爬上樓，來到遊戲典藏室門前時已然氣喘吁吁。接著她轉開門鎖，一進門就看見一室灰塵在半空中飛舞、落下。關上門後，她感到如釋重負，不過室內悶熱又不通風，而過往獨占這個空間所帶來的愜意感此刻也失去了魔力。如果說她是這裡的主人，那麼超載的書架和遭人遺忘的舊物所形成的這團混亂，爲遊戲師下了何種註腳？又是什麼樣的遊戲師會在遊戲展演途中一走了之？她能感覺到胃部絞緊。她的作爲不可饒恕，文學教授會說她意志薄弱、沒膽識、神經質，而且會得眾人的認可。她走到桌邊靠著休息，知道自己正在發抖，然而在手臂也開始顫抖時，她卻開始覺得是腳下的蒙特維爾試圖將她震落、甩開。在此之前，她從來不曾質疑自己是否具備擔任遊戲師的資格，但是現在……她看見文件旁擺著一顆滿是灰塵的紙鎮，於是將紙鎮握在手心，用力捏緊。堅硬的玻璃與她的骨頭相抵，製造出足以阻止眼淚滑落的痛意。

登上階梯的腳步聲傳來。她還來不及聽清、來不及轉身，李奧便已經猛力把門撞開，讓門板在牆壁上撞出一道痕跡。他說：「愛姆。」

「你怎麼敢做出這種事？」被她這麼一問，他才愣愣地瑟縮了下，好像沒料到她會生氣似的。

「你知道你做了什麼好事嗎？你這個——」她原本想罵他**混帳**，卻突然想起牆上用黑色墨水寫下的字跡，無法將這兩個字說出口。「滾出去。」她的語氣冷若冰霜。

「除非你先跟我解釋。」

「你還想怎麼樣，馬丁？你已經毀了我的職業生涯。你**竟敢**在展演中途站起來，中斷**我的**仲夏遊戲，你這個愚蠢、自大、傲慢的——」

「我只是……我那時候以爲，你的遊戲——」

她手一甩，玻璃紙鎮隨即在李奧身旁的牆壁摔得碎裂。片刻之後，她才在一片沉默中意識到自己所做的事。他盯著腳邊的圓弧形碎片，看見帶著氣泡的玻璃半球依然閃閃發亮，不禁喉頭一哽。要是他剛才往左一步，就會被紙鎮砸個正著。她是刻意砸在那個地方，還是不小心失手？他們望著彼此。她感到難以呼吸，忍住淚水就像抑止反胃感一樣困難。

她從來沒看過李奧像現在這樣一臉蒼白、神色動搖，他的眼睛直勾勾地盯著她，彷彿地平線開始波動，而她是唯一的定點。在沉默中她彷彿聽見十年份的譴責。

他又喊她：「愛姆？」

「愛姆已經死了。」

他緩緩搖頭。「你是女人，你一直都是女人對吧？我是說，你應該不會是男扮女裝吧？」

她不可置信地大笑起來。「男人有什麼必要在**蒙特維爾**假扮成女人？」看到他愣愣地眨眼，憤怒的餘波再度自她心中掀起。他向來就是如此盲目，只要事不關己便只有駑鈍可言。「只有這樣我才能來到這裡。學校不收女學生，這你總該記得吧？」

她不該說出這些話。她應該要否認，但是已經太遲了，她的自白就像一片昇華消散的玻璃。突然間，在經過這麼多年之後，他們終於眞正站在彼此身邊。他說：「是了，原來如此。」他的語氣意外地謙遜，也許是終於體認到自己先前有多麼盲目。

她深吸一口氣。「你原本該不會以爲我是詐死，然後又假扮成女人出現吧？我又何必這麼做，難道是爲了要誘惑**你**嗎？」

「呃，當然不是。這樣做就太蠢了。」他看向她，眼神流露出一絲興味，讓她在另一段人生的記憶急速回湧。她想起扮演愛姆是什麼感受，想起作爲愛姆，待在李奧身邊的感受。他們之間從來就算不上友好，只是那份敵意也說不上令人不快。是他們交鋒的火花讓溫度逐漸升高，所以在最後的那一晚才會——天啊，爲什麼她要讓自己想起那件事？

她轉過身。那些記憶早已被她深深埋葬，現在卻像未經消化的殘渣湧上喉頭，帶來苦澀的滋味。那是別人的人生。沒錯，她曾經是愛姆，現在卻再也不是，也永遠不會是。

「但你哥……愛姆確實存在。」他將說話速度放慢，彷彿正在破解一部晦澀的奇巧遊戲。「你有個哥哥，原本要來這裡讀書，但是你代替他來了。然後他的確自殺了，也就是說，你**並沒有**詐——」

「我當然沒有啊！」他究竟有多遲鈍？「離開的是愛姆。」她停頓了一會兒，才又說道：「我愛他。」

「是了，那是當然的。抱歉。」他每吐出一個字都顯得艱難。「我還需要一點時間消化。我知道你一定很愛他，他是個……」接著他就說不下去了。她知道他正努力重整思路，告訴自己他記憶中的愛姆並不是她的哥哥。「我早該發現的，」他說：「其實我也隱約有點猜到了。但為什麼之前我都沒有看出來呢？」

「因為你就是沒正眼看過我呀，難道你有嗎？」

她不用看也知道他打算爭辯。但是他沒有立場反駁，而他自己也明白。她不會讓自己因為這點更加喜歡他。「你看起來真的跟他很像。」他說：「我的意思是，我本來以為是因為血緣……你變了好多，而且……」他停頓下來，彷彿在等待她的回應，但是她不會讓對方如願。「你是怎麼**辦到**的？」他又開口說道：「兩年過去，竟然完全沒有人發現。我敢說大家都覺得你有點奇怪，但做夢也沒有想到……你在學校的日子一定很難過。」

「也沒有那麼難過。」她有必要告訴他，那是什麼樣的生活嗎？他有必要知道，她從來沒有當過自己，也從來不敢把袍子脫下，擔心可能會讓襯衫下的繃帶暴露嗎？她還得盡可能壓低聲音，壓得嗓子發痛；在月經來潮時擔心不已，偷偷將染血的墊布丟進侍者的垃圾桶裡；在經痛癱瘓她的思考時，假裝只是發燒或拉肚子。有一次李奧看到她的房間地上有一滴血，於是她立刻用刮鬍刀片割傷自己來矇混過去，那道疤至今還在她的耳朵下方。最糟糕的是，她一直都生活在害怕身分曝光的恐懼中。她的恐懼並非出於對生理因素的擔憂，而是擔心自己冒犯男性同儕之間難以捉摸、彷彿與生俱來的潛規則。她學會目中無人，這是她所能想到最男性化的僞裝。有時候學得不太像，她總是很想歇斯底里地大笑出聲，害怕會有人突然盯著她說：「嘿，你等一下……」他不會懂的，就算她試著解釋也一樣。那是兩年份的孤寂、脆弱，還有從寂寞中誕生的幸福，然而後來他闖入了她的世界。

「那是不可能的。」他說：「不過，反正你已經撐過來了，對吧？你一定覺得我們都是笨蛋，尤其是我。」他頓了頓。「你該不會一直都在暗中取笑我們吧？嘲笑著可憐又可悲的馬丁，看不清眼前人，也完全不知道自己是被一個女孩打敗。」

「**這**就是你非要追究的原因嗎？」

他好像沒聽見她說什麼。「我早該猜到的，早該……艾米爾總是說你在利用我。一直以來你都在撒謊，隱瞞自己的身分。你說的話有哪些是眞的？你有說過任何眞心話嗎？」

「這又不是重點。」她說：「我這樣做到底關你什麼事？對你來說重要嗎？如果我不撒謊，根本就沒辦法——」

「你讓我們以為你是另一個人，替自己編出一套身世。」

「我當然說過，少犯蠢了。」

「我還以爲你**死**了！」他岔了嗓子。然後他眨了眨眼，一臉震驚，好像剛才那句話是別人說的一樣。接著他緩緩吐出一口氣，一面屈膝跪在地上，最後低著頭像動物般趴下來。她站在原地動也不動，無法理解眼前所見。直到看見他倒抽一口氣，又用袖子抹了抹眼睛，她才總算明白他是在哭。

「愛姆死了。」她的聲音空洞。「我哥死了，這一點我從來沒撒過謊。」

他咬著牙擠出字句。「我以爲你死了，我以爲都是自己的錯，你讓我以爲……」

「是你的錯啊，」她說：「**都是**你的錯。」說出這句話讓她感到如釋重負，卻也同樣難受，就像在頭暈好幾個小時後，終於確認自己生病了一樣。但是比起愧疚，她寧可選擇憤怒。

他抬起頭來，滿臉淚痕。

「我哥打了電報來。」她說：「在分數公布前那一晚，他叫我回家，因爲他覺得自己一個人獨處可能會有危險。所以我開始收行李，想搭臥鋪火車回去，這樣隔天早上就能見到他，但是……」她轉過身，不願看著他。現在的李奧看起來太可恨，怯懦且赤裸。「但你跑來找我。」她失神地望著窗外被陽光照亮的斜坡和通往山下小鎮的道路，一面繼續說道：「你說我會贏得金獎，還要我承諾會留下來等成績公布。所以我留下來了，而等我回到家的時候，一切已經太遲了。」

「這些事情我都不知道。我怎麼可能會知道？」

「你打從一開始就騙我！」

「不對，我沒有騙你。我只是弄錯了，當時我眞的以爲——」

「你就是騙了我，不要假裝你只是把事情搞錯——你沒有把對的遊戲交出去，害我連及格都拿不到！然後你還吻我。」她試著控制音量，但還是愈說愈大聲。「你到底想怎麼樣？你就是想盡辦法要羞辱我，是這樣吧？」

李奧站起身。「不是那樣，你明明知道不是。」

她轉身面向他，依然氣喘吁吁。他迎向她的目光。他的頭髮蓬亂，體重也掉了不少，現在看起來又像個學生了。他的眼睫毛依然帶著濕意。

就在她最應該生氣的時候，她的怒氣卻突然消失得無影無蹤。「對，我知道。」話一出口，她便感到喉嚨乾澀。他的表情流露出困惑。她不由得閉上雙眼。要是她承認其實李奧並不打算與她爲敵，接下來會怎麼樣？她已經氣他氣了那麼久：因爲他不問一聲就把《紅》交出去，因爲他說她會贏得金獎最後卻落空，因爲他吻她。就算看過他的日記，她還是無法原諒他，因爲他在日記裡依舊自欺欺人，眼裡只有自己。他不是說過嗎？想要找到方法徹底打敗她，而他也眞的成功了。他或許騙得了自己，但可騙不了她。她早就看穿了他的把戲：以愛爲名。一想起十年前的那個吻，以及在那之後他寫下的字句，她只感到退縮。他的「愛」僅代表他可以不用爲**她**考慮，讓他可以騙自己當初並非存心害她、一切只是個錯誤。愛是最完美的藉口，是不破的攻勢。

不過話說回來，要是……看見他滿是淚痕的臉，讓她失去了平衡。會不會這麼多年來，看不清現實的始終是她？多年以來她把錯怪在對方頭上，結果把自己也弄糊塗了。如果那**不是**李奧的錯，那麼……？這個疑問就像是近在眼前的深淵，儘管極力不去直視，卻已然形成、無可迴避，而她已經知道問題的答案。李奧沒錯，錯的是她。一切都是她的錯：她看過電報，而他沒有；她認識愛姆，他卻不認識。當初要不是她滿腔情緒、自負和（是的）欲望……

她在桌前坐下。那天早上的回憶不知回溯了幾遍。首先她登上家中的階梯，經過龜裂的牆面、剝落的油漆，一面呼喚著愛姆。那時已接近中午，屋內早已充滿暖意。在一片沉靜中她聽見蒼蠅撞上窗玻璃的聲音，換作是人類的話哪受得了如此反覆撞擊。「愛姆。」她喊著：「愛姆。」這名字同時屬於兄妹倆，是她偷來的名字。她推開浴室的門，看見了那幅景象。如果這是電影的話就好了，這樣她就可以倒轉影片：她會倒退走回雜草叢生的車道，愛姆的血則會抵抗地心引力往上流動，被喉嚨上的傷口吸回去，血液回流的力道強勁，足以讓最後一滴血回到體內時縫合他劃開的傷口。她會用腳跟先著地的方式倒退走回火車站，搭上逆行的列車回到蒙特維爾。她會在公布欄上看見自己偷來的名字，然後明白李奧欺騙了她。她要繼續倒退，讓自己回到這一切發生之前。

愛姆給了她這麼多，她卻還是辜負了他。要不是有他……她想起愛姆收到入學口試通知的那一晚。那時他坐在鋼琴前面，兩手抱著後頸，抬頭看著天花板上的水漬。「煩死人了。」他的口氣好像他們剛才在交談。「蒙特維爾聽起來像個監獄，我還是留在這裡看書好了。」

「有得選已經很不錯了。」她邊說邊爲手上的書翻過一頁，假裝自己並不在意。這話題每每讓她心痛，從小到大愛姆都笑她進不了蒙特維爾，因爲該校不收女學生。

「我在那裡又學不到東西，根本就是浪費時間。」他對她笑了一下，但她沒有回話。於是愛姆開始猛按高音C的琴鍵，直到她忍不住翻了個白眼。「我可是德庫西，打從認字起就在學聖之嬉，我不需要再去修道院熬個三年。」

「不要這麼自大。」

「不過要是我沒去，又會愧對家族。」

「我們總會沒事的。」她將注意力轉回書上，而愛姆也回頭繼續猛按琴鍵，這次是升C。但是沒過多久，她又再次追問：「愛姆，你不是認眞的吧？」

「是又如何？」他縮起雙肩，彷彿她的目光是一道凍人的冰柱。他的聲音突然變得平靜，聽起來很篤定，好像之前的隨興都只是裝出來的。「我不想去那裡。更準確的說，我已經下定決心不去，所以也沒必要參加口試了，對吧？」

「什麼？你不能不去啊！」愛姆皺起臉，一臉固執。她坐直身子，把書丟在一旁的桌上。「那你當初爲什麼要申請呢？我還花了**好幾天**的時間幫忙你做遊戲呢。」

「你可以代替我去呀。」

「愛姆，不要鬧了，你還是得去。」

「你沒有聽見我說什麼嗎？我是認眞的。」愛姆跳起身，又繼續交叉跳著左右腳。「你閉著眼睛也能在口試時展演我的遊戲，畢竟有一半都是你寫的。」

「但他們會發現我是女的。」她恢復先前的坐姿，雙手抱胸。

「才不會，你那麼高，而且身材乾癟癟的。剪掉頭髮，再穿上我的衣服……可能還要把**那裡**壓扁一點就是了。」愛姆指著她的胸口。「反正你本來就不太像女人，你的聲音——就說比較偏男高音好了，這很容易。」

她心有不甘地瞪著他，而他沒有笑，只是回望著她。他撐得愈久，她臉上的表情就愈難以維持。

「你覺得我辦得到嗎？」

「爲什麼辦不到？」

「因爲……」她咬著牙吐氣，這簡直就像是要她解釋爲什麼門上了鎖就會打不開。「你也知道這沒有那麼容易。」

「但是値得一試，對吧？」他踱步往窗前走去，半途卻分心停了下來，摳著壁紙的山水圖樣上新長出來的黴菌。「我會待在家裡寫遊戲。我就快要有所突破了，而且是很重大的突破，畢竟我可不想落得跟《險中求勝》上的笨蛋一樣。而且待在家裡，我就可以白天睡覺、晚上創作……」

「你會變成孤單一人，成天獨處。這樣對你不好，我**不能**這麼做，愛姆。不要再囉唆了，你會去蒙特維爾，我則會去跟法蘭西斯阿姨住，就像之前說好的那樣。」

「你眞的想要這樣嗎？」

她陷入沉默。某處傳來老鼠匆匆跑過的騷動聲。她閉上眼睛，想像自己提著愛姆的行李箱一走了之，然後搭上火車，經過小鎭和山路，走進蒙特維爾。眼前不再是精細的蝕刻版畫，而是朗朗晴空下眞正的校園建築。愛姆可能會瞧不起蒙特維爾的上課內容，然而她卻極度渴望聽講，不論是數學、音樂、修辭學、表記法或者歷史。那裡的圖書館比家裡的圖書室大了十倍，而且不會到處發霉、一片雜亂，像是當鋪的倉庫；學校裡還有世界上最大的聖之嬉檔案室。她幻想著這一切，像個餓鬼幻想著食物。「你知道我想要什麼。」她說道，感到胃裡一陣翻攪。

她睜開眼睛，看見愛姆站在她面前。他伸手將她從椅子上拉起，接著對她彎身鞠躬。他微笑的模樣，從某個角度看來和父親十分神似。愛姆說：「想必這位就是愛姆．卡費克．德庫西，很榮幸見到你。」話一說完他便翻過手，做出開場動作。

這是她想要記得的，哥哥的模樣。她不想記住他後來的樣子，不想記得家族血脈中的瘋病如何漸漸侵蝕他。她記得那時候愛姆笑著衝去拿了一瓶紅酒，直接從瓶口喝起來，而她深知哥哥送給她的這份禮物有多珍貴，心裡滿滿的感動。她記得二年級時她和李奧的雙人遊戲得到七十分，從此**七十**這兩個字就變成兄妹之間的戰吼，他把七十編進歌詞唱給她聽，用粉筆寫在陽台上，還用肥皂寫在她的鏡子上。他對她說：「我妹妹眞聰明。」有時候他也會說：「愛姆眞聰明，我眞聰明。」他是不是在嫉妒？即使眞是如此，他也將妒意藏了起來。那一次新年，兄妹倆像孩子般大肆慶祝，他們在大宅裡狂奔，醉醺醺地玩捉迷藏。在那之後，愛姆開始出現異狀，起初都只是些小事，例如忘記吃飯、忘記洗澡，不停自言自語，從書上找不到資料就把書頁撕下來。後來他整晚不睡，一直彈奏鋼琴，還用燒過的木柴在牆上胡亂寫些不連貫的聖之嬉，也會因爲發現她在清晨四點想偷溜去睡而對她大吼。但是她卻沒有留下來幫助愛姆——因爲她已經無計可施，要是她知道該怎麼做就好了。她打包行李，收起大提琴，開學前最後幾天她一直盯著時鐘，迫不及待要離開。到了最後一晚（其實學校早在兩天前就開學了，但愛姆不斷哀求她別走……），她終於咬緊牙關，做出決定。要是她幫得上忙就會留下來，可是她心裡沒有方向，羞愧和無助削弱了她的意志。她不覺得愛姆會有眞正的危險。管家每天都會來洗床單、煮飯、叫他吃飯……所以隔天早上她偷偷溜走，連聲再見也沒說。後來她從學校寫信給他，筆調故作輕快，預設他的情況沒有惡化，卻始終沒有收到回信。那一天他總算打了電報過來，用詞是那麼赤裸而直接，那時她就該想到愛姆需要她。不對，那時的她**早就**知道了，卻受到金獎的誘惑而決定留下，一心只想看到自己的名字、**愛姆的**名字出現在成績單最上方。她也受到了李奧的誘惑。當李奧親吻她的時候，她還想要更進一步、不只一步，可是後來她被嚇著了，感受到兩腿之間升溫的熱度和甜蜜而無恥的暈眩感。突然之間，所有她想要的都到手了，這讓她感到一陣狂喜。李奧伸手要脫掉她的長袍時，她用盡了所有力氣才能推開他。然後她就說了那句蠢話：李奧，我愛你。

不論如何，現在都無所謂了。愛姆死了，很久以前他就死了。

「喔不。」李奧說：「噓……拜託你，快停下來，拜託別……」

太遲了，她忍不住了。像這樣任憑情緒宣洩竟然有點奢侈。她再也沒有理由假裝了，這是第一次有人知道她爲何哭泣。她把額頭貼在手臂上，身體隨著哭泣顫動。

「好了，」他說：「沒事的，噓……」怎麼可能沒事，永遠也不會有這一天。這一點他們兩人再清楚不過。他走向她，在距離一臂之遙的地方停下，顯然有些猶豫。他低聲說道：「好了，噓……」然後輕拍她的頭。他的動作實在太過笨拙，讓她差點笑出來。她抬頭看著他，眨了眨眼讓眼淚流下。

「對不起。」她說。接著她便說不出話來，因爲悲傷再度來襲，這一次她看見的是自己的所作所爲對李奧造成的影響。十年前的李奧原本可以成爲任何人、可以成爲遊戲師，現在卻成了遭到流放的無助棄子，再也不年輕，甚至連政客都當不成。

「不要哭了。」他說：「愛姆、教授、克萊兒……」

他舉起雙臂抱住她。

她愣住了，反射性想避開他的碰觸，以免自己藏不住話。但她還有什麼沒說嗎？她還怕他發現什麼？怕他發現愛姆是個女人，發現她就是愛姆？她已經沒有祕密，也沒有力氣推開他了。他緊緊摟住她，讓她的雙肩感受到溫度，又輕撫她的後背，動作緩慢而穩定，想讓她安定下來。他仍然輕聲低喃著，但字句全都模糊成一團，不成話語。她的抽泣聲漸漸緩和下來。眞好笑，明明她才是欺騙他的人，結果卻是他在安慰她，而她也安然接受，彷彿忘記此人不久前才破壞了她的仲夏遊戲。但是在他溫暖的懷抱中，一切紛擾似乎都變得遙遠而模糊。她想不起上次被人擁抱是什麼時候的事了。

她總算不哭了。她抽身離開，在兩人之間拉出的距離似乎變得比過去更柔軟、更有彈性，好像陷入他的懷中是世界上最容易辦到的事情。她用袍子擦擦眼睛，又吸了吸鼻子。他輕輕笑了一聲，但是在她抬頭時，他卻已經止住了笑意。他說：「我愛你。」

「什麼？」

他竟然笑了出來，依然回望著她。她內心一陣翻攪，發現對方是認眞的，或者只是他這麼以爲。他又說了一遍：「我愛你，這一點從來沒有改變過。」

她笑出聲，卻覺得笑和哭沒什麼分別。

「是眞的。」

「是嗎？那你想要我怎樣？」她邊笑邊說，好像他在對抗遊戲途中突然做出大膽之舉，踩在規則邊緣，讓她沒辦法認眞看待。

「我不知道，那是——」他遲疑了，眼神飄向一旁。

「喔，」她說：「是那個呀。」

「對啦，就是**那個**。」他說：「但不只是那樣。」

「那你還想怎樣？」

「想要得到全部。」他頓了頓，笑著看向她，神情顯得莫名認眞。「只要與你有關，我什麼都想要。你會給我什麼？」

她抹了抹臉，花了遠超過必要的時間，手心因鹽分而變得濕黏。她不應該相信他說的話，但她還是信了。她的心膨脹起來，變得像顆肥皀泡，只消輕輕一戳就會破掉；不過現在她的心依然七彩絢爛，在半空中輕顫、漂浮。她咬住臉頰內側，試著讓自己清醒過來。他愛她，不管她準備要給他什麼，他都想要。在一瞬間她忽然發現自己對他也有同樣的感受。「你可能已經想到了，」她努力保持冷靜的語氣，說道：「所有的教授都發誓要終生獨身。」

「我知道。」

「我們發誓終身爲師。我會永遠待在這裡。」

「對，但我……」他沒有往下說，眼神飄向一旁，好像對她有所保留。「但如果……」

「我永遠都會是遊戲師。」她大聲說出這句話，彷彿在對整間典藏室的藏書和歷代遊戲師的鬼魂宣示。儘管她在展演中途離場，但她依然是遊戲師。一日教授，終生教授，沒有什麼**如果**。

「好吧。」他還是不敢直視她的眼神。「你說的當然沒錯……不過還是可以想想別的辦法吧。」

「你要我背棄自己的誓言？爲什麼我非得想辦法不可，你憑什麼這樣想？」

他打斷她的話。「因爲你愛我。」他頓了頓，又說道：「不是嗎？你說過你愛我。」

「十幾年前的事了。」

「那時候說的是眞心話嗎？」

她嘆了一口氣。現在說這種事有什麼用？「是眞的。」

他向前傾身。她能聞到古龍水的香氣，以及帶著淡淡鹹味的男性體味。「你想想看，我們可以一起演出多少精采的遊戲。」他說：「我永遠不可能像你那樣高明，但我可以讓你贏得很辛苦，對吧？你還記得我們的《骷髏之舞》當初拿到七十分嗎？」他露出淺淺微笑。「我知道這聽起來很瘋狂，但是我們一定能夠辦到。拜託你……」

「已經太遲了。」

「不會的，我們可以再試一次。」他用拇指來回摩娑桌面，彷彿想擦去上頭的汙漬。「如果一切能夠重來，難道你不想回到過去嗎？」

她看向他身後的窗景，不知是哭是笑的情緒再度湧上。她專注地望著松針在微風中搖擺，望著樹影在野花點點的草地上來回晃動。她不想回到過去嗎？當然想。作爲愛姆的日子比任何時候都快樂。如果能夠回到那時，她就會……而且，她也大概想像得到跟李奧在一起的生活會是什麼樣子。他們會在白天爭辯、說笑、讀書，盡情廝殺直到兩人都模樣狼狽、喘不過氣；到了晚上，火苗則會在兩人之間引燃……她很懷念那些日子，沒有人可以像李奧那樣成爲她的對手。她將視線轉回李奧身上。或許他是察覺了她的想法，所以眼神才會在她臉上來回打量，好像下一刻就要親吻她。

但是他並沒有這麼做，只是靜靜站在原地等待著，彷彿突然發生了某種變數，非得由她來走這一步。十幾年來，她首度回想起作爲男性的滋味，那就像是一劑毒品直入心臟。她將這段停頓延長，直到自己滿意爲止，細細品嘗著血液中充滿權力的滋味。

「你還活著。」他說：「眞不敢相信，你還活著。」

34

親愛的李奧：

你將會得知我死亡的消息，可是我並沒有死。愛姆．卡費克．德庫西死了，但你所認識的他不是他，我也不是你所認識的我。

今天是愛姆的葬禮，時間從下午開始。他和我的父母合葬在家族墓園裡。天氣十分悶熱，空氣凝滯得像透明玻璃，山丘上的雲層漸漸變得濃密。在場的人不多，只有家族律師、市長和幾個村民。我的阿姨正在來接我的路上，因為不能留下剛經歷喪親的年輕女子獨自一人。可是在她抵達港口後，原定的接駁列車卻因為罷工而取消，所以她打電報來說明天才會到。我穿著黑色洋裝和高跟鞋，頭上戴著黑紗帽，站在墓園裡承受著別人的目光和同情。沒有人注意到我的髮型，或許他們以為我是出於悲痛而剪短了頭髮。我並不感到悲痛，只覺得一切都不真實，而且非常生氣。但我不氣愛姆，畢竟他只是病了，這不能怪他。我氣的是你，我一直在等你穿過墓園的門向我走來。你會遲到，並且渾身是汗、匆匆忙忙地跑來中斷葬禮的進行。我想要看到你雙眼紅腫，鬍子兩天沒刮，身上穿著因為坐長途火車而變皺的西裝。我想要看到你狼狽地停下腳步，在墓園入口盯著這一切，全身癱軟。我要看到你流淚。

等葬禮結束，市長會過來跟我握手致意然後離開，而我知道接著就會換你走來，你會自我介紹，我則會在稍作猶豫後說出自己的名字。雖然我痛恨著你，但是我會請你務必要到家裡來，向愛姆敬酒告別。我不會讓你拒絕我，你也會因為長途跋涉和悶熱的天氣而昏頭，只能拉著過夜行李跟我走。我們會走捷徑穿過橄欖樹林，然後爬坡走上沒有整理的露台，來到花園後方。那裡備有麵包、臘腸和沙拉，是來煮飯的老太太為我準備的。我會走到地窖裡，拿出一瓶年份最久、積塵最厚的紅酒，因為愛姆只喝最上等的好酒。我會為你斟酒，舉杯祝禱，而你會在舉杯時首度對上我的眼神。突然之間你發現了我的真實身分。你會不可置信地眨眨眼，然後再眨一次眼，眼中充滿淚水。你會放下酒杯，情緒滿溢，而我會看著你哭泣，並且為此稍微鄙視你，畢竟愛姆還是死了。

你不明白愛姆為什麼會死，對吧？如果你來到葬禮現場就會懂了，但是你沒有來，不是嗎？你連愛姆的葬禮都不願意來。是覺得麻煩嗎？旅途太漫長了嗎？還是你沉浸在成為金獎得主的喜悅中，迫不及待地想看到仲夏遊戲展演？你在乎過愛姆是自殺而死的嗎？

如果你來了，並且看見我，看進我的眼裡……

你會發現他就是我。你所認識的愛姆．卡費克．德庫西，以及你所痛恨、你所欺騙、你所親吻的那個男孩，其實全都是我，他的妹妹克萊兒。

請不要說出去，一個人都不能說。永遠不許。

我真是愚蠢，是個心智軟弱、容易受騙的白痴。我從來沒有吻過任何人，我以為親吻意義重大，但怎麼可能呢？最後的那一晚我一直想著你，不知道能否告訴你我的祕密，然後想辦法讓你發誓保密，發誓永遠不會背叛我。我躺在床上，回想著你吻住我的瞬間。這一切講起來真是老套，卻都是真實發生過的事實。我在想著這些的時候，愛姆卻一直在等我。也許他在家裡來回踱步，每一秒都感到無比煎熬，苦撐著等我回到他身邊。他以為我會回去，而我卻只是躺在床上，幻想著跟你在一起的種種。我永遠不會原諒自己，也永遠不會原諒你。

我在你房間的牆上寫字，手上的墨漬都還在，幸好出席葬禮必須戴上手套。真希望在葬禮上有看到你那張臉。你這個混帳，這是你應得的，而且遠遠還不夠。

一切都結束了，我回不了蒙特維爾。愛姆的死亡證明開出來了，現在的我只能是克萊兒。某種程度上來說，愛姆也算是殺了我吧。如果你真的來了，至少我會知道在學校的一切真實發生過，而不是德庫西家族遺傳的瘋狂臆想。搞不好在過去兩年間，去學校的其實是愛姆，在家裡練琴、讀書的是我。萬一真的是這樣該怎麼辦？我已經不知道自己是誰了。幫幫我。

如果他們發現我假冒愛姆的事……我會永遠失去展演聖之嬉的資格，再也不可能成為展演人。這會變成一樁醜聞，他們會說我是妓女、蕩婦。傳言會說：其他學生一定知道她的真實身分，那麼這個女孩是怎麼讓大家保守祕密的？聽說她的哥哥正是為此愧而自殺……我可以相信你不會趁機推波助瀾嗎？你總是善妒且易怒，如果你想要一舉敗壞我的名聲，現在就是最好的時機，足以永遠扼殺我贏過你的機會。

如果在我下火車之前，愛姆的屍體就被別人發現了……如果我當初根本沒有回家……我想自己已經算是幸運了。可是目睹那灘鮮血和愛姆的屍體，活在惡夢之中，這樣也能算作幸運嗎？

我想永遠也不會有人知道吧。

在那一晚，我曾經以為自己是金獎得主，以為你愛我。這就像是一個童話故事：女孩得到了她想要的一切，在轉眼間又失去了一切，因為她是靠著撒謊才得到的。她的珠寶變成玻璃，立足之地化為塵埃。

你離開我的房間之後，我讓自己醒著等到六點，鐘聲一響，我就到樓下去看分數是否公布了。我想一個晚上的時間已經足以讓辦公室裡的人謄打成績，而我沒有想錯。

至於成績單上寫什麼你已經知道了。我不會告訴你我當下的感受，不會讓你得意。

我拿了你的日記。我去找你的時候，看到那本日記擺在你的桌上。最初我翻你的日記只是想要知道你是不是交錯遊戲，也許只是無意間拿錯。然而你卻是故意的，而且你好像以為自己是在幫我。我不懂，我以為要是自己看完你所有的日記、試著了解你的人生，我就能了解你的動機。但我還是不懂。那本日記現在就在這裡，你的筆跡只讓我覺得噁心。

我覺得你自始至終都痛恨著我。

親愛的李奧，我還活著。

親愛的李奧，我已經死了。

對不起。

我恨你。

寫信吧，寫信給克萊兒吧。寫一封信告訴我，你有多抱歉，你有多愛愛姆，這樣一來我就會回信。你只要寫一封信就好了，一封信就能讓我起死回生。

35 遊戲師

是了，這就是聖之嬉，這就是她的仲夏遊戲。它不在大禮堂的賓客面前演出，而是移動到遊戲典藏室裡，在她與李奧獨處的此時此刻、在她等待多時的這一刻上演。它始於那段漫長的停頓，始於她俯身靠向他之前的靜謐，也始於她細微的吸氣聲和耳中的脈搏跳動聲。這不是開場，而是主題，而且是遊戲裡完美的一步，爲整個空間注入能量。她此刻的心境就和展演時同樣澄澈、同樣篤定。不論是觀眾、展演場或者蒙特維爾，如今都已經不重要了，就像她曾經提出的抗議般不合時宜、遭到遺忘。聖之嬉就是現在，就是她的心搏，就是兩人交會的視線，而她也只需要這些。

她眞想永遠停留在那段安靜的停頓裡，宛如困在琥珀中的蒼蠅，她眞的願意。然而，在想法成形前，停頓的時刻早已來到尾聲。回過神來她已經開始親吻他，但這不是聖之嬉，完全不是。這只是一個吻，技巧不純熟、動作慌張，但是毫無疑問。她從未覺得自己這麼像一個活生生的人。這就像是十年前的那次親吻，卻又不全然相像：現在的他更聰明、更溫柔、更謙遜。至少，他願意在一開始將主導權讓給她；然而，隨著她繼續深吻且變得更加飢渴、任由欲望和狂喜擺布時，他便挪動位置，將手埋入她的髮中抓扯，力道幾乎讓她感到微疼。是了，她記得這種感覺：勢均力敵，是敵手也是戀人。以前他們就是這樣，也只能這樣，她始終不要其他的相處方式。當李奧遲疑地退開、看著她的臉時，她能看見對方的眼中有她。此刻眞正的她終於現形，成爲她自己。她變得完整，既是從前的男孩，也是現在的女人，兩者皆是，兩者皆非。當李奧看著她的時候，她的眼中也有對方，而她從未遭遇過如此美麗的事物。

「怎麼了？」

「我沒辦法……我不知道，我放棄。」她是怎麼了，竟然因爲一個吻、一道眼神而無法自持？不久前她還在哭與笑之間掙扎，現在她卻感到如此平靜而喜悅，宛如站在未知境界的邊緣，全身戰慄。

「我大概是瘋了吧。我們都瘋了。」

「顯然如此。」

「一定是瘋了。我竟然在仲夏遊戲途中一走了之。」

「噓……」她差點因此動怒，接著卻看見他搖搖頭，指向門邊。一陣敲門聲響起，他們兩人都愣住了。

「教授？你在裡面嗎？」

她沒有回應。想也知道他們會派侍者來找她。李奧看向她。她豎起手指貼在唇上，示意他噤聲。最後總算聽到腳步聲離去。她盡可能不出聲地呼吸，靜靜吸吐一次，又一次，然後才放下防備。

「他們在找你，你不過去嗎？」

「不過去。」

「你總不能一直躲在這裡。」

「我知道。」

他點點頭。剛才的氣氛已被敲門聲擾亂，讓他看起來更年長也更悲傷，彷彿隨時都會要她離開。

「很抱歉破壞了你的遊戲，我不應該——」

她握住他的手臂，再度開始親吻他。她樂於打斷他說話，在他還想繼續說下去時咬住他的舌頭。他皺起眉頭，她卻靠得更近，讓兩人彷彿連骨頭都緊緊相抵。她抓住他的襯衫，將下襬從褲頭拉出來。她的手掌貼上他的後背，從他身上傳來的體溫讓她輕顫。他呼吸急促，卻沒有動手脫下她的衣服，或許是想起十年前曾經被她推開。她後退些許，將長袍從頭上拉下，而他則像是得到她的許可般，一把扯開了她的襯衫，突然變得焦急。

接下來會發生什麼事情，她從書上看過，卻從來沒有做過。他似乎察覺了什麼，停下動作。

「我們有瘋到這種程度嗎？」

「有，」她說：「就是這種程度。」

36 李奧

門關上了。李奧聽著門外踏在石階上的腳步聲逐漸遠去，舉起前臂擋住眼前的陽光。他看起來一定像個瘋子，竟然像這樣躺在地上、用手遮著臉。她的香水味還沒完全散去，焚燒沉香的氣味依然在他身上幽幽旋繞。那是他送給她的香水。

她在離開前吩咐他在原地等半小時再走，以免有人看見他們兩人同時離開。那時他沒有回應，只是露出微笑，乖順地看著手錶，她則以遊戲師的架勢點點頭，然後撇下他離開。仔細想想眞是奇怪，她就這樣把他一個人留在原地，沒有堅持要他先走。或許她相信他吧——想到這裡，他又忍不住高興起來。一切全都太過荒唐，他愛的人起死回生了，簡直令人發狂。他所知道的一切全都遭到顚覆，成了貨眞價實的笑話；世界就像是被神的手指輕觸，在一瞬間被星辰、火花和各色繁花炸裂。或許過沒多久，他就會爲了她長久的欺瞞而發怒（他已經有點預感，就像看見烏雲在地平線上聚集），但此刻他只覺得陽光普照、春光正好，幸福的光束穿透了雲層，驅散了他的不可置信。他得到赦免，十年來的罪惡感從此消散，現在他可以從頭來過。他可以拋下政治生涯，回到聖之嬉身邊。

他坐起身，穿上衣服。還要等二十分鐘才能走。他發現袖釦掉了一枚，於是跪下身往桌底掃視，看看是否能發現一抹金光。金紅色的袖釦上鑲著小紅寶石，這是克麗賽絲難得送他的禮物，不過她送禮時態度十分淡然，讓他不禁覺得這袖釦或許是從其他男人的床頭櫃上偷拿的也說不定。他用長尺把裏滿灰塵的袖釦勾了出來，站起身時感到一陣暈眩，不過並不至於難受，比較像是喝了幾杯雞尾酒。

他還眞想來杯馬丁尼或抽根菸，但是遙遙渴望著也沒什麼不好，反而會讓得到的那一刻變得完美。他將雙手插進口袋，坐在桌上隨意打量著周圍。就算在這裡住上兩週不眠不休地讀書，這片書海也不會掀起半分波動。他無法想像還有什麼時刻比現在更美好，彷彿聖之嬉隨著卡費克回到他的身邊，那是他的初戀、他與生俱來的權利。他想要寫一部以復活爲題的遊戲，放入鳳凰、火焰……各種想法不斷湧入腦海，讓他不由得拿起放在一旁的紙筆。

正要下筆時他愣了一下，看見那張紙上凌亂地寫滿了筆記。他看得出上面寫的是《暴風雨》第一段主題的展開，也認得那筆跡。上次看到同樣的筆跡已經是十年前的事了，然而不論在何時何地，他都不會錯認。認出筆跡的當下，無言的痛苦如閃電般擊中了他，隨後是一陣狂喜湧上。錯亂的訊息在他的腦海中反覆跳著：**死了**、**沒死**、卡費克、克萊兒。他眞的沒有看過她的筆跡嗎？這簡直不可能，明明這幾個月以來她都在幫他看作品，而他竟然從沒看過她寫字。可是事實的確如此。他爬梳回憶，才發現她一直以來都是如此小心翼翼，不讓他看見她的遊戲、不爲他寫評語，也從不替他添上附加符號。突然間他明白過來，爲什麼她要把檔案室的文件拿走。那上面有筆跡，**她的**筆跡，連李奧的那一份文件上都有，因爲她總是會替他補上附加符號。她會把檔案拿走，一定是害怕別人看見，因而心生懷疑……不過，她稍微編個理由就能糊弄過去吧？然而不出多久，他便能窺見她的日子有多難過：總是不能卸下防備，總是必須遮掩各種痕跡，難怪看到他出現的時候她一臉不快。

但是，這一切都是她的錯吧？他不需要可憐她。反正她似乎不太在意他會以爲卡費克過世了，也不在乎他的自我譴責。她一定早就知道他會整個人都被擊垮，即使如此，她也不想告訴他眞相，甚至還**責怪**他。這十年來，他一直以爲自己殺了他最愛的人，她卻完全無所謂……

他眞想對著她大吼，想要餘生都在對她的吼叫中度過，而每當她回罵的時候，他都會又驚又喜，不敢相信她竟然還活著、還能夠吼他。他想要不斷和她爭吵，直到他們開始親吻，也想要和她用力相擁，直到兩人開始流血。他還希望兩人的身體愈來愈契合。他們剛才做得……回想起來，他心裡就一陣激動。剛才其實有點尷尬，開頭一直不太順利，只好用笑聲掩飾，一舉一動似乎都擺盪在猶疑和欲望之間。他想要再做一次，這次要做得更好，之後還要一做再做、愈做愈好。他要躺在她身邊，讓身上的汗水慢慢轉涼，聆聽著她的呼吸聲。他能夠想像她來到他居住的公寓，伸出一根手指撫過藏書的書脊，看著積塵的鋼琴挑眉，並對著餐桌旁的豐滿裸女畫像瞇眼。在他的想像中，她穿著男孩子氣的服裝，留著短髮，落在後頸的髮尾自然捲起。她看起來不像男人，倒像個男孩，而她投來的直視和視他爲對等的態度，則讓她略帶曲線的身體更加誘人。他突然想起兩人以前的對話，不由得笑了起來。那時他說：你才沒有朋友，你身邊只有敵人，和低你一等的人。她則乾巴巴地回應：我沒有把你當敵人，這樣聽了有沒有好點？

她可以在平日裡當遊戲師，在假期時當他的情人。想必這裡所有的教授都有情人吧。一年只見幾個月感覺不夠，不過聊勝於無。還是說……他可以想辦法待在這裡？如果他是**真的**想把餘生都奉獻給聖之嬉呢？畢竟比起聖之嬉，其餘事情似乎都顯得無關緊要。他知道自己待在這裡會很快樂，能夠盡情地寫遊戲作品和學術文章，籌劃長假兩人要去哪裡做研究，去到任何他們想去的地方旅行……沒錯，他會很快樂的。只有待在蒙特維爾他才會感到快樂，即使「快樂」這個概念對他來說如此陌生、如此荒唐。

鐘聲響起。他等了超過三十分鐘才離開遊戲典藏室。

來到走廊上，他邊走邊調整領帶，走下樓時開始吹起口哨，一路穿過中央圖書室、沿著通道前往教師樓，繞遠路避開大禮堂外仍未散去的人群。走進鐘樓底下的小迴廊時，一股暖意襲來，聞起來充滿泥土和黃楊樹的味道。他抬頭望著天空，閉上眼睛迎向陽光，看見黑色圓圈在橙色的金光中轉動。

這是夏天的模樣。他好久沒有像這樣感覺到夏天了。他小跑步上樓梯，這才意識到他用口哨哼的旋律是《柯尼斯堡之橋》，只不過這回更加輕快。不斷重複的曲子終於突破了原先的結構，宛如每一座橋都直立起來，移動到更合適的位置。現在，或許誰都可以一次走完這七座橋，隨心所欲地抵達任何目的地。

37 遊戲師

她洗了把臉。回到房間以後，她笑了好一陣子停不下來，而現在她彎腰對著洗臉盆，深吸一口氣將臉埋入水中，洗去眼角乾掉的鹽分。臉頰摸起來有點緊繃，她不用照鏡子也知道自己的眼皮和嘴唇都是腫的。她漱了口水，等到水面平靜下來之後，她傾身近看水裡的自己。如果倒影變得更清楚，她能看出自己跟之前有什麼差別嗎？她覺得自己變了，變得更坦誠、更柔和、更膽怯。身體裡有一種類似經痛的痙攣感，但這種鈍痛她並不討厭。當她想到李奧的時候，體內會產生更深層的痛感，隨著脈搏跳動。事後他說：「根據可靠的消息來源指出，通常第一次都會留下許多改善空間，這可不是藉口。」她笑著說：「眞希望一直都會有可以改善的空間。」

她把額頭潑濕，拆開辮子，用濕濕的手指梳開頭髮。她想要把頭髮一口氣剪短。有何不可？如果連對她最熟悉的李奧都看不出來，又有誰會認得出來？或許這些日子以來她都太小心了，或許她可以過回卡費克的人生，在這些人面前大搖大擺地變回從前的樣子，沒有人會意識到究竟發生過什麼事。而他們要是揭穿她，就意味著必須承認自己的愚蠢和盲目。她從來不曾感到如此自由，這就是說出眞相的感受嗎？還是墜入愛河的感受呢？她將手揮向半空，看見在陽光下飛過的水滴閃耀如玻璃珠。她感到驚喜，於是又揮了一次，思考著能否在聖之嬉中用上這個動作。這個動作帶著拋棄的意味，如果她以此帶入音樂的漸強，或者轉入主旋律，效果將會如何？她可以花上許多時間慢慢摸索，拿身體感受到的新體驗來做實驗，探索這種彷彿撬開貝殼的強烈感受和愉悅感。

不過現在沒有時間了，她將髮辮綁妥並重新盤起。她的髮梢依然帶著李奧的氣息，還混雜了鹽分與皮革的氣味。她以濕布擦拭身體，然後換上乾淨襯衫。不論現在心裡有何感受，她都必須顯得十分得體，但或許也不必太得體。她將領口略為打濕，並將水潑灑在衣服上。現在她的臉頰依然紅潤，雙手也還在發抖，他們一定會相信她只是生病了，一時的急病，但不至於影響健康。

她閉上眼睛，思緒依然紛亂。她數著自己的心跳，就像上場展演前一樣，試著讓自己冷靜下來。不可以再去想李奧，至少暫時別去想他。她可是遊戲師，剛才仲夏遊戲進行到一半她一走了之，現在必須集中注意力。她已經撒謊多年，而眼前正是最需要仰賴謊言的時刻。

九十九、一百。她的脈搏跳得比平常還快，但是沒空等它緩下來了。她將髮際處也稍微沾濕，讓水珠沿著額頭兩側流下，然後踏上走廊。中庭上三三兩兩站了一些男人，有些人抽菸聊天，有些人則保持靜默。她低下頭，快步走過窗前，覺得臉頰又開始發熱。她從遊戲典藏室走了一大段路才回到房間，現在又要經過侍者工作區和空蕩的教室走去校長室。要去校長室只有這條路可走，不過沿路上並沒有人好奇窺探，似乎也沒有任何外來訪客注意到她的存在。一名侍者手裡抓著紙條與她擦身而過，讓她不由得想像廚房眼下該有多麼混亂。總務長會大吼大叫，廚師則想盡辦法要提早兩小時把午餐端上桌。這都是她的錯。雖然說她原本就走得很快了，但她又加快腳步，好像要跑起來似的。

她到了校長室門前敲門，等了一會兒才聽見校長問：「誰啊？」

她挺直雙肩、抬起下巴，推開門走進去。

原來校長室裡不只一個人。她嚇了一跳，好像被磚塊絆倒似的，不得不抓住椅背。所有人都盯著她看，在場的有校長、艾米爾和一個沒見過的男人，這人身材單薄，留著短鬍髭，依稀有點眼熟。他剛才也坐在觀眾席之中吧？

校長說道：「卓萊登教授。」語氣不知道是招呼她，還是警告她。

她問：「校長，可以跟你私下談談嗎？」

「恐怕達特勒先生、法隆先生和我現在都沒空。」

「不會太久，我有事情要解釋。」

「不必解釋了。」艾米爾往椅背上靠，雙手交疊放在肚子上。眾人一時陷入沉默，校長拿下眼鏡以袖子擦拭，而似乎是叫做達特勒的男子則用手帕掩住嘴巴乾咳。

她感到有些遲疑，被眼前的場面嚇著了。她當然需要解釋，他們也應該要求她解釋。「我突然身體不適。」

「希望你已經康復了，」艾米爾說：「但是這裡開會要緊。」

「但是……」

校長嘆氣。「克萊兒，已經不要緊了。」

她瞪著校長看，校長卻沒有看向她，依然低著頭擦拭眼鏡。

「既然卓萊登女士都來了，我們或許可以……」達特勒往桌上一指，那裡擺著許多文件、報紙和信件。她發現信上的手寫字很熟悉，是李奧的筆跡。「反正我們也剛好在討論今天的意外，或許它沒有那麼單純。」

「不好意思，你說什麼？」她差點聽漏達特勒喊她**女士**，而不是教授。

「呃，我是說……」

「你也不必那麼意外。」艾米爾說：「文化部一直很關心我國菁英的教育，今天發生這場鬧劇，證明他們的顧慮有道理，不管怎麼說也不能讓學校蒙羞啊。」他的聲音十分悅耳，讓她想起以前他展演聖之嬉的方式，總是油滑、甜膩而馬虎。她也想起從前在李奧面前模仿艾米爾的樣子，當時他看了笑出眼淚，但現在她可笑不出來。

她問：「請問你是代表文化部，還是學校？」

「我代表總理。」他對她笑了笑。

校長終於戴回眼鏡。「卓萊登教授，剛才達特勒已經解釋過政府的立場了，也就是說……」

又是一陣沉默。她的頭皮一陣發麻。「我聽不懂，**政府**的立場？」

「聖之嬉是我國的國粹，」達特勒說：「也是國人的驕傲，必須要在監督控管之下繼續流傳，萬萬不能斷了生機，所以我們也得做些艱難的決定。」

她看向校長，等著他解釋這究竟是什麼意思，卻遲遲得不到回應。於是她又看向艾米爾。「重點是，」艾米爾一派輕鬆地說道：「蒙特維爾現在舉步維艱，未來並不明朗。數百年來的傳統自然是不能摧毀，但也要面對現實。爲了讓學校存續，並且在經濟層面做出貢獻，校方必須和政府合作，這樣才能達成雙方的共同目標。」

「學校只有一個目標，就是聖之嬉。」

「你聽聽，你說的可是毫無助益的空話。這正是爲什麼我們需要調整學校的經營方針。」艾米爾朝著對面的牆壁微笑，彷彿那道牆是一幅古典名作。

她問：「校長，這到底是怎麼一回事？」

校長乾咳一聲，挪了挪桌上的紙張，卻什麼也沒說。艾米爾把視線轉回她身上，臉上不帶笑意，彷彿剛才的笑容是她幻想出來的。他說：「我們跟校長解釋過了，如果學校希望政府持續給予補助，就必須和我們合作，而不是跟我們作對，學校必須做出重大的改變。」

「改變？」

校長抬頭看向她，又移開了視線，手指動了一下。「克萊兒，學校必須請你離開。」

「離開多久？到哪裡去？」

艾米爾嘆氣。「不是離開，是離職。」

她一時無法動彈，只能等待著現實感恢復。窗外鳥兒鳴叫，微風低吟。陽光照在校長的鋼筆筆蓋上，照在艾米爾的戒指上，也照在達特勒的領帶別針上。她感覺到身上長袍的重量，一滴汗水滑過胸口。她原本以爲自己會遭到訓斥，甚至慘遭羞辱，但她從未料到結果會是這樣。她無法相信。

「克萊兒，這個決定眞的、眞的很艱難。」校長在座位上挪了挪，然後站起身，臉微微皺起。「我一直以來都很支持你，但是你得承認不是每個人都如此。現在又發生了這種事……或許這樣做是最好的。」

「遊戲師是終生職。」她感到難以呼吸。「我不能**辭職**。」

「你說得對，我用錯字眼了。」艾米爾說：「不過呢，當初會任命你爲遊戲師本來就不太尋常，我相信其中必定有來自外部的干涉。在這種情況下，校長同意撤回職位任命。」

「我是遊戲師。」她這輩子第一次覺得這三個字聽來像外語。

「恐怕你已經不是了，而且你從來就不夠格勝任。」

她張嘴想要抗議，卻覺得喉嚨乾澀，說不出話來。

「克萊兒，我很抱歉。」校長的手指又動了下，好像想向她伸出手似的。「我沒有選擇，這是爲了蒙特維爾，爲了學生，爲了遊戲。」她瞪著校長，不敢相信他竟然還敢結結巴巴地說出這種話，但他還沒說完。「雖然十分不幸，但這是必要的犧牲。」

「那麼，在犧牲我之後，」她說：「你可以得到什麼？」

校長用手揉著額頭，在蒼白的皮膚上留下紅印子。他站起身走向她，背對著另外兩個人。「克萊兒，」好像他們是兩人獨處般，他柔聲說道：「你也知道，他們一直都想把蒙特維爾關掉，這幾個月來他們都在想辦法找藉口。不過現在他們願意交涉，所以才會提出這項交易。如果你走，學校就可以繼續營運，繼續擁有諸多豁免權，不然的話……我們就完了。」

達特勒咳了幾聲。

「那爲什麼要犧牲**我**呢？」可是這個問題太容易回答了，因爲她是女人，犧牲女人太容易了，而她在展演中途離場只是讓他們更有理由。這樣一來，黨內人士便能幸災樂禍地坐看事情發生，還能用他們中意的遊戲師人選來取代她。蒙特維爾依然會步向終結，只不過多了一段苟延殘喘的時日。她問：「如果我拒絕離開呢？」

「你不能拒絕。」達特勒突然開口，好像耐心盡失。「這由不得你決定，我們可不是在詢問你的意見，而是在告訴你該怎麼做。」他又轉過頭對艾米爾說：「我還是覺得直接在首都重新開始——」

艾米爾抬起手，達特勒立刻噤聲。「其實默默離開對你才有好處，我也希望這件事可以安安靜靜地過去。」看到她想開口，他便先發制人地說道：「算我求你了，繼續爭下去你也不會贏的。就算今天的鬧劇從未發生，我們也掌握了足夠的證據可以把你趕走。」

「什麼？」

「你發表過煽動性言論、對我們的民選政府懷有敵意，還有證據顯示你曾經試圖腐化學生的思想……」

「**腐化**學生思想？你到底在說什麼？」

「等我一下。」他伸手到桌邊拿起一疊信紙。「你還認爲，黨的成員都是『寄生蟲和流氓』，對吧？更不用說你認爲我們受人景仰的總理是一個，咳，『偏執、心胸狹窄的老男人』。而且你還堅持繼續教授基督教的價値觀，比方說，你是不是——這件事寫在哪裡呢？喔，找到了，你要學生評估帕勒斯提那[1]對聖之嬉的發展有何影響。」艾米爾露出不帶一絲同情的淺笑。「你可知道，多少人犯的罪沒你嚴重，卻都去坐牢了。」

「我完全有權——」

「不，你沒有，因爲你在教育過程中腐化易受影響的青年，而且現在《一體性法案》已經開始實施了。難道你沒有收到法案的公告嗎？還有，這件事我原本不想提，你協助不法份子逃避警方追緝，光憑這點就足以判死刑了。」她過了一會兒才意會過來，所謂的不法份子是指賽門．夏彭提。艾米爾繼續說道：「親愛的，你最好還是趁現在優雅轉身吧，否則事情就複雜了。」

「你不能這麼做，這一點都不……」她沒辦法把話說完。不公平、不正確、不被允許——這些抗辯再也不具任何意義。「你是怎麼……你**怎敢**如此指控？」

艾米爾用指甲把信紙的四角掐皺。「你要知道，我們到處都有朋友。」他將信紙放平，讓她看見上頭寫了些什麼。

她看見李奧的筆跡。*親愛的艾米爾……*

她一把搶過那疊信紙，但即使拿在手裡，還是無法將字跡看清。她不知道自己是否感到震驚，即使有，此刻也沒有任何感覺。她早該明白他太有理由、太有可能寫信告密。這段時間以來，李奧雖然都矢口否認，卻一直在監視她。這只是遲早會發生的事。他一直都是騙子和投機份子，而她則一直是個蠢貨。

她把信件還給艾米爾，手勢相當平穩。她說：「我知道了，謝謝。」她轉身離開校長室，下定決心要在離開他們視線範圍以後，才讓情緒浮現。

---

1 Giovanni Pierluigi da Palestrina，十六世紀義大利音樂家，創作以宗教音樂為主，共作有一百多首彌撒曲、二百五十多首經文歌，是羅馬樂派的代表人物，更有「教會音樂之父」的美名。

38

李奧

他坐不住，總覺得全身發熱，腦中彷彿有電流亂竄。他聽見鐘聲從上方傳來。去向校長解釋應該不會花這麼多時間才對，她應該很快就會過來了吧？除非她**不想**見他。這個念頭讓他感到畏縮，畢竟要是他剛才說錯了什麼話，要是她念頭一轉……可是他閉上眼睛就能看見她的模樣：容光煥發，因喜悅而恍惚，表情和天空一樣晴朗。她是愛他的，一直以來都是如此。他為此同時感到快樂與不可置信。十年前的他是那麼自負，以為那是他應得的，以為那是一場遊戲，而他贏得了勝利。直到此刻他依然不敢相信，她眞的愛著他。

可是，她現在在哪裡？他想要出門去找她，又怕兩人反而因此錯過。為此患得患失眞是荒謬，畢竟他們等一下就會見面了，他卻已經迫不及待。他在房內來回踱步，從窗前走到牆邊又折返。

拾級而上的腳步聲傳來，他立刻走向門邊，打開房門。「終於來了，我等了好久。」

站在門外的人是艾米爾。他露出大大的笑容，走進李奧的房間。「是嗎？」他的語氣沒有起伏，聽不出任何情緒。「你還眞是料事如神。」

「是你啊。」李奧心一沉。

艾米爾把門關上。「希望你現在已經康復了，」他說：「聽說你之前……是什麼來著？頭痛？肝炎？拉肚子？」

「不是什麼太嚴重的病症。」

「對嘛，我想也是。」艾米爾臉上依然掛著笑容，好像兩人正在說笑。他從容地走到李奧的書桌旁，靠在桌邊打量桌面上的書堆、香菸和巧克力。「眞的要恭喜你，我從沒想過可以用這麼直接的方式破壞遊戲展演。」

「那不是破壞。」他回想起自己腦中一片混亂、失神地站起身的那一刻。當時他是不是刻意要中斷她的展演？對，他是刻意的，因爲他以爲克萊兒剽竊了卡費克的遊戲，除此之外他沒有其他意圖。他這麼做絕不是爲了讓艾米爾開心，但從對方的表情看來，他完全誤會了。「聽著，」李奧說：「事情完全不是你想的那樣，我那時只是不舒服而已。」

艾米爾笑了，不過這一回聽起來似乎是發自內心的笑意。「眞的嗎？你沒有打算破壞她的展演？那麼這次也是無心之過了，就像你以前不小心交錯卡費克的遊戲那樣，是吧。」

他眨了眨眼。艾米爾是怎麼知道這件事的？是從當時偶然聽見的閒談，或者從卡費克、甚至是他自己所說的某些話語中拼湊出來的？還是說，這就是艾米爾現在的工作，專門掌握別人的祕密？然而這些都已經不重要了。他說：「是啊，那件事也是個意外。」他的語氣裡沒有半分顧慮。「我非常尊重遊戲師，絕對不會想要陷害她，當時只是……只是我誤會了而已。」

艾米爾瞇起眼睛，他的笑容也隨之褪去。「這我就不懂了，你明知我們就是在等待這種機會。」

「我不是……」他摸出菸盒，抽起一根香菸。克萊兒在哪裡？她爲什麼還沒過來？他不願回想起她轉身離開禮堂的那一刻，但是艾米爾的表情讓他想起當時坐在後排長椅上的那些男人，他們手裡同時拿著節目冊和筆記本，匆忙地寫著什麼。當他奔跑著經過這些人時，他們全都伸長了脖子窺看，眼神流露喜悅。他說：「其實這也沒什麼，她就是突然身體不適而已，或者……這都是我的錯。」

「你在說什麼呢？」艾米爾拿出打火機，遞給李奧時卻遲遲不鬆手，逼得他只能用力搶過。

他將香菸點燃，刻意以此打斷對話。他不該繼續辯解，因爲不論他說什麼都不會改變事實。不論理由爲何，他就是當眾羞辱了克萊兒。如果他能早點知道眞相，如果他當時沒有……「沒事。」他問道：「你來找我，有什麼事嗎？」

「來跟你說個好消息。」

他不想問那個消息是什麼。突然間，他似乎聽到門外有腳步聲。是克萊兒嗎？這回一定是她……然而，就在他轉過頭聆聽時，艾米爾又開始說話了。

「我知道你對蒙特維爾很有感情。」艾米爾說：「這裡會繼續保持原樣，你聽了一定很高興吧。達特勒之前提出的計畫是在首都成立新的遊戲學院，但我覺得根本不需要那麼費事。最好還是把學校留在這裡，保留令人敬畏的傳統和其他行事。或許學校的財政結構會有一點變動，也會跟政府做一點協商，但是老爺子不想看到蒙特維爾被拆除。」

李奧瞪著他。在首都成立新的遊戲學院，皮瑞尼在新年時暗示的就是這件事？他不禁感到戰慄，當時他並不知道是這個意思……最後他總算說道：「我們以後不會有事了？」

聽到「我們」這兩個字時，艾米爾挑高了眉，不過他什麼也沒說，只是點了點頭。

李奧轉身，不想讓艾米爾看到他的表情。他感到如釋重負，緊繃的身體逐漸放鬆下來。早上打斷展演時，他沒有意識到自己可能會造成什麼後果。是了，蒙特維爾當然足夠強韌，足以撐過任何形式的風暴。畢竟學校又不是玻璃屋。他硬逼自己開口：「眞的是好消息。」

「就知道你會開心。」艾米爾的笑容看起來有些奸詐，好像還有話沒說完。

「我很意外，我以爲你不喜歡學校。」

「誰說我喜歡了？我只是很高興學校還能留在這裡罷了。」

「這樣啊，那好。」門外一片沉默，沒有聽到腳步聲，之前一定是李奧聽錯了。無論如何，他還是希望艾米爾盡快離開，因爲她等一下就會過來……「總之，謝謝你了，如果沒有其他的事——」

「我還有一件事要說，」艾米爾帶著更深的笑意說道：「我們要任命你爲遊戲師。」

他一定是聽錯了。應該是遊戲師的**助理**吧，不然就是冠著某種頭銜的教授，他們可能爲他發明了新職位也說不定，誰知道他們爲什麼要這麼做。他喉頭哽動。「什麼？」

艾米爾發出幾聲輕笑。「你就是下一任遊戲師，恭喜囉。」

「但我們已經有遊戲師了，是克萊兒……卓萊登教授。」

「她的任命不合常規。你可能還記得，打從一開始決選名單就備受質疑。當然學校之後會發出完整的道歉啓事，向這起人事任命影響到的所有人道歉。」

「你們要把她趕走？」

「經過今天早上的難堪場面，我想不會有人有意見。而且時機實在是太剛好，恰恰向眾人證明了她有多麼不適任，簡直是自掘墳墓。」艾米爾眼神閃動，又說道：「當然了，絕對**不是**你出手陷害她的。」李奧沒有回話。艾米爾優雅地轉動手腕，看起來幾乎就是遊戲裡的「橋接」。「希望你對這個安排還滿意。」

李奧想起從前去議院發表重大演說時，皮瑞尼給他的建議是：記得呼吸。「她之後會怎麼樣？」

「她答應對這件事保持低調，這都是爲了大局著想。」

指尖傳來一陣熱燙，李奧這才發現香菸已經燒得所剩無幾。他將菸頭彈至一旁，甩了甩手轉移疼痛感。「她知道是我取代她嗎？」

「還不知道。」

「爲什麼要選我？一定還有其他人選吧。」

「別謙虛了，你在過去幾個月證明了自己的忠誠，先是你寫的那些信，接著是今天早上的事……我已經跟老爺子說過了，所以他打算原諒你之前的失常。在學校裡有人接應，對黨而言也很重要。幫助我們實行變革吧。」艾米爾頓了頓，又說道：「不說聲謝謝嗎？」

「你們怎麼會覺得可以相信我？」

「李奧，我們現在可是要讓你成爲遊戲師，你至少也該帶著點他媽的謝意給我接受。」

說得好像他沒有選擇餘地似的。他緩緩吸氣，喃喃說道：「遊戲師。」但他並沒有任何用意，只是把字詞送進空氣裡，彷彿從未聽過這三個字。房內一片死寂，使得周遭的聲響格外清晰。窗外的鳥兒振翅飛起，微風敲打著窗面，石板地上腳步輕移，走下了階梯漸不可聞。他覺得無法思考。遊戲師。

在歷經這一切之後，李奧終於得到成爲遊戲師的機會。他越過艾米爾看向前方，彷彿看見年輕的自己就站在房間的角落。他能感覺到額側的脈搏大力跳動著。進入蒙特維爾之後，他有整整兩年都夢想著成爲遊戲師，眞心以爲那就是他的人生歸屬。他本該成爲頂尖的聖之嬉展演人，而非從政。現在這位史上最年輕的金獎得主，終於達成從前設下的目標了。

突然之間，他回想起得知自己贏得金獎的那一刻。他看見自己的名字出現在公布欄上：李奧納德·馬丁，金獎得主，《回映》。他一直都告訴自己，他才不在乎是否得名，甚至沒有停下來盯著最上方看，只是不斷掃視整份名單尋找卡費克的名字。這並不是實話，對嗎？如果當下沒有感受到狂喜，那就太不像個人了。在那一瞬間，他感到前所未有的快樂，強烈的喜悅和勝利感席捲而來。他辦到了。當他看到成績單最底下的那行字，他可曾想過要拿自己的成就和卡費克交換？不，他沒有。不，他有。他一點都**不希望**卡費克不及格，他當然不希望，最初會交出《紅》就是因爲他眞心認爲那部遊戲無比高明……可是，在發現結果的當下，他是否感受到一絲滿足？

就算事實眞是如此，那又如何？如果當時他能夠選擇，一定會毫不猶豫地放棄金獎。然而這個選項並不存在，這個結果也不是他刻意造成的，他只是沒辦法克制自己對金獎的**渴望**。

他同樣渴望成爲遊戲師，極其渴望。他閉上眼睛，彷彿在一瞬間回到大禮堂，站在展演場之中，感受著全場因他而生的緊繃、熱切和寂靜。

現在，他甚至不須付出任何代價，就能讓這個場景成眞。

他睜開眼睛。

「我不做。」他說。

艾米爾張口欲言，卻又顯得遲疑。過了一會兒，他才終於問道：「為什麼？」

「因為你們沒有資格任命我。」

艾米爾輕輕舞動手指，像在彈奏看不見的琴弦。「真的嗎？親愛的老同學，」他說：「你又何必如此謹慎行事？你以前也做過一樣的事吧，為了讓自己上位而把德庫西推到一旁。我不……喔，我**懂了**。」他笑了起來。「是為了那件事吧？李奧，這不是你的錯。他會自殺是因為他心志軟弱。如果他輸不起，就不該到這裡來。」他搖了搖頭。「這只是一場遊戲，李奧，總是有人贏、有人輸，你可不要被罪惡感妨礙了。」

「不是因為罪惡感，是現任遊戲師……」

「你還記得，曾經有個侍者從方塔上跳下去嗎？」他打斷李奧。「就在我們二年級的時候。我記得很清楚，卡費克也差不多是在那時割斷自己的喉嚨。」

「這和我們討論的事有何關聯？」

「我算是認識她，事實上可能還滿熟的。我們好過幾次，然後她跟我說她懷孕了。這當然與我無關，坦白說，我也很懷疑她是不是真的只有跟我，不過……總之，那時我覺得自己該為此受到譴責，我的重點是：無論如何她都會去死，我負不了責任。原本她的死可能會毀掉我的人生，結果並沒有。這就是我們的選擇啊，對不對？我們必須堅強，才不會被那種事情拖垮。」

李奧不禁咬牙。艾米爾說得真是實際，好像這是他們之間的共同點：他們都讓某個人自殺了。他忽然想起卡費克其實還活著而放鬆下來，或者該說，死的不是**他的**卡費克，而事情也不是他的錯。一瞬間，他差點把真相告訴艾米爾，但他說出口的是：「這不是我要說的，這一切跟卡費克無關。」

「那你又何必那麼……」艾米爾打住了話。「喔。」他翻了個白眼。「請別告訴我，事情是我想的**那樣**。」

「怎樣？」

「你跟克萊兒．卓萊登？不會吧？親愛的老同學，我還以爲繼卡費克之後，你的品味應該有點進步了，但我猜兄妹之間的風情還是有所不同吧。德庫西的血脈有什麼特殊魅力嗎？」

李奧眞想揍他一拳。「我可不想和遊戲師上床，也完全不想**成為**遊戲師。你現在可以走了嗎？」

房內一時陷入沉默。一縷輕煙懸在凝滯的空氣中。不知樓下何處傳來聲音，有人在笑，好像今天只是個尋常日子。艾米爾站起來，把袖子上的塵埃撢掉。「你會狠狠害死你自己。」

李奧沒回話。艾米爾說得沒錯。

「你不當，還有別人想要當。」

他聳肩。

「白痴，畢生最大的機會，就讓你這樣白白丟掉了。」

「也不是白白丟掉。」

「你這樣是政治自殺，你要是眞的死了，我可幫不上忙。」

「又沒叫你幫忙。」

「拜託你不要再這麼自命清高了，李奧。」艾米爾走向李奧。他氣紅了臉，插在口袋裡的手將布料撐得緊繃。「你給我做這份他媽的工作，而且還要感謝我。」

「你又何必這麼在意？」李奧一問完就明白了，因爲艾米爾已經向文化部的所有人誇下海口，跟長官、老爺子和所有人打包票，保證自己可以說動李奧。他認爲李奧既天眞又好捉摸。他也可能認爲，既然李奧敢爲了自己的利益，厚著臉皮直接破壞克萊兒的展演，怎麼可能不願意當遊戲師？艾米爾以爲安插他當遊戲師就能掌控蒙特維爾，掌控聖之嬉。他這一局盤算多久了？或許他完全沒有料到李奧竟然膽敢或有可能拒絕他。

「我不當，」李奧搶在艾米爾開口前說道：「我不會做的。」

「你要做。」

「你逼不了我。」他講完差點笑出來，天啊，這可是兩個成年男子的對話呢。

艾米爾深吸一口氣，花了彷彿永遠那麼久的時間，然後他走到窗邊，臉上的紅暈已蔓延到肥厚的下巴。然而，當他再度開口，聲音竟然比剛才更加柔和。「賽門．夏彭提，」他說：「有人幫助他躲避警方追捕，不過不要緊。」他抬起手來。「不管你到底有沒有幫他，我說你有幫，你就是有。你的女友是基督徒對吧？」

「艾米爾……」

「你重回學校難道什麼也沒學到？你應該知道，我要毀了你實在很容易。如果我想，你連出庭受審的機會都不會有。你會發生意外，你會自殺，你會生一場急病。誰在乎呢。」

四周開始旋轉，李奧腳下的地面似乎裂了開來，那裂縫不斷延伸，直到沒有一寸土地是完整的。

「當然，別忘了你母親，我真的很不想讓她承受任何壓力。」他輕輕敲打窗戶，彷彿在測試玻璃是否夠堅固。「搞不好，卓萊登就跟她哥一樣心志脆弱也說不定。」

「去死吧，艾米爾。」李奧像是突然吸到純氧，胸中燃起怒火，毫無恐懼的餘地。「你做什麼我都不會在乎。」

「是嗎？」

「如果說我回來這裡真的**學到**了什麼，那就是我什麼都可以不在乎。黨可以去死，老爺子也可以去死。」他說得喘不過氣，卻沒辦法讓自己停下。「我已經受夠他們、受夠你了。我不是你的奴隸，不會照你說的做。看你有什麼本事對付我，就儘管拿出來好了。」

艾米爾盯著他瞧，眼神十分冷靜。現在他們是敵人了。不過，李奧帶著些許驚駭想道，或許他們從以前就一直是敵人。艾米爾說：「你等著吧，我會帶著愉悅的一顆心，以各種手段來整你。」

李奧走到門邊，一把拉開房門。他迎上艾米爾的眼神，站在門旁靜候。

艾米爾點了點頭，走到門邊時故意靠近李奧。他在踏出門前停下腳步，兩人距離極近，只要吹一口氣對方就能感受到。「拜囉，叛國賊。」他面帶微笑。

39 老鼠

在黑衣人離開之後，走廊應該要安靜下來，可是今年走廊上到處都是人，全都是生面孔，他們像白蟻一樣交頭接耳、忙進忙出，時而湧入中庭，時而在夜裡遊蕩。這些人不屬於黑衣、灰衣或白衣，身上的衣物是褐色、綠色和石頭色。他們會低聲交談，還會在學校裡迷路，有一回，他們在一條窄廊上遠遠地看到她，其中一人大聲問她廁所在哪。那人的鏡片因月光而發亮，在她愣在原地時，他把眼鏡拿下來仔細打量她。她立刻轉身逃走。儘管對方沒有追上來，暴露在視線之下的感覺依然像是洗不掉的汙垢裹在身上。他覺得她是人，然而她並不是。

她不知該做何反應。如果是老鼠的話，餓了就吃，睏了就睡，想排泄、磨爪或打呵欠也不會猶豫。但是現在情況改變了。她一直想著賽門，想著他是否還活著，是否還躲在屋簷下的房間裡。她也想著那個危險的黑髮男人，她記得這個人是誰。兩人的身影潛伏在她心中相距最遙遠的兩端，不論望著哪一方都讓她感到害怕。她安慰自己，這些人很快就會離開了，學校很快就會安靜下來，夏季也會變得如同以往漫長、安靜、寂寞。灰衣人會將門鎖上，爲家具蓋上白布。在校園清空的時候，她的思緒也會跟著清空。

某天早上鐘聲響個不停，但不是警報鐘聲。雖然是大白天，老鼠還是溜出去一探究竟。她從來沒見過中庭裡聚集那麼多男人，他們慢慢擠到門邊進了大禮堂，幾乎所有人都進去了。閃亮的黑色車輛發出低鳴開進校園，車門打開又吐出一些男人，這些人比較胖、比較圓潤，他們跟上別人腳步的時候講話粗聲粗氣，手腳揮舞個不停。接著有個掉隊的人急忙跑過黑白地磚，跟在他們身後消失在門內。不久後鐘聲停了。她想，那些人大概會坐在成排長椅上，直盯著那塊鑲了銀線的石板地。她不知道他們爲什麼要那麼做，又或者想從中得到什麼。她蜷縮在溫暖的窗台邊等了一會兒，不過禮堂的門依然是關上的。不論裡頭在忙著進行何種晦澀難解的人類活動，她都不得其門而入。塵土在中庭裡隨風飛舞，此外再也沒有任何動靜。

之後她回到窩裡待著。後來，外頭突然掀起一陣騷動，那些男人的聲音聽來充滿困惑，情況變得不太對勁。她讓嘈雜的聲音如海潮般湧進又湧出耳朵。過了一段時間，她從窩裡跑出來，側頭傾聽，似乎在聽取誰的呼喚聲。其實她沒有聽見呼喚聲，卻還是不自覺來到空曠的地方。她的窩裡也還有食物和水（因爲廚房裡食物很多，所以她盡可能地偷拿了不少），份量多到她可以好幾天不用外出，但是她卻無法待在原地。這種感覺就像是回到小時候，總覺得屋頂正一寸寸往她眼前逼近。賽門也有同樣的感覺嗎？猜測他的想法讓她有種異樣的暈眩感，感覺自己好像快吐了。

老鼠不會冒險行動，但她還是動身了。雖然她繞了遠路，卻還是愈來愈靠近屋簷下的小房間。她的思緒一片空白，沒有計畫、沒有盤算，她只是想要看到賽門而已。

繞過轉角時，她看到不遠處站了一個黑髮胖男人。她嚇得全身僵硬，唯獨心臟狂跳不止。幸好她還能躲在光影之間，利用月光作爲掩護。等到他轉開視線，她就會立刻逃走。

突然間，男人開口說道：「賽門．夏彭提，是你嗎？」

老鼠感到一陣暈眩，彷彿聽見自己的名字，但男人並不是在叫她。這是她第一次體會到沒有名字的滋味。她不是賽門，那麼她是誰？母親會叫她親愛的、甜心，可是那些都不是名字。她品嘗著這份屬於人類的、陌生的驚慌。這種受傷的感覺是什麼？爲什麼她以前從未留意過？

另一道聲音響起。

「我是，你是誰？」

賽門在這裡。他人在走廊盡頭，聲音單薄而嘶啞，彷彿喉嚨遭到腐蝕。他站到月光下，渾身發抖，臉色發白，衣服上布滿濁綠色的斑點。賽門在這裡做什麼？他應該要躲起來的。她想要對他大叫、對他發出警告，告訴他唯一的明智之舉就是逃跑，但是他偏偏不逃。

「大家都以爲你在山裡失蹤了，你知道嗎？」男人靠在欄杆上，斜眼盯著賽門。「你都躲在哪裡啊？一定是有人在幫你吧，幫你找食物之類的。」

「我都……我已經找到足夠的食物了。」

「是喔，我還以爲是李奧．馬丁在幫你，或者是卓萊登教授？」

「都不是。」他的聲音太沙啞，老鼠都快聽不見了。跑啊，她想對他說**快跑**。

男人笑了。「總之，很高興終於找到你了，要不要一起去醫務室？你可別怪我這樣說，但你看起來狀況不太好。」

「什麼？」

「你總不能一直這樣下去，對吧？別擔心，我不會叫警察，警察都是流氓，也難怪你不想遇見他們。」男人輕笑，讓老鼠聽得齜牙咧嘴。「讓我帶你到醫務室檢查一下吧，然後再看要怎麼讓你回家。」

「我回不去了。」

「喔，對了，你的證件。不要緊，那些都已經整理好了。」男人笑著朝賽門伸出手，白皙的手指在月光下就像蛆一樣。老鼠想把他的手指咬斷。賽門應該不會愚蠢到相信他吧？「來吧，年輕人，現在已經沒事了，你就把我當作好心的撒馬利亞人[1]吧。」

---

1 Good Samaritan，指好心人、見義勇為者，典出《路加福音》中耶穌所說的寓言故事。

賽門眼睛瞪得老大，不安地挪移身體重心，看起來像個小孩。

一陣疼痛忽然從老鼠的雙腳竄進胃裡，隨即又竄升到喉嚨。這都是她的錯。當初她應該要幫助他的，如果她做得更多，現在他就不會站在月光下面臨危機。那個胖男人會用他的一口黃牙生呑賽門。剛才腦中傳出無聲警告時，她就應該要聽從自己的直覺。*應該要聽的、都是她的錯*。老鼠才不會想這麼多，但是她控制不住自己的念頭。

「我們走吧。」男人彈指。「那麼，李奧．馬丁是什麼時候看到你的？他還眞是個鐵石心腸的混帳，對嗎？竟然讓你吃了這麼多苦頭。」老鼠聽見一般人類無法察覺的微弱訊息，那是圈套設下的聲響。

「他承諾會幫我，還說他會幫我取得其他的證件，叫我不要去找警察的也是他。」

「是嗎？」男人咧嘴一笑。「所以，原來是馬丁啊，很好。」看不見的圈套一寸寸收緊了。他伸出手，浮腫而蒼白的手指急切又機敏。

她不打算移動腳步，老鼠不會做這種打算。但是，她卻覺得腳下的地面正在崩裂，不想掉下去的話只能往前跳。下一秒她便站在賽門和胖男人之間，感到喘不過氣、暴露行蹤。

走廊上一時陷入沉默。雖然背對著賽門，但她能感受到他的眼神。她一心希望他能把握機會趕快逃走，他卻沒有離開。

「唉呀。」男人一說完就笑了起來，發出一連串虛張聲勢的笑聲。「我就**想說**有看到你……眞沒想到你可以撐這麼久。」

她沒有移動半分。儘管她不想要被他蛆一般的手指碰到，但是她也不會讓步。老鼠的直覺在她耳中尖叫，她卻還是任憑對方打量。

「哈！」他用袖口擦嘴，再開口時語氣更加輕快而尖銳。「我必須說，如果你身上再多長兩斤肉，就更像你那不堪的母親了。像你這種乾巴巴的貨色，也不用擔心會有人對你怎麼樣……要是有人拿刷子把你刷乾淨的話，我可能還看得上眼。」

她聽見賽門倒抽一口氣。她很高興，賽門總算意識到自己身處險境。

「你給我滾開，」男人說：「給、我、**滾**、**開**。」

她轉身抓住賽門，聞到他身上嘔吐物和胃酸的味道，隨即用力推著他往前跑。他倒抽一口氣，腳步失去平衡，於是她往他背上再度推了下，要他繼續前進。來到樓梯口時他踉蹌地往上爬，但是走這裡頂多只能回到藏身處。這是一條死路，而回去那裡也已經不安全了。她從背後抓住他的衣服，把他往下拖，拉往另一個方向。雖然他發出抗議，但是她沒有聽進去。賽門爲什麼這麼笨？他還在說話，但她沒有停下來聽。胖男人還在他們後面大笑呢。

兩個人一起移動很不容易。她把賽門往旁邊推，讓他穿過一道拱門。現在她沒辦法冷靜地思考。恐慌在她心中蔓延，炸出一片絢爛色彩。她感到難以呼吸，腳步也愈發凌亂。如果是老鼠的話，就會知道現在該往哪裡走，但身爲老鼠的她彷彿消失在胖男人手中，此刻她只感到混亂且無助。他們順著一道螺旋梯一路向上爬。她的眼睛布滿血絲，視線漸漸變得模糊，只能不斷告訴自己再爬一階、再吸一口氣。眼看胖男人就快追上，她連忙衝向一旁的小門，掀開滿是灰塵的布幕。賽門在她旁邊（她沒辦法一直讓他走在前面）絆到了腳，在黑暗中慌張地探手。她引導他走進小門，手臂被他抓得好痛。眼前又出現另一道階梯，卻是沒有出口的螺旋石梯。這是自投羅網，她早該想到不能走這裡的，事到如今只能繼續前進，祈求奇蹟出現了。

兩人爬出一道窄窗，聽見身後傳來沉重的呼吸聲和皮鞋鞋跟敲擊石板的聲音。突然間他們來到室外，腳下是一片平整而樸素的屋頂，邊緣繞著低矮的城垛。賽門將雙手壓在膝蓋上，彎著腰大口喘氣，一面抬頭看著老鼠。

「上來這裡要做什麼？」

她也看著賽門。接著胖男人出現在另一側門邊，汗濕的臉頰映著光，剛才故作善良的狡詐神情已經消失了，現在他的眼神如針尖般銳利。

「兩個小渾蛋。」他喘著氣說道：「夏彭提，你現在就跟我走。至於**你**……」

「不要。」賽門的聲音很微弱。「放過我吧，我不會傷害到任何人。」

「登記在案的不法份子與人合謀逃逸、以不法手段取得僞造證件、妨礙警察執行公務，你想因爲這些罪名去坐牢嗎？或者讓李奧・馬丁代替你坐牢？你自己選吧。」

賽門搖了搖頭，眼神看向老鼠又立刻移開。這個細微動作是求助的訊號，但是她又能做些什麼？她的肺部和眼睛感到燒灼，彷彿傾訴著挫敗的滋味。

「難道你寧可去自首？你會改變心意的。你還是乖一點，按照我說的做吧。」

賽門握起拳頭。一陣風吹來，將他的襯衫吹得服貼，突顯出肋骨的形狀。她知道他正試圖鼓起勇氣，儘管知道情況危急，他還是不想當壞人。*絕對不能讓別人聽見你的聲音，不管做什麼都一樣，親愛的。*她看著眼前的胖男人，同時也看見從前的他。在母親……在那件事之前，他一直是個貪婪又惡毒的人。一時之間，她的心中浮現太多畫面，有些不是眞的，有些不屬於當下。她揉了揉眼睛。

男人嘆了口氣。賽門後退一步來到牆邊，他已經沒有退路了。

「天啊，你眞的很可悲耶。」男人說：「愈快把你解決掉愈好，你這傢伙簡直就跟**老鼠**一樣。」

他伸手去抓賽門的手臂，五根手指像動物的下顎那樣張開。

老鼠低下頭，往他身上狠狠撞去，用盡全身力氣撞上他溫暖而厚實的身體。男人往她臉上吐出酸氣，揮舞著手臂抓住她的雙肩，於是她以肩膀回推，撞向他的胸口。這個人就像一道門、一堵牆、一座監獄，是他害死了母親，而現在他還想傷害賽門。他抓住老鼠的頭髮想把她扯開，讓她的頭皮有如著火般灼痛。

老鼠揮拳反擊。男人踉蹌幾步，撞上屋頂邊緣低矮的城垛，等他想抓住牆邊的石板時已經太遲了。他掉了下去。

一切發生得太快。上一刻男人還在這裡，雙手亂舞、大口喘氣、想要大聲呼救，下一刻他就消失了，彷彿是黑夜的沉默將他一口吞下。

賽門愣愣地看著她。如果是老鼠就會回望，然而此刻她卻無法承受他的注視。她轉過身，感到心跳劇烈且反胃。

她殺人了。這麼做卻不是爲了食物，甚至也不是爲了拯救自己逃離危險，只是出於一股衝動。因爲她不能忍受賽門受到傷害，也因爲那個男人在許久以前對母親所做的事。老鼠現在成了殺人犯。這個詞眞是好笑，她從來沒用過。一隻老鼠不可能成爲殺人犯，一定是殺人讓她變成人類。她不由自主地往下方看去。地面上有一具屍體，瓷磚上有血，一旁斷掉的手臂就像是張開的翅膀。

「你剛才……」賽門的聲音發顫。他靠在牆邊，兩手貼著牆，好像想要盡可能地遠離她。他喉頭哽動，表情顯得猶豫，然後他說：「謝謝你。」

她感到無法承受，彷彿喉嚨被一口鈍牙咬住。她逃離賽門身邊，在跑回鼠窩的一路上依然能感受到他的注視，彷彿身上的一道傷口。

40
遊戲師

日出的景象如血海般壯麗。天空綻放光芒，猩紅色的雲霞成絲成片浮現，太陽卻依然藏身山後。遊戲師清醒地站在窗邊看著這幅景象，感到雙眼刺痛。她站在教室裡，從講台對面的窗戶眺望窗外，俯視整座山谷。從這裡看不見山坡下的小鎮，只能隱約看見鐵軌映著猩紅的天光，像是一道火焰。很快她就會坐上火車，然後……她的腦中一片空白，彷彿山下的小鎮就是世界的邊緣。她會去哪裡？去找法蘭西斯阿姨？可是現在出國有點困難，出境許可要等上好幾週才會批准。幸好她還有足夠的錢過日子，這點眞是令人欣慰。

她轉過來面對書桌。這已經不是她的桌子了，這是遊戲師專用桌，很快就會變成李奧所有。她不願想像自己的位置換成他來坐，但是想像起來並不困難。他會擺出率性自信的態度，不時惹得學生哄堂大笑，贏得他們的崇拜。學生會低聲討論他以前的政治生涯，說他爲了聖之嬉付出重大犧牲。她深吸一口氣。她已經哭了一整晚，已經太過疲倦，不想再因憤怒或失落而哽咽，也不想再思考李奧到底做了什麼。

在他喚她「我的摯愛」的時候，他就知道事情會變成這樣嗎？他知道自己寫的信會害她失去一切嗎？他一定知道，他知道自己寫了信，也很清楚信上寫了什麼。他一直以來都是間諜，也一直都知道眞相，無論是在他牽起她的手、喊她「卡費克」又糾正自己的時候，或者是在他笑著說要把下半輩子都獻給她，既溫柔又熱切的時候……甚至是他在典藏室的地板上進入她的時候。這一切都是爲了要擊敗她。這種恥辱感令她難以承受，甚至覺得噁心想吐。

十年前，她曾經站在這間教室前面，模仿李奧的遊戲嘲弄他。她還記得當時那股令人陶醉的強烈喜悅，其中還摻雜著一絲熱辣辣的羞愧。昨晚，聽到艾米爾說他可以成為遊戲師時，他也有同樣的感受嗎？不論從哪方面來說，這一次又是李奧贏了，他再度獲得勝利。

外頭傳來吵鬧聲，好像有鈴聲響起。不過聽起來不像是消防手搖鈴，比較像是刺耳的警車電鈴。她走到門邊，猶豫著該不該走出去。她現在一定儀態不整：眼睛紅腫，臉頰油膩，髮辮一半散開、糾結成團。而且她還沒刷牙，也沒有洗澡。她有點想就這麼走出去，但是那些人不會視之為一種抗議，只會覺得是丟臉行徑。所以她還是洗了臉，重新綁妥髮辮，然後才步上走廊來到窗戶前。

從她站的地方可以看到整個中庭。遠在另一頭的方塔底下聚集了一群守門人和灰袍侍者，有個穿著襯衫和長褲的人正跑向他們。她驚訝地發現那個人竟然是總務長，他沒穿袍子、沒刮鬍子，頭髮也亂成一團，身後還跟著一名侍者。總務長喊了些什麼，一名守門人點頭回應，接著就把幾個侍者趕走了。

一輛警車開進中庭，在警察走出來後鈴聲也停了，現場人員散開讓警方通過。她終於知道大家在看什麼。

原來那是一具屍體，身上有著顯眼的黑色、白色與紅色。她心想，這簡直像個玩笑。事實上，眼前的景象也有滑稽之處：死者是個胖男人，雙腿扭曲，毫無損傷的臉孔望著上方，表情震驚。這個人是艾米爾，或者該說，曾經是艾米爾。她看著屍體瞪大的雙眼和下垂的頰肉，心裡一點感覺都沒有。一個警察手撐著腰，開始向四周觀望，她立刻從窗邊退開。等她再度望出窗外時，屍體已經被蓋起來了，而另一個警察正在跟總務長交談，兩人靠得很近。人群不斷湧入中庭。片刻後總務長轉過頭來，瞪大了眼睛盯著不斷增加的人數，無法專心在談話上。有個身穿綠西裝的男人推開灰髮研究員大步走來，對警察說了些什麼，警方隨即催促、喝令所有人離開。在男人轉過身時，她認出他是達特勒。他一臉蒼白、表情驚恐，不過沒有人會因此質疑他的權威，就連總務長也沒吭一聲。沒過多久，中庭只剩下警方、守門人和達特勒還站在屍體旁，總務長則在警車附近徘徊，不願承認自己遭到驅離。他們幾人似乎在爭吵著什麼，不過當警察從車裡拿出相機時，達特勒只是輕快地彎下腰將裹屍布掀起一角，表情如釋重負。閃光燈閃了四五下，亮度不太強，但已足以在逐漸亮起的天色下拍攝。接著警方將屍體放上擔架，推進警車。

警察跟達特勒交代了最後幾句話，然後警車就從中庭開走了，只留下廢氣在清新的早晨空氣中迅速消散。艾米爾的屍體在瓷磚上留下褐色汙痕，達特勒看了那片痕跡一眼，隨即別開頭，像是不想讓自己繼續深思。他轉而對總務長說話。不過，或許這個動作是做給守門人看的，因爲他們交換眼神後便匆忙離開。達特勒和總務長穿過中庭、走向教師樓入口，消失在她的視線範圍之外。

一陣失落感襲來，她連最簡單的小事都無法做出判斷，不知該坐下或繼續站著。就在昨晚，她還打從心底詛咒艾米爾死。那時她正要去找李奧對質（在那之前她坐在中庭裡，試著釐清思緒），卻在他的房門外聽見艾米爾的聲音而停下腳步。她靜靜站在原地，直到艾米爾說了那句話：我們要任命你為遊戲師。她再也聽不下去，跌跌撞撞地走下樓梯。如果她手指一彈就能置人於死地，她會立刻殺了艾米爾。她會很高興看到對方四肢攤平倒在地上，鮮血直流。現在她的想像成眞了，他眞的**死了**……等一下警察就會來問話。從前愛姆自殺時，曾有警察斜睨著她，問她之前人在哪裡。幸好愛姆的命案現場一看就知道怎麼回事，也有人看見她從火車站走出來，而且愛姆的電報署名只有德庫西，沒有寫上名字。幸好她是在火車上換上有點起皺的洋裝，那件洋裝整個學期都壓在床墊下。幸好沒人猜到她之前不是跟阿姨待在一起，也沒人去查看她的車票，不然事情恐怕難以收拾。當時她因爲太過疲倦與麻木而忘了要害怕，後來才漸漸做起惡夢，夢見自己遭到囚禁，被套上繩索在烏合之眾面前袒露身體。而這一次……她昨晚可沒有不在場證明。她無法忍受待在房間或遊戲典藏室，所以她一直待在教室裡，讓李奧找不到她。

她必須離開，馬上逃跑，今天就要坐上火車。她沒有留下的理由，這裡沒有她的位置、沒有聖之嬉，教授之中也沒有稱得上朋友的人，而賽門．夏彭提或許也在很久以前就已經逃走了。

她快步走下樓梯，沿著走道前往教師樓。走到轉角時，她發現李奧蹲坐在她的房門外，一看見她就慌忙爬起身。

兩人看著彼此，沒有一句話可說。

她繞過李奧開了門。他跟著走進房間，但她無視他，直接往樓上走，拿起背包開始裝襯衫、長褲、內衣褲、睡衣、盥洗用具。她抬起頭來，看到李奧坐在她的床上，幾乎就在觸手可及的距離。

「你要跟我說再見嗎？」他說。

她猛然轉過身瞪他，而他也瞪回來，好像是她做錯事情似的。

「我不欠你。」

「不欠我一句再見？你最好保證最近幾天我不會聽見你的死訊。」他是在說笑，也是認真的。她感到難以置信，他做了那麼多好事，竟然還一副**受傷**的態度。

她真想把打包好的行李往他臉上砸，但她沒有這麼做，只是看了看還有什麼要拿。也許可以再帶上幾本書，不過要挑哪些帶走？在滿室藏書中，只能帶兩三本走……最好一本也別拿。在她轉身時，李奧抓住她的手腕。

「聽說你被校方辭退了，」他說：「這麼做根本毫無公正性可言，但是這不能怪我。」

她將手抽開。「你說**什麼**？」

「我可以跟你一起離開，你想去哪裡都可以。他們全是一群混帳，可是現在你自由了，而且……我是認真的……拜託了，克萊兒，我們一起離開吧。」

他有那麼多話可以說，偏偏卻說這些……她用兩手蓋住臉，一時不知道該從何說起。如果她現在不是這麼疲憊就好了。「瘋子。」

「大概吧，我很可能是瘋了，但是那又如何？」

她將手放下，睜開眼睛。「你以為我會想跟你一起走？」

他皺起眉頭。「為什麼不？」

「因為……」他怎麼還敢反問？為什麼她還得回答這種問題？「李奧，你走，我是認真的，你現在就走。」他沒有動作。她真想將他橫在眼前的腿狠狠踢開，想要看到他痛縮的樣子，但她還是壓下了衝動。

「你為什麼要生我的氣？」

她已經不知道還能說什麼了。他還想怎麼樣？難道要她列出一張清單，數算他用過多少方法毀掉她的人生？看看他的嘴臉，竟然還反過來要求**她**解釋……然而當她望著他時，有什麼在他的表情之中閃動，讓她在微小的一瞬間動搖了。他真的不知道她已經發現真相了。

如果他至少能夠看清自己就好了，那會是她僅有的微小勝利。她要看到他的自戀粉碎，她要他的信念瓦解，不再認為自己是理智而正直的人類。真希望能有一次，他可以從她的眼中看見自己。

她說：「我還以為你已經變得跟學生時代不同了。就在昨天，我還以為……我是個蠢貨，竟然又掉進同樣的陷阱裡。我以為你會覺得抱歉，以為你能明白我的感受，以為你愛我，但你還是做了一樣的決定，毫不猶豫就背叛了我。李奧，你就是這樣的人，你只想要贏，而且一點也不在乎取勝的手段。你倒是告訴我啊，靠著欺騙與耍詐得到一切，那是什麼感覺？」

他倒抽一口氣。「我才沒有……」

「你有，你一直都在監視我，寫信給艾米爾打小報告，談論我的政治思想，轉述那些我現在不想再提一遍的蠢話。」

「對，我是有寫信給他，但那些信不是用來……我不是存心……」

「你還毀了我的仲夏遊戲，你當然會說你不是**存心**破壞，就好像你當初把我的《紅》交出去一樣，那也不是蓄意陷害，對吧？還有……」她的聲音發顫，瀕臨哽咽的邊緣。「你還睡了我，**然後**我就失去遊戲師的身分了。我這輩子就只想成為遊戲師。」她不再說下去，以免說出一些讓自己後悔的話，或者讓淚意再度湧上。她已經哭夠了。

「我只是在昨天聽到消息，在你被辭退之後。我保證眞的是這樣。」

「不准。」她的語氣讓他噤聲。「你不准說你保證。」房間內一時陷入沉默。他終於開始明白了嗎？至少他現在願意專心聽人說話了。

他盯著自己的手，低著頭說道：「《紅》眞的很高明，我當初會把它交上去，是因為那是我所看過最厲害的遊戲。那時我很篤定你會贏得金獎。」

「是嗎？」她等著他望向自己，但是他沒有這麼做。他縮著肩膀、低著頭，看起來像個學生，一點也不像教授，連個成人的樣子都沒有。「反正，現在你想把金獎頒給誰都可以，想必開會時他們都會聽**你**的。」

他猛然抬頭。「什麼？」

「我昨天聽到了。就在他們辭退我之後，我去找你……結果發現艾米爾在你房裡，然後**聽到**他說了什麼。李奧，你就是下一任遊戲師，你會取代我。你終於成功了，不需要再繼續演戲。你徹底打敗我了，而且是又一次，眞是恭喜你。」

「你都聽到了？」

「聽到了。」

「那……」他皺起眉頭。

「沒什麼好說的了，李奧。我走，你留下來，我再也不想看到你。」她將背包往肩上一甩，這才發現自己還穿著袍子，於是又扔開背包，將沉重的白袍拉過頭脫下。在白袍落在腳邊的一瞬間，她覺得自己變得更加輕盈，也感到更加寒冷和赤裸。她再度拿起背包。是時候說再見了，她卻什麼也說不出口。

「我拒絕了。」他朝她伸出手，但是並沒有碰到她。這不是聖之嬉的手勢，不過用上也無妨，這可以當作臨時的轉換動作，刻意以張開的五指演示難堪的情狀。「克萊兒，我拒絕了，我跟艾米爾說我不會當遊戲師，這部分你沒聽到嗎？」

她看著李奧的五指伸向她，兩人之間的空氣凝滯，沉重得彷彿暴雨即將來襲。

「你沒聽到我說，我不會取代你的位子嗎？我拒絕接受，叫他去找別人。」他察覺她的視線落在何處，放下了手。「他可不太高興，明年我大概領不到帝國秩序獎章了。」

她不爲所動，不相信李奧。不，她相信他。

「克萊兒，我可以對你發誓，**我拒絕了**。」

一陣沉默。她能聽見他的呼吸聲。

最後，她總算開口：「爲什麼呢？你不想當遊戲師嗎？」

她看得出對方猶豫著是否該說謊，接著只見他嘆了一口氣。「我當然想。」他說：「我想了一輩子，但我有更想做的事情。」

她緩緩點頭。「現在，你覺得我應該感謝你。」

「不，不是的……我從來沒有這樣說。」

「你是否拒絕並沒有差別，他們已經找到理由辭退我，而這個理由**就是**你的信。艾米爾也拿那些信來威脅我，我的犯罪證據全都是你交給他的。」

「當初是我太天眞了，我從來不是存心要讓那些信被濫用，完全不是。我寫信的時候沒想清楚。」

「李奧，是不是故意根本無所謂，我要說的只有這個。」她靠在牆邊，突然覺得好累，開始懷疑雙膝還能否將她撐起。「你只不過做了一件好事，就以爲可以讓一切回到常軌。你以爲愛能夠克服萬難，但是它不能。我已經什麼都沒有了，又何必在乎你自以爲高貴的犧牲？」

「我還以爲……」他臉色發白。不論他說了什麼，都是**真的**以爲自己可以修正所有錯誤，以爲說完她就會原諒他，然後兩人牽著手奔向夕陽。一切都會像故做多情的俐落收尾，像不協和音程走向大三和弦。

「你以爲拒絕接受自己想要的東西，我就會頒獎給你？」

「我是爲了你而拒絕的。」

「眞抱歉，我不領情。」

他嘀咕：「你很難搞。」

「李奧，我沒有任何理由對你好。你以爲女人都必須如此，對吧？女人都必須讓你的心情好起來，讓你在犯錯之後還活得下去，爲你在鏡子上蒙層紗。眞不巧，我不是這種女人。我已經沒有什麼能夠失去了，大可盡量說實話。」

「你的實話不是你愛我嗎？」

「我的實話是一切都太遲了。」其實在把話說出去之前，她還沒那麼肯定這是事實，但是說出去之後似乎就成眞了。伴隨著這份認知，一陣刺痛竄過她的脊椎。儘管痛感因疲憊而少了幾分銳利，但疼痛是眞實的，一如她愛他也是眞實的。

他緩緩說道：「我那時太害怕了，艾米爾跟我要什麼我都給他，是我太過懦弱。但我眞的不知道他會用我的信去傷害你，你不相信我嗎？」

這不是她需要思考的問題，相信與否已無分別。她甚至爲此感到鬆了口氣。「我要走了。再見，李奧。」

她不覺得李奧會懇求她留下，也不希望對方這麼做。然而，聽到他只問了句：「你要去哪裡？」她還是覺得難受，像是身上撞出一塊瘀青。

「還沒決定，首都吧，或是隨便一間飯店。」

「不回去大宅寫聖之嬉嗎？」起初她還不知道對方在說什麼，後來才想起：那年夏天，在大禮堂上方的洞穴空間中，在兩人靠得極近的時刻，她說出了自己的惡夢，在其中蒙特維爾化爲廢墟。年少輕狂的她還以爲不管發生什麼事，只要有聖之嬉就夠了。

「我已經不是二十歲了，」她說：「我們都不是二十歲了。」他皺起臉。「宅子也賣掉了。」

「原來如此。」

「以後或許還會再見面吧。」

「或許……」她不知道他是在回話，或者只是重複她的話。他看起來老了幾歲。不過，在他看向她時，或許是從她臉上看出了什麼，他突然挺起雙肩，眼神也恢復神采。他語帶自嘲地說道：「要是不能跟你走，我還眞不知道能做什麼。」

她回望著李奧，下定決心不開口。這是他的問題，不是她的。在她獨自承受遭人背叛的痛苦滋味後，才讓她知道對方其實是站在自己這邊的，對她來說並不公平。

「我到現在還是很害怕。」他說。過了一會兒，他勾起一邊嘴角看著她。「政壇我是回不去了，就算我想回老家接手父親的廢車場也沒辦法，那塊地已經有人接管，即將剷平所有建物……不只是這樣，我跟艾米爾說完那些話之後，他一定會針對我而來，因爲我無視他的威脅，叫他儘管對付我。之後除非是僥倖，不然我恐怕得逃亡海外吧。」

他不知道嗎？或許他一整晚都坐在門口等，而凌晨的警鈴聲是傳不到這裡的……

「艾米爾死了。」

「什麼？」

「看起來似乎是墜樓。屍體今天早上被發現，警察來過了。」

李奧的表情沒有變化，然而她能察覺對方眼神閃動，像是石牆後方颳起旋風。「你確定嗎？」

她懶得回答這個問題。「剛才那些話，你跟其他人提過嗎？」

「沒有。」他說。

「那你還有退路可走。」她說。突然間，《柯尼斯堡之橋》的主題曲在她腦中響起，依然如此輕快、得意、難解。她想起從前兩人如何一起嘲諷這部遊戲，因同樣的厭惡而站在同一陣線；她還曾經模仿其他同學取樂，讓李奧笑得抱住肚子，叫她不要再模仿了。突如其來的回憶銳利如針，刺得她的喉嚨發痛。儘管他做了這麼多錯事，世界上依然只有他看過那樣的她。

她吸了口氣，說道：「再見了。」

「再見。」他站起身，腳步有點搖晃，好像地板高度出乎意料似的。他傾身靠向她，但她知道要是自己吻了他，她就永遠走不了了。她後退幾步，但這麼做還是不夠，她沒辦法不看著他。

他回望著她。他的臉上沒有偽裝、沒有面具，如果他能夠全心投入聖之嬉，就會是這種表情。她看了簡直忘記呼吸。

他說：「對不起。」

「已經無所謂了。」

「不，你聽我說。」他抬手打斷她的話，手勢急促像是倒轉的劈擊。聖之嬉的靈感在她的腦海邊緣迴盪，海潮聲般陣陣響起。他咬著唇走向窗邊。「你說得對，我一直都很嫉妒你，就連變成朋友之後也只想贏過你。我想要變得更聰明，想要贏得金獎，在我交出《紅》的時候……」他吸了口氣，說道：「《紅》眞的是很高明的作品，但我也知道教授們可能會討厭它。如果你贏了，我當然會高興，我是說眞的。可是……明知事情可能會出錯，我還是冒險交出了《紅》。我從來都不願意承認自己抱著想要擊敗你、想要看見你失敗的想法，因爲我也愛著你。從前愛著，現在也一樣。但我就是沒辦法擺脫……」他握拳抵住胸口，彷彿要從胸口拔出什麼。「對不起，當時我希望最優秀的人只有自己，我從前眞的這樣想。」

兩人一時陷入沉默。她眞希望自己聽不懂剛才那些話，但是她都明白。這是他們兩個玩不膩的遊戲，一個充滿欲望和敵意、倒映和陰影的遊戲。不過，至少他現在願意坦誠以對。

「我從來沒見過你哥，」片刻後，他總算說道：「關於他的死，我也爲你感到遺憾。可是能夠知道你還活著，見到**真正的你**……就算你就這樣離開，就算從此再也見不到你……其實起死回生的人不是你，而是我。」

他對著她微笑，而她也笑了。遺憾與失落形成兩道不斷逼近的牆，但此刻的牆隙還能讓他們容身，保有呼吸的空間。

「好好當個遊戲師。」

「但……」

「我寧可你來當，也不要別人坐上這個位置。」她說：「你會做得很好，比我還好。說不定有天你也會成爲更好的聖之嬉展演人。你只要別再自以爲聰明就好。」

「謝謝忠告。」

「我是認眞的，李奧。你要待在這裡，成爲他們背後的芒刺，寫一些讓人以爲你精神不正常的聖之嬉，活出你本來該有的人生。」

「我的人生本來有你。」

她朝他伸出手，而他一下子就走進她的懷中，讓她因此踉蹌了下。他親了她的額頭，然後停留在原處，所以當他說話時，她能感覺到聲音在頭顱裡輕輕震動。他說：「你眞的不用走。」

她搖搖頭，他也沒堅持。在他低頭吻她的時候，她能感受到李奧是眞的明白，儘管他寧可不懂。她當然不能繼續留在這裡，她已經被辭退了。就算其他教授同意，這裡也無法同時容下他們兩人和聖之嬉。或許從以前便是如此，甚至以後也不會改變。

她不知道兩人像這樣相擁了多久。鐘聲響起時，她退後一步，他也鬆開了手。「該讓你走了。」

他說。

「是啊。」她從口袋裡掏出遊戲典藏室的鑰匙，放在床上。「這鑰匙你最好收著。」她猶豫了一會兒，才又說道：「裡面有些東西本來就是你的，有檔案室裡失蹤的遊戲、你的日記，還有一封我寫給你卻從未寄出的信。你在典藏室裡都會看到。」

他緩緩彎腰拿起鑰匙，而她點點頭，把背包甩到肩上。他跟著她下樓回到書房，在她步上走廊時卻忽然停下腳步。她回過頭，看見李奧碰了碰自己的額頭和心窩，對這個動作感到半是眼熟、半是陌生，不過沒有停下來多想。她一路避開人群，穿過侍者工作區的門走到外面的路上，最後走進樹林裡遮蓋自己的身影，這才有時間緩下來思考。她似乎曾經在哪裡看過這個動作，或許是在某張表記法圖表或是畫風過時的插圖上。這個動作應該是「棄劍」，是從前在對抗遊戲中使用的手勢，意味著其中一方想要提早認輸，以結束一場很可能永無終局的遊戲。

41

李奧

他沒辦法站在門邊目送她離開，一副凝望能讓對方沿路留下足跡的樣子。他的思緒不停轉動，不停想著艾米爾的死訊、遊戲師的職位和克萊兒，還有她的嘴唇、體溫與雙眼。他最主要想的還是克萊兒。她愛他。雖然她並沒有這麼說，但是她要李奧「好好當個遊戲師」，這句話等同於愛。不知怎地，她知道他做了什麼，卻依然愛著他；她拋下了他，卻也原諒了他。但她總歸是離開了，他沒能留住她。除了極度不安、筋疲力竭、過度激動以外，他不知道自己還有什麼感覺。他步上走廊。

他手裡拿著克萊兒轉交的鑰匙，掂了掂重量。這鑰匙可以打開遊戲典藏室。一想到那個地方，他的眼前彷彿也出現金色的光芒。他依然能看見當時她站在陽光下的模樣，她因為光線而瞇起眼，髮絲閃耀著光芒。他還聞到舊書和灰塵的氣味，還有兩人交融的汗味。這份回憶讓他感到苦樂摻半，然而愈是回想，苦與樂的平衡就愈是傾斜。

窗外有一群侍者來來去去。在中庭另一端的方塔底下，有一名校工正在拖地，他將拖把從水桶裡抬起，灑出了閃耀的水滴。總務長快步穿過中庭，其他灰袍侍者則匆忙地跟在後面。總務長的聲音從窗戶傳進來，不過並不是確切的字句，而是急躁匆促、還帶著幾分自暴自棄的語氣。他一邊說話，一邊揮手驅散眾人。人們看起來太忙碌、太疑惑，一切都顯得失序。從昨天開始，先是仲夏遊戲遭到中斷，接著又是艾米爾墜樓身亡，讓整間學校沉浸在不安的氛圍之中。不過之前這裡也不是沒死過人，畢竟學校已有數百年的歷史。話雖如此，李奧還是覺得不對勁，對於艾米爾的死也依然難以置信。事情是怎麼發生的？*看起來似乎是墜樓*……死了就死了吧，怎麼發生的也無所謂。但是現在又怎麼了？似乎有什麼事情正在發生，卻令人摸不著頭緒。侍者來來去去，在陰影之間穿梭。好幾位訪問學者在學士樓的門邊晃蕩，像啄木鳥那樣交頭接耳。達特勒從食堂走出來，凡特和蓋茲隨侍在側，隨後三人點起了菸。

達特勒看了看四周，揮手示意。李奧過了一會兒才發現達特勒是在叫自己。他心一沉，想到自己昨晚幾乎沒睡，現在無法集中精神，也不想跟克萊兒以外的任何人交談。但他從政多年，實在無法輕易怠慢同僚，於是他以肩膀撞開門，然後穿過中庭，伸進口袋的手緊緊握著鑰匙。「早安。」他向凡特和蓋茲點頭致意。

「眞是糟糕。」達特勒豎起拇指，指向瓷磚地上被拖把抹濕的區塊。「你聽說了嗎？」

「艾米爾的事嗎？我聽說了，那是不是……」他花了一點時間理解達特勒所指爲何，這才想到侍者爲什麼要拖地。所以，艾米爾眞的從方塔上摔下來了。不安的火花閃過他的腦海，讓他回想起艾米爾曾經說過：*那時我覺得自己該為此受到譴責*……這眞是怪異的巧合，但若不是巧合，未免也太過荒謬，畢竟艾米爾才不會因爲良心受到譴責而自殺。李奧問：「事情是怎麼發生的？」

「沒有人知道。今天早上侍者發現的。」凡特斜睨達特勒一眼，很快又收回視線，但是這點小動作已經足以讓對方察覺。達特勒清清喉嚨，趕忙補充道：「警方調查過了，沒有他殺的跡象。」

李奧忍不住反駁：「艾米爾不像是會……」

達特勒搶話道：「這間學校根本就是危樓，建築物全都太過老舊且缺乏修繕，照明也不足，沒有發生**更多**意外我才訝異呢。」

凡特望向李奧，很快又移開視線。

「我之前說的果然沒錯。」達特勒提高音量。「一切都要有個新的開始，這種過時的修道院學校根本不需要留下，讓我們迎接嶄新的未來吧。」

「但……」李奧看著方塔的塔頂，那裡的城垛並沒有矮到能讓人輕易翻過。「警方認為艾米爾喝醉了嗎？」

「警方的確認為這是一場意外。」達特勒的眼神意味深長。「你最好別再想了，但我可不是在說這不是一場悲劇。」

凡特咳了一聲，蓋茲則把劃過的火柴往瓷磚地上丟，誰也沒看著誰。突然間，李奧明白過來，達特勒希望這件事盡快落幕，別再問些令人尷尬的問題，也就是說……這一切究竟是發生得太巧，還是太刻意呢？一直以來，李奧都害怕會有人從暗處推他一把、不小心吃下有毒的水果或者腳底打滑，但或許樹敵太多的人從來不是他，而是艾米爾。

李奧站得更為直挺，說道：「你說的是，這是黨的一大損失。」剛才侍者拖過的濕亮瓷磚地快要乾透了。在另一段人生中，艾米爾這時大概已經回到辦公室中撥出電話，用精挑細選的幾個詞彙替李奧決定未來，不然就是把警察叫來辦公室，要他們徹查夏彭提的下落。但是，在這段人生裡李奧和其他人站在一起，誰也沒聽過他說「黨可以去死」。兩條性命因此得救。雖然令人感到如釋重負，其中卻藏著一絲難言的遺憾。

「其實呢，我還想跟你說點別的。」達特勒伸出手，示意李奧到一旁聊聊。「你也知道，老爺子一直都相當中意你，就算去年夏天發生了那件小插曲……未來這幾年你有什麼計畫？」

「我還沒想那麼多呢。」

「要不要來接任遊戲師？我們想說先用約聘的方式進行，現在還搞終身職真是可笑，如果一切順利，說不定就能一直延續下去。」

這就是了，這就是李奧的第二次機會，現在他有克萊兒的允許，就算成為遊戲師也不算背叛她。他抬起頭，看見方塔彷佛即將倒下，上方則有一朵棉絮般的雲飄過，雲絮從飽滿的雲腹一絲絲抽離，隨風消散。李奧說：「太意外了，我從來沒想過……」

「法隆推薦你，他說你是理想人選。你看，我們有新學校、新教授、新開始，北岸那棟大教堂現在黨接收了，那地方可眞不錯。」

李奧心中一驚。「我還以爲……蒙特維爾不是要留……」

達特勒不屑地揮揮手。「成立新學校是給其他機構做個好榜樣，更別提可以嘗試辦學的新方法。之前的確有過爭議，不過現在蒙特維爾出事就能讓那些人閉嘴了。他們同意暫時關閉學校，等風頭過去……總之，你還是先想想看吧，有你回來總是好的。」

李奧想像自己置身在河岸旁被解體的大教堂裡，改頭換面的蒙特維爾與工藝專科學校並列在黨的願景大道上，聖之嬉與地理、工程、科學等科目並陳。學生將會穿著帥氣的西裝，梳著俐落的油頭，教授則穿著短袍和褲裝，但是遊戲師依然是遊戲師。或許這樣就夠了。

他說：「我一定會愼重考慮。」

「過兩天再到城裡碰面吧。」

「好的。」他注意到左上方有動靜，是檔案室管理員探出圖書館的高窗，伸手拉下窗戶遮板。管理員把窗戶關上，拴起窗栓。過了一會兒，他又從另一扇窗探出來，就這麼關上一扇扇窗戶。圖書館裡面一定也是一格一格地暗了下來，可是今天關門以後，再也不會有人坐在桌前，再也不會有學生進去，也不會有國外的訪問學者了。就連管理員待會兒也會把索引和記事簿放回櫃子裡，收拾起尚未分類的文物並倒空墨水瓶，最後將書櫃蓋上白布、將貴重物品鎖進倉庫。如果夏彭提還在學校裡，該怎麼辦？雖然達特勒說只是「暫時關閉學校」，但沒有人會眞的相信。蒙特維爾從來沒有關閉過，就連流感肆虐期間也照常運作。

李奧看著最後一扇窗被關上。過去他一直以爲蒙特維爾最大的憂患是火災。只要有人到處潑油，像卡費克發瘋的祖父那樣一邊嬉笑、一邊縱火；只要有一個人，在一瞬間落入毀滅性的瘋狂，就能毀掉整間學校。可是蒙特維爾的結局將不會是火災，它會在最後一個人離開之後才嚥下最後一口氣，在往後的日子裡慢慢垂死，等到終結的時刻來臨時，全然不會有人知曉。這是黴菌、鼠輩和時間帶來的死亡，一點也不戲劇化，沒有故事可以流傳下來，只能在官方說法上略知一二。蒙特維爾保衛戰就此結束，李奧甚至無法確定那是何時開始的。

他抬頭仰望，看見方塔還是快要倒下的樣子，耳中響起耳鳴聲。

「你還好嗎？」蓋茲站到他身邊。

他點點頭。總務長再次快步穿過中庭，這回他手裡拿著一張紙迎風而來，身旁的守門人則比劃著手勢。舊巴士爬上山的哮喘聲遠遠傳來，今天巴士會不斷來來去去，把學校的訪客全部接走。要載幾趟才能把校園清空？他不想留下來看到那幅光景。

李奧轉身往圖書館走去，蓋茲在他身後說了什麼，但他沒有回頭。老橡木大門還敞開著，他走進中間的走道，經過兩個低聲交談的管理員。些許光線從百葉窗縫透了進來，讓他還能勉強看見腳下的路，摸著牆壁上樓。一推開遊戲典藏室的門，眼前卻是一片燦亮，讓人覺得自己像是從黃昏闖進了正午。

克萊兒的桌上（現在那是他的桌子了嗎？）有一本日記，封面底紋像是布滿鵝卵石的河床，上頭還有塊墨水漬。那是他的舊日記，原來一直以來都在她這裡。他打開日記翻看，回想起從前下筆時的觸感、長時間讀書後脖子的僵硬感、失眠一整夜的煎熬，以及所有年少時的感受。

有一張紙掉了出來。親愛的李奧……他心頭一震，不過那張紙已經泛黃，墨水也褪色了。

親愛的李奧，我已經死了。親愛的李奧，我還活著……

我覺得你自始至終都痛恨著我。

他站在窗邊。窗戶邊緣滿是灰塵和蜘蛛網，但是在陽光照耀之下像銀器那樣發亮。

蒙特維爾很快就會關閉了。他閉上眼睛，想像學校裡沒有教授，沒有圖書館和檔案室管理員，也沒有訪客、侍者和守門人的樣子。他的胃中一陣翻攪，就算是在他還痛恨著學校、卡費克和聖之嬉的時候，他也從來不希望學校落得這樣的下場。這些石造建築、這些寬闊的教室，以後將會永遠空洞地佇立在此。學校裡還有好多區域他都還沒去過，例如廚房、工具間、儲藏室和檔案室裡諸多罕有人跡的凹室，這些地方全都會慢慢衰敗。他心頭一凜，再次想起了夏彭提。他**現在**還躲在學校裡嗎？如果眞是如此，李奧又能怎麼辦？

他在腦海中看見所有的基督徒、共產黨人、異議份子、乞丐與殘疾者，他們排成長長的隊伍，一路延伸到遠方。他們被趕著往前走，其中有幾個人回過頭來瞪著他。他希望克麗賽絲不在這列隊伍之中，也希望夏彭提也不會在那裡。可是隊伍中的其他人也是活生生的人類。他還是可以爲夏彭提做點事，哪怕只是在房間留下一點錢，盼著對方能夠找到。但是，需要幫助的人太多了，需要拯救的人也太多了。

李奧握緊了拳頭。無論做什麼都不安全，蒙特維爾已經不再是聖殿，或許從來就不曾是，而就連聖之嬉本身也……他眞的很想要體會聖之嬉的旨趣，想要沉浸於從無到有的創作喜悅之中，但是那列隊伍中慘灰的面孔看著他，而且學校即將瓦解，黨的人手還隨時監視著他……

他**想要**當遊戲師，但必須是在這裡，不是在城市裡。他想要站在大禮堂中央，置身於成排觀眾之前展演仲夏遊戲。他希望克萊兒也在場，上場前他會在前廳跟她一起來回踱步，排演每個轉換環節，盡量隱藏自己的緊張。他還想在遊戲開始的瞬間感受到全場注意力凝聚，那一刻將有如拋物線頂點，介於上升與下降之間。隨後，遊戲將有如奇蹟般展開，意象鮮明、游刃有餘。

不過大禮堂再也不會見證任何遊戲，克萊兒也已經離開了。如果他還會爲了仲夏遊戲登台，也會是在改裝過後的大教堂裡，站在空無一物的祭壇上，台下擠滿對聖之嬉一無所知的癡肥黨員。欣賞作品的只有彩色玻璃上遭受背叛的聖人，以及從前會在教堂祈禱的信徒的鬼魂。他是共犯。

他是政客，在過去十年間學成的政客。但他有時還是會良心不安，感覺像鞋子裡跑進小石子，而現在他想要把石子倒出來。或許他可以用遊戲師的身分做一點好事。想想克萊兒是怎麼說的？成為他們背後的芒刺。她都已經准許他了，一定不會因爲他妥協而批判他，畢竟這是人之常情。

但是、但是……

他想起卡費克以前問過：「難道人不會因爲聖之嬉而變得更好嗎？」接著他又自己提出回答，應該說是克萊兒提出了回答。會的。那麼，爲了協助暴行而創作聖之嬉，又意味著什麼？

他垂下視線，看向書桌。她的信件躺在陽光下，上頭的內容他都記熟了，彷彿那是準備拿來當作遊戲動機的段落。寫信吧，寫信給克萊兒吧。寫一封信告訴我，你有多抱歉，你有多愛愛姆，這樣一來我就會回信。你只要寫一封信就好了，一封信就能讓我起死回生。那時他以爲一切都結束了，但要是他當初有把寫給卡費克的信寄出去……

他忽然展開行動，但不是意識決定的，而是身體自然而然接過主導權，帶他走到典藏室正中央，彷彿在層層疊疊的書架間有個小展演場。他轉身面向天空，舉起手臂在半空中稍作停頓，隨後施展出大幅度的手勢，這動作代表了道別與歡迎，構成閉幕。遮蔽太陽的雲層彷彿呼應了他的召喚往一旁散開，讓燦爛陽光漫進他的眼中。一切都結束了。再過一會兒，他就會回房收拾行李，然後前往山下的小鎮，到火車站去找克萊兒。前提是她還在那裡，還沒被前一班火車帶走，但只要……李奧的內心深處有一種毫無根據的預感告訴他，他總是會找到她的。

他伸手觸碰懸在窗角上的蜘蛛網，輕輕測試了下蛛絲的彈性。一陣風吹來，銀色的蛛絲在風中微微顫動。他直覺想將蛛網抹去，好看清窗外的樹林和山坡，卻在動手前因爲一個念頭而頓住。這張蛛網很美。他心跳加速，彷彿正在攀岩。

他轉身回到昏暗的走廊上，步下樓梯，留下那片陽光、那張蛛網和早已劃下的閉幕。

42
老鼠

她沒生病，她知道生起病來是什麼樣的感受，和現在不同。眞正的生病是漫長的等待，讓人感覺自己漂浮起來，像灰色的海洋那樣空無，除了讓步別無選擇。生病的體驗早在她的腦海烙下鮮明的印象，像是喉嚨乾渴、濕透的毛毯、酸臭的體味。現在的感覺和生病不同，感覺像是脫了一層皮，圍繞著她的世界不斷延展、分裂，像是燒傷一樣灼痛。她蜷起身子，雙臂抱著膝蓋，能清楚感受到骨頭的形狀。她讓自己緩緩呼吸。要是閉上眼睛，她就會看到一個男人從高處墜落，一次又一次。有時候男人會幻化成一個綁著辮子的女人，然後摔成一片紅色，讓老鼠嚇得驚坐起來。她會不停眨眼，直到完全清醒、直到眼睛只看得見眞實存在的事物爲止。她也會忍不住發抖，過了好一段時間才有辦法再次躺下。

耳邊的嘈雜聲來來去去，如果她有注意聽的話，就能注意到情況變得不太對勁。每到夏天，學校就會被輕鬆的低語聲包圍，侍者會因爲工作負擔減輕而大鬆一口氣。然而今年夏天一反往常，吵雜的聲響特別多，能聽見重物碰撞與拖曳行李的聲音、清空櫃子的聲音，以及驚慌抗辯的抱怨聲。巴士的轟隆聲拉近又拉遠，在山路上一連上下好幾天。接下來，沉默一點一點籠罩，整座校園安靜下來，不過並非專屬於盛夏的沉靜，而是另一種無關季節的沉重氣氛。但是老鼠沒有留心。

有一天她醒來時，周圍連一點聲音都沒有了。她坐起身，聽見四肢挪動的窸窣聲才安下心來，知道自己沒有聾掉。她站起來，腳步不穩地走過房間，瞥見灰暗角落的壁紙圖樣開始旋轉。她來到走廊上時，感覺宛如置身水底。她冒險走得更遠，看看四周，等到確認沒有危險才繼續移動。周遭彷彿什麼也沒有，唯有一片死寂籠罩。老鼠不會注意到時間的流逝，但警醒的她知道從鐘響到現在一定已經超過一小時。鐘聲永遠都會響起，就像她的脈搏總是會跳動一樣。

中央走廊漆黑一片。她走到廊道中央，看了看兩旁，後頸一陣發涼。窗戶全都關上了，從天窗縫隙透進來的銀色日光細薄如紗。走廊化作長長的石板隧道，彷彿迷宮的入口。她看不見走廊盡頭的樓梯，只看得到一扇門，還有更多的黑暗。她小心翼翼地挨近黑暗。四周寂靜無聲。聲音是如此稀缺，完全聽不見任何腳步聲、說話聲或者掃地聲。說不定地球上只剩下她一個活物了。她走下樓梯。

樓梯最底下那扇門是關上的，以前從沒看過它在白天關起來。她心中一驚，不由得倒抽一口氣。陷阱，這一定是陷阱。然而下一秒她的手攀上門閂，一下子就拉開了。她用力推開門，眼前的天空低垂，天色蒼白如珍珠。她深呼吸，走入中庭時內心依然感到恐懼，只不過比平時稍減幾分。緊閉的門窗，消失的聲音，徹底的孤寂，這就是對她的懲罰。你絕對不能……不管做什麼都一樣，親愛的。可是已經太遲了。她望向中庭另一端的瓷磚地，那裡曾經有個男人碎在月光下，曾經母親……不過現在瓷磚地上空無一物，連一道陰影也沒有。在魚肚白的天光下，黑白相間的地磚看起來有著黑玉和珍珠母的質地。

她貼靠著牆走過中庭。雖然窗戶都關著，她還是覺得有人在窺看自己，飄在空中的平滑雲層看來也像是沒有瞳孔的眼睛。她打開一扇門，溜進另一條黑暗的走廊。眼前出現一道拱門，穿過拱門後就是大禮堂，光線從高窗透入，照得滿室光亮。如果走進來的是其他人，或許會好奇侍者爲什麼沒有把這裡的窗戶關上（是因爲偷懶、不滿，還是出於直覺感到敬畏呢？），然而老鼠只是一直往前走，尋找著某樣她不知該如何稱呼的事物。無論是石板地、成排長椅或者圍繞四周的牆，這裡的一切都被淡淡的灰影蓋住，看起來像是一幅錯視畫。此刻的禮堂看起來並不像棋盤，劃分出展演場邊界的銀線也淡得幾乎看不見。

腳下、爪下，不，是腳下踩碎了什麼，許多尖銳的碎片刺進了她的腳跟。要是在昨天她聽到碎裂聲就會愣住，接著火速逃離現場，不過現在她只是眨眼、呼吸，留在原地觀察。如果這是陷阱的話，她早就已經被抓住了。她在長椅上坐下，成爲在場唯一的觀眾。

地板上全是灰燼，是昨天的風將灰燼吹下煙囪、吹出火爐、吹過石板。沒人掃地，地面上的煤渣和焦炭像黑色的骰子般閃閃發亮。腳底傳來細塵的觸感，還有一小塊煤卡在她的趾縫。長椅底下的煤灰厚到足以留下完整的腳印，於是她把腳跟壓在地上轉，拓下足側的弧形。老鼠絕對不會故意暴露蹤跡，但是比起留下橫臥在地的男人屍體，這點痕跡大概不算什麼。她看著眼前的拓痕，不知道自己爲什麼這麼做。

「耶穌啊，沒想到……感謝神，我……這是怎麼一回事？大家都去哪裡了？」

是賽門，他的聲音在她的頭顱裡迴盪。

她抬起頭來，覺得胃裡一陣絞痛，好像對上他的眼神就會中毒似的。她想再度成爲老鼠。她希望賽門只是自己的另一個胃，或者只是寒冷天氣裡用以取暖的某樣事物。她希望自己不在乎他曾經目睹她將一個男人推下高塔。她還想要把這身人類外皮層層剝開，直到只剩下核心那塊微小的、不會思考的、看起來有點噁心的自己，那個從來不在乎獨處的自己。她太擅長當老鼠了，可是在她最需要返回老鼠身分的時候，那塊不屬於人類的核心反而離她遠去。

「大家是不是都走了？圖書館也上鎖了，我不知道……」他愈說愈小聲，在她對面的長椅坐下。過了許久，他才再度開口道：「我找到了一些錢，搞不好我們可以……」

她盯著他看。

「好吧，其實是很多的錢。搞不好還可以想辦法幫你弄到身分證件。」他抱住發抖的自己。「眞不知道發生了什麼事，好詭異。」

她舒展腳趾往灰燼上踩。這裡的地板總是這麼冰冷，就算在仲夏也不例外。冷冷的石頭，冷冷的骨頭。

「你不能繼續待在學校，這裡已經沒人了，我們可以……」說到最後，他的聲音又漸漸消失。

這是眞的，學校已經沒有人了，這裡只剩下他們兩個也許不算是人的人，而且不知怎地他們都來到了這個地方。她依然能看見方塔下有一具歪斜的屍體躺在紅色血泊中，也能看見那條沾血的金色髮辮。她還看見賽門遞出巧克力的手。雖然這些畫面完全不同，在她看來卻都是一樣的，都會引發同樣的難言痛感，讓她知道自己是一個人類。儘管非她所願，她確實知道這種感受的名字是什麼。

「對不起。」他結結巴巴地說道，好像他才是十幾年沒有說過話的人。

她的視線落在賽門的臉上。

「謝謝你救了我一命。」

他等著她的回應，不知道她是陷阱，不知道她是毒藥。他伸出手，雖然距離太遠碰不到她，她還是可以感受到他的體溫，感受到自己不是孤單一人。她殺了人，賽門卻還是感謝她。他搞錯了，他是個笨蛋。如果是老鼠才不會……可是他們都不是老鼠，再也不是了。她張口，感覺字句在她的舌頭與喉頭推擠。絕對不能讓別人聽見你的聲音，不管做什麼都一樣，親愛的。她想要觸碰賽門的手，卻不知道該怎麼做。

賽門問：「你叫什麼名字？」

見到她站起來，他也跟著移動，不過她並不是要逃離這裡。她將腳趾踩在石板邊緣的銀線旁，然後走進展演場。遠方的角落有一根蜷起的羽毛，毛色白中帶灰。她的腳邊有道血跡，但是那痕跡早已滲進石板、磨去大半，沒有人看得出來。

她哽動喉頭，覺得喉嚨裡像是卡了塊黏土。她說：「我不知道。」

他突然激動地動了下，眼睛瞠大、直盯著她看，好像兩人是初次見面似的。她眞想用指甲抓傷他的臉，留下宛如淚痕的紅色痕跡。

「你不知道？」

一陣安靜。

「你說話了！原來你會說話。」

她笑了，笑聲一波波湧上，聽起來很陌生。她控制不住自己，笑得流出眼淚，笑得無法呼吸。笑聲就像是突然爆發的疹子，讓她覺得好痛、好痛、好痛。

「我們可以……你會不會……」

賽門沒繼續說下去，因爲她已經轉過身，面向空蕩蕩的大禮堂和無人的座位。她覺得又餓又暈。明天，她想道，不過這個概念實在是太人類了，害她的耳朵痛起來。明天她就會跟他走，也可能不跟他走。之後還有時間可以思考她是誰，而賽門又是誰。老鼠不會想著未來，不過人類的話就會。未來還有很多時間。她覺得自己的人生往前延伸，像山脈那樣赤裸而寬闊。

她跪了下來。在她後方的賽門吸了口氣，依然待在銀線之外，沒有跟過來。這麼做是應該的，因爲現在這個空間屬於她。

她向前傾身，將額頭抵上地面，然後在灰燼中伸長手臂，畫出一道弧線。她讓兩隻手臂繼續往外劃開，而等到她再站起來時，地上便出現了一個圓圈。她站在圓圈中央，雙手和膝蓋都被煤炭沾黑。

「你在做什麼呢？」

接著他陷入沉默。他的沉默瀰漫整個禮堂，彷彿這是他送給她的禮物。他朝她點了點頭。她腳底下的歪扭圓圈什麼也不是，也什麼都是，既是一團凌亂，也是完美的聖之嬉。這是只下一手的遊戲，但是這樣就足夠了。

他們看著彼此。明天還有時間做其他的事，而此刻重要的只有畫在灰燼裡的圓圈與他們兩人，還有未完成的閉幕。圓圈像淺杯那樣捧起了聖之嬉，它在杯緣顫動，尚未完整，即將從杯中滿溢出來。

致謝

《遊戲師》是我的第二本成人小說，這本書我是用迥異於寫下《裝幀師》的心態來創作的。《裝幀師》的出版與宣傳讓我一度感到相當興奮，甚至有點害怕，有時候我會覺得這本書還沒開始寫就背負著許多期待，為此倍感壓力。所以我第一個要感謝的是莎拉・巴萊，她是我出色的經紀人，這本書必須獻給她。她不但幫助我在創作期間保持理智、腳踏實地和（相對來說）頭腦清醒，也協助我推動整個故事朝預定目標前進。書都寫完了才說要獻給她，聽起來難免有點像是場面話，然而在寫作《遊戲師》時，我總會因為想到她是我的第一位讀者而得到繼續前進的動力。

同樣地，博羅出版社的編輯蘇西・朵蕾一如既往地出色，為這本書貢獻了深刻的洞見、犀利的編輯才能、機智、幽默和全方位的卓越能力，我也非常感謝威廉莫羅出版社的潔西卡・威廉斯，是她們兩位讓《遊戲師》改頭換面。要承認自己珍貴的第二版草稿不夠好，從來不是一件容易的事，但我必須說她們是對的。

還有許多人也為《遊戲師》貢獻良多，他們分別身在博羅出版社、威廉莫羅出版社和橫跨大西洋兩岸的哈潑柯林斯出版社，如果我要一一感謝他們，不但頁數會不夠，形容詞也會不夠。自己的身邊圍繞著這麼多才華橫溢、慷慨大方且充滿熱情的人，我真的感到很榮幸，也非常感激。我還要大力感謝聯合經紀公司的每一位成員，以及杜諾、卡森與勒納文學經紀公司的艾莉諾・傑克森。

當然，我也要感謝我可愛的家人和朋友，他們總是給予我支持、寵溺與激勵。我還是要說，要感謝的人真的太多了，難以一一列出（但我不得不提起尼克，謝謝他一直這麼包容我）。《遊戲師》寫到了我們和玩伴打鬧所得到的樂趣，也寫到彼此分享幽默與創意、看見與被看見的時刻。我很感謝那些帶領我體會到這些美妙滋味的人，儘管他們可能並不知道自己曾經贈與我這些。謝謝你們。

Ariel's song from *The Tempest*, composed by Robert Johnson and John Wilson, transcribed by John Playford ©Folger Shakespeare Library

The Tempest Act I, Scene 1, engraved by Benjamin Smith after a painting by George Romney ©Wikimedia Commons

Painted by G. Romney.
Ari. Not a soul
But felt a fever of the mad, and play'd
Some tricks of desperation: All, but mariners,
Plung'd in the foaming brine, and quit the vessel,
The enchanted Island